Kylie Fitzpatrick
Die Frauen der Tafelrunde

Kylie Fitzpatrick

DIE FRAUEN DER TAFELRUNDE

Roman

Aus dem Englischen
von Marion Balkenhol

List

1485 erschien in der Buchdruckerei von William Caxton in London Thomas Malorys *Le Morte d'Arthur*, der erste große Artus-Roman in englischer Sprache.

In ihren Zitaten aus *Le Morte d'Arthur* hat Kylie Fitzpatrick sich die Freiheit genommen, die Vorlage weiter zu bearbeiten.

FSC
www.fsc.org
MIX
Papier aus verantwortungsvollen Quellen
FSC® C014889

List ist ein Verlag
der Ullstein Buchverlage GmbH

ISBN 978-3-471-35095-9

Gesetzt aus der Times
bei Pinkuin Satz und Datentechnik, Berlin
Druck und Bindearbeiten: Pustet, Regensburg
Printed in Germany

Für Saoirse, meinen Gral

September 1486

Von allen Gotteshäusern zwischen Westminster und Saint Paul's läuten die Glocken, seit vor drei Tagen Henry Tudors Sohn getauft wurde. Er soll Arthur heißen.

Bis zuletzt hatte ich eigentlich nicht vor, der Niederschrift dieser kurzen Historie meine Zeit zu opfern, wenngleich man mich vor Jahren darum bat. Inzwischen jedoch habe ich meinen Irrtum erkannt.

Nach unserer Kenntnis und sofern es alten Bänden in der Klosterbibliothek zu entnehmen ist, galt der Gral in früheren Zeiten nicht als Kelch des letzten Abendmahls. Die Legende soll von dem klugen französischen Hofdichter Chrétien de Troyes stammen, auch wenn manch einer behauptet, er habe Ende des zwölften Jahrhunderts nur niedergeschrieben, was walisische Barden seit Urzeiten mündlich überlieferten.

Ich bin Franziskaner, demzufolge liegt es mir fern, die römisch-katholische Kirche zu kritisieren. Als Gelehrter und Restaurator alter Bücher aber habe ich das Bedürfnis zu begreifen, warum bestimmte Erzählungen so lebhaft in unseren Herzen nachklingen. Zu Lebzeiten von Chrétien stand die römisch-katholische Kirche auf Kriegsfuß mit allem, was ihre Autorität bedrohte; das waren nicht nur die Ungläubigen aus der Heiligen Stadt Jerusalem, sondern auch die Tradition, Geschichten aus alter Zeit mündlich zu überliefern – so etwa die Erzählung von einer Göttin des Landes, Souveränität, die bei den Walisern Herrin der Quelle heißt, und ihrem königlichen Gemahl.

Um diese Geschichte rankt sich Chrétiens größter Ritterroman, die Erzählung vom Gral.

Zuweilen überliefert die Menschheit eine Tradition gerade durch ihre Unterdrückung – was freilich eine gewisse Ironie mit sich bringt. In der überlieferten Erzählung von der Herrin der Quelle und dem König verödet das Land der Göttin, wenn es nicht gepflegt und behütet wird, und mit der Fruchtbarkeit des Landes schwinden auch die Zeugungskraft des Königs und das Wohlwollen des Volkes.

In seinen Ritterromanen erzählte Chrétien de Troyes die gängigen Geschichten von König Arthur nach und ergänzte sie; alte Erzählungen waren das, die das walisische Volk über Jahrhunderte hinweg bewahrt hatte. So war Chrétien der Erste, der die Erzählung vom Gral und Lancelots Geschichte niedergeschrieben hat, und zwar in einer Form, die nach französischer Mundart *romance* heißt. Merlin und Guinevere, König Arthurs Gemahlin, entstammen walisischen Legenden und haben angeblich tatsächlich gelebt. Bei Chrétien aber wird Guinevere zur Geliebten Lancelots und zur Ehebrecherin. Aus Überlieferung und Mythos entsteht so eine Geschichte.

Dass die Legende vom Gral zu einer Zeit auftauchte, in der die Reiche Europas sich gegeneinander wandten, Könige einander töteten, Frauen entrechteten und Länder verwüsteten, kann nur als Zeichen ihrer Bedeutsamkeit gelten. Aber ich will mich nicht in Politik und Geschichtsschreibung verlieren …

In Chrétiens Erzählung vom Gral geht es um einen Ritter namens Perceval, der die Bedeutung einer seltsamen Prozession herausfinden muss, der er im Schloss des Fischerkönigs beiwohnt. In dieser Prozession trägt eine Jungfrau einen reich mit Edelsteinen besetzten Gral, und ein Page trägt eine Lanze, aus der Blutstropfen dringen.

Der Fischerkönig, so genannt, weil er infolge einer Wunde zwischen den Schenkeln nicht mehr jagen, sondern nur noch fischen kann, hat seine Zeugungskraft verloren, und folglich ist sein Königreich verödet. Er wartet auf seine Heilung. Wenn nur jemand das Mitgefühl aufbrächte, nach der heilenden Kraft des Grals zu fragen, danach, wem er dient, dann würden Land und König wieder gesund. Perceval jedoch will nichts von dieser mysteriösen Prozession wissen, zu groß ist seine Angst, für einen Narren gehalten zu werden.

Der törichte Perceval verlässt die Burg und wird schon bald über seinen Fehler in Kenntnis gesetzt. Er versucht, zur Burg des Fischerkönigs zurückzugelangen, muss jedoch viele Mühen überstehen.

Im Grunde ist die Geschichte des Grals die Geschichte eines jeden Mannes und handelt davon, wie wir uns auf der Suche nach Antworten in Gefahren begeben, die überall auf uns lauern. Chrétien de Troyes hat seinen Ritterroman, der heute den Titel *Perceval* trägt, nicht beendet, die Gelehrten gehen davon aus, dass er starb, bevor er des Gralsrätsels Lösung niederschreiben konnte.

Ich muss den letzten Teil dieses kurzen historischen Abrisses hastig erzählen, denn gleich erscheint der Novize zu seinem Unterricht. Er ist ein kluger Junge, und ich bringe ihm bei, wie man schreibt, wie man eine Feder benutzt und die Pigmente mischt, die wir verwenden, um Buchmalereien zu restaurieren.

Nach Chrétiens Tod bearbeiteten gelehrte Brüder des Zisterzienserordens seinen *Perceval*. In ihrer Fassung verlassen eine Reihe christlicher Ritter Arthurs Hof, um einen leuchtenden Gral zu erlangen, den man über der Tafelrunde hat schweben sehen. Dieser neue Gral besitzt magische Kräfte und vermag eines jeden Wünsche zu erfüllen.

Nach mannigfachen Kämpfen und langer Suche überleben drei Ritter: Perceval, Bors und Galahad. Sie gehen an Bord eines Schiffes, das der biblische König Salomo durch die Zeiten geschickt hat, um die heilige Insel Sarras zu erreichen. Hier sieht Galahad Gott im Gral, und hier steigt der Gral zum Himmel auf. Galahad, der Andächtigste unter den Rittern, geht mit.

Die römisch-katholische Kirche heißt die Erzählung der Zisterzienser gut – nicht die von Chrétien de Troyes –, denn in der Tat sind die Ritter in der *Suche nach dem Heiligen Gral* fromm wie Priester und streben nach Heiligkeit.

Welche Fassung der Erzählung tatsächlich angemessener ist, vermag ich nicht zu sagen.

Ich gestehe, dass die Person, die mich aufgefordert hat, dies zu schreiben, Arthurs Taufe als Zeichen dafür deutet, dass der König aufs Neue nach dem Gral suchen wird; jedoch kann ich mich dazu jetzt nicht weiter äußern, denn der Novize ist schon auf der Treppe und kommt zu seinem Unterricht.

Nachdem ich bereits mannigfache geschichtliche Werke sowohl zur Philosophie als auch zu den historischen und weltlichen Taten großer Eroberer und Prinzen erstellt und vollendet hatte, ebenso wie bestimmte Exempelbücher und Doktrinen, bat mich ein edler Herr aus diesem Königreich England, die Geschichte des Heiligen Grals und des berühmtesten christlichen Königs, König Arthur, zusammenzustellen und zu drucken, an den wir Engländer uns vor allen anderen christlichen Königen erinnern sollten.
Um besagtes Buch zu vollenden, das ich an alle Prinzen, Lords und Ladys richte, an alle Herren und Damen, die von der edlen und erquicklichen Geschichte König Arthurs lesen oder hören wollen, präsentiere ich, William Caxton, von schlichter Herkunft, nachfolgenden Text, dessen Druck ich gewagt habe: eine Abhandlung edler Taten, ritterlicher Waffentaten, von Tapferkeit, Unerschrockenheit, Menschlichkeit, Liebe, Höflichkeit und großer Zärtlichkeit, voller wunderschöner Geschichten und Abenteuer.
Und dieses Buch zu lesen soll ein erfreulicher Zeitvertreib sein, doch zu glauben und darauf zu vertrauen, dass alles hierin Enthaltene der Wahrheit entspricht, obliegt dem geneigten Leser.

William Caxton
Le Morte d'Arthur, Vorwort

Und als die Mette und die erste Messe vorbei waren, sah man auf dem Kirchhof, dem Hochaltar gegenüber, einen großen viereckigen Stein, ähnlich einem Marmorblock, und in der Mitte war etwas wie ein stählerner Amboss, etwa einen Fuß hoch, und darin stak ein blankes Schwert, als wäre es ganz hineingestoßen, und um das Schwert herum standen goldene Buchstaben, die besagten:
Wer immer dieses Schwert aus diesem Stein und Amboss zieht, der ist rechtmäßig geborener König von England.
So kamen zu Lichtmess viele große Herren dorthin, um das Schwert zu gewinnen, aber keiner konnte siegen.
Und zu Pfingsten versuchten allerhand Männer, das Schwert herauszuziehen, aber keiner vollbrachte es außer Arthur, der es vor den Herren und Gemeinen herauszog, die dort versammelt waren. Daraufhin riefen alle mit einer Stimme: »Wir wollen Arthur zu unserem König haben, denn wir alle sehen, es ist Gottes Wille, dass er unser König sei, und wer gegen ihn steht, den erschlagen wir.«

Le Morte d'Arthur

31. Juli 1485

Über den Dächern von Cheapside wurde es gerade hell, doch William wünschte, der Tag wäre schon vorüber. Schaudernd zog er seinen Morgenrock fester um sich und sah zu, wie die Morgendämmerung den Fensterrauten allmählich einen hellen Glanz verlieh. Im Laufe der Nacht hatte er sich überlegt, seine Verabredung mit dem Italiener platzen zu lassen, doch das wäre flegelhaft und nicht mit seinem Ruf zu vereinbaren. Schließlich war er doch »der Buchdrucker, der Chaucer veröffentlicht hat«.

Außerdem war Malory ja längst tot.

William kratzte sich unter seiner Nachtmütze am Kopf. Seine Augen fühlten sich an wie Blasebälge, und der nagende Schmerz war wieder da, irgendwo zwischen Herz und Bauchnabel. Er hatte Korrekturen und Kürzungen an Malorys Manuskript vorgenommen – das tat er eigentlich bei all seinen Büchern, aber jetzt empfand er es als eine drückende Last. War es ihm schon einmal so ergangen? Er müsste sich daran erinnern, er hatte viele Bücher übersetzt und noch mehr gedruckt. Warum fühlte er sich einem unbekannten und unbedeutenden Autor so verbunden? Vielleicht war es ja nur die Sorge, dass er seine Zeit vergeudet hatte und sich von der anfänglichen Begeisterung darüber, die beliebteste Erzählung schlechthin zu drucken, hatte täuschen lassen. Er musste verrückt sein, nach Aesop eine Sammlung höfischer Ritterromane herauszubringen, die ein Krimineller übersetzt hatte …

Es klopfte leise an der Tür, und William wandte sich vom Fenster ab.

»Herein«, sagte er.

Maude trat ein, in ihrem weiten Hausmantel aus Brokat, das schwarze, mit Silbersträhnen durchsetzte Haar zu Zöpfen geflochten, das Gesicht noch vom Schlaf gerötet. Sie schliefen jetzt nur noch selten in derselben Kammer, denn seine Rastlosigkeit hielt Maude wach. Sie durchquerte den Raum mit entschlossenen Schritten, die er nur allzu gut kannte. Als sie bei ihm war, band sie sein Nachthemd auf und begann, seine Schlaffheit zu beleben. Er öffnete schon den Mund, um zu protestieren. Er war müde und wohl unpässlich, aber Maude brachte ihn mit hungrigen Küssen und geübten Fingern zum Schweigen. Sie sank zu Boden, und William verging das Bedürfnis zu protestieren. Seine Frau war kühn wie eine Hure, wenn es sie überkam.

Er vergaß, dass er sich für müde und unpässlich gehalten hatte.

Als sie danach still auf dem Teppich lagen, sah er ihr an, dass er sie nicht befriedigt hatte. Ihre Finger waren in ihren Schamhaaren verheddert, ihr Atem ging schnell und unregelmäßig, bis sie die Geräusche von sich gab, die er liebte. Sie keuchte und zuckte und blieb schließlich still liegen.

»Verzeih«, sagte er. »Ich war in Gedanken woanders.«

»Das ist beleidigend«, erwiderte sie lakonisch. »So etwas solltest du der Frau in deinem Bett nie sagen.«

»Aber wir liegen auf dem Boden.«

»In der Tat. Nun, du kannst es ein andermal wiedergutmachen.« Sie stützte sich auf den Ellbogen und schaute ihn an. »Heute Morgen willst du also *Arthur et les Chevaliers* beim Buchbinder abholen?« Maude nannte den Malory gern *Arthur et les Chevaliers*. Sie war Französin und hatte die Geschichten von Lancelot und Perceval mit der Muttermilch eingeflößt bekommen. Sie besaß in solchen Fragen ihre eigene Meinung.

»Ja«, erwiderte er zögernd.

»Und warum bindet ihr das Buch nicht selbst, sondern lasst den Italiener das machen?«

Maude interessierte sich zwar für die Druckpresse, zeigte ihr Interesse aber für gewöhnlich nicht so deutlich.

»Wir hatten zu tun«, sagte William nur.

Maude zog die Augenbrauen hoch. Ihr Mann hatte immer zu tun.

»Ich wollte ... etwas Besonderes«, gab er zu. »Er bindet nur die beiden Fassungen, die ich auf Pergament gedruckt habe. Die eine ist natürlich für den König.«

Sie nickte zustimmend. »Wie viele hast du auf Papier gedruckt?«

»Zweihundert Stück.«

Maude riss überrascht die Augen auf.

»Die Leute zeigen Interesse. Man verlangt danach.«

»Wonach?«

»Nach Zauberei, nach Verzauberung. Trotz der schwierigen Zeiten.«

»Oder gerade deswegen«, überlegte Maude. »Das ist doch wunderbar, Will! Vielleicht musst du noch mehr drucken.«

»Warten wir es ab.«

Er selbst befürchtete, es könnte heißen, die Erzählungen von Arthur hätten niemals ins Englische übersetzt werden sollen; Malory hätte sie zu sehr modernisiert oder zu stark abgewandelt.

Das waren in der Tat gewichtige Einwände. Die Erzählungen, aus denen *Le Morte d'Arthur* bestand, waren von nah und fern zusammengetragen worden, aus anderen Ländern und anderen Jahrhunderten. In den dreihundert Jahren, seitdem Chrétien de Troyes sie zuerst niedergeschrieben hatte, war allein der *Perceval* Wynken zufolge häufiger als jede andere bekannte Geschichte bearbeitet und kopiert worden. Wynken war Williams Partner in der Druckpresse, und er kannte sich in solchen Dingen aus – er kam aus dem Elsass.

William hatte das weitschweifige Manuskript in Kapitel unterteilt und sich noch weitere Freiheiten herausgenommen, doch nur er und Wynken wussten über die vielen ausgelassenen Seiten Bescheid. Die Menschen hätten die endlosen Schilderungen der Schlachten zwischen Römern und Angelsachsen wohl kaum ertragen, aber man musste ihnen ja nicht auf die Nase binden, dass ein Drucker in seiner Umsicht auch sparsam zu denken hatte. Maude würde ihm nie verzeihen, wenn sie herausbekäme, dass er in *Arthur et les Chevaliers* eingegriffen hatte, aber er konnte nicht anders. Er hatte mit diesem Vorhaben als Übersetzer begonnen, der er noch immer war.

»Welches Wams ziehst du an?«, fragte Maude, als er die Decke vom Bett herabzog und über sie beide breitete.

Er hatte noch nicht darüber nachgedacht. Sie war die Expertin. »Das grüne?«

Sie schüttelte den Kopf. »Nein. Rot. Rot bedeutet, du bist der Meisterdrucker, der stolz auf seine neue Arbeit ist.«

»Na schön«, brummte er, »dann das rote.« Er spürte, wie ihn der Schlaf übermannte. Es war noch früh.

»Komm, mein Schatz«, sagte er verschlafen, »wir wollen die Eiderenten würdigen, die gestorben sind, um meine Matratze zu füttern.«

Im Halbschlaf dachte William, dass dieses Buch trotz allem von der Mühe und reichen Phantasie seines Autors zeugte. Nur ein wahrer Poet konnte von Liebe, Rittertum und Zauberei schreiben, während er im Gefängnis saß.

Später arbeitete Maude im vorderen Zimmer an ihrer Spindel, ihre Rise war glatt und weiß. William fragte sich flüchtig, ob er sich die Nähe ihrer weichen Schenkel am frühen Morgen nur eingebildet hatte. Aber als sie ihn mit ihrem schiefen Lächeln anschaute, wusste er, dass es nicht so war.

Auf dem Tisch lag dunkles Brot mit gelber Butter, daneben stand ein Krug Ale. Nach einem kurzen Nickerchen war er weniger besorgt, wenngleich noch immer Zweifel an ihm nagten. Auch der Chaucer hatte ihm sehr am Herzen gelegen, auch damals war er vor dem Druck gereizt gewesen, aber das hier war anders. Ganze Völker erhoben schließlich Anspruch auf König Arthur.

Er nahm sein Frühstück ein und lenkte seine Gedanken in Richtung Westminster, wo der Tag in seiner Werkstatt im Red Pale auf ihn wartete. Die Leute besuchten die Werkstatt gern, um die Druckpresse zu besichtigen, aber sie erregte bei weitem nicht mehr so viel Aufsehen wie zu Anfang, als König und Königin persönlich vorbeigekommen waren, um sich die neue Erfindung anzusehen. Voller Ehrfurcht hatten Edward und Elizabeth den gestrengen Eichenrahmen und die frisch gedruckten, zum Trocknen aufgehängten Seiten betrachtet. Das erging den meisten Menschen nicht anders. Edward hatten natürlich vor allem die kommerziellen Möglichkeiten dieses Apparats interessiert, Elizabeths Begeisterung aber war anderer Natur. Sie erkannte, dass die Druckpresse die Menschen verändern würde. Von allen Büchern, die er druckte, bekam sie ein Exemplar.

Diese Zeit war vorbei.

Das Red Pale war von den Abteimauern aus zu sehen, hinter denen Elizabeth Woodville, legendäre Schönheit und vormals Königin, Zuflucht gesucht hatte, als Richard König geworden war. Die Mauern waren hoch, und die Klosteranlage war so sicher und still wie ein Gefängnis. William sagte sich wie schon so oft, dass die Gerüchte von der Ermordung der Prinzen des Hauses York nach wie vor nicht erwiesen waren. Ein Kesselflicker aus Gloucester, dem Herzogtum des Königs, hatte ihm zuerst davon erzählt. König Richard käme es natürlich gut zupass, wenn die beiden Söhne von Elizabeth Woodville tot wären – oder das Volk die Jungen zumindest für tot hielt.

Er spürte Maudes Blick auf sich ruhen, es war, als merkte sie, dass er an eine andere Frau dachte. Allem Anschein nach hatten sie an diesem Morgen weniger Differenzen als sonst. Sie hatte, was sie von ihm wollte. Beinahe jedenfalls.

»Die Sonne steht höher, als es sich zur Frühstückszeit geziemt«, sagte sie.

»Ich bin spät dran«, gestand er ein. »Der Italiener wird glauben, ich hätte ihn vergessen.«

»Bringst du eins mit nach Hause?«, fragte sie.

»Selbstverständlich.«

Sie bewahrte die Bücher in der Truhe im Schlafzimmer auf, zusammen mit ihrem Hochzeitsgewand und den Silberperlen, die er ihr geschenkt hatte. Maude hortete die Bücher nicht, um ihren Wohlstand zur Schau zu stellen wie manche andere, sie hielt sie für wahre Schätze. Sie kannte auch den Preis eines jeden Buches, nicht nur in Guineen: Jedes neue Buch kostete die Zeit, die er einst ihr gewidmet hatte. Sie musste keine andere Frau fürchten, sie wussten beide, dass die Druckpresse seine Geliebte war. Was für ein Geschäft. Mal war er so unbeschwert, dass er hätte fliegen können, dann wieder brachten ihn die Unvollkommenheit eines Wortes, ein Tintenklecks oder ein Loch im kostbaren Pergament schier zur Verzweiflung. Er küsste Maude auf den Mund, was nicht alltäglich war. Sie schaute ihn überrascht an.

»Bekomme ich meinen Mann zurück, da dieses Buch nun fertig ist?« Ihr Blick aus Augen, die so dunkel waren wie Mordreds Herz, bohrte sich in sein Gewissen. Doch wie konnte er sich einen solchen Gedanken anmaßen? Er war kein Poet, wie Maude ihm ja immer wieder gern bestätigte.

Lügen wäre zwecklos.

»Ich muss weitermachen, meine Geliebte.«

»Fürchtest du dich vor dem Tod, Will? Hörst du deshalb nicht auf? Du wirst bald sterben, wenn du wie der Teufel schuftest.«

Auch diese Wendung ihrer Unterhaltung war nicht neu.

»Ich verspreche, einen ganzen Tag mit dir zu verbringen, bevor ich sterbe, meine Geliebte.«

Verärgert neigte Maude sich über ihre Handarbeit.

Dass er sie permanent enttäuschte, tat ihm selbst weh, Müßiggang jedoch schmerzte ihn noch mehr. »Vergiss nicht, heute ist das Lammas-Fest«, sagte sie, ohne aufzuschauen.

William hatte es vergessen. Er trat in den hellen Morgen hinaus und beschloss, sich in der Kirche blicken zu lassen. Maude würde ihn später fragen, und zumindest damit könnte er ihr eine Freude bereiten. Das Erntefest war ein alter Feiertag. Heute würde sie einen besonderen Brotlaib backen, wie einst ihre Großmutter, und ihn um Mitternacht in vier Teile schneiden, die sie auf die vier Zimmerecken verteilte.

Ein Spaziergang am Flussufer verschaffte William genau die Zeit zum Nachdenken, die er brauchte. Allerdings führte der Weg nach Southwark über die London Bridge, und zu dieser Morgenstunde wurde man dort unweigerlich aufgehalten. Bestimmt würde ein Buchhändler am Paul's Churchyard über flämisches Papier mit ihm sprechen wollen. An jedem anderen Tag wäre William nichts lieber gewesen, als sich über die Qualität von Papier oder Tuch vom Kontinent auszulassen und dessen höheren Preis im Vergleich zu den billigeren, aber schlechteren Waren aus England zu rechtfertigen.

Heute aber wich William Begegnungen dieser Art aus und eilte mit gesenktem Kopf zum Fluss hinunter. Als sein Blick die blutigen Piken der London Bridge streifte, schlug er die Augen nieder. Der Anblick setzte Maude noch immer zu – an jenem Sommerabend des Jahres 1476, als sie die Themse hinaufsegelten, hatte sie die Häupter zuerst erblickt.

Die Lage in Burgund und Flandern hatte sich verschlechtert. Übermäßige Steuern und Handelsbeschränkungen führten einen Großteil der Städte, die William liebte, in den Ruin.

Er mochte den Zerfall nicht mit ansehen, es war zu erbärmlich. Mit unseligen Verhältnissen konnte er nicht gut umgehen. Maude sagte, er jage ständig dem Sonnenschein hinterher und ertrage schlechtes Wetter nicht. Das mochte ja so sein, aber was verstand sie schon davon? Maude stammte aus Frankreich, dem Land, in dem Leidenschaften aufflammten und erkalteten, je nach dem Geschmack des Weins oder der Webart des Tuchs.

Auf der London Bridge wurde lebhaft Handel getrieben. Die Tavernen füllten sich, und die Straßenverkäufer wetteiferten um Kunden. Die Betriebsamkeit auf der Brücke ließ selten nach, ob die Leute nun Brot oder ihr Hinterteil verkauften. William hatte das Gefühl, in seinem roten Wams zwischen den dunklen Tuniken und Kniehosen aufzufallen.

»Gott sei mit Euch, wollt Ihr Ohrringe kaufen?«

»Darf es eine hübsche fette Gans sein, Squire?«

»Ein Schweinefuß gefällig? Eine heiße Pastete zum Mittagessen?«

William eilte weiter.

Er kam am *Head on a Pole* vorbei, der Taverne, in der er auf seinem Weg von oder nach Southwark bisweilen gern einkehrte. Aber er sollte längst in Westminster sein.

Am staubigen Schlagbaum entlang setzte sich das Gedränge fort, Kinder spielten im Pferdedreck, Gänse pickten am Wegesrand. Ein Straßenbengel zupfte William am Ärmel. Er bemerkte es kaum. Seit geraumer Zeit schenkte er der Welt weniger Aufmerksamkeit. Mit seinen sechzig Jahren fand er das ganz normal – vielleicht war aber auch das Malorys Schuld. William und Wynken waren sich bis zu dem Tag, an dem sie die ersten Seiten druckten, nicht sicher gewesen, welchen Titel sie dessen umfangreichem Werk geben sollten.

Maude missbilligte den Titel *Le Morte d'Arthur, Arthurs Tod*.

»Arthur ist nicht gestorben«, behauptete sie mit einer Bestimmtheit, die ihm jeden Nerv raubte. »Er wurde von Viviane, der Herrin vom See, und den drei Königinnen auf die Insel Avalon gebracht.«

Er wandte ein, es habe keinen Sinn, ein glückliches Ende vorzutäuschen, schließlich wisse jeder, dass Arthur durch Mordreds Hand sterben werde. Der Tod komme zu jedem, argumentierte William dann, warum sollte man ihm nicht ins Auge blicken? Sie neckten sich gern, wer von ihnen mehr Angst vor dem Sterben hatte.

Neun Jahre war es nun schon her, dass sie in einer lauen Nacht von Brügge nach London gereist waren. Während der Überfahrt hatte er sich an Deck auf seine kostbare Truhe voller Tinten, metallener Lettern und Pergamentrollen gesetzt und sich Sorgen gemacht. Noch immer waren so viele Hindernisse zu überwinden. Zwar war er bereits Vorsitzender der Kaufmannsgilde, doch wer wusste, ob er für sein neues Handwerk nicht eine neue Gilde benötigen würde. Zweifellos kamen ihm seine gesellschaftliche Stellung und sein Wohlstand zugute, und ohne den Tuchhandel wäre er gar nicht in der Lage, die Druckpresse zu halten. Wenige Drucker überlebten mit dieser einzigen Einnahmequelle.

Zum Glück hatte er sich in Brügge mit Margaret von York angefreundet, der Schwester von König Edward. Er hatte sogar den König selbst kennengelernt, als Edward im Exil in Brügge weilte.

Edwards Regentschaft als König währte die ersten sechs Jahre des Red Pale, und all die Zeit über war Elizabeth, die Königin, Williams begeisterte Gönnerin. Als William sich Sorgen machte, dass die alteingesessenen Bruderschaften der Schriftsteller und Schreiber eine Druckpresse mitten in London als Bedrohung empfinden könnten, zog Elizabeth den neuen Abt von Westminster, John Esteney, zu Rate. Kurz darauf wurde William das Red Pale auf dem Klosteranwesen zur Verfügung gestellt. Westminster war ideal, weil hier die Adligen und die Tugendhaften lebten. Den Vorteil wohlhabender Nachbarn sollte man nicht unterschätzen.

In jener Nacht ihrer Ankunft in London hatten Kohlenpfannen gebrannt, und aus den Tavernen im Hafen war der Gesang von Betrunkenen zu hören gewesen. Er und Maude waren nach der anstrengenden Überfahrt zu Tode erschöpft und gereizt, und William fragte sich, ob es richtig gewesen war, nach London zurückzukehren. Außerdem sorgte er sich, was Maude wohl von dieser Stadt und seinen Landsleuten halten würde. Er hatte ihr Entsetzen gesehen, als sie die mit ausgehöhlten grauhaarigen Schädeln gekrönten Pfähle auf der London Bridge erblickte. In Williams Augen war London in den drei Jahrzehnten seiner Abwesenheit kultivierter geworden (von den Köpfen einmal abgesehen). Es gab mehr flämisches Tuch, und es gab mehr Bücher, Ziegelsteine und Fenster.

Southwark steht auf einem ganz anderen Blatt, dachte William, als er die London Bridge jetzt hinter sich ließ und an einer Bande Straßenjungen vorbeikam, die mit Stöcken im Flussschlamm stocherten. Zweifellos hofften sie auf einen vergrabenen Schatz, silberne Schuhschnallen etwa oder einen verlorenen Ring. So manch ein Londoner Adliger stieg von einem Fährboot in den Schlamm von Southwark, von Alkohol benebelt, ohne auf seine Habe zu achten. Hier am Südufer befanden sich all die Hurenhäuser, Bärenzwinger und Wettstellen, die nicht der Kontrolle durch die prüden Ratsherren Londons unterlagen. Hier hatten sich Chaucers unzüchtige Pilger versammelt, um ihre Reise nach Canterbury anzutreten.

William ging in östlicher Richtung am Fluss entlang, nur ein kurzes Stück, bis Cox's Wharf, wo sich die Werkstatt des Buchbinders befand und direkt daneben die Hersteller von Pergament und Tinte ihre Werkstätten hatten. Es roch nach Galleiche und Hadernpapier. Der Gestank von verrottendem Lein ließ seine Augen tränen. Hier kaufte er sein Hadernpapier in vorgebundenen Lagen, wohingegen er Pergament und Leder lieber importierte. Die Engländer begriffen anscheinend nicht, wie wichtig die *Beschaffenheit* war, dass Vellum und Leder sich wie Samt und Seide anfühlen mussten, dass die Qualität des Materials der Qualität des Wortes gleichzukommen hatte. Wenn er es sich leisten könnte, würde er seine Bücher ausnahmslos auf Vellum drucken, dem einzigen Material, das den Zeiten standhielt. Wozu stellte man denn Bücher her, wenn sie die Menschheit nicht überdauerten?

Die sorgenvollen Gedanken ließen William nicht los. Was sollte er bloß tun, wenn der Italiener beim Absteppen des Buchrückens eine Lage ausgelassen oder den Band aus Versehen in Schweinsleder gebunden hatte? William schalt sich selbst. Er war ein Narr, sich schon wieder mit seinen Bedenken zu beschäftigen, nachdem Maude ihn so großzügig abgelenkt hatte. Er kam an einer neuen Druckerwerkstatt vorbei. Er hatte auch schon darüber nachgedacht, ob es nicht bequemer wäre, die Druckpresse nach Southwark zu verlegen, wo er umgeben wäre von Händlern seines eigenen Gewerbes, aber im Herzen Westminsters fühlte er sich sicherer. Dort gab es Geld, mit dem Abt stand er nach wie vor auf gutem Fuße, und seine Freunde musste man sich in Zeiten wie diesen sorgfältig aussuchen.

Das Lehmfachwerkhaus des Italieners stand so schief, dass William immer befürchtete, es könnte über ihm zusammenbrechen. In der Werkstatt drinnen häuften sich Buchbände in unterschiedlichen Stadien der Fertigstellung. Ungebundene Lagen türmten sich, und über die aufgebockten Tischplatten und auf dem Boden lagen Bündel aus losen Seiten verstreut. Von den Deckenbalken hingen getrocknete und ungetrocknete Häute herab, es roch nach gegerbtem Leder, Knochenleim und Papier. William drehte sich vor Aufregung der Magen um.

Zunächst wähnte er sich allein im Raum, dann nahm er eine Bewegung hinter einem Berg von Pergament wahr, und der Italiener tauchte auf. Seine Lederschürze, seine Kleidung und seine Haut waren ebenso umbrabraun wie sein Inventar. Er war ein kleiner, drahtiger Römer, dessen Englisch einen wohlklingenden Akzent hatte.

»Ah, Meister Caxton«, sagte er und verschwand schon wieder in den hinteren Raum. William schlenderte umher, nahm ein Buch zur Hand und blätterte es nervös durch.

Er klappte es zu, ohne auch nur eine Ahnung zu haben, was er da gerade betrachtet hatte.

Der Italiener kam zurück, gefolgt von seinem Lehrburschen. Jeder trug ein Buch. Williams Herz machte einen Satz, und sein Mund wurde knochentrocken.

Der Italiener reichte ihm das Buch.

Es war schwer wie eine Bibel, was William ungeheuer freute. Er fuhr mit den Händen über den Einband und erregte sich an der glatten Oberfläche, als wäre es Maudes Schenkel. Er lächelte im Stillen. Das würde er ihr erzählen.

Oder lieber nicht.

Sie würde ihm nur vorwerfen, dass er ihre Haut mit der einer Kuh verglich. Er wusste oft nicht recht, ob sie scherzte oder ob er sie wirklich kränkte. An diesem Morgen hatte er sie gekränkt, das war ihm klar. Wie töricht er doch war. Warum hatte er ihr nicht gesagt, dass sie ihm selbstverständlich wichtiger war als seine Arbeit? Maude war immer seine größte Stärke gewesen, die Druckpresse jedoch war seine größte Errungenschaft, und jedes neue Werk beschäftigte ihn zutiefst. Das war von Anfang an so gewesen, schon bei seinem ersten Buch, Anthony Woodvilles *Dictes and Sayings of the Philosophers*. William hatte lange nicht an Anthony Woodville gedacht. Er schämte sich.

»Und, seid Ihr zufrieden?«, fragte der Italiener.

»Das bin ich«, versicherte ihm William.

Der Mann schaute ihn neugierig an. »Ist dieser Thomas Malory ein Engländer?«

»Ist er. War er. Er ist ein toter Engländer.«

»Aber es sind keine englischen Erzählungen, sondern französische und walisische. Und eine ist italienisch. Warum erscheinen sie auf Englisch?«

»Die Leute wollen jetzt Englisch lesen – Latein ist für Gelehrte, Französisch für den Adel.«

»Ist das so?«

William zuckte mit den Schultern. »Meines Erachtens ja.«

»Habt Ihr ihn nicht gefragt?« Der Buchbinder schien entsetzt zu sein.

»Ich habe ihn nicht gekannt.«

Ungläubig schüttelte der Italiener den Kopf. »Ich dachte, Ihr müsstet ihn kennen, um etwas zu drucken, was so … so …« Er hielt inne. »Was ich sagen möchte, Meister Caxton: Eure anderen Werke sind ernster. Die Worte von Gelehrten und Philosophen!«

William wollte seine eigenen Zweifel nicht aus dem Munde eines anderen hören. »Ich bekam es von einem Freund«, erwiderte er abwehrend und bereute die Offenlegung sofort. Er hatte niemandem erzählt, wie er an das Manuskript gekommen war, nicht einmal Wynken.

»Und Euer Freund hat diesen Malory nicht gefragt, warum er alte französische Rittersagen auf Englisch niederschreibt?«

William ließ sich nicht dazu verleiten, weitere Einzelheiten preiszugeben. »Ich gehe davon aus, dass Malory die Erzählungen übersetzt hat, weil er der Meinung war, viele Menschen sollten sie lesen«, brachte William vor. Ihm fielen die friedlichen Stunden ein, die er in Brügge allein beim Übersetzen verbracht hatte. Nicht zum ersten Mal war er neidisch auf Thomas Malory. Gefangener hin oder her, immerhin hatte er lange Jahre in Gesellschaft von Rittern und Edelfrauen verbracht.

Der Italiener wartete ab, ob William noch etwas ausplauderte. Nur Maude wusste, dass Anthony Woodville ihm das

Manuskript anvertraut hatte. Sie war dabei gewesen, an einem späten Aprilabend. War das tatsächlich schon zwei Jahre her? Zwei ganze Jahre, seitdem Edward gestorben war und Elizabeth sich gezwungen gesehen hatte, im Kloster der Westminster Abbey Zuflucht zu suchen?

Anthony war allein gekommen, gekleidet in einen schlichten Umhang mit Kapuze. Seine Tunika war schäbig und farblos, kein Wams aus feinem Tuch mit Schlitzärmeln, wie er es sonst zu tragen pflegte. Die Satteltasche, die er über der Schulter trug, stellte er zu seinen Füßen ab, dann tranken sie Maudes Wein. Das war Maudes einzige Überspanntheit. Für sie war guter Wein einfach unabdingbar. Französischer Wein.

William spürte, dass der Italiener ihn beobachtete. Er sollte etwas sagen. »Ihr kennt diese Geschichten gut, wenn Ihr Euch so für ihren Ursprung interessiert.«

Der Italiener hob die Schultern und deutete mit einer weit ausholenden Geste um sich. »Wie Ihr seht, Meister Caxton, gehört es zu meinem Geschäft, Geschichten zu kennen. Aber die Rittersagen von König Arthur kennt doch jeder. Sie sind beliebt, auch wenn sie immer wieder dasselbe erzählen, vom kühnen Ritter auf der Suche nach einem Abenteuer und der schönen Edelfrau, die es zu retten gilt. Diese Franzosen glauben wohl, sie könnten jede Frau haben, auch wenn sie einem anderen gehört, also hüllen sie ihre Wollust in hübsche Verse, und auf einmal denkt jeder, es sei von Gott so bestimmt.«

Anscheinend war der Mann gebildet. William zog unwillkürlich die Augenbrauen hoch.

»Ihr wundert Euch, dass ich mich auskenne«, sagte der Buchbinder. »Ich habe einmal studiert, in Venedig. Ich habe erlebt, wie junge Liebende in Versen ertranken. Ich selbst bin darin ertrunken.«

»Dafür sind die Minnesänger verantwortlich zu machen«, sagte William unbeschwert und lehnte sich an eine Tischkante. Er hatte nicht damit gerechnet, eine solche Unterhaltung mit dem Buchbinder zu führen, und er hatte seine Freude daran. »Die haben den Brauch der Minne verbreitet.«

»Minne – pah!« Der Italiener gestikulierte eifrig. »Das ist doch alles Lüge. Eine Lüge, die den Namen der Liebe zerstört. Was bilden sich die Franzosen ein zu behaupten, romantische Liebe zwischen Gemahl und Gemahlin sei nicht möglich? In meinem Land ist die Ehe nicht so – nein, nein, nein, Mann und Frau sollten sich auf jede Weise lieben.«

William überlegte, ob er dem Mann sagen sollte, dass seine französische Frau auf jede Weise zu lieben vermochte, hielt sich aber zurück. »Welche dieser Erzählungen ist italienischen Ursprungs?«, fragte er stattdessen.

»*Donna di Scalotta*, welche Euer Malory allerdings *Lilienmaid von Astolat* nennt«, sagte der Buchbinder missbilligend. »Und er hat sich noch andere Freiheiten herausgenommen!«

»Ach ja?« William war die Geschichte der Donna di Scalotta nicht bekannt. Er musste Wynken danach fragen. Bisher hatte er geglaubt, Thomas Malory habe die Erzählung der Lilienmaid von Astolat erfunden und Astolat mit Guildford gleichgesetzt.

»Die ursprüngliche Geschichte ist ganz einfach. Donna di Scalotta begegnet Lancelot, verliebt sich in ihn und wird abgewiesen. Sie stirbt an gebrochenem Herzen. Aber Malorys Lilienmaid von Astolat ist eine englische Erzählung, in der Lancelot zur Burg ihres Vaters kommt und ihre Brüder kennenlernt. Er gewinnt ihre Gunst bei einem Tjostwettkampf, und sie nimmt sich seiner an, als er verwundet ist. Er lässt sie in dem Glauben, er liebe sie, weil er eitel ist, aber in Wirklichkeit liebt er nur die Königin. Euer Malory stellt die Lilienmaid so dar, als könne sie nicht ohne Lancelot leben, aber Donna di Scalotta war kein schwaches Geschöpf, das die Liebe irgendeines Mannes brauchte. Sie war *die Liebe selbst*, und die Liebe hält es eben nicht aus, allein zu sein.«

William und Wynken waren bisher davon ausgegangen, dass Malory ein Ritter mit einer gewissen Begabung gewesen war, der sich bei seiner Beschreibung von Schlachten und Tjosten auf eigene Erfahrungen stützte. Aber vielleicht hatte er ja auch auf sein Leben zurückgegriffen, als er die Geschichte der Lilienmaid von Astolat schrieb. Wenn er nun einen Grund gehabt hätte, über eine Dame in Guildford zu schreiben, die ihn liebte? William schüttelte den Kopf. Derartige Hirngespinste sollte er besser begraben. Er musste sich damit abfinden, dass er nicht mehr über Malory erfahren würde.

Er betrachtete das gewichtige Buch in seinen Händen. Er hatte Angst, es aufzuschlagen und die ersten Zeilen zu lesen, die er so gut kannte:

Es geschah in den Tagen des Uther Pendragon, als er König von ganz England war …

Auf keinen Fall würde er es über sich bringen, es in Gegenwart des Italieners zu lesen. Er würde diesen Moment später genießen, allein in seinem Dachzimmer im Red Pale.

»Dieser Malory muss wohlhabend gewesen sein«, stellte der Italiener fest.

»Wie kommt Ihr darauf?«

»Er muss all die alten Bücher zur Verfügung gehabt haben.«

»Vielleicht hatte er einen Gönner«, erwiderte William. Der Gedanke war ihm schon mal gekommen.

»Aber es gibt keine Widmung«, sagte der Italiener.

William überlegte. »Zumindest wurde mir keine geliefert«, musste er eingestehen.

Der Italiener nickte nachdenklich. »Ihr meint also, die Widmung wurde Euch vorenthalten?«

»Das habe ich so nicht gesagt … Zumindest könnte ich es nicht mit Bestimmtheit behaupten«, erwiderte William lahm. Ihn beschlich das Gefühl, bereits zu viel gesagt zu haben, nun hatte er es plötzlich eilig. Er wollte allein sein und sich an seiner neuen Errungenschaft ergötzen. »Bitte lasst das andere Buch ins Red Pale auf dem Klostergelände Westminster liefern«, bat er den Mann.

»Mein Bursche kann es gegen Mittag bringen.« Jetzt war der Italiener wieder ganz der geschäftstüchtige Händler.

»Ausgezeichnet. Eins nehme ich jetzt mit, das passt in meinen Ranzen.« Es ging tatsächlich, wenn auch nur knapp.

»In Ordnung, Meister Caxton.«

Der Mann schaute ihn erwartungsvoll an, und William brauchte eine Weile, bis ihm der Grund dafür bewusst wurde.

»Ich bezahle natürlich sogleich«, sagte er.

Der Italiener wirkte erleichtert und war nun wieder ganz zuvorkommend. »Schade, dass Ihr diesen Malory nicht kennengelernt habt«, sagte er kopfschüttelnd. »Wirklich schade …«

William wollte nun wirklich los, aber er mochte auch nicht unhöflich erscheinen. »Ja«, sagte er fahrig, »das stimmt.« Umständlich schnallte er den Ranzen zu. »Warum findet Ihr das schade?«

»Dann hättet Ihr ihn fragen können, warum er die Geschichte der Donna di Scalotta zerstört hat.«

»Aber ja doch! Sollte ich es noch herausfinden«, sagte William, nun schon fast an der Tür, »lasse ich es Euch wissen.«

William konnte nicht zum zweiten Mal an diesem Tag am *Head on a Pole* vorbeilaufen. Er war dem Verdursten nahe. Die Taverne war nicht besonders sauber, das Gebräu wässrig, aber hier lief er zumindest keine Gefahr, erkannt oder gestört zu werden.

»Jetzt schaut Euch das mal an«, sagte die Wirtin, als er an den Tresen trat. William wollte sich nicht auf eine Unterhaltung mit ihr einlassen. Er wollte sein Ale trinken und seine Ruhe haben. Doch schon war die obere Hälfte ihres weichen Körpers in einer niedrigen Durchreiche in der Wand verschwunden, und ihr Rumpf schwankte hin und her, als sie zu einem im Hinterhof stattfindenden Hahnenkampf mit den Füßen aufstampfte. Er konnte nichts sehen, hörte es aber an dem mörderischen Krächzen und dem Jubel.

»Was?«, fragte er halbherzig. Hahnenkämpfe interessierten ihn nicht. Sie endeten immer in einem blutigen Durcheinander aus Tieren und Zuschauern. Er wollte sich hinsetzen, bevor Verdurstende und Ungewaschene die Taverne überschwemmten.

»Der Vogel da rennt ohne Kopf herum«, sagte die Wirtin.

William gab einen für seine Begriffe passenden Grunzlaut von sich und entfernte sich. Er fand eine Ecke, einen Hocker und ein Fass, zündete sich seine Pfeife an und richtete den Blick fest auf die Deckenbalken. Er schaute auf den Klumpen, der seinen Ranzen ausbeulte, dann wieder zur Decke. Ein Feigling war er. Warum fürchtete er sich davor, ein Buch aufzuschlagen, das er wie die lateinische Messe herunterbeten konnte?

»Meister Caxton?«

William fuhr zusammen.

»Ja, der bin ich.« Er kannte den Jungen nicht, auch war er in keinem der William bekannten Betriebe Lehrbursche. Der Junge trug die Kluft eines Gemeinen, seine niedrigen Stiefel jedoch waren aus hochwertigem Leder, und seine Augen blitzten messerscharf.

»Ich heiße Michael. Können wir reden?«

»Das können wir. Sagt, kenne ich Euch?«

Michael hockte sich ins Stroh, und seine Blicke schossen unruhig hin und her, als er den zusammengewürfelten Haufen von Männern in nächster Nähe musterte. Die meisten hatten wild abstehendes, verfilztes Haar, obwohl die Badezeit angebrochen war.

»Offen gestanden«, drängte William, »gefällt mir diese Taverne, weil mich hier niemand kennt.«

»Viele Leute kennen Euch, Meister Caxton«, erwiderte der junge Mann. Bei näherem Hinsehen sah er schon nicht mehr so jung aus, befand William. »Mein Lehrer hat mir von Euch und Eurer Druckpresse erzählt, als ich noch ein Kind war.«

Sein Alter war schwer einzuschätzen – bestimmt noch keine dreißig, dachte William. »Und wer war Euer Lehrer?«, fragte er.

»Abt Millyng.«

»Also wurdet Ihr im Kloster zu Westminster unterrichtet?«

»Ich war Novize, aber dann ...«

»Dann habt Ihr einen anderen Weg gewählt«, nahm William vorweg.

»Ja, jetzt bin ich Bogenschütze.«

William hütete sich, nach den Gründen für diese Entscheidung zu fragen. Er kannte die Antwort. Wer hatte schon blutigere Zeiten als diese erlebt? Als Maude und er nach London kamen, hatten sie noch geglaubt, vor dem Wind eines neuen Zeitalters zu segeln. In Deutschland und Italien hatten sie den Hauch der Veränderung gespürt und gemeint, er werde gen England wehen. Besonders Venedig war trunken vor Kunst und florierendem Handel, und die hebräischen Schreiber strömten dorthin, um ihre Bücher zu produzieren. Doch England steckte so tief in seinen blutigen Auseinandersetzungen, dass es sich von Malerei oder Dichtung nicht befrieden ließ. Drei Könige tot in zehn Jahren, die Ufer in Blut getränkt. Dem Himmel sei Dank für Malerei und Dichtung – ohne sie hätte William all das kaum ausgehalten.

Er betrachtete den Bogenschützen. »Und seid Ihr ein Freund des neuen Abtes?«

»Ja.«

»Und seines Haushalts?«

»Wenn Ihr die Königinwitwe meint, Meister Caxton, dann lautet die Antwort erneut ja.«

»Möchtet Ihr ein Ale mit mir trinken und mir von ein paar Schlachten erzählen?«

Der Junge zögerte. William zog seinen Geldbeutel aus der Tasche. »Ich lade Euch ein«, sagte er und drückte ihm eine Münze in die Hand.

Einen Krug Ale in der Hand, erzählte der Bogenschütze von seiner Jugend in der Abtei von Westminster, zu Zeiten, als Elizabeth Woodville zum ersten Mal dort Zuflucht gesucht hatte. Später setzte er William mit Fragen über das Red Pale und das neue Buch zu. William zeigte ihm den Band in seinem Ranzen, und Michael war angemessen beeindruckt. Doch erst als der junge Mann nicht lockerließ, verstand William, dass er ihn tatsächlich im Auftrag Elizabeth Woodvilles aufgesucht hatte. Mehr noch: Er hatte eine Bitte von der Königinwitwe zu überbringen.

Leicht dösig durch das Ale und gleichermaßen aufgewühlt durch das Gespräch, nahm William die Fähre von Queentithe und dachte darüber nach, was der Bogenschütze gesagt hatte. Eigenartig, dass ihn ausgerechnet heute, da die Vergangenheit sich anscheinend erhob, um ihm entgegenzutreten, ein Freund von Elizabeth Woodville aufsuchte.

In Westminster betrachtete William die hohen Steinmauern des Klosterheiligtums. Im Lauf der Jahre hatte er sich an den Anblick gewöhnt. Hinter den Mauern lag ein anderes Land. Keine Menschenseele kam dort ohne Genehmigung des Abtes hinein. Das Kloster gehörte zu Westminster, und doch wieder nicht. Es war heiliger Grund. Kein Mann von Ehre würde es wagen, sich ohne den Segen des Abtes auf Gottes Eigentum zu begeben. Und weder König noch Parlament vermochten anzutasten, wer dort Zuflucht gesucht hatte.

William holte tief Luft und genoss die Sonne. Er roch die schweren Düfte aus dem klösterlichen Kräutergarten. Die Dominikaner, die den Garten pflegten, fanden immer wieder neue Blumen, die sie zwischen ihre Heilkräuter pflanzten. Dort wuchsen orangefarbene und weiße Lilien, arabische Rosen, Schwertlilien und köstlicher orientalischer Jasmin, der süß wie Nektar duftete.

Westminster wurde von Jahr zu Jahr geschäftiger, das Allerheiligste und das Kloster jedoch grenzten noch an das Weideland am Rande der Stadt.

Oft arbeitete William bis spät in die Nacht in seinem Dachzimmer im Red Pale. Auch das war Maude ein Dorn im Auge. Ein Mann sollte zu Hause bei seiner Frau sein, damit sie ihn heißmachen konnte. Damit er sie entzücken konnte.

Maude gab vor, Williams derben englischen Humor nicht zu mögen, doch er wusste, dass sie ihren Spaß daran hatte. Ihre Großmutter war Dirne am Hof Karls des Wahnsinnigen gewesen, von ihr hatte Maude den Hang zur Obszönität geerbt. Er fragte sich, ob sie sich noch immer so gut verstehen würden, wäre ihre Wollust nicht gewesen. Gewiss wäre er gern der Ehemann, den sie sich wünschte, aber ihm war nicht klar, wie er das schaffen sollte. Wenn er nicht arbeitete, wurde er reizbar und unruhig – schließlich könnte er den Anschluss an den Handel verlieren, wenn er zu lange zu Hause bliebe. Und was wäre er ohne seine Arbeit? Maude hatte ihm in den ersten Monaten ihres Liebeswerbens gesagt, sie begehre ihn aufgrund seines Lebenshungers. Und jetzt machte sie genau dieser unglücklich.

Bei der Betrachtung der Klostermauern überlegte William, dass Michael, der Bogenschütze, da er freien Zugang zum Kloster hatte, sicherlich nicht nur Elizabeths Vertrauen genoss, sondern auch das von John Esteney. Den Abt auf seiner Seite zu haben war eine gute Referenz. Eine sehr gute. William fragte sich, wessen Haushalt der Bogenschütze wohl in erster Linie diente. Vermutlich war es unwichtig. In diesen schwierigen Zeiten diente jeder Mann zunächst sich selbst.

Krieg lag in der Luft – man spürte ihn förmlich auf der Haut. Richard war ein ungeliebter König, und in Henry Tudor schien er einen echten Rivalen zu haben. William hatte sich schon öfter bemüht, Wynken zu erklären, warum Henry, der Sohn von Margaret Beaufort, einen Anspruch auf die Krone habe. Margaret Beaufort stammte von John von Gaunt ab, dem Herzog von Lancaster und Sohn Edwards III. Die Wunde in den Herzen von York und Lancaster saß tief. Wer konnte schon sagen, welche Seite rechtmäßig herrschen sollte? Wen kümmerte es? Allerdings vermutete William, dass viele – wie er selbst – für einen rechtmäßigen König bereitwillig auf den Frieden verzichten würden.

Er hob den Kopf, als das vertraute Geräusch von im Wind knarrenden Ketten an sein Ohr drang. An den Ketten hing eine schwere Holztafel, auf der ein weißer Schild mit einem breiten roten Pfahl zu sehen war. William wusste nicht, was dieses Wappen bedeutete, doch er hatte das Haus mit dem Namen Red Pale, Roter Pfahl, von Anfang an gemocht. Das Erdgeschoss bestand aus einem einzigen Raum, oben war ein Dachzimmer mit hoher Decke und kreuz und quer verlaufenden Balken. Es gefiel ihm, weil es auf dem Klosteranwesen stand, auf dem – womöglich dank der Almosen – Frieden herrschte. Er hatte wirklich Glück, dass John Esteney, ein Gelehrter mit Phantasie, ihm erlaubt hatte, hier seine Druckpresse einzurichten.

William warf einen letzten Blick auf die Mauer, bevor er das Haus betrat. Dass er Elizabeth Woodville dort drinnen am Leben wusste, war eigentlich ohne Bedeutung. Kaum jemand erwähnte noch ihren Namen. Ihre Söhne waren, falls nicht ermordet, aller Wahrscheinlichkeit nach verhungert, eingesperrt im Verlies der Burg, in der sie sich einst frei bewegt hatten, in der sie in den Armen ihrer Mutter eingeschlafen waren. Richard hatte nichts davon, wenn er die Prinzen von York am Leben ließ. Sie waren mit ihm verwandt, also stellten sie eine Gefahr für seinen Thron dar.

Elizabeth Woodville hatte ihre Töchter bei sich, die inzwischen junge Damen waren. Sie waren keineswegs so schön wie ihre Mutter, aber sie besaßen reine Haut und einen angenehmen Charakter. Die junge Elizabeth hatte denselben unermüdlichen Geist wie ihre Mutter und ihre Großmutter –

das sah man an ihrem Gang und an der Art, wie sie die Welt betrachtete, so als würde nichts und niemand sie von dem Schicksal abbringen, das ihre Herkunft ihr vorbestimmte.

Was der Bogenschütze ihm berichtet hatte, tröstete William: dass Michael eine gute Beziehung zu Elizabeth Woodville pflegte und sie über Meister Caxtons neue Bücher auf dem Laufenden hielt. William ärgerte sich, dass er nicht gewagt hatte, selbst herauszufinden, wie es Elizabeth ergangen war. Er war ein Feigling, das ließ sich nicht anders sagen. Aber er war der Drucker des Königs und konnte es sich nicht leisten, einen Vertrag mit der Krone aufs Spiel zu setzen, indem er sich offen mit der in Ungnade gefallenen Königinwitwe verbündete. König Richard war an Bildung interessiert und hatte Bücher für Schulen bei William in Auftrag gegeben. Das Geschäft lief gut.

Als Elizabeth Königin war, hatte sie William eingestellt, um eine Sonderausgabe der *Canterbury Tales* zu drucken, weil sie ihren hochgeschätzten Band einer Freundin geliehen und nicht zurückbekommen hatte. William fragte sich, ob sie ihn wohl dafür verurteilte, dass er jetzt dem neuen Königshaus diente. Aber man musste sich anpassen, um im Geschäft zu bleiben.

William betrat die Werkstatt, tief in Gedanken versunken, wurde jedoch schnell abgelenkt. Der Raum vibrierte vor Aktivität, obwohl der Drache, wie sie die Druckpresse nannten, gerade ruhte. Das Red Pale war in verschiedene Tätigkeitsbereiche aufgeteilt. Im hinteren Teil der Werkstatt brannten Feuer, und die Tintenhersteller kochten Galleiche und Gummi arabicum in Schmelztiegeln. Der Raum hatte denselben erdigen, beißenden Geruch, der auch die Luft um Cox's Wharf verpestete.

Pergamenthersteller aus Southwark spannten und schnitten das importierte Vellum. Der Gestank, der ihnen anhaftete, fiel William gar nicht mehr auf, doch manch anderer machte einen weiten Bogen um sie. Das Leder wurde in einer Gerberei am Fluss getränkt und sauber gekratzt, und der Uringeruch blieb am Vellum haften und genauso an den Pergamentherstellern. Manche glaubten tatsächlich, der Urin des Abtes sorge für feinere Qualität. William sah das eher nüchtern: Seiner Meinung nach war jedermanns Urin gleichermaßen dazu geeignet, die Haare des Tieres von seiner Haut zu lösen.

Gegenüber den Feuerstellen standen zwei Zeichentische, L-förmig zusammengeschoben. Dort stapelten sich Papierlagen und Bücher, und hinter einem der Stapel war der gebeugte, zerzauste Kopf Wynken de Wordes zu sehen. Der Rest der schlanken Gestalt von Williams Partner war verdeckt. Der Himmel mochte wissen, wie sie in diesem Durcheinander jemals etwas fanden. Da hatte mit Sicherheit Gott seine Hand im Spiel.

An der westlichen Wand des Raumes stand die Druckpresse. Sie nannten sie Drache, weil sie die Hüterin des Wissens war und Feuer im Bauch hatte. *Metaphorisch* gesehen, wie die Franzosen sagen würden. Wynken hatte ihm die Bedeutung dieses ergötzlichen Wortes erklärt, und jetzt verwendete William es so oft wie möglich. Der große Eichenholzhebel des Drachen ruhte, seine Brust war schwarz von Tinte. William würde Jon, dem Knappen, auftragen, ihn zu polieren, bevor er beim nächsten Auftrag wieder in Betrieb genommen wurde. Man musste den Drachen gut behandeln. William seufzte zufrieden. Dieser Raum enthielt alles, was er sich je gewünscht hatte.

Wynken schaute erst auf, als William unmittelbar vor ihm stand. Er war kurzsichtig. Und er besaß eine Fähigkeit, sich zu konzentrieren, die William Ehrfurcht einflößte. William wusste um seine eigenen Stärken, seine Energie, seinen Charme, seine gesellschaftliche Stellung, seinen Wohlstand und sein Können als Übersetzer, aber Wynken, mit seinen dreißig Jahren gerade mal halb so alt wie William, sprach leise und bewegte sich vorsichtig und wohlüberlegt. Er tat keinen Atemzug, vollzog keine Geste, die nicht notwendig gewesen wäre, wog jedes Wort und jede Handlung ab.

»Guten Morgen, Wynken.«

»Meister Caxton.«

William schnallte seinen Ranzen auf und legte das Buch auf den Tisch.

Wynken stieß einen leisen Pfiff aus. Er fuhr mit der Hand über das geprägte Leder, genauso wie William es gemacht hatte. Er schlug das Buch auf, was William unterlassen hatte, und inspizierte die Innenauskleidung. Dann schaute er auf.

Sie lächelten beide.

»Der Italiener ist so gut, wie du sagst.«

»Natürlich.«

»Jemand hat nach dir gefragt«, sagte Wynken. Er schaute William argwöhnisch an, als könnte der ihm etwas vorenthalten haben.

»Du weißt ja, wo ich war.« William lächelte.

Wynken nickte bedächtig. Für einen so jungen Mann war er viel zu ernst. Er mochte zwar aus dem Elsass stammen, hatte aber nichts Französisches an sich. Wein oder Ale rührte er kaum an, hatte anscheinend keine Frau und kleidete sich wie ein Beamter. Die wechselnden Moden in London interessierten ihn nicht. Ihn interessierten nur Bücher.

»Wer war das?«, fragte Wynken.

Auch die Gepflogenheiten eines Engländers kannte er nicht. Wenn er etwas wissen wollte, fragte er. Wenn ihm etwas gefiel oder nicht gefiel, sagte er es.

»Er ist Bogenschütze. Wir haben einen gemeinsamen Freund.«

»Wer ist euer gemeinsamer Freund?«

William zögerte. Vor Wynkens bohrender Neugier ließ sich

nur schwer etwas verbergen. »Das ist eine heikle Angelegenheit …«

»Eine Frau?«

»Ja, aber keine … keine Frau in dem Sinne. Was ich sagen will, ist …«

»Sie ist nicht deine Geliebte?«

»Nein! Nein. Ich habe keine Geliebte. Maude ist schwierig genug. Die Freundin, die Frau … es ist kompliziert.« William senkte die Stimme, obwohl in dem Raum so viel Lärm herrschte, dass man sie unmöglich hätte belauschen können. »Es ist nicht ganz ungefährlich«, flüsterte er.

»Aha.« Wynken nickte. »Verstehe. Sie ist keine Freundin des Königs.« Die Einzelheiten des dreißig Jahre währenden Krieges durchschaute Wynken immer noch nicht recht. Wenn William ihm zu erklären versuchte, wie es dazu kam, dass die Krone so umkämpft war, wer mit wem verwandt, wer Yorkist und wer Lancastrianer war, schüttelte Wynken am Ende immer den Kopf und gab sich geschlagen.

»Nein, sie ist keine Freundin des Königs.«

»Und du befürchtest, wenn der König herausfindet, dass du mit ihr befreundet bist, lässt er dich wegen Verrats hinrichten.«

Wynken sagte es, als träfe er eine Feststellung über die Beschaffenheit von Tinte. William schämte sich, als er seine Furcht so in Worten ausgedrückt vernahm, und fürchtete sich prompt noch mehr.

Er nickte.

»Dann darf es niemand wissen.«

William schüttelte den Kopf.

»Was will sie denn, diese Freundin?«, fragte Wynken.

»Sie möchte etwas über das Buch wissen, sie möchte es haben. Michael – der Bogenschütze – hat mir gesagt, er habe der Frau immer erzählt, was wir in unserer Druckpresse machen.«

Wynken runzelte die Stirn. »Und warum ist er ausgerechnet jetzt zu dir gekommen? Warum bittet er dich um dieses bestimmte Buch?«

»Das weiß ich nicht«, gab William zu. Aber nachdem die Frage einmal formuliert war, überkamen ihn erneut Zweifel und Befürchtungen. Wer hatte das Manuskript besessen, bevor Anthony Woodville es ihm übergeben hatte, und wie war es in Anthonys Obhut geraten?

»Wer ist diese Frau?«, fragte Wynken.

William seufzte und sagte endlich, wer Michaels Herrin war: »Elizabeth Woodville.«

»Die Königinwitwe …«, murmelte Wynken, offensichtlich stolz darauf, dass es ihm eingefallen war. Er wusste über Elizabeth Woodville Bescheid – so viel immerhin hatte er von englischer Politik verstanden.

William nickte nur.

»Dann geben wir ihr doch ein Exemplar des *Morte d'Arthur*«, sagte er.

»Wie denn?« Allein der Gedanke ließ William erschaudern.

»Über den Bogenschützen, ist doch ganz einfach.«

»Ja, gewiss«, erwiderte William. Er kam sich wie ein Narr vor. »Ich habe ihm tatsächlich ein Exemplar versprochen. Er holt es hier ab. Heute.« William hatte das Angebot bereut, gleich nachdem er es bei dem Gespräch in der Taverne vorgebracht hatte. Welchen Nutzen hatte ein Bogenschütze schon für ein Buch? Er würde es wahrscheinlich als Fußbank oder Kerzenständer benutzen.

»Und dann gibt er es ihr«, sagte Wynken zuversichtlich.

»Gewiss«, wiederholte William und staunte auf einmal selbst darüber, dass er Elizabeth durch einen Boten ein Buch zukommen lassen würde. So eine poetische Konstellation gab es doch sonst nur in der Literatur! Hätte er bloß mehr von den Griechen gelesen, dann könnte er solche Mysterien besser verstehen.

In seiner Jugend hatte er gelesen, um voranzukommen – um in bestimmten Kreisen anerkannt zu werden und sich einen Ruf zu erarbeiten. Er hatte sich für einen Gelehrten gehalten, weil er ein Übersetzer war, nun aber musste er erkennen, dass er weder Dichter noch Gelehrter war. Er lieferte lediglich die Worte der Alten und Minnesänger an das Volk.

Anthony Woodville war der Gelehrte, nicht er. Anthony hatte ihm vor vielen Jahren in Brügge erklärt, mit solchen romantischen Konstellationen spönnen die Schicksalsgöttinnen den Faden der Zeit zwischen Spinnrocken und Spindel. Für einen Ritter des Hosenbandordens, hatte William damals nur festgestellt, sei das kaum zu verstehen. Anthony gestand ein, dass er die *Metapher* vom Faden der Zeit gern verwendete, weil die Angebetete seiner Kindheit sie gemocht habe. Anthony hatte seine Angebetete häufiger erwähnt, und stets hatte er William damit neugierig gemacht. Jetzt aber würde er nie erfahren, wer diese Frau gewesen war.

Drei Schicksalsgöttinnen gab es, die Beschaffenheit der Zeit war somit verdreifacht. Die Vergangenheit war der Faden, der bereits um die Spindel gewunden war, die Gegenwart das, was zwischen den Fingern der Spinnerin hindurchlief, und die Zukunft befand sich auf dem Spinnrocken und musste noch verarbeitet werden.

Diese wunderliche Vorstellung tröstete William irgendwie; immerhin hatte er sein Vermögen mit Tuch gemacht. Er musste sein Leben nur so weiterführen, seine Steuern bezahlen, seine Frau lieben und vor der Klugheit von Philosophen und Poeten in Ehrfurcht erschauern, dann wären die Schicksalsfrauen schon zufrieden. Sie spannen ihren Faden ohnehin weiter, also war es am besten, man mischte sich nicht in ihre Tätigkeit ein. Das gehörte zu den Vorteilen, wenn man älter wurde: Man hatte sich an die Launen des Schicksals gewöhnt.

Allerdings wurde man auch weniger feinfühlig.

William spürte seine Pfeife in der Manteltasche. Er war versucht, eine Pause zu machen – der Ermüdung nachzugeben, die ihm beständig zusetzte, nach oben zu gehen, wo er die Manuskripte verwahrte und seine Übersetzungen anfertigte, an die fernen Tage in Brügge zu denken, im Haushalt von Margaret von York, so wie er es in nachdenklichen Momenten gern machte. Dort war es viel interessanter geworden, nachdem Anthony Woodville und König Edward eingetroffen waren, die nach der Niederlage der Yorkisten bei Edgecote Moor geflohen waren. Die beiden waren wie Galahad und Arthur, der Gute und der Tapfere, beide kräftige, gutaussehende Männer. Jede Dame im Haus hatte wohl für sie geschwärmt. William war damals nervös gewesen, einem König zu begegnen, erst mit der Zeit hatte er sich daran gewöhnt. Doch kam es für ihn noch immer einem Wunder gleich, dass Maude in dem Haushalt ausgerechnet in sein Bett gekrochen war.

»Ich gehe mal nach oben«, sagte William, griff nach dem *Morte d'Arthur* und drückte sich das Buch an die Brust.

»Eine ausgezeichnete Idee, Caxton. Schließlich musst du an das nächste Buch denken.«

»Das mache ich«, versicherte ihm William und erfreute sich für einen Moment an dem Gedanken, etwas Neues zu beginnen.

»Wird es die heilige Winifred sein?«

William lächelte. »Ich habe die Übersetzung fast fertig«, gab er zu. Er plante schon seit Jahren, *Das Leben der heiligen Winifred* zu veröffentlichen.

Wynken nickte zustimmend. »Essen wir im *Bear* zu Mittag?«

Warum nicht? Heute war der Tag zwischen den Büchern, Zeit für Gedanken, und Zeit für eine ordentliche Mittagsmahlzeit.

Die Sonne knallte schon den ganzen Vormittag aufs Dachgeschoss, und in dem Raum war es heiß wie in einem Backofen. William machte das Fenster auf, das zum Kräutergarten hinausging. Der Duft nach Lilien, Rosen und aromatischen Kräutern schien nicht in diese Zeit zu passen, doch sollte man die gute Luft einatmen und dankbar sein. Leichengeruch war viel zu vertraut.

Die Sonne stand beinahe im Zenit. Erst jetzt ging William auf, wie spät es schon war – Wynken würde bald essen wollen. Er ließ sich gern Zeit dabei, so wie es in Frankreich üblich war, und wollte sich unterhalten. So verbesserte er sein Englisch und erfuhr Dinge. Bei den Besuchen im *Black Bear* brachten sie sich auch über den Vormarsch von Henry Tudor auf den neuesten Stand. William ließ die Mahlzeit häufig aus, um zu arbeiten, doch an einem solchen Tag hatte er das Gefühl, sich den Luxus leisten zu können. Er war auch neugierig auf die Nachrichten aus Frankreich und Wales, wollte erfahren, welcher Seite Grafschaften und Herzogtümer treu waren. Im *Black Bear* wurden Wetten über diese Loyalitäten abgeschlossen, und auch über Lord Stanley, dem es gelungen war, eine Armee auszuheben, die es mit der von König Richard aufnehmen konnte.

William hielt den *Morte d'Arthur* noch immer fest umklammert und musste lächeln, als er es merkte. Er machte ein wenig Platz auf seinem Schreibtisch, schob Hauptbücher, Schreibfedern und Tintenfässer beiseite, damit er den neuen Band bewundern konnte. Der Einband war aus dunkelbraunem Leder statt des roten Kalbsleders, das er selbst meist verwendete. Es war beste italienische Lederqualität, weich unter den Fingern, aber dick und widerstandsfähig. Zweifellos war es das modernste Buch, das er bisher herausgegeben hatte. Und es war weder ein geschichtliches Werk noch ein frommes Buch, noch waren es die ausschweifenden Grübeleien eines Philosophen. *Le Morte d'Arthur* war ein Ritterroman.

William spürte einen Anflug jener Angst, die ihn in der Nacht wach gehalten hatte. Eigenartig, dass er dieses Wagnis nicht in Frage gestellt hatte, bevor die Seiten bedruckt und gebunden waren. Er hatte sich vom schieren Ehrgeiz des Unterfangens hinreißen lassen – seinem eigenen und dem Malorys.

Williams Hand hielt wenige Zoll über dem Bucheinband inne und wollte nicht weiter. Was war denn das für eine Torheit? Er kannte die Wörter so gut, als hätte er sie selbst zusammengestellt. Er spürte, wie seine Kiefermuskeln sich anspannten, und wischte sich die schwitzenden Handflächen an der Kniehose ab. Er hätte Anthony nie versprechen sollen, seine Arbeit herauszubringen, er hätte sich einen anderen Drucker suchen sollen … Selbst Wynken dachte ja immer noch, das Manuskript sei vor zwei Jahren auf der Treppe vor dem Red Pale abgelegt worden wie ein Findelkind.

Mit der flachen Hand schlug William auf den Schreibtisch. »Um Himmels willen, hinfort!«

»Caxton?«, rief Wynken von unten. »Hast du etwas gesagt?«

»Nein, nein«, rief William zurück. »Ich habe … ich lese! Aus meiner Übersetzung der heiligen Winifred.«

»Ah, bien.«

»Hinfort«, sagte William erneut, dieses Mal etwas leiser, »es ist zu spät für Zweifel und Reue. Ich habe dein Buch gemacht, Thomas Malory, wer immer du bist – warst –, und die Leute werden es lesen. Ich lasse mir meinen Ruf nicht ruinieren – das lasse ich einfach nicht zu!« Um das Maß vollzumachen, schüttelte William auch noch die Faust und setzte seine Brille auf.

Er nahm Platz.

Er betrachtete das Buch.

Er nahm die Brille wieder ab und trat ans Fenster. In der Ferne sah er zwei Dominikaner in schwarzen Kutten, die zur Kapelle gingen und dabei aus kleinen Gebetbüchern lasen, als wäre der von Bäumen gesäumte Pfad ein Kreuzgang. Eine Ente mit ihren Küken im Gefolge watschelte zum Fluss. Die Glocke verkündete die zwölfte Stunde.

Thomas Malory war zu der Zeit, als Anthony Woodville das Manuskript ablieferte, bereits zwölf Jahre tot. Nach allem, was William sich zusammenreimte, war Malory ein Ritter gewesen, ein berittener Straßenräuber, ein Viehdieb, der zu Gewaltausbrüchen neigte, und ein Ehebrecher. Und er war ein Poet, dessen Werk William nach Anthonys Dafürhalten veröffentlichen musste.

»Wenn er vor so langer Zeit starb, warum bringt Ihr es erst jetzt zu mir?«, hatte William gefragt.

»Edward hätte niemals erlaubt, dass es gedruckt wird«, lautete die Antwort. »Ich kann mein Versprechen nicht mehr halten, darauf aufzupassen. Das Schriftstück ist wunderschön, Will. Die Sprache wird Euch gefallen.«

William schmunzelte, als ihm einfiel, wie sie sich in Brügge stundenlang über die Eigenheiten von Sprache unterhalten hatten, darüber, dass die Schreibweise eines Wortes verlässlich und wiedererkennbar sein sollte, nicht Gegenstand eines Wettkampfes. Jetzt, da William flämische Setzer hatte, musste er sich mit einer bestimmten Menge unhandlicher ausländischer Schreibweisen abfinden. Für ihn persönlich war das h in »ghost« oder »ghoose« zum Beispiel überflüssig.

Er hatte den Text mit Wynken wochenlang erforscht und darüber debattiert, wie man die Erzählungen am besten in einem Buch zusammentragen könnte. Sie hatten lang und breit darüber disputiert, welche Quellen Malory wohl verwendet hatte, und waren übereingekommen, dass er die ältesten Versionen der Erzählungen zur Hand genommen und viele Jahre auf das Werk verwendet haben musste. Zweifellos war er überaus fähig und begabt gewesen. Sie hatten sich gefragt, ob Malory wohl eine Muse gehabt hatte, die ihm die nötige Zärtlichkeit für das Schreiben eingab, ob er die Leidenschaft zwischen Tristan und Isolde und die ehebrecherische Liebe zwischen Lancelot und Guinevere seinem eigenen Leben entnommen hatte. Am verblüffendsten aber war das Explicit, die offene Schlussformel des Poeten an den Leser im Anschluss an *Die edle Erzählung vom Heiligen Gral.* Das Explicit wies darauf hin, dass Malory diese Erzählung für »den wahrsten und heiligsten Menschen der Welt« geschrieben hatte, und vielleicht galt das ja für den gesamten *Morte d'Arthur.* Aber wer war diese Person? Ein Gönner? Auch das war leider nicht mehr in Erfahrung zu bringen.

William war kein Experte, was die Ursprünge der Ritterromane betraf, aber Wynken wusste beeindruckend gut über die Quellen Bescheid. Mit fester Überzeugung hatte er erklärt, dass ihn von all den Büchern, aus denen *Le Morte d'Arthur* bestand, *Die edle Erzählung vom Heiligen Gral* am meisten verwirrt habe. Wynken behauptete, Malory habe diese mehr oder weniger wortgetreu von der *Suche nach dem Heiligen Gral* abgeschrieben – der Gralsgeschichte, wie die Zisterzienser sie verfasst hatten. Malorys Fassung jedoch hebe insbesondere die guten Taten der Ritter hervor. Wynken fand es eigenartig, dass Thomas Malory von allen Rittersagen über König Arthur ausgerechnet diese berühmteste und rätselhafteste Geschichte nicht bearbeitet hatte. Jeder, der sich mit der Gralsgeschichte befasste, hatte sie schließlich verändert (und war wohl auch durch sie verändert worden), angefangen bei Chrétien de Troyes bis hin zu den Zisterziensern. Warum nur hatte Malory sich entschieden, *Die Suche nach dem Heiligen Gral* zu übernehmen, ohne einen eigenen Stempel zu hinterlassen? William meinte sogar, dass die Übersetzung hier sprachlich anders war als im Rest des Bandes, allerdings konnte er nicht genau benennen, woran das lag.

»Meister Caxton!«

William fuhr zusammen.

»Ja, Wynken«, rief er hinunter.

»Das zweite Buch vom Italiener ist eingetroffen.«
»Aha. Gut, gut.«
»Und ich habe Hunger.«

Die Taverne *Black Bear* lag am Rande des Marktplatzes, und die Kundschaft setzte sich aus Männern der Stadt zusammen, Händlern und anderen Berufstätigen, deren Gespräche und Meinungen stets aufschlussreich waren. Die Frau des Wirts kochte saftige Kaninchenpastete, wie Wynken sie mochte.

Schon unterwegs zum Mittagessen spürte William, dass Wynken in Gedanken versunken war. Für gewöhnlich nutzte er eine solche Gelegenheit, um über Bücher zu sprechen. William hoffte, dass sein Geschäftspartner keinen Grund zur Sorge hatte. Wynken hatte vor kurzem die Buchführung übernommen, da sie ihm, wie er betonte, mehr liege und William somit mehr Zeit für seine Übersetzungen und Ideen habe, die immerhin das Herzstück des Red Pale ausmachten.

Auf dem Platz wimmelte es von Frauen, die Kapaune und Bücklinge kauften oder dicke Miesmuscheln befummelten. Datteln, Feigen und Brotlaibe mit dunkelbraunem Zucker betörten die Sinne. Der Markt von Westminster war beliebt, und inzwischen fand man hier ebenso viele Produkte wie auf den Märkten in London selbst. William kaufte hier manchmal Genussmittel, wenn Maude enttäuscht von ihm war – grünen Ingwer, Rosenzucker, Süßholz, Safran und süße Weine aus Zypern oder Kreta.

Er blieb an einem Stand stehen, an dem Zitronade in kleinen Töpfen verkauft wurde, abgedeckt mit einem orangefarbenen Tuch, das mit einem Bindfaden befestigt war.

»Was ist das?«, fragte Wynken.

»Eingemachte Orangen«, erwiderte William und sog den durchdringenden, süßen Geruch ein.

»Es ist teuer«, sagte Wynken skeptisch. »Ist deine Frau dir gram?«

William seufzte. »Ich glaube, ja.«

Wynken zuckte mit den Schultern. »Drei Shilling für den Frieden sind nicht zu viel.«

William stimmte ihm zu. Er kaufte das Eingemachte.

Die Taverne war noch nicht allzu voll, sie fanden zwei Plätze am Ende eines langen Tisches. Neben ihnen saßen Tuchhändler und andere Kaufleute sowie der eine oder andere Stadtbeamte. William nickte denen zu, die er kannte. Wynken und er nahmen mit ihrer Pastete und ihrem Wein Platz, um der Unterhaltung zu lauschen.

Der Waliser Henry Tudor war Richtung London unterwegs, finanziert aus der französischen Staatskasse. Wie lange würde es dauern, bis er die Stadt erreichte? Nur Tage, hieß es. William schaute Wynken an, um zu sehen, wie er die Lage einschätzte. Doch Wynken schien gar nicht hinzuhören. Geistesabwesend aß er seine Pastete. William rechnete schon damit, gleich schlechte Nachrichten bezüglich der Geschäftsbücher zu hören.

»Fehlt dir etwas, mein Freund?«, fragte er.

Wynken blinzelte und schaute William an. »Nein, Caxton. Was sollte fehlen? Wir feiern – wir haben ein neues Buch gemacht!« Er hob seinen Krug, und William tat es ihm gleich.

»Es ist wirklich sehr gut geworden«, stimmte William zu. »Aber du scheinst mir nachdenklich zu sein … Ich fürchtete schon, es könnte ein Problem geben.«

»Es gibt kein Problem.«

»Bist du froh über unseren *Morte*?«

»Ein herausragendes Buch.«

»Und glaubst du, es wird den Leuten gefallen? War es richtig, dass wir die verschiedenen Bücher …«

»Caxton, du machst dir zu viele Sorgen. Obwohl ich zugeben muss, dass ich mich auch gefragt habe …«

»Ja?«, hakte William nach und hielt gespannt die Luft an.

»Du hast gesagt, das Manuskript sei dir anonym zugestellt worden …«

»Ja.«

»… niemand wisse davon.«

»Ja.«

»Woher wusste der Bogenschütze dann davon?«

»Ach so.«

Wynken betrachtete ihn eingehend. »Dann hast du Malory also doch gekannt?«

»Nein! Nein, so ist es nicht. Ich bin Malory nie begegnet.« William beschloss kurzerhand, Wynken zu erklären, wie das Manuskript in seinen Besitz gelangt war.

Als er seine Geschichte beendet hatte, seufzte er. »Aber ich schwöre, dass ich nicht weiß, woher Anthony Woodville es hatte.«

»Anthony Woodville.« Wynken zog die Stirn kraus. »Er ist der Bruder der Königinwitwe.

»Er war.«

Wynken nickte. »Ja, ich erinnere mich. König Richard hat ihn enthaupten lassen.«

William nickte, konnte aber nichts sagen. Es schmerzte ihn noch immer.

»Vielleicht hat Malory es ihm gegeben«, überlegte Wynken.

William schüttelte den Kopf. »Anthony sagte, das Manuskript sei ihm geschenkt worden.«

»Von jemandem, der auch mit Malory befreundet gewesen sein muss?«

»Schon möglich.«

Wynken starrte mit zusammengekniffenen Augen in seinen Wein. Er schwieg lange, und William wurde unruhig. Er lauschte der Unterhaltung am Tisch, aber ihre Tischnachbarn sprachen inzwischen nicht mehr über den Vormarsch Henry Tudors, sondern diskutierten die steigenden Preise von Gerste und Roggen.

Als Wynken das Wort ergriff, beugte er sich so weit vor, dass William seinen warmen Atem am Ohr spürte. »Findest du es nicht merkwürdig, Caxton«, flüsterte er, »dass Elizabeth Woodville ihren Spion genau an dem Tag zu dir schickt, an dem wir das Buch fertigstellen?«

»Ja, in der Tat.«

»Wenn sie nun etwas weiß?«

William sann eine Weile darüber nach. »Was weiß?«

»Wenn sie etwas über das Buch weiß.«

»Aber was könnte sie schon wissen? Sie hätte sich doch nicht mit einem Schurken wie Malory verbrüdert.«

Wynken trank einen Schluck Wein. »Hmm«, sagte er.

»*Metaphorisch* gesehen«, fuhr William fort, »ist es, als hätten wir dieselbe Seite zweimal bedruckt und müssten jetzt versuchen zu entziffern, was zuerst dort stand.«

»Genau!« Wynken knallte seinen Löffel auf den Tisch, seine Augen leuchteten unnatürlich hell. »Das ist es! Jemand hat die Seite zweimal bedruckt!«

William schaute ihn überrascht an. Er hatte nicht damit gerechnet, dass Wynken seine Metapher, so klug sie auch war, mit solcher Begeisterung aufnehmen würde.

»Vielleicht ist das ja auch geschehen«, schwärmte Wynken. »Jemand hat einen Teil von Malorys Manuskript ausgetauscht! Das würde erklären, warum es so aussieht, als hätte er in der Erzählung vom Gral gar keinen eigenen Stempel hinterlassen. Vielleicht *hat* er es ja, aber als der Text kopiert wurde, hat man ihn verändert. Wir wissen, dass das Manuskript, das uns gegeben wurde, eine Abschrift ist, denn es trug das Kennzeichen eines Kopisten – das Pergament, die Handschrift …«

Wynken stocherte in seiner Kaninchenpastete, als könnte die Antwort irgendwo unter der braunen Kruste verborgen liegen. »Kein Schriftsteller ist so dumm, dass er nicht mindestens eine Kopie von seinem Werk anfertigen lässt, und Malory dürfte kein Pergament, sondern Lumpenpapier benutzt haben. Du hast gesagt, Malory habe im Gefängnis in Newgate eingesessen, als er die Erzählungen niederschrieb.«

William nickte.

»Wohin würde er von Newgate aus sein Manuskript zum Kopieren schicken?«

Es gab nur eine Möglichkeit. »Greyfriars«, sagte William. »Das Franziskanerkloster liegt in der Nähe des Gefängnisses. Die Schreiber dort sind diskret und gehören zu den besten in London.«

Wynkens Augen leuchteten. »Wenn du gestattest, gehe ich dort mal vorbei. Heute. Jetzt.«

»Jetzt?«

»Wir dürfen keine Zeit verschwinden.«

»Verschwenden.«

Wynken nickte zerstreut. Er löffelte den Rest seiner Pastete so schnell in sich hinein, dass William schon fürchtete, er werde sich den Magen verderben.

»Malory ist vor vierzehn Jahren gestorben«, rief William ihm ins Gedächtnis.

Wynken zuckte mit den Schultern. »Mönche leben lang. Mit den ganzen Gebeten … Vielleicht erinnert sich jemand an ihn.«

Wynkens Begeisterung war immer schon ansteckend gewesen. William spürte eine gewisse Erregung in der Magengegend, die ihm das Gefühl von Jugend und Tatkraft verlieh. Was konnte es schon schaden, wenn sein Partner dem Kloster einen Besuch abstattete? Warum sollte man nicht nachforschen, ob eine lebende Seele etwas über Thomas Malory und sein mysteriöses Buch wusste? Die Idee mochte weit hergeholt sein, aber immerhin war dies der Tag der Veröffentlichung, und Wynken hatte hart gearbeitet. Er hatte einen Ausflug verdient.

»Sehr schön«, sagte er. »Viel Erfolg!«

Wynken trank seinen Wein aus und erhob sich. Sah man von seiner schlaksigen Gestalt und dem Leinenkittel ab, hätte er auch einem Ritterzug angehören können.

Auf dem Weg über das Klostergelände blieb William an der Kapelle stehen. Er schaute von den offenen Türen zu dem Pfad, der zu seiner Werkstatt führte, und zögerte. Es war der Tag des Lammas-Festes, und er hatte sich noch nicht in einer Kirche blicken lassen. Petri Kettenfeier war kein christlicher Feiertag, doch Maude hatte ihn vor langer Zeit von dessen Bedeutung überzeugt. Schon Maudes Großmutter und Mutter hatten immer einen besonderen Brotlaib gebacken, den sie in vier Teile schnitten, um sie auf die Ecken der Scheune zu verteilen, damit das Getreide beschützt wurde. Man konnte nicht sorgfältig genug sein, wenn es darum ging, den Göttern zu schmeicheln. Petri Kettenfeier war ein Fest der goldenen Erntezeit, wenn die Hitze die Erde erwärmte, bis sie Früchte trug, und die Luft trunken war vor Blütenstaub. Ein Tag der Dankbarkeit.

Die Kapelle war leer. Hier war es kühl, die kräftige Julisonne drang nicht ins Innere vor.

Im Kirchenschiff war nicht viel Licht, auf dem schlichten Holzaltar brannte nur eine einzige Kerze. Hierher kamen die Dominikaner, die Almosen verteilten, um zu beten. Man nannte sie Black Friars – das war ähnlich einfallslos wie der Name White Friars für die Zisterzienser mit ihren weißen Kutten. Die schwarzen Kutten der katholischen Ordensbrüder waren ein gewohnter Anblick rund um das Red Pale. Die Dominikaner waren Prediger und allem Anschein nach ein kultivierter Orden im Vergleich zu den Grey Friars, den Franziskanern, denen offenbar mehr daran gelegen war, die Armen zu speisen als sich selbst.

William dachte nach. Er glaubte nicht recht daran, dass bei Wynkens Besuch im Franziskanerkloster etwas herauskommen würde, stellte er fest. Trotzdem war es die Sache wert. Schließlich wäre es unangemessen, ja unhöflich, *Le Morte d'Arthur* zu veröffentlichen, ohne auch nur einen Versuch zu unternehmen, nach seinem Autor und dem Kopisten zu forschen. Was, wenn das Buch ein Erfolg wurde (die Möglichkeit bestand ja) und die Leute etwas über Thomas Malory erfahren wollten? Was würde William ihnen sagen? Dass er ein Ritter und Verbrecher war? Dass er den König gekränkt haben musste, um so viele Jahre im Gefängnis zu verbringen? Er musste den Lesern etwas über den Mann berichten können, der im Schatten verborgen war.

William bekreuzigte sich und kniete auf der Steinstufe vor dem Altar nieder. Er war im Gebet nicht sehr erfahren, aber er mochte das Gefühl, fromm zu sein. Das lag nicht nur daran, dass man von ihm als Drucker der frommen Texte des Königs einen bestimmten Grad an Frömmigkeit erwartete. Er mochte die Augenblicke, die er allein in einer Kirche verbrachte; sie waren anders als die wachen Momente in der Nacht, anders als ein Spaziergang am Fluss in Southwark. Bestimmte Gedankengänge waren nur in einer Kirche möglich, und die schätzte William besonders. Hier war er ein guter Mann, einer, der Dankbarkeit zeigte für seine vielen Segnungen und für all jene betete, die nicht so viel Glück hatten wie er.

»Und bitte«, fügte William hinzu, bevor er aufstand, um zu gehen, »mach, dass dieses Buch gut angenommen wird. Amen.«

Er bekreuzigte sich noch einmal und stieß einen Seufzer aus. Die Anspannung, die sich im Gefolge einer jeden neuen Veröffentlichung einstellte – und erst recht nach einer solchen –, fiel von ihm ab. Seine Besorgnis über den Vormarsch Henry Tudors ließ nach. Es konnte noch nicht sagen, wie *Le Morte d'Arthur* aufgenommen werden würde, aber hier, in diesem stillen Augenblick, blieb ihm auch nichts mehr zu tun.

Er und Wynken hatten ihre Arbeit getan, der Rest war Sache des Himmelsfürsten und seines Hofstaats, der Heiligen.

William ging über den Pfad zwischen den Bäumen zum Red Pale. Das Laubdach über ihm war von Sonnenlicht gesprenkelt, und die warme Luft roch würzig. Wie konnte ihn an einem solchen Tag überhaupt etwas in Sorge versetzen?

Als sollte er eine Antwort darauf bekommen, stand vor ihm auf einmal Michael, der Bogenschütze, an einen Baum gelehnt. Sogleich fielen William all die Dinge wieder ein, die ihm Sorge bereitet hatten. Er hätte in der Kirche bleiben sollen.

»Meister Caxton!« Michael winkte ihm zu.

»Ja, ja«, murmelte William kaum hörbar. Er winkte zurück und ging zaudernd weiter.

»Ich habe mir sagen lassen, dass Ihr beim Essen seid, aber wo ist Wynken de Worde?«, fragte Michael.

William lächelte. Der Bogenschütze war ein guter Junge. Vielmehr war er, obwohl er durchaus wie ein Junge aussah, ein Mann, der Schlachten gesehen und Männer getötet hatte. Wie musste sich das anfühlen? William bereute seine Ungeduld und war erleichtert zu spüren, dass er seine christliche Seele nicht in der Kapelle zurückgelassen hatte.

»Wynken ist geschäftlich nach London unterwegs«, sagte William. »Aber kommt mit, dann gebe ich Euch Euer Buch.«

Sie gingen schweigend weiter, bis William seine Neugier nicht mehr zu zügeln vermochte. »Seht Ihr sie heute noch?«

»Meine Herrin?«

William nickte.

»Ja«, erwiderte Michael.

»Und Ihr gebt ihr das Buch?«

»Wenn Ihr nichts dagegen habt.«

»Etwas dagegen haben! Nun, ich fühle mich geehrt, dass Elizabeth Woodville sich noch immer für meine Arbeit interessiert.« William erzählte Michael, dass Elizabeth und Edward, beide noch jung und schön, zu ihm gekommen waren, um sich die Druckpresse anzuschauen, und dass Elizabeth in die Hände geklatscht und vor Begeisterung gelacht hatte, als die Druckform des Tiegels langsam angehoben wurde und eine Seite auftauchte, nass und mit frischer Tinte versehen. Edward sei von der Druckpresse dermaßen angetan gewesen, dass er das Red Pale bis zu seinem Tod finanziert habe, prahlte er. Allerdings, ergänzte William, sei das auf Elizabeths Drängen hin geschehen.

Im Stillen dachte er daran, wie Edward von sich selbst als dem König gesprochen hatte, der die Druckpresse in England eingeführt habe – als wäre es sein Verdienst und er, nicht William, hätte den Apparat bestellt. Als dann aber bestimmte Kreise, Priester und andere gelehrte Männer, die es eigentlich besser wissen sollten, die neue Erfindung kritisierten, setzte sich Edward nicht dafür ein. Mehr Bücher zu niedrigeren Preisen verbreiteten Häresie und unterwanderten die Autorität der Kirche, so sagten die Kritiker, gedruckte Bücher schwärzten die Seelen von Frauen und verdürben Unschuldige. Was für Dummheiten.

Rückblickend erkannte William, dass es glückliche Jahre für das Königreich England gewesen waren, obwohl Edward seine Machtgier bald einbüßte, die ihn aus seinem vorübergehenden Exil in Brügge nach London zurückgetrieben hatte. Vielleicht hatten die vielen französischen und flämischen Frauen, denen er auf dem Kontinent beigewohnt hatte, seinen Appetit angeregt. Als Maude und William in London eintrafen, aß und trank Edward im Übermaß, und seine Affäre mit Jane Shore war öffentlich geworden, ja er wurde öfter mit seiner Geliebten gesehen als an der Seite seiner Gemahlin.

Bewundernd hatte William zugesehen, wie Elizabeth sich erhobenen Hauptes weiterhin als freundliche, anmutige Frau präsentierte. Vielleicht war Anmut schon damals das Einzige, was ihr blieb.

»Ihr seid mit den Gedanken wieder ganz woanders, Meister Caxton«, stellte Michael fest, als sie unter dem knarrenden Schild des Red Pale stehen blieben.

»Wessen Wappen ist das?«, fragte Michael und deutete auf den Schild.

»Das habe ich nie herausfinden können«, gab William zu. »Ich betrachte es inzwischen als mein eigenes.«

Michael lächelte. »Ein Mann muss doch eine Armee haben, um ein Wappen zu besitzen.«

»Aber ich habe eine Armee. Sie besteht aus Setzern, Tintenherstellern und Druckern. Kann ein Mann eine stärkere Armee haben?«

»Wohl wahr, Meister Caxton. Allerdings würde ich mich eher mit einem Bogen als mit einem Federkiel verteidigen …«

»Dann müsst Ihr unseren *Morte d'Arthur* lesen, wenn Ihr nicht glaubt, dass ein Mann eine Schlacht mit einer Feder schlagen kann.«

Michael lachte.

William zögerte und überdachte seine Frage sorgfältig, bevor er sie stellte. »Verlässt sie jemals das Klostergelände?«

»Nein.« Die Antwort kam mit einem solchen Nachdruck, dass William sich fragte, ob Michael die Wahrheit sprach.

»Verstehe«, sagte William und trat durch die Tür.

Der Missklang von Geräuschen und der Geruch trösteten ihn sofort. Da Wynken nicht da war, konnte er jedoch nicht einfach nach oben zu einem Stelldichein mit der heiligen Winifred verschwinden. Er musste die Arbeit beaufsichtigen. Der Drache ruhte zwar, doch für die Universität Oxford mussten Druckfahnen für zweihundert Bände von Aristoteles' *Poetik* zusammengestellt werden.

»Kommt hier entlang, junger Herr«, sagte William und führte seinen Gefährten zu den ungebundenen Exemplaren des *Morte*, die sich auf einem aufgebockten Tisch hinter Wynkens Arbeitsbereich stapelten. Unter ihrem Gewicht bog sich das Holz durch.

William nahm eines der ungebundenen Bücher vom Stapel, um es Michael feierlich zu überreichen.

»Ich übergebe es ihr umgehend«, sagte Michael.

William betrachtete ihn, wobei er über das nachsann, was er und Wynken im *Black Bear* besprochen hatten.

»Warum kommt Ihr ausgerechnet heute?«, fragte er schließlich. »Ihr sagtet, Eure Herrin habe Euch schon vor zwei Jahren gebeten, die Druckpresse im Auge zu behalten, doch habt Ihr Euch hier nie blicken lassen. Was ist geschehen, dass Ihr an dem Tag kommt, an dem *Le Morte d'Arthur* gedruckt und die ersten Exemplare gebunden sind?«

Michael runzelte die Stirn. »Ich habe nichts zu verbergen, Meister Caxton. Ich habe Euren Aushang bei einem Buchhändler in St. Paul's gesehen und meiner Herrin erzählt, dass die Sagen von König Arthur bei Euch gedruckt werden.«

»Allerdings habt Ihr mir das vorenthalten. Heute Morgen hatte es den Anschein, Ihr wüsstet nicht, was mein neues Werk ist.«

Michael war so gnädig, sich beschämt zu zeigen. »Ich habe Euch getäuscht. Ich wäre ein schlechter Mönch geworden. Ich gestehe, dass meine Herrin ein reges Interesse an diesem Buch hat.«

»Aber warum musstet Ihr mich unbedingt persönlich treffen?«

»Eigentlich war das nicht nötig. Meine Herrin hat in den höchsten Tönen von Euch gesprochen, und ich wollte Eure Bekanntschaft machen.«

William fühlte sich geschmeichelt. »Wie Ihr seht, bin ich ein Mann wie jeder andere.«

»Ich sehe, Meister Caxton, dass Ihr ein außergewöhnlicher Mann seid.« Michael machte eine weit ausholende Geste und deutete dann auf die Exemplare des *Morte d'Arthur*.

William sah nur, was noch zu tun war, und war erleichtert, als Michael sich für das Buch bedankte und sich verabschiedete.

Michael war schon fast zur Tür hinaus, da fiel William etwas ein. Er beeilte sich, den jungen Mann einzuholen.

»Aber wie kann ich Euch finden?«

Michael zögerte.

»Ich war einmal mit Eurer Herrin befreundet«, rief William ihm ins Gedächtnis.

Michael nickte. »Ich bin John Esteneys Leibwächter und in der Abtei stationiert, zumindest bis eine Schlacht auszutragen ist.«

William hatte nicht gewusst, dass der Abt einen Leibwächter hatte, aber in diesen Zeiten kam wohl selbst der Kirchenfürst nicht ohne einen aus.

»Und werdet Ihr kämpfen, um Lancaster wieder einzusetzen oder um York zu verteidigen?«

Michael verbeugte sich ohne ein weiteres Wort und ging.

Der Tag zog sich hin, und Wynken war noch immer nicht wieder aufgetaucht. Nach Williams Schätzung hätte Wynken inzwischen ausreichend Zeit gehabt, auch mit dem langsamsten Fährschiffer nach Greyfriars zu gelangen, mindestens zwei Stunden im Kloster zu verbringen und zurückzukehren.

William trommelte mit den Fingern auf den Tisch. Seit über einer Stunde war niemand zur Tür hereingekommen, obwohl vorher viel los gewesen war und die Glocke alle paar Minuten gebimmelt hatte. Sie hatten verschiedene Bücher verkauft. Vor allem Aesop und Chaucer, und ein Gelehrter, der bei den Dominikanern logierte, hatte ein Exemplar des *Morte d'Arthur* gekauft und William gesagt, er halte es für ein mutiges Unterfangen. Das hatte Williams Nerven nicht gerade besänftigt.

Eine Stunde später war es in der Werkstatt still. Vielleicht hatte Wynken erkannt, dass der Tag fast vorbei war, und sich gleich nach Hause begeben, überlegte William.

Er stand am Fenster und sah einen Dominikaner auf dem Pfad, der vom Kloster zum Red Pale führte. Vermutlich war er auf dem Weg zum Kräutergarten, der auf der anderen Seite der Werkstatt lag. Der Mann war eher klein – womöglich ein Novize – und hatte einen eigenartig weiblichen Gang. Einige Mönche waren so gestrickt. William hatte gehört, dass ein Leben ohne Frau Männer bisweilen veranlasste, sich unter ihresgleichen einen Ersatz zu suchen.

Gerade als William sich mit dem *Morte*, der Pfeife und einem Becher Met in Reichweite auf den Stuhl neben dem Fenster setzte, läutete die Glocke an der Tür.

Wynken, endlich.

»Ich bin oben«, rief William. Er schlug das Buch zu und wartete.

Die Holztreppe knarrte. William drehte sich um.

Es war nicht Wynken.

Es war wohl der Mönch, den er vom Fenster aus gesehen hatte.

Aber es war kein Mönch.

Es war Elizabeth Woodville in der schwarzen Kutte eines Dominikaners.

William verschlug es die Sprache. Er erhob sich überrascht, nur um dann erschrocken wieder Platz zu nehmen. Als ihm klar wurde, dass das ziemlich ungehörig war, stand er erneut auf.

»Mylady!«

»Gott zum Gruße, Meister Caxton.«

»Aber ich dachte …«

»Ihr dachtet, ich sei eine Gefangene, die das Kloster nicht verlassen kann?«

William nickte.

»Die Mönchskutten haben sich als nützlich erwiesen – in

Westminster gibt es so viele Dominikaner, dass einer mehr niemandem auffällt.«

Elizabeth hatte ihre Kapuze nicht vollständig abgestreift, und oben an der Treppe war nur wenig Licht. Auf den ersten Blick wirkte sie unverändert, doch als sie weiter in den Raum trat und ihre Kapuze herabfallen ließ, sah er weiße Strähnen in ihrem Haar, und ihre Haut schien ganz dünn zu sein, als hätte sie sich unter den Prüfungen eines ganzen Lebens verschlissen. Ihre Augen waren von demselben Hellbraun, das er in Erinnerung hatte, aber sie waren nicht mehr so strahlend und hoffnungsvoll.

William hatte größte Mühe, sich damit zu arrangieren, dass Elizabeth Woodville bei ihm im Zimmer stand. »Aber der Bogenschütze hat gesagt, dass Ihr das Klostergelände nie verlasst.«

»Michael lügt seit Jahren für mich. Das macht er gut, findet Ihr nicht?«

William nickte.

»Ich verlasse meine Zufluchtsstätte unter beträchtlichem Risiko, aber nicht gegen das Gesetz. Der König selbst hat mich an seinen Tisch geladen.«

Sie musste nicht eigens sagen, dass sie sich gehütet hatte, die Einladung anzunehmen, und König Richard durchaus zutraute, ihr vergiftetes Fleisch vorzusetzen. Dass die Woodvilles wieder zu ihren lancastrianischen Wurzeln zurückgekehrt waren und mit ihren Ländereien in Wales fest auf der Seite Henry Tudors standen, war schließlich kein Geheimnis.

William gelang es, seine Gedanken zu sortieren. »Aber warum seid Ihr hier?«

»Um über das Buch zu sprechen.«

»Das Buch? Ach, das Buch.«

»Ich lese es.«

Sie schaute sich in dem kleinen Raum um, betrachtete die

Büchertürme auf dem Boden und den Sesseln, auf Williams alter Presse aus Eichenholz, auf dem Fensterbrett und dem Tisch. Sie seufzte vor Freude.

»Mir kam schon einmal in den Sinn, Euch hier zu besuchen«, sagte sie, »so wie früher immer, bevor ...«

Elizabeth gestikulierte weit ausholend, um die Menge an Ereignissen anzudeuten, die seither geschehen waren. »Aber ich hatte Angst. Nicht vor der Gefahr«, fügte sie hastig hinzu, »sondern weil mir von den vielen Freiheiten, die ich verloren habe, Eure Druckpresse am meisten gefehlt hat.«

William spürte Stolz in sich aufkeimen.

»Ihr wisst, dass Ihr hier stets willkommen seid«, sagte er vorsichtig.

Elizabeth lächelte traurig. »Gütig von Euch, das zu sagen, Meister Caxton, aber ich weiß, dass es nicht wahr ist.« Sie hob eine Hand, als William protestieren wollte. »Friede, Meister Caxton. Ich sehe, dass Ihr es gut meint, aber ich würde Euch nie in eine solche Lage bringen. Ihr müsst an Euer Geschäft denken. Und an Eure Gemahlin.«

»In der Tat«, stimmte William ihr zu. Er war dankbar für ihr Verständnis. »Dann lest Ihr also unseren *Morte d'Arthur* ...«

»Bisher las ich das erste Buch. Ich hätte diesem Werk nicht den Titel *Arthurs Tod* gegeben.«

»Wir dachten, diesen Titel hätte der Autor vielleicht selbst gewählt.«

Elizabeth zog die Stirn kraus. »Wie kommt Ihr darauf?«

William spürte, dass dies keine müßigen Fragen waren, dass Elizabeth sie nicht aus Neugier, sondern aus gutem Grund stellte. War ihr Interesse am *Morte* nur das einer Liebhaberin von Büchern? Dass das weibliche Geschlecht die passionierteren Leser der Ritterromane stellte, war ja allgemein bekannt.

»Der Tod des Königs ist, wie Ihr vielleicht wisst ...«

»Das weiß ich wohl«, unterbrach sie ihn. »Es ist eine heidnische Geschichte. Sollte der König ohne Nachfolger sterben, stirbt auch das Land. Aber Malory befasste sich nicht mit heidnischer Thematik.«

»Da bin ich anderer Meinung, Mylady. *Le Morte d'Arthur* handelt von der Schlacht zwischen einem christlichen Königreich und einem Zauberreich, und am Ende stirbt der König. Sagt mir, welche Erzählung habt Ihr gelesen?«

»Die, die mich am meisten interessiert, *Die edle Erzählung vom Heiligen Gral.*«

William nickte nachdenklich. »Das beste Beispiel. Mein Partner glaubt nicht, dass Malory sich entschied, die christianisierte Fassung dieser Sage zu erzählen.«

William sah ihr an, dass ihr das nicht behagte.

»Dass er sich nicht *entschied*? Wie eigenartig das klingt, wenn das doch die Geschichte ist, die er geschrieben hat«, sagte sie. »Glaubt Ihr, er hat es gegen seinen eigenen Willen getan?«

Sie verbarg etwas.

»Wynken, mein Partner, fragt sich, ob dem Schreiber, der das Manuskript kopiert hat, ein Irrtum unterlaufen ist.«

»Eine ganze Sage durch eine andere zu ersetzen ist wohl kaum ein Irrtum, oder was meint Ihr, Meister Caxton?«

»Tatsächlich«, drängte er, »ist Wynken am heutigen Tag zum Kloster Greyfriars gegangen, weil er glaubt, dass das Manuskript dort abgeschrieben wurde. Er hofft jemanden zu finden, der sich erinnert.«

William ließ Elizabeth nicht aus den Augen. Wenn sie etwas über Malory oder den *Morte d'Arthur* wusste, dann wusste sie bestimmt auch, ob und wo er kopiert wurde. Doch ihre Miene verriet nichts.

»Dann meint Ihr, es sei eine Abschrift gewesen, nicht das Original, was Euch gegeben wurde?«, fragte sie schließlich.

»Ich bin mir nahezu sicher«, rief er aus.

»Kann ich das Manuskript sehen?«

»Warum nicht?« Er hoffte, dass die Kopie noch in der Truhe war. Er hob die Bücherstapel vom Deckel.

Die Truhe enthielt eine Reihe sauberer Stapel aus Büchern, Pergament und gebundenen Manuskripten. William entfernte ein paar Schichten, bis er den Malory entdeckte.

»Ah«, sagte er erleichtert und hob das Manuskript mühsam aus der Truhe. Es war sperrig und schwer und nur mit dem Gürtel zusammengehalten, demselben Gürtel, mit dem es an dem Abend verschnürt gewesen war, an dem Anthony es ihm übergab. Er legte es auf seinen Schreibtisch, damit Elizabeth es betrachten konnte.

Elizabeth trat vorsichtig näher, als hätte der Manuskriptstapel einen stacheligen Schwanz und würde Feuer speien. William war sich nun beinahe sicher, dass sie etwas über Malory oder das Buch wusste. Er hielt die Luft an.

Elizabeth hob eine Ecke des schlichten Vellum-Umschlags an und betrachtete die erste Seite.

»Das ist nicht seine Handschrift«, sagte sie sogleich.

William war bestürzt. »Ihr kanntet Malory?«

Elizabeth trat ans Fenster und schaute hinaus auf die Grünfläche. Sie seufzte so tief, als müsste sie die Sorgen ihres ganzen Lebens herauslassen.

»Ich will Euch eine Geschichte erzählen, Meister Caxton«, sagte sie, »da ich mich im Lauf der Jahre an so vielen Eurer Geschichten gelabt habe. Meine handelt von einer Königin und einem Ritter und einer Dame, die einst eine enge Freundin der Königin war. Eines Tages sprach ein Ritter bei beiden vor, und die Dame verliebte sich in den Ritter, aber der Ritter liebte die Königin und wollte nur ihr zu Gefallen sein.«

Elizabeth schwieg so lange, dass William sich schon fragte, ob ihre Geschichte damit zu Ende war.

»Die Königin und die Dame, einander von Kindesbeinen

an sehr zugetan, waren keine Freundinnen mehr. Sie sahen sich viele Jahre nicht. Doch dann passierte etwas, das ihren Streit bedeutungslos erscheinen ließ.«

Elizabeth schaute William an. Er sah ihr an, dass ihr elend zumute war.

»Soll ich Euch erzählen, was es war?«, fragte sie so leise, dass er sie kaum verstand.

»Ja«, erwiderte William. Aber er war sich nicht sicher, ob er es wirklich hören wollte.

Kapitel 1

In den Anfängen Arthurs, nachdem er durch Abenteuer und durch Gnade zum König gewählt worden war, führten viele Könige und Herren großen Krieg gegen ihn, aber Arthur überwand sie alle, denn in der meisten Zeit seines Lebens vermochte Merlins Rat viel über ihn.
So sagte König Arthur: »Ich liebe Guinevere, und dieses Fräulein ist von allen, die leben und die ich je finden konnte, die prächtigste und schönste Dame, die ich kenne.«
Aber Merlin warnte den König heimlich, es brächte ihm kein Heil, Guinevere zum Weib zu nehmen, denn er warnte ihn, Lancelot würde sie lieben und sie ihn wieder, und so wandte er seinen Bericht zu den Geschicken des Grals.

Le Morte d'Arthur

März 1464, Grafton Regis, Northamptonshire

»Riposte! *Non, non*, Master Richard – nicht stoßen. Schaut auf mich. Seht Ihr?«

Der Schwertmeister war geschmeidig und anmutig wie ein Tänzer, doch die Jungen mochten ihn nicht, weil er Franzose war. Man hatte ihnen gesagt, ein Franzose habe ihren Vater umgebracht.

Elizabeth schaute dem Schwertmeister gern zu, wobei der Schwertkampf ihrer Söhne sie ebenso ängstlich wie stolz machte. Im Stillen war sie der Meinung, dass sie zu jung waren, um mit derart schweren Waffen umzugehen; nach herrschender Meinung jedoch waren die beiden, Thomas mit zehn und Richard mit neun Jahren, durchaus alt genug. Und Elizabeth war in den allermeisten Fällen bereit, sich den Sitten und Gebräuchen zu fügen. Sie waren ihr Hafen, ihre Zuflucht vor Sturm und Gezeiten.

Auch entging ihr nicht, dass es dem Schwertmeister ebenso viel Spaß machte, sie zu beobachten. Sie war sich bewusst, dass die niedrig stehende Nachmittagssonne ihre Haare von hinten anstrahlte, dass ihr Gesicht und ihre Gestalt zu ihren größten Vorzügen gehörten. Ohne Einkommen hatte sie nur wenig andere Ressourcen.

»Du wirkst nachdenklich, Beth.«

Sie hatte Anthony nicht kommen sehen und erschrak. Dann seufzte sie.

»Ist es wegen Groby Manor?«

Sie nickte.

Ihr Bruder schüttelte den Kopf über das Schicksal des Anwesens, das ihr Bräutigam John Grey ihr zur Hochzeit geschenkt, das sich nach dessen Tod aber ihre Schwiegermutter angeeignet hatte. Anthony riet ihr, sich in der Angelegenheit an den König zu wenden. Das würde jedoch bedeuten, nach London zu reisen und bei Hofe aufzutreten, und dazu war Elizabeth noch nicht bereit. Sich dort zu zeigen käme einer Zurschaustellung auf dem Markt gleich. Die Leute würden glauben, sie halte nach einem Mann Ausschau. Und war das so? Sie wollte doch nur Groby Manor. Ihr fehlten die Gärten und Wälder dort, die warmen Düfte aus dem Backhaus und das beruhigende Hämmern aus der Schmiede. Außerdem fehlte ihr John Grey. Sie hatte ihn nicht so geliebt wie er sie, auch hatte sie seinen Liebenswürdigkeiten gegenüber nicht genügend Dankbarkeit gezeigt, und jetzt war er tot.

»Sei nicht traurig, Beth. Hier bist du zu Hause, und den Jungen geht es hier gut.«

Anthony gab sich so zuvorkommend wie immer, hatte sich aber schon von einem Streit zwischen Thomas und Richard ablenken lassen. Der Schwertmeister wollte ihnen zeigen, wie man parierte, doch die Jungen konnten sich nicht einigen, wer von ihnen Sir Lancelot und wer König Arthur spielen sollte.

»Das erinnert mich an unser Spiel«, sagte Anthony mit verschmitztem Lächeln. Mit seinem glatten dunklen Haar und der weichen olivfarbenen Haut wirkte er noch immer jungenhaft, dachte Elizabeth. In London hielt man Anthony Woodville offensichtlich für gutaussehend und gebildet, aber für sie würde er immer ihr lesewütiger kleiner Bruder bleiben.

»Daran habe ich seit Jahren nicht gedacht.« Sie lachte. Sie hatten sich in ihrer Kindheit am liebsten mit einem Spiel vergnügt, bei dem jedem Kind eine Rolle aus den Erzählungen von König Arthur zugewiesen wurde. Anthony war natürlich Galahad, der einzige Ritter, der fromm und rein genug war, den Gral zu erlangen. Elizabeth war Guinevere. Als Elayne eintraf, veränderte sich das Spiel, Charaktere wurden eingeführt, die die Heiden unterstützten und nicht die Christen. Elizabeth gefiel das nicht recht.

Sie fragte sich, ob auch Anthony an Elayne dachte oder ob er solche Gedanken vermied, seitdem er verheiratet war. Ihre Blicke begegneten sich.

»Hast du in letzter Zeit von ihr gehört?«, fragte er.

»Ich habe ihr geschrieben, aber du kennst sie ja.«

Er nickte. »Kannst du dich noch an den Abend erinnern, an dem sie kam?«

»Wie könnte ich das vergessen!«

Elayne war an einem Winterabend nach Grafton gekommen, in Pelze gemummt. Anthony sah sie zuerst und nahm sie damit gewissermaßen in Besitz. Noch bevor seine Geschwister sie kennenlernten, erzählte er ihnen, sie sehe mit ihrer gespenstisch weißen Haut, den schrägstehenden dunklen Augen und dem glänzenden schwarzen Haar wie eine ausländische Prinzessin aus.

Es war früh am Abend, und die Kinder waren noch in der Halle, lasen und spielten. Anthony war bei Elaynes Ankunft zugegen gewesen, weil er sich in einer Stube auf der Eingangsseite des Hauses vor John und Richard versteckte, beide jünger als er und weniger klug. Er kehrte umgehend in die Halle zurück, um Elizabeth zu berichten.

»Sie ist da.«

»Und wie ist sie?«, wollte Elizabeth wissen.

Anthony überlegte. »Sie wirkt unglücklich.«

»Wahrscheinlich ist ihr kalt, und sie ist müde«, sagte Elizabeth. »Ob wir sie heute Abend wohl sehen dürfen?«

In Beantwortung ihrer Frage gingen die Türen der Halle auf, und Jacquetta führte Elayne herein.

Jacquetta, Elizabeths und Anthonys Mutter, hatte angeboten, Elayne in Grafton zu erziehen, weil der Baron von Guildford nicht wusste, was er mit seiner einzigen Tochter anfangen sollte. Die Frau des Barons – und Freundin von Jacquetta – war zwei Jahre zuvor gestorben. Elayne hatte den Verlust nicht verwunden, und der Baron störte sich daran. Allerdings hatte Elizabeth einmal mitbekommen, wie Jacquetta sagte, eigentlich wolle er vor allem nicht an seinen eigenen Kummer erinnert werden.

Elayne war so, wie Anthony sie beschrieben hatte: Sie war dünn wie ein Schilfrohr und hatte so bleiche Haut, wie Elizabeth es noch nie bei einem Menschen gesehen hatte. Ihre Augen standen weit auseinander und waren geformt wie die der Prinzessinnen in Jacquettas persischen Märchen. Sie trug einen Pelzumhang, der bis auf den Boden reichte. Darunter erhaschte Elizabeth einen Blick auf scharlachroten Samt. Im Haus der Woodvilles trug man Samt nur zu besonderen Anlässen, und scharlachroter Samt erschien ihr besonders erwachsen und extravagant.

Elayne war fast neun Jahre alt, als sie nach Grafton kam, genauso alt wie Anthony. Elizabeth war bereits elf.

Elaynes Blicke schossen durch den Raum, nahmen Mary und Anne auf ihren hell angestrichenen Steckenpferden wahr sowie Martha inmitten ihrer Holzpuppen. Lewis versuchte, Eleonore das Schachspiel beizubringen, obwohl sie viel zu jung war, um die Regeln zu begreifen, und Lionel, der gerade erst laufen konnte, stieß immer wieder die Figuren vom Brett. Margaret, das Baby, schlief friedlich in den Armen einer Kinderfrau.

Als Elaynes Blick auf sie fiel, tat Elizabeth schon nicht mehr, als läse sie. Die Augen offenbarten alles, was sie wissen musste. Elayne hatte Angst, versuchte aber, gefasst aufzutreten. Sie war erschöpft, kämpfte jedoch mit aller Kraft, die in ihrem kleinen Körper steckte, dagegen an. Elizabeth spürte an jenem Abend, dass von diesem fremden Kind eine Gefahr für ihr sicheres, vorhersehbares Dasein ausging, aber wenn Gott es so wollte, hatte sie sich zu fügen.

Sie trat auf Elayne zu und ergriff ihre Hand.

»Du kannst heute Nacht bei mir im Bett schlafen«, sagte sie.

Jacquetta lächelte, und Elizabeth spürte einen Anflug von Glück. Ihre Mutter war stolz auf sie. Jacquetta zu gefallen war beinahe so gut, wie Gott zu gefallen, wobei die Segnungen direkter kamen, denn statt ein Leben lang auf ihre Belohnung warten zu müssen, gehörte ihr die Anerkennung ihrer Mutter schon in diesem Moment. Jacquetta von Luxemburg teilte ihre Zeit und ihre Aufmerksamkeit nicht nur zwischen ihren elf Kindern auf, sondern auch zwischen dem französischen und dem englischen Grundbesitz. Elizabeth erkannte erst viel später, dass ihre Mutter eine vollendete Diplomatin war.

Elayne schlief in jener ersten Nacht kaum, und Elizabeth infolgedessen auch nicht, obwohl sie sich möglichst lange den Anschein gab. Schließlich, als klar war, dass die Unruhe ihrer Gefährtin nicht nachlassen würde, ergriff Elizabeth ihre Hand.

»Was ist los, Liebes?«, flüsterte sie.

Elayne schwieg zunächst. Sie hatte den ganzen Abend kaum ein Wort gesprochen, außer Elizabeth zu fragen, was sie las (sie verlor sogleich ihr Interesse, als Elizabeth es ihr zeigte: Augustinus' *Vom Gottesstaat*), und um Lewis einen Schachzug zu zeigen. Anthony versuchte, ihr mit irgendwelchen Gedichten zu imponieren, doch Elayne ignorierte ihn.

Schließlich murmelte Elayne, dass sie nie gut schlafe und Hunger habe.

»Dann komm mit, wir suchen dir etwas zu essen.«

Hand in Hand schlichen sie auf Zehenspitzen durch dunkle Flure und über kalte Hintertreppen in den Küchentrakt. Elizabeth weckte die Dienerin auf, die auf dem Boden schlief, und trug ihr auf, Essen anzurichten. Sie aßen beide ein Stück goldbraune Wildpastete und tranken etwas Apfelwein, dann gingen sie wieder zu Bett.

Eine weitere Stunde verging in Schweigen, bis Elayne von Elizabeth wissen wollte, warum sie den *Gottesstaat* lese.

»Weil Augustinus weise war.«

»Was sagt er denn?«

»Dass die Kirche ein himmlisches Königreich ist, das von Liebe regiert wird.«

»Wie kann ein Königreich von Liebe regiert werden?«

»Das soll man nicht wörtlich nehmen«, sagte Elizabeth, denn sie hatte gehört, wie der Lateinlehrer dasselbe zu Anthony sagte.

»Was heißt ›wörtlich‹?«, fragte Elayne.

»Das heißt«, erwiderte Elizabeth, »dass Geschichten uns zuweilen helfen, etwas zu begreifen. Augustinus sagt, die Kirche ist von Christus auf Erden eingerichtet worden, und wir müssen alles tun, was die Priester sagen, weil sie wie die Jünger sind.«

»Aber woher weißt du, dass es nicht auch nur eine Geschichte ist?«

Elizabeth hatte das nicht bedacht und war im ersten Moment verunsichert.

»Bestimmte Sachen sind Geschichten, aber das hier nicht.«

»Woher willst du das wissen?«

»Ich werde den Priester fragen.«

»Meinst du denn, Priester wissen, was Gott will?«

»Natürlich. Meinst du nicht?«

»Warum sollte ich mich darum scheren, was Gott will, wenn er mir meine Mutter genommen hat?«

Elizabeth schlief über der Frage ein, wie sie Elaynes Seele bloß vor dem Fegefeuer retten könnte.

Doch Elaynes Ketzerei hatte damit erst ihren Anfang genommen.

Das Spiel begann nach dem Unterricht am nächsten Tag. Sie spielten im Haus, weil draußen Schnee lag. Alle kannten ihre Rollen. Galahad, Lancelot, Arthur, Perceval und Bors wurden von Anthony, Lewis, John, Richard und Lionel gespielt; Igraine, Vivienne und Guinevere von Elizabeth, Anne und Mary.

Die Kinder versammelten sich in der Halle, die Jungen mit ihren Holzschwertern, die Mädchen trugen alte Gewänder von Jacquetta und Kronen aus Weihnachtsefeu im Haar. Elayne hatte ein Buch mitgebracht, setzte sich an den Kamin und tat so, als merkte sie nicht, dass ihr keine Rolle zugeteilt war.

»Wen soll Elayne spielen?«, fragte Anthony.

Elayne schaute nicht von der Buchseite auf.

Elizabeth runzelte die Stirn. Sie hatte Elayne geflissentlich übersehen.

»Ich will nicht mitspielen«, sagte Elayne.

»Musst du auch nicht«, erwiderte Elizabeth erleichtert.

»Ich möchte nicht«, sagte Elayne noch einmal.

»Du musst mitspielen!«, beharrte Anthony. Allen war klar, dass er vernarrt in sie war.

Elayne hielt den Blick ins Buch gerichtet.

»Vielleicht kennt sie die Geschichte nicht«, vermutete Anne.

»Doch, die kenne ich!« Elayne warf Anne einen tadelnden Blick zu.

»Welche Rolle willst du dann spielen?«, konterte Anne.

Schweigen trat ein, und Elizabeth rechnete schon damit, dass Elayne des Lügens überführt würde.

»Ich bin Morgan le Fay«, antwortete Elayne schließlich.

»Aber Morgan le Fay kommt in dem Spiel nicht vor!«, protestierte Mary.

Das Spiel war damals eine Inszenierung der von den Woodville-Kindern bevorzugten Stelle: die Ankunft Galahads in Camelot und die Suche nach dem Gral. Sie hatten sich gewisse Freiheiten herausgenommen, damit mehr Frauen in der Erzählung vorkamen, doch Morgan le Fay tauchte selbst in ihrer Version der Geschichte nicht auf.

»Dann beziehen wir sie eben ein, Mary«, sagte Anthony mit Nachdruck.

»Igraine spielt doch auch mit«, sagte Elayne leise, ohne von ihrem Buch aufzuschauen. »Morgan le Fay ist Igraines Tochter.«

»Aber wenn Morgan le Fay mitspielt, dann brauchen wir auch Merlin und Viviane, die Herrin vom See«, murrte Anne.

Sie stritten darüber, einigten sich schließlich jedoch darauf, dass Lewis und Mary die Rollen von Merlin und Viviane übernehmen sollten, wenn sie nicht gerade Perceval und Igraine spielten.

Von Anfang an spielte Elayne die Morgan le Fay nicht als die Feindin von Camelot, sondern als Hexe, die zauberte und Kräuter sammelte, um in der Schlacht verwundete Ritter zu heilen. Im Spiel gab es eine beträchtliche Anzahl von Verletzungen, hin und wieder auch echte. Endlos wurde darüber gezankt, ob Morgan le Fay nun Freundin oder Feindin der Tafelrunde sei und, noch wichtiger, ob sie sich an der Suche nach dem Gral beteiligen dürfe.

»Damen unternehmen keine Ritterzüge«, beharrte John.

»Anthony soll entscheiden«, entgegnete Elayne. Sie wusste inzwischen, dass Anthony alles für sie tat.

»Sag es ihr, Anthony«, forderte John.

»Nun, normalerweise machen sich Damen nicht auf die Suche«, stimmte Anthony zaghaft zu. »Aber Morgan le Fay ist immerhin eine Zauberin. Und da sie König Arthur mit nach Avalon nimmt, als er tödlich verwundet wird, sollte ihr vielleicht erlaubt sein, nach dem Gral zu suchen …«

Das Recht Morgan le Fays, nach dem Gral zu suchen, blieb in den zehn Jahren, die Elayne in Grafton weilte, umstritten, so wie das Wesen des Grals selbst. Elizabeth wusste, dass es der Kelch des letzten Abendmahls war, der bei der Kreuzigung das Blut Christi aufgefangen hatte. Für Elayne hingegen war der Gral etwas ganz anderes, eher magisch als heilig, etwas, womit man Erfüllung ohne Gott finden könnte.

Elizabeth lächelte, als ihr Anthonys Verhandlungsgeschick einfiel. Schon als Kind war er ein fähiger Staatsmann gewesen. Kein Wunder, dass König Edward ihn an seinen Hof gerufen hatte. Der neue König musste möglichst viele kluge Ritter um sich scharen, wenn er seine Brüder beschwichtigen und den jahrelangen Unfrieden zwischen den Häusern York und Lancaster beilegen wollte.

Das Schwertspiel war vorbei. Thomas und Richard hatten ihren Streit beendet, und jetzt rang Anthony mit beiden.

»Zeig uns, wie du tjostest, Onkel!«

»Ja, bitte, Onkel.«

Anthony lachte. »Wenn eure Mutter nicht zuschaut. Mütter sollten ihre Söhne dabei nicht beobachten.«

Er war ein guter Ritter, wie Galahad.

Kapitel 2

Guildford, Surrey

Der See war ein Spiegel, der Wolken und Sonnenlicht einfing.

Elayne stand im Schatten der Bäume und sah in diesem Spiegel, wie ein Reiter die alte Straße entlang durch den Wald kam. Selbst vom gegenüberliegenden Ufer aus konnte sie sehen, dass der Mann vor Müdigkeit ganz steif war. Seinem ungepflegten Äußeren nach zu urteilen, mochte er ein Wilderer sein, nur war sein Pferd ein Zelter, und soweit sie erkennen konnte, hatte er keinen Bogen bei sich. Er ritt wie ein hochwohlgeborener Edelmann, trug aber weder Farben noch ein Wappen, und er war so hager, dass er ausgehungert wirkte. Er mochte zwischen vierzig und fünfzig sein und machte einen nervösen Eindruck, schaute prüfend um sich, als erwartete er, jeden Augenblick auf seinen Herausforderer zu treffen.

Elayne bückte sich, um ihren Surcot von den Steinen aufzuheben. Ihr Unterkleid war noch nass und klebte an ihr wie ein glitschiges Fell. Als sie sich aufrichtete, hatte der Reiter sein Pferd gezügelt und sah sie derart intensiv an, dass ihr ganz heiß wurde. Sie fragte sich, ob er wohl ein Zauberer war, der Eisen in Gold verwandeln konnte.

Er ritt weiter, und Elayne hielt sich die Hand vor den Mund, obwohl niemand da war, der ihr Lächeln hätte sehen können. Sie suchte nach den Wendeschuhen, die sie sorglos abgestreift hatte. Sie waren nirgendwo zu sehen – von ihr aus konnten sie ruhig verrotten. Ihre Frisur war aufgelöst, doch es würde zu lange dauern, sie wieder zu richten. Sie eilte den Pfad entlang in der Hoffnung, Isabelle und Louisa nicht zu begegnen. Sie hatte sie fortgeschickt, um Pilze zu sammeln, weil die beiden ihr auf die Nerven gingen. Gelegentlich war es ganz nett, Klatsch aus der Küche und vom Anwesen zu hören, aber eigentlich gab sie nichts auf das belanglose Gerede.

Smaragdgrüne Lichtsplitter drangen durch das Laubdach. Der Pfad, über den sie ging, war kaum bekannt und wurde nur von den Wildhütern ihres Vaters, des Barons von Guildford, benutzt. Dafür waren in diesem Teil des Waldes viele Tiere unterwegs – Hirsche, Kaninchen, Füchse, und einmal hatte sie sogar einen Bären gesehen. Das zottelige Tier beachtete sie kaum. Levaine hatte ihr geraten, auf einen Baum zu klettern, falls sie auf einen Bären traf, doch stattdessen war sie wie angewurzelt stehen geblieben, nicht imstande, auch nur einen Fuß anzuheben. Das ließ für künftige Begegnungen nichts Gutes ahnen.

Elayne betrachtete diesen Pfad gern als ihr Eigen – wie auch den See. Eigentlich war es kaum ein See, eher ein zu groß geratener Teich in einer Lichtung, die gerade breit genug war, um die Sonne einzufangen. Ihr Vater wollte nicht, dass sie hierherkam. Das dunkle Wasser machte sie aber nicht traurig, im Gegensatz zum Baron. In der kalten Umarmung fühlte sie sich ihrer Mutter am nächsten.

Als sie am Waldrand ankam, war der Reiter verschwunden. Sie trat ins Freie, und sogleich flatterten Isabelle und Louisa wie Seidenmotten um sie herum.

»Wir dachten schon, du hättest dich verlaufen!«

»Was ist mit deinen Wendeschuhen?«

»Wie deine Haare aussehen!«

Wahrscheinlich hatten sie sich an Trüffeln gütlich getan, einander Geschichten erzählt und Elayne vollkommen vergessen. Sie machten viel Wirbel um die nasse Kleidung –

wenn ihr Vater nun meinte, sie hätten sie vernachlässigt? Elayne wehrte die Hände der beiden ab, bis sie den Kotten des Torhüters erreichten. Peter saß auf der Stufe davor und schabte ein Geweih ab, seine Klinge blitzte wie ein Juwel. Isabelle verstummte auf der Stelle, wie immer, wenn sie den rehäugigen Sohn des Torhüters erblickte. Louisa sah aus wie ein Trottel. Ihr Schweigen kam so plötzlich und unnatürlich, dass der Junge verlegen aufschaute. Louisa kicherte, und Isabelle trat nach ihr, woraufhin sie ins Stolpern geriet.

Elayne schenkte ihm ein Lächeln. »Mach dir nichts daraus, Peter. Meine Gefährtinnen üben für ein Spiel und haben ihre Rollen vergessen.« Sie hielt inne. »Ist hier jemand vorbeigekommen?«

»Sehr wohl«, sagte Peter. »Sir Thomas Malory aus Newbold Revel.« Er warf noch einen letzten argwöhnischen Blick auf Isabelle und Louisa und beugte sich dann wieder über sein Messer.

Die Steinplatten in der Burg waren kühl und glatt. Wenn sie sie an einem heißen Tag unter den Füßen spürte, wünschte Elayne, der Sommer möge ewig währen. Sie verschmähte Stiefel und Risen und Spindeln, Winter, die sie abgeschieden von der Welt mit den trägen Frauen verbringen musste. Beklagte sie sich jedoch bei Elizabeth darüber, gemahnte ihre Freundin sie nur an die Vorteile, die sie davon hatte, und das ärgerte Elayne. Beth war jetzt sechsundzwanzig – zwei Jahre älter als sie selbst –, sie war verheiratet gewesen und Witwe geworden. Arme Beth. Aber wenigstens lebte sie wieder in Grafton, und das lag nicht so weit entfernt. Die Woodvilles würden auf jeden Fall beim Turnier des Königs in Winchester zugegen sein. Richard Woodville war Ritter des Hosenbandordens und Anthony bereits ein bewunderter Tjoster. Anthony war, wie Elizabeth, fromm wie ein Heiliger. Schade.

Isabelle war über ihr erstes Turnier ganz aus dem Häuschen

und glaubte fest daran, dass ein Recke um ihre Gunst buhlen würde. Sie verwechsele einen Recken mit einem Geliebten, sagte Louisa und wies die Gefährtin darauf hin, dass ihre perfekt sitzende Rise am Ende noch von einer Lanze oder vom Schlamm ruiniert würde und nach dem Festmahl weitere Gunstbezeigungen erwartet würden.

Elayne schickte sie fort, um etwas zu essen zu holen, und ging dann die Treppe zu ihren Kammern hinauf, wobei sie zwei Stufen auf einmal nahm, da niemand zuschaute. Das bedeutete, dass sie die Beine fast wie zu einem Sprung strecken musste und den Stoff ihres Unterkleids arg strapazierte. Anmutig war das nicht, aber heute war sie ein Strauß Löwenzahn und eine Sommerbrise. Sie liebte diese Tage, die hurtig mit Licht und Luft daherkamen, und lief mit ihnen so schnell sie konnte – ganz anders als an jenen Tagen, an denen die Steintürme der Burg und die Kammern so kalt waren wie die Vergessenen. Die Vergessenen, in einer Schatulle tief in ihrem Herzen in Ketten gelegt.

An diesem Tag war die Burg – die Festung von Guildford, eine Schenkung an ihren Ururgroßvater – ein Quell des Lichts. Sonnenstrahlen fielen durch die hohen, schmalen Fenster auf bleiche Steinfliesen und gelbes Stroh. Sie erhellten die Tonsur von Tobias, dem ältesten Diener ihres Vaters, und den Korb mit Zwiebeln, den er aus dem Keller herauftrug. Tobias schaute auf und lächelte. Er war inzwischen fast zahnlos. Elayne konnte sich nicht erinnern, ihn jemals anders als stumm erlebt zu haben. Er hatte seine Sprache verloren, als sie selbst noch zu klein war, um zu sprechen.

In ihrem Schlafgemach warf sie die feuchte Kleidung ab und kramte im Kleiderschrank nach etwas, das sich für den Besuch eines Ritters ziemte. Sie vermutete, dass Sir Thomas Malory von Newbold Revel mit ihrem Vater und ihren Brüdern in der Halle speiste. Sie sollte auch dort sein, aber sie war zu spät dran, und die Enttäuschung ihres Vaters über ihre

Unpünktlichkeit würde ihr noch das angenehme Gefühl staubiger Füße und zersauster Haare nehmen.

Sie fand ihr »Festbeleuchtungskleid«, wie Beth es einmal genannt hatte, weil es lapislazuliblau war mit einem Gürtel aus schwerem, golddurchwirktem Seidenstoff. Sie zog ihre weichsten Wendeschuhe an und flocht sich ungeduldig das Haar.

Licht ergoss sich in den Raum. Es fiel auf einen Stickrahmen. Elayne kniff die Augen zusammen und betrachtete den aufgegebenen Gobelin abschätzend. An einem Tag wie diesem machte es ihr nichts aus, dass sie ihr Leben in einer Kemenate verbrachte.

Isabelle und Louisa warteten an dem Tisch im Vorzimmer. Sie hatten einen Holzteller mit Fleisch und Obst aus der Küche mitgebracht, stocherten darin herum und unterhielten sich flüsternd. Sie mussten ihn gesehen haben.

»Speisen sie noch?«, fragte Elayne, setzte sich zu ihnen und nahm eine Scheibe rosa Wildbret.

»O nein, sie sind jetzt in der Bibliothek, und Tor ist auch da«, sagte Isabelle.

Elayne hörte auf zu kauen. »In der Bibliothek? Warum?«

Isabelle war auf der Hut. Dass Elayne diesen Raum als ihr Eigen betrachtete, war kein Geheimnis. Sie hatte keinen echten Anspruch darauf, aber sie verbrachte dort mehr Zeit als alle anderen.

»Das weiß ich nicht, Mylady, aber ich hörte sie Cato erwähnen ...«

»Es war Cicero«, stellte Louisa richtig.

»Jedenfalls«, fuhr Isabelle fort und bedachte Louisa mit einem Stirnrunzeln, »sprachen sie über die Griechen ...«

»Cicero und Cato waren beide Römer«, sagte Louisa.

»Ach, hör doch auf, Louisa!« Isabelle funkelte sie wütend an. »Ich bin nicht so dumm, wie du denkst!«

Elayne hörte kaum zu, sie fragte sich, wie sie belauschen

könnte, was in der Bibliothek besprochen wurde. Allem Anschein nach war Sir Thomas Malory von Newbold Revel ein belesener Mann, und dieser Gedanke ließ ihr Herz schon wieder höher schlagen. Sie hatte keinen Appetit mehr.

»Ich gehe zu ihnen«, verkündete sie.

»Aber …«, setzte Isabelle an.

»Ist das klug?«, beendete Louisa den Satz für sie.

»Warum nicht?« Elayne wusste nur zu gut, warum nicht. Nachdem seit neuestem ein Yorkist den Thron innehatte, wurden im ganzen Land geheime Bündnisse geschmiedet. Nicht zu wissen, was in der Bibliothek besprochen wurde, wäre in jedem Fall sicherer.

»Dürfen wir …?«

»Nein!« Elayne wischte sich den Mund am Tischtuch ab. »Wie sitzt meine Frisur?«

Der Baron mochte Viviennes Bibliothek nicht. Seiner Meinung nach waren all die französischen, lateinischen, griechischen und hebräischen Bücher nichts als Schund, den seine Frau gesammelt hatte. Elayne stellte sich ihre Mutter gern wie Eleonore von Aquitanien vor, die Gönnerin des großartigen Chrétien de Troyes. Sie erinnerte sich nur bruchstückhaft an die Geschichten, die Vivienne ihr erzählt hatte, und war sich nicht sicher, welche sie tatsächlich gehört und welche sie erfunden hatte. Ganz bestimmt aber wusste sie noch, dass ihre Mutter behauptet hatte, nicht alle Schriftrollen in der ägyptischen Bibliothek von Alexandria seien verbrannt, einige Manuskripte seien erhalten und befänden sich in königlichen und privaten Sammlungen, die von dort stammten. Sie sagte, als Julius Cäsar seine eigenen Schiffe in Brand setzte, um Achilles aufzuhalten, hätten die Mönche gewusst, dass ihre Bibliothek in Gefahr war, und die kostbarsten Manuskripte in Sicherheit gebracht. Sie verlegten sie in einen Tempel ganz woanders in der Stadt. Vivienne hatte Elayne angesteckt mit ihren Geschichten von Jungbrunnen, Zauberkönigen, juwelenbesetzten Kelchen und verwunschenen Schwertern.

Sie erzählte Elayne, Eleonore von Aquitanien habe ihrem Hofschreiber, Chrétien de Troyes, eine Schriftrolle gegeben, die von Kreuzfahrern in Jerusalem gestohlen worden sei. Diese Schriftrolle stammte ursprünglich aus der Bibliothek in Alexandria. Nachdem Chrétien sie gelesen hatte, erzählte Vivienne, habe er die Erzählung vom Gral geschrieben, den berühmten Roman über den Ritter Perceval, dessen Reise ihn in ein Land voller Rätsel und Verzauberungen führte. Hätte Chrétien de Troyes nur lange genug gelebt, um seine Gralsgeschichte zu Ende zu schreiben! So aber war sie unvollständig geblieben, und das Rätsel, das Perceval aufgegeben wurde, war bis heute ungelöst: *Wozu dient der Gral?*

Elayne legte die Hand auf den großen Eisenring und zögerte. Die Tür zur Bibliothek, halb so dick wie der Baum, aus dem sie geschlagen worden war, war geschlossen. Sie hatte gelernt, was eine geschlossene Tür bedeutete, als sie in ihrer Kindheit an einem frühen Morgen ihre Eltern in deren Schlafgemach aufsuchte. Erst als sie erwachsen war, Jahre nach dem Tod ihrer Mutter, begriff sie, warum ihr Vater so wütend gewesen war. »Eine geschlossene Tür«, hatte er gesagt, »bedeutet, dass jemand ungestört sein möchte. Es bedeutet, bleib draußen.« Elayne versprach, sich das zu merken.

Sie drehte den Türgriff und schob die Tür auf.

Auf den zweiten Blick war Thomas Malory älter, als sie gedacht hatte. Über fünfzig, vermutete sie, und ausgemergelt. Er wirkte verwahrlost, beinahe verwirrt. An seiner Tunika haftete Straßendreck, Stiefel und Beinkleid waren schlammbespritzt. Seine Haut war winterbleich, die Haare zerzaust. Die Männer standen an der Tür zum Skriptorium – Malory, Elaynes Bruder Tor und ihr Vater. Alle drei wandten sich um, weil sie sehen wollten, wer sie störte. Elayne tat überrascht.

»Oh. Ich wusste nicht, dass der Raum benutzt wird.«

Weder ihr Vater noch Tor glaubten ihr, das sah sie ihnen an. Auch was Thomas Malory dachte, war ihm anzusehen. Ihr entging nicht der tastende Blick, als er sie zum zweiten Mal in Augenschein nahm. Wie konnte ein derart reizloser Mann sie mit nur einem Blick dahinschmelzen lassen?

»Elayne«, sagte ihr Vater stirnrunzelnd, »wie du siehst, haben wir zu tun ...«

»Ja«, sagte sie kleinlaut. Er mochte es, wenn sie unterwürfig war. »Aber ich muss ... etwas aus dem Skriptorium holen.«

»Na gut«, erklärte sich der Baron einverstanden, obwohl sein finsterer Blick das Gegenteil zu sagen schien. Sie schenkte ihm ihr reizendstes Lächeln und fing Tors Blick auf. Ihr Bruder hatte vorwurfsvoll eine Augenbraue hochgezogen – ein Trick, den sie jahrelang geübt hatte – und versuchte, nicht zu grinsen. Er schnalzte kaum hörbar mit der Zunge, als sie an ihm vorbeiging.

»Ihr habt ein Skriptorium?«, hörte sie den Besucher fragen, als sie sich in dem kleinen Vorzimmer nach etwas umsah, was sie mitnehmen konnte.

»Meine Gemahlin hatte gern Schreiber im Haus. Sie ließ von einigen ihrer Bücher Abschriften anfertigen, um sie zu verschenken.« Ihr Vater war ungewöhnlich charmant und zuvorkommend zu dem abgerissenen Ritter, und Elayne überlegte, was der Grund sein könnte. Beim Abendessen würde sie es in Erfahrung bringen – falls sie Tor nicht schon vorher allein erwischte. Doch er und Levaine waren gerade erst von einem Feldzug zurückgekehrt, und er würde Louisa allein sehen wollen, bevor er seine Schwester traf. Sie sah ein Bündel ungespitzter Federkiele und verließ die Bibliothek, ohne etwas Interessantes mitzubekommen. Ihr Vater zeigte Thomas Malory stolz ein prächtig illustriertes Exemplar von *Reynard the Fox*, das er nie gelesen hatte, wie Elayne wusste.

Die Tür zur Bibliothek blieb den ganzen Nachmittag geschlossen. Elayne behielt sie im Auge, schickte jede Stunde die eine oder andere Gefährtin hin, die ihr Bericht erstatten sollte. Die Sonne versank zu langsam hinter den Bäumen. Elayne handhabte ihre Nadel so fahrig, dass sie sich dreimal in den Finger stach. Sie raunzte Isabelle an, weil sie vor sich hin summte. Sie trat einen Schritt zurück, um ihre Arbeit zu betrachten. Drei Jungfrauen gingen im Schatten eines Orangenhains hintereinanderher, die eine mit einem Falken auf dem Handgelenk, die zweite hatte eine Laute, die dritte ein Buch und eine Feder. Die drei fanden immer wieder einen Weg in Elaynes Arbeit, sie brauchten keine Einladung. Isabelle bestand darauf, dass das Trio sie drei waren, Louisa, Elayne und Isabelle. Louisa behauptete, es seien die Musen. Für Elayne waren es einfach nur drei Frauen, die nichts Besseres zu tun hatten, als müßig herumzustehen, von einem sinnvollen Leben zu träumen, von Reisen in ferne Länder und der Bibliothek in Alexandria.

Elizabeth behauptete immer, Elayne wäre als Mann glücklicher gewesen, jedoch nur als Poet und nicht als Troubadour. Sie sagte aber auch, ein Leben als Poetin könne für eine Frau nur mit Kummer enden und nach Liebe zu suchen sei töricht.

»Warum brächte es einer Frau Kummer, einem Mann aber nicht?«, fragte Elayne.

»Weil Frauen zartbesaitet sind und Liebesgedichte für wahr halten. Männer schreiben nur über die Liebe, um eine Frau zu gewinnen«, sagte Beth.

»Das ist böse.«

»Es ist die Wahrheit.«

»Dann hast du nie geliebt«, erwiderte Elayne.

»Du denn?«, wollte ihre Freundin wissen.

Elayne hatte noch nie geliebt, glaubte aber, es müsse einen Grund für die Tiefe ihrer Sehnsucht geben.

Bei Einbruch der Dämmerung kam Louisa von ihrem letzten Kontrollgang zurück und berichtete, die Tür zur Bibliothek stehe offen. Sie war errötet und wirkte derangiert, und

Elayne vermutete, dass Tor sie in eine unbenutzte Kammer gelockt hatte.

»Wo sind sie hingegangen?«, fragte Elayne.

»Der Ritter kümmert sich um sein Pferd. Er ist den ganzen Weg von London hierher geritten.« Louisa schien das nicht sonderlich zu interessieren. »Ich hatte ganz vergessen, dass heute ein Festtag ist«, sagte sie. »In der Küche hat man Wildschweine und Schwäne aufgespießt.« Louisa dachte immer nur ans Essen. Sie teilte ihre Tage nach den Mahlzeiten ein und war immer diejenige, die im hohen Gras eine neue Stelle fand, an der Beeren oder Pilze wuchsen. Dabei sah sie gesund aus, und ihre Bodenständigkeit hatte ihren Reiz. Männer folgten Louisa mit den Blicken, als könnten sie ihren Appetit riechen.

Tor war da keine Ausnahme, doch vermutete Elayne, dass seine Zuneigung nicht ausschließlich Louisa galt. Er war des Öfteren längere Zeit abwesend, und er ließ nicht erkennen, dass er sich eine Gemahlin nehmen wollte, weder Louisa noch eine andere. Er machte das Beste aus seinem Aussehen und seiner Stellung, und seine wahre Liebe galt Schlachten und der Politik. Diesmal war er mit der Nachricht zurückgekehrt, der Earl von Warwick habe sich dem Hause York angeschlossen. Thomas Malory war ohne Zweifel Lancastrianer. Er sah aus wie ein Flüchtling.

Beim Abendessen setzte sich Elayne neben ihn, wobei ihr auffiel, dass die Haut um seine Augen und an seinem Hals faltig war und sein Haar noch grauer, als sie gedacht hatte. Was hatte dieser Mann bloß an sich, das ihr den Atem raubte? Glaubte er, sie würde ihm erlauben, sie zu nehmen?

Würde sie es zulassen?

Sie stellte es sich vor. Sie würde sich nach der Mahlzeit vom Tisch erheben, wenn sie wusste, dass er sie beobachtete. Er würde ihr hinaus in den Hof folgen bis hinter die Ställe, wo ein Heuschuppen war …

»Elayne!«

Levaine funkelte sie quer über den Tisch an. »Reiche mir das Brot, Dirne.« Er sagte es scherzhaft, dennoch ärgerte es sie. Er hatte keine Manieren.

In der Halle ging es hoch her, wie immer an Festtagen. Dort speisten der Abt und ein paar Karmelitermönche. Sie waren regelmäßig zu Besuch an der Tafel des Barons, da ihnen große Ländereien gehörten, die an seine grenzten, und er sie gern bei Laune hielt. Ein paar ausgewählte Freibauern hatten ebenfalls ihre Plätze eingenommen, außerdem der eine oder andere Adlige von den nahe gelegenen Anwesen. Der Kaufmann, der italienische Weine und Oliven einführte, war gekommen und hatte seinen Wein, seine Frau und seinen Sohn mitgebracht. Der Sohn sah gut aus, war aber ein Dummkopf. Tuchhändler und Weber saßen am anderen Ende der Halle, zusammen mit ein paar Dorfbewohnern und zerlumpten Minnesängern. Schade, dass die jüdischen Brüder nicht da waren, Elayne schaute sie gern an.

Sie erwischte Malory, wie er sie beobachtete. »Benutzt Ihr das Skriptorium?«, fragte er.

»Im Sommer nicht, aber sonst bin ich die einzige Besucherin dort.«

»Euer Bruder sagte mir, dass Ihr Euch viel aus Büchern macht.«

»Meine Brüder und mein Vater nehmen sich kaum Zeit dafür. Ich habe alle Zeit der Welt.«

»Und was lest Ihr, da Ihr alle Zeit der Welt habt?«

»Ritterromane.« Sogleich bereute sie ihre Aufrichtigkeit. Sie hätte sagen sollen, dass sie gern Historien lese oder die Griechen, um gelehrt zu wirken.

»Lest Ihr gern?«, fragte sie ihn, auch wenn sie es bereits wusste. Warum sonst sollte er den ganzen Nachmittag in Viviennes Bibliothek verbringen? Er dürfte *Hektor von Troja* lesen oder die *Chroniken von England.*

»Ja.«

»Was lest Ihr?«

»Zurzeit interessiere ich mich für die Literatur des französischen Hofs.«

Elayne überlief ein Schauer.

»Ich fertige eine … Studie an«, fügte er hastig hinzu.

Liebend gern hätte sie jetzt eine Augenbraue hochgezogen. »Was für eine Studie?«

»Ich beschäftige mich nicht mit höfischen Liebesränken«, fuhr er fort, obwohl sie ihm ansah, dass dies sehr wohl der Fall war. Er starrte auf seinen Kelch, als wäre das matte Zinn von immensem Interesse, und fuhr mit dem Daumen um den Rand. Sie fragte sich, ob er ihr noch antworten würde. Er kniff die Augen zusammen, als versuchte er eine Entscheidung zu treffen. »Bestimmte … Erzählungen interessieren mich.«

Er verbarg etwas vor ihr. Nur wenige Männer hatten Talent für die Feinheiten der Täuschung.

»Was für Erzählungen?«, fragte sie.

Er seufzte, als wäre sie lästig wie ein Kind, doch schaute er sie an, wie ein Mann eine Frau ansah. Dass er sie begehrte, war nicht zu übersehen. Sie wusste, dass sie keine Schönheit war, aber es hieß, sie sei apart. Louisa sagte, es liege an ihren Sarazenenaugen und ihrem schwarzen Haar, dass man sich nach ihr umdrehte, und Isabelle beneidete sie um ihre makellose Haut. In Guildford nannte man Elayne daher auch die Lilienmaid.

Er hatte ihr nicht geantwortet. Sie ging davon aus, dass es dabei bleiben würde.

»Seid Ihr ein Gelehrter?«, fragte sie.

Er lachte ironisch. »Nur ein Poet. An guten Tagen zumindest.«

»Dann besitzt Ihr doch bestimmt viele Bücher?« Er wirkte nicht wohlhabend genug.

»Ihr stellt eine Menge Fragen, Lady Elayne.«

»Ihr müsst mir ja nicht antworten«, erwiderte sie. »Aber Ihr habt doch sicher nichts zu verbergen.«

Er schaute sie lange und durchdringend an, schließlich lächelte er, und sein Blick glitt von ihrem Gesicht zu ihrem Hals hinab.

»Ich besitze keine nennenswerte Bibliothek. Ich verlasse mich auf die Gunst anderer«, sagte Malory. Dann wandte er sich demonstrativ ab, um mit Levaine zu sprechen. Dieser Affront brachte sie aus dem Konzept. Sie überlegte, ob sie ihm eine Rübe an den Kopf werfen sollte.

Am nächsten Morgen war Thomas Malory im Hof. Er sattelte seinen Zelter, trug bloß eine Reithose und ein Leinenhemd, das nur teilweise zugeschnürt war und dessen Ärmel er bis zu den Ellbogen aufgerollt hatte. Er bestand nur aus Sehnen.

»Ihr seid früh draußen, Lady Elayne«, sagte er, streichelte das Tier und flüsterte ihm etwas zu, während er die Zügel anlegte. Er behandelte sein Tier so, wie eine Frau es machen würde.

»Der frühe Morgen ist die einzige Zeit, die mir gehört.«

»Eure Damen haben Euch streng im Visier.«

»Das ist ihre Aufgabe.«

»Ist Euer Vater der Ansicht, dass Ihr nicht auf Euch selbst aufpassen könnt?«

»Er macht sich Sorgen.«

»Warum sollte er?«

»Er tut es ohne Grund.«

Thomas schaute sie ungläubig an.

»Manchmal … kann ich nicht schlafen.«

Er glaubte ihr noch immer nicht, sagte aber: »Das tut mir leid. Wenn ich helfen kann …«

Elayne zögerte nur kurz. »Das könnt Ihr.«

»Ach?« Sogleich wirkte er misstrauisch.

Sie nahm die purpurne Rise vom Kopf und band sie an die

Zügel seines Pferdes. Er zog die Augenbrauen hoch, sagte aber nichts.

»Küsst mich«, forderte sie ihn auf.

Er lachte.

»Meint Ihr, ich scherze?« Sie bereute es, keine Rübe nach ihm geworfen zu haben.

»Wenn Euer Vater oder Eure Brüder mich sähen, wie ich Euch küsse, Mylady, steckte ich in noch größeren Schwierigkeiten als ohnehin schon.«

»In welchen Schwierigkeiten steckt Ihr?«

»Meine Verbündeten sind die Feinde des Königs.«

»Sonst nichts? Das gilt doch für viele Männer. Im Übrigen habe ich gehört, wie Ihr meinem Bruder gesagt habt, dass König Edward Euch begnadigt hat.«

»Weil Edward eitel genug ist zu glauben, ich würde den echten König im Stich lassen.«

Elayne war schockiert. »So etwas solltet Ihr nicht sagen«, flüsterte sie.

»Schaut nicht so erschreckt. Euer Vater ist ein Freund des Hauses Lancaster«, sagte er mit leiser Stimme.

»Henry ist nicht mehr König.«

»Für viele ist er es noch.«

»Wollt Ihr mich jetzt küssen oder nicht?«

Er schaute sie an, als sähe er weder ihr Gesicht noch ihr Haar, das jetzt aufgelöst und frisch gewaschen war, noch ihre Gestalt. Er schaute sie an, als könnte er den trommelnden Rhythmus ihres Herzschlags spüren. Sie wusste seinen Gesichtsausdruck nicht zu deuten. Ihr Atem stockte, und sie fühlte sich leicht wie der Frühling. Sie drehte sich um, ging zum Heuschuppen und sah sich nicht um, ob er ihr folgte.

Dort blieb sie stehen. Sie vernahm seine Schritte und spürte seinen Atem im Nacken, dann den Druck seiner Hände auf ihren Hüften, während er sie zu sich umdrehte. Er roch nach den Wäldern. Er senkte den Kopf und küsste sie.

Sie hatte ihn zu Recht für einen Zauberer gehalten, als sie ihn am Tag zuvor am See gesehen hatte.

Elizabeth hatte immer behauptet, sie liebe John Grey nicht, nicht so, wie eine Dame ihren Ritter lieben sollte, wenn man nach den Ritterromanen ging.

»Ich habe geliebt«, dachte sie, »noch vor Beth.«

Kapitel 3

Dann fing Sir Lancelot wieder an, häufig zur Königin Guinevere zu gehen, und vergaß das Versprechen und die Vollendung, die er auf der Suche erlangt hatte. Denn, wie das Buch sagt, wäre nicht Sir Lancelot in seinen heimlichen Gedanken und in seinem Geiste inwendig so an die Königin gebunden gewesen, wie er es dem äußeren Schein nach an Gott war, dann hätte ihn kein Ritter auf der Suche nach dem Heiligen Gral übertroffen. Aber immer waren seine Gedanken heimlich bei der Königin, und so liebten sie einander heißer als zuvor und hatten so viel heimliche Zusammenkünfte, dass viele am Hof darüber sprachen.

Le Morte d'Arthur

Mai 1464

Im Haus war es still, als Elizabeth hinausging. Seit ihrer Kindheit stand sie vor dem Rest des Haushalts auf und ging über die Felder zur Kirche der Heiligen Jungfrau Maria. Als Kind hatte sie geglaubt, Gott werde ihre Gebete ohne den Lärm ihrer Brüder und Schwestern früher erhören.

Die Dorffrauen waren bereits auf den Feldern, pflanzten etwas oder jäteten zwischen jungen Kohlköpfen und Lauch

Unkraut. Sie trugen Hüte, die mit hellen Schals festgebunden waren, und lange Schürzen, um ihre Kleidung zu schonen. Manche hatten Kinder dabei. Wie musste es sein, wenn man die Nahrung, die man auf den Tisch brachte, anpflanzen und zur Reife bringen musste, wenn man sein einziges Tier schlachtete, keine Bücher besaß (und auch nicht lesen konnte) und weder Juwelen noch gefärbte Kleidung? Elizabeth fragte sich, ob sie sich schämen sollte, weil ihre Kümmernisse im Vergleich dazu so belanglos waren. Aber sie besaß doch nur, was Gott ihr beschert hatte. Sie musste darauf vertrauen, dass es ihr zustand, und trotzdem war sie unzufrieden, auch wenn sie noch so viele Segnungen aufzählen konnte. Männer fühlten sich zu ihr hingezogen, aber es hatte nur wenige ernsthafte Freier gegeben, und nur der älteste und hässlichste und vielleicht der wohlhabendste würden in Betracht ziehen, eine Witwe zu heiraten, die nicht einmal ein Anwesen ihr Eigen nannte. Wenigstens hatte sie schon unter Beweis gestellt, dass sie fähig war, Söhne zu gebären.

Elizabeth hatte aufgegeben, die Leidenschaft zu erwarten, die sie flüchtig empfunden hatte, als sie fünfzehn war. Damals hatte sich ein Soldat von seinem Pferd herabgebeugt und ihr einen Kuss geraubt, seinen Blick mit dem ihren verschränkt, bis er von dannen geritten war. Tagelang hatte fieberhafte Wollust sie gepackt. Aber war Leidenschaft dasselbe wie Liebe? John Grey war ein gütiger Mann gewesen, und er hatte sie glücklich machen wollen, aber er hatte sie nie mit offenem Verlangen angeschaut, hatte sie nie ausgezogen oder sie anders als auf den Mund geküsst. Andere Männer waren kühner – sie hatte Frauen über Liebesakte reden hören, die sie sich kaum vorstellen konnte.

Die Kapelle war kühl und friedlich, die Morgensonne schien auf weiße Steinbogen und ließ das Buntglas aufleuchten. Die Ruhe und Vertrautheit wirkten sich sogleich besänftigend auf Elizabeth aus.

Sie betete für den Mut, den König zu bitten, ihr das frühere Anwesen wieder zuzusprechen, und für die Gesundheit ihrer Söhne. Sie betete für die Seele von John Grey und um Vergebung, dass sie ihn nicht genug geliebt hatte. Auch für Elayne betete sie, wie immer.

In der Halle ging es beim Frühstück hoch her, ihr Vater und ihre Brüder bereiteten eine Jagd vor. Anscheinend hatten sie einen Besucher. Beim Abendessen war er noch nicht da gewesen, also musste er spät eingetroffen sein. Anthony und John saßen neben dem Mann und lauschten gespannt, was er zu berichten hatte. Henry Stafford war noch hier – er fühlte sich in Grafton zu Hause, obwohl er inzwischen Herzog von Buckingham war, was Elizabeth ein wenig ärgerte. Er war Jacquettas Mündel und eine Zeitlang mit den Woodville-Kindern aufgewachsen, aber er war weder intelligent noch kultiviert, und sie mied ihn, wo sie konnte. Es war noch nicht allzu lange her, so schien es ihr, da hatte Henry darauf bestanden, den Lancelot zu spielen, wenn Elizabeth die Guinevere gab, und ihr einen Kuss geraubt. Elizabeth war außer sich gewesen und hatte ihn ermahnt, Guinevere sei doch König Arthurs Frau. »Aber sie ist auch Lancelots Geliebte«, erwiderte Henry besserwisserisch. »Und im Übrigen war ihr Ehebruch für den Untergang von Camelot verantwortlich.«

»Nicht nur Guinevere hat Arthur betrogen, sondern Lancelot genauso«, beharrte sie.

»Aber es war Guineveres Schuld«, sagte Henry selbstsicher. »Sie hat Lancelot in Versuchung geführt.«

Dem konnte Elizabeth nichts entgegenhalten. Sie wusste, dass man immer den Frauen die Schuld gab. Die Liebe zwischen Lancelot und Guinevere hatte schließlich die brüderliche Freundschaft von Arthur und Lancelot zerstört, dem Ritter, dem er am meisten vertraute. Am Ende wurde Arthur von seinem eigenen Sohn Mordred umgebracht.

Elizabeth gewann immer stärker den Eindruck, dass die Uneinigkeit zwischen den Häusern Lancaster und York, bei der Brüder und Vettern gegeneinander um ein Königreich kämpften, eine gewisse Ähnlichkeit mit dem Verrat und den Blutfehden an Arthurs Hof hatte.

Der andere Besucher am Tisch war nach seiner äußeren Erscheinung kein Mann von Bedeutung. Er schaute auf und fing ihren Blick ein, und Elizabeth nahm ihn mit einem höflichen Kopfnicken zur Kenntnis. Er lächelte, als würde er sie kennen. Vielleicht hatte er sie als Kind gekannt. Er war wohl so alt wie ihre Eltern.

Sie ließ sich Haferplätzchen, Ziegenkäse und verdünnten Wein auf die Terrasse am Rosengarten bringen. Unter einer schattigen Laube war ein Tisch aufgestellt worden, an dem Anne, Margaret, Katherine und Jacquetta saßen.

»Wer ist der Besucher, Mama?«, fragte Elizabeth, sobald sie Platz genommen hatte.

»Thomas Malory.«

»Ist er ein alter Freund?«

»Ich kenne ihn noch aus Paris.«

Jacquetta sprach selten von Paris. Man konnte leicht vergessen, dass sie in ihrer Jugend die Gemahlin John Bedfords gewesen war, des Regenten von Frankreich. Es klang nach einem aufregenden Leben, sie hatten im Louvre gewohnt, umgeben vom französischen Adel, von Minnesängern und Philosophen.

»Warum ist er hier?«, fragte Elizabeth.

»Er interessiert sich für die Bibliothek.«

»Aber die Bibliothek steht nicht *jedermann* offen.«

»Das ist unhöflich, Beth. Ich habe Sir Malory eingeladen, sie zu benutzen, solange er möchte.«

»*Sir* Malory!«, sagte Margaret entrüstet. »Er sieht nicht wie ein Ritter aus.«

Genau das dachte auch Elizabeth. Sie war überrascht, dass

ihre Mutter jemandem, den sie zuvor noch nie erwähnt hatte, freien Zugang zu ihren kostbaren Büchern gewährte. Selbst sie und Anthony, die einzigen Familienmitglieder, die sich dafür interessierten (wenn man Elayne außen vor ließ), durften bestimmte Bücher der Sammlung aus dem Louvre nicht in die Hand nehmen.

»Wo befindet sich Malorys Anwesen?«, wollte Katherine wissen. Ihr Interesse war nicht ganz so beiläufig, wie sie vorgab.

»Warwickshire. In der Nähe der Buckingham-Ländereien«, erwiderte Jacquetta. »Er ist verheiratet«, fügte sie mit Nachdruck hinzu.

»Dann dürfte er doch Henry kennen«, sagte Elizabeth. Aus der Frühstücksszene in der Halle war nicht ersichtlich gewesen, dass Thomas Malory und Henry Stafford Nachbarn waren.

»Soweit ich weiß, sind sie miteinander bekannt«, sagte Jacquetta. »Aber Thomas war ein paar Jahre fort, und Henry ist erwachsen geworden.«

Das war Ansichtssache, dachte Elizabeth. Henry Stafford mochte zwar älter geworden sein, aber er war noch genauso arrogant und aufgeblasen wie eh und je.

»Thomas kannte Henrys Großvater, den ersten Herzog von Buckingham«, fügte Jacquetta noch hinzu.

»Wo war Malory denn?«, fragte Margaret.

Jacquetta gab keine Antwort.

Etwas am Gebaren ihrer Mutter machte Elizabeth neugierig. Jacquetta verhielt sich wirklich seltsam. Sie beschloss, mehr über Thomas Malory und sein Interesse an Büchern herauszufinden. Wahrscheinlich war er Buchkäufer oder Händler.

»Ich möchte gern, dass du nach dem Frühstück mit Anthony zu uns in die Bibliothek kommst, Beth. Du kennst bestimmte Bücher am besten.« Ihre Mutter hatte das unheimliche Talent zu erspüren, was ihre Kinder dachten.

»Bestimmte Bücher? Welche denn, Mama?«

Jacquetta sagte nichts mehr. Sie strahlte an diesem Morgen etwas Geheimnisvolles aus, das Elizabeth zur Weißglut brachte.

Elizabeth aß schnell. Für gewöhnlich wandelte sie nach dem Frühstück im Rosengarten. Sie hatte schon in ihrer Kindheit die Rosen für sich beansprucht, die rund um einen Springbrunnen mit einer Statue der Wasserfee Melusine standen, die ihren Schwanz wie eine Schlange eingerollt hatte.

Thomas Malory und Anthony waren am Tisch neben dem Fenster in ein Gespräch vertieft. Allem Anschein nach zeigte Anthony ihm gerade die *Äneis*. Bei näherem Hinsehen stellte Elizabeth fest, dass ihr Besucher zwar ungepflegt war, aber durchaus Anzeichen von Bildung aufwies. Seine Stimme war kultiviert und klangvoll, sein abgetragenes Lederwams stammte aus Italien.

Bei der *Äneis* musste Elizabeth stets an Elayne denken.

Jacquetta und Vivienne, Elaynes Mutter, hatten sich bei einem Buchhändler in St. Paul's kennengelernt – ein Betrieb, der seltene und teure Bücher verkaufte. Angeblich wollten sie beide denselben Band der *Äneis* erstehen, und der Buchhändler wusste nicht, wem er ihn verkaufen sollte. Am Ende überließ Jacquetta Elaynes Mutter das Buch aus Sympathie. Und Vivienne schenkte es Jacquetta, bevor sie starb.

Elizabeth hatte Elayne die *Äneis* gleich nach ihrer Ankunft in Grafton gezeigt. Elayne blätterte die dicht bedruckten Seiten langsam und vorsichtig um, als erwartete sie, darin etwas anderes als die Geschichte von Troja zu finden.

Wenn sie nachts wach lagen, sprachen Elizabeth und Elayne oft über Bücher. Wie sich herausstellte, wollte Elayne nicht allein in einem Zimmer schlafen und bat Elizabeth flehentlich, ob sie nicht in ihrem Bett bleiben könne. Das bedeutete, sie fanden beide kaum genug Schlaf, und für gewöhnlich unternahmen sie nachts auch noch einen Ausflug in den Küchentrakt, um etwas Essbares zu suchen. Die Magd gewöhnte sich an, Reste auf dem Tisch stehen zu lassen, damit die beiden ihren kostbaren Schlaf nicht so oft störten.

Anfangs versuchten sie, sich gegenseitig darin zu übertrumpfen, wie viele Bücher sie gelesen hatten. Ihre Vorlieben lagen weit auseinander, aber sie kamen darin überein, dass die Griechen die besten Sagen geschrieben hatten und dass die *Odyssee* genau so war, wie eine gute Geschichte sein sollte. Deshalb, so behauptete Elayne, habe Virgil die Geschichte der *Odyssee* auch kopiert, als er die *Äneis* schrieb. Sie sagte, sie sollten wie die Frauen in der *Odyssee* werden, denn die Frauen in der *Äneis* waren nicht annähernd so klug und verbrachten zu viel Zeit mit Weinen.

Elizabeth spürte Thomas Malorys Blick. Als sie ihn anschaute, wandte er sich nicht ab, das ärgerte sie. Er musste die vergangenen Jahre in einem Land ohne Manieren verbracht haben. Vielleicht war er auf Pilgerreise im Heiligen Land gewesen. Sie hatte gehört, dass die Männer dort es als ihr gutes Recht ansahen, Frauen zu betrachten, ohne auch nur Anstand vorzutäuschen.

»Wie ich hörte, seid Ihr an unseren Büchern interessiert«, stellte sie unterkühlt fest. Für gewöhnlich würde sie die Sammlung als die ihrer Mutter ausgeben, doch etwas an seiner Art brachte sie dazu, sie für sich in Anspruch zu nehmen.

Jacquetta, die in der Nähe gestanden hatte, setzte sich zu Elizabeth an den Tisch. Ihr entging nichts.

»Ich interessiere mich für Bücher, ja«, erwiderte er und schaute sie an, als wollte er sagen, er sei nicht nur an Büchern interessiert. Fehlten ihm denn jegliche gesellschaftlichen Umgangsformen? Sie war daran gewöhnt, dass ihre Bewunderer sie mit höflichen Manieren umgarnten.

»Darf ich fragen, worin Euer Interesse besteht?«, fragte Elizabeth.

»Ja, Lady Elizabeth. Ich interessiere mich besonders für die Ritterromane, die mit König Arthur zu tun haben.«

»Aber das sind gewöhnliche Ritterromane. Kopien davon findet Ihr überall.«

»Mich interessieren vor allem alte Kopien.«

»Warum?«

»Weil die ältesten Kopien am wenigsten bearbeitet sind.«

»Verstehe. Ihr wollt sie untersuchen.«

»Ich möchte sie übersetzen.«

Damit hatte Elizabeth nicht gerechnet. »*Übersetzen*? In welche Sprache denn?«

»Ins Englische.«

Das war eine verblüffende Idee. Elizabeth wusste nichts damit anzufangen. Anthony hatte bestimmte philosophische Arbeiten aus dem Lateinischen ins Französische übersetzt, aber einen höfischen Roman aus dem Französischen in gewöhnliches Englisch zu übertragen – ein solches Vorhaben war ihr noch nicht untergekommen. Es flößte ihr Unbehagen ein.

»Ich hoffe«, fuhr Malory fort, »dass die Erzählungen dann auch von Menschen gelesen werden, die nicht das Glück hatten, die Sprachen des Hofes zu lernen.«

Elizabeth war verlegen. In diesem Mann schienen sich Makel und Tugend zu vermischen. Er überraschte sie nun nicht nur mit seinem gelehrten Vorhaben, sondern auch mit seinem Denken. Sie war beschämt. Hatte sie sich nicht am Morgen noch so gefühlt, als stehe ihr das ganz allein zu?

»Das ist … mildtätig«, sagte sie.

»*Mildtätig*? Was für eine interessante Wortwahl, Lady. Ich glaube nicht, dass ich jemals als mildtätiger Mann beschrieben wurde, aber mir ist an diesen Erzählungen sehr viel gelegen. Sie sind den Menschen so nah.«

Anthony, der eifrig die vielen kleinen Regale an der Wand durchsucht hatte, kam mit kostbaren Abschriften der Sagen von Lancelot, Merlin und Tristan und Isolde zurück. Jedes Exemplar war anders gebunden, das eine mit Silber ummantelt und mit türkisfarbenen Perlen und Granatsteinen besetzt, ein anderes war aus Leder, in das komplizierte Flechtmuster und Geschöpfe mit Schwänzen, wie Melusine, geprägt waren.

Als Kinder hatten sie diese Bücher nicht anfassen dürfen, die Jacquetta zufolge einst im Besitz der Königin Eleonore von Aquitanien gewesen waren.

Anthony stapelte die Bücher vor Jacquetta auf den Tisch, nicht neben Thomas Malory. Sie legte eine Hand auf den Stapel, als gälte es, ihn zu beschützen.

»Gibt es denn keinen *Perceval*, der ungefähr in der Zeit dieser Bücher geschrieben wurde?«, fragte Thomas Malory.

Jacquetta schaute ihn mit schmalen Augen an.

»Nein«, sagte sie. Ihr Lächeln hatte jegliche Wärme verloren. »Der *Perceval* fehlt.« Sie ließ die Hand auf den Büchern liegen.

»Ich werde sie gut behandeln«, versicherte Malory ihr.

»Ich weiß.« Sie lächelte.

Er würde nicht wagen, die Bücher schlecht zu behandeln, dachte Elizabeth, wenn er ihre Mutter kannte.

Jacquetta schaute von Anthony zu Elizabeth.

»Sir Malory bittet uns, mit niemandem über sein Werk zu sprechen.«

»Warum?«, fragte Elizabeth.

»Wir wollen keine Gerüchte in die Welt setzen.«

Jacquetta scherte sich sonst nicht um Gerüchte. Sie nahm die Hand vom Bücherstapel und schob ihm die Bände nacheinander zu.

»Ich nehme an, sie sind aus dem Louvre«, sagte er.

Jacquetta nickte.

Sie wechselten einen vielsagenden Blick.

Elizabeth sah zu, wie Malory ein Buch aus seinem Wams zog und eine Feder vom Tisch nahm. Er schrieb etwas nieder, das sie nicht entziffern konnte, vermutlich eine Liste der Bücher auf dem Tisch. Seine Handschrift war elegant, die eines Poeten. Sie fragte sich, ob Thomas Malory die Bibliothek im Louvre gesehen hatte, als er in Paris war. Sie hatte so ein Gefühl. Wieder einmal wünschte sich Elizabeth, sie wäre in Paris gewesen, als ihre Mutter mit John von Lancaster, dem Herzog von Bedford, verheiratet war. Er war der Bruder Henrys V., und sein Pariser Hof war berühmt gewesen für seine Eleganz und Kultiviertheit.

Sie hatte gehört, dass Franzosen ihre Frauen an Stellen küssten, die nur sie zu finden wussten. Sie hatte den Verdacht, dass Thomas Malory eine Frau sehr wohl zufriedenstellen konnte.

Er schaute auf und erwischte sie dabei, wie sie ihn beobachtete. Die Eindringlichkeit seines Blickes machte es ihr unmöglich, sich abzuwenden. Ihr war, als bäte er wortlos um etwas. Ob er alle Frauen mit derart offenem Verlangen taxierte? War das seine Art zu werben?

Kapitel 4

Dann geschah es, dass Arthur und viele seiner Ritter zur Jagd in einen großen Wald ritten, und dort vertraute er in Gegenwart all seiner Herren die Regierung Königin Guinevere an.
Da hub die Königin Guinevere großes Klagen an über die Abreise ihres Herrn.

Le Morte d'Arthur

Juni 1464

Das grün-weiße Wappen der Woodvilles ging zwischen den flatternden Fahnen am Rande des Feldes beinahe unter. Elayne erkannte Anthony und seinen Vater Lord Rivers neben ihrem Standartenträger. Beide trugen den Helm unter dem Arm. Anthony winkte ihr zu, sie winkte zurück. Sie war stolz, ihn zu kennen.

Anthony Woodville hatte schon ein paar Tage nach ihrer Ankunft in Grafton als Neunjährige geschworen, sie zu beschützen, und war ihr ein treuer Bruder, viel mehr als Tor oder Levaine. Der König hatte Anthony kürzlich zum Ritter des Hosenbandordens geschlagen, wie sein Vater es war, und alle wussten, dass ihm eine erfolgreiche Laufbahn bevorstand.

Schließlich hatte er Liza de Scales geheiratet, eine gebürtige Baronin. Allerdings liebte er sie nicht, das war deutlich zu sehen.

Beth sagte, Anthony gleiche seinem Vater mehr als die anderen Brüder, er sei genauso gebildet und ehrgeizig, und dazu gottgläubiger. Das war das Erstaunlichste an ihm. Eigentlich war Anthony Woodville zu sehr Denker, um derart fromm zu sein. Glaube und Verstand, dachte Elayne, ergaben keine gute Partie.

Jacquetta und ihre Töchter, einschließlich Beth, saßen in einer Gruppe anderer Frauen im Schatten eines offenen Zeltes. Jacquetta sah aus wie eine Königin, in Scharlachrot und Gold gekleidet, das dunkle Haar geflochten und mit Bändern zu einer imposanten Frisur aufgesteckt. An diesem Tag war deutlich zu erkennen, dass Jacquetta von Luxemburg von Karl dem Großen abstammte, dass sie die Tochter eines Grafen und Enkelin eines Herzogs war. Am liebsten stellte sich Elayne jedoch vor, dass sie eine Nachfahrin der Wasserfee Melusine war. Das, so dachte sie, erklärte Jacquettas unergründliche Art am besten.

Beth zufolge existierte Melusine nur in Büchern, wie auch die Athene in der *Äneis*. Aber Bücher waren Botschafter von Möglichkeiten, die einen durch die Wüste von Syrien nach Jerusalem bringen konnten. Man könnte Perser sein oder Helena, die Mutter Konstantins des Großen, die das Heilige Kreuz suchte.

Beth ging es beim Lesen um etwas anderes. Sie rühmte Bücher für ihre Poesie, für ihre Klugheit oder ihren Einfallsreichtum. Beth ließ sich nicht in den Fluss einer Geschichte hineinziehen, sie blieb am Ufer stehen, betrachtete den Fluss und schätzte ab, in welche Richtung er wohl fließen mochte. Beth war vorsichtig und empfindlich. Darin unterschieden sie sich.

Auf dem Feld herrschte ein fröhliches Treiben wie bei einem Volksfest. Der Tag hätte für ein Turnier nicht schöner sein können. Der Himmel war blau wie Glockenblumen, und das Gras war nach dem Sommerregen wieder grün. Wohin Elayne auch schaute, überall waren Standarten und Edelfrauen mit prächtigem Haarschmuck zu sehen. An Ständen wurden Honigkuchen und Holunderwein verkauft, Bodenakrobaten verursachten einen Aufruhr mit ihrem Schabernack, Kinder kreischten und rissen aus. An den Eingängen zum Feld und in bestimmten Abständen entlang des Zauns standen Wachen in Kettenpanzern mit dem blau-roten Wappen des Königs auf ihren Schilden.

Die Tribüne des Königs war mit Bändern und Fahnen behängt und wurde schwer bewacht, doch noch war sie leer. Elayne hatte Edward noch nie gesehen, aber gehört, er sehe gut aus und wohne jeder Frau bei, die er haben wollte. Er war über zwanzig, schien es aber nicht eilig zu haben, sich eine Königin zu nehmen. Sie fragte sich, wie es wohl sein mochte, so viel Macht zu haben, und ob Edward ein guter Mann war, so wie Henry.

König Henry und Margaret von Anjou waren bei ihrem Vater in Guildford zu Gast gewesen, bevor sie heimlich nach Schottland reisten. Elayne hatte den ausgemergelten, ängstlichen Mann kaum wiedererkannt, zu dem Henry geworden war. Wenn nicht einmal ein König vor der geistigen Umnachtung gefeit war, welche Hoffnung bestand dann für sie? Tor sagte zudem, geistige Umnachtung suche Frauen viel öfter heim, weil sie nun einmal schwächer seien, und Elaynes Verstand sei ganz bestimmt angeschlagen. Warum hätte sie ihn sonst verwundet? Sie hatte ihn nur ins Visier genommen, um ihm Angst einzujagen, und war davon ausgegangen, dass er ausweichen würde. Er wiederum hatte nicht damit gerechnet, dass sie den Pfeil abschießen würde. So hatten sie sich beide geirrt.

»Ihr seht so frisch aus wie ein Garten im Sommer, Mylady.«

Es war Henry Stafford, neuerdings Herzog von Buckingham. Hätte sie gemerkt, dass er auf sie zukam, wäre sie geflohen.

»Eine scharfsinnige Feststellung«, erwiderte sie kühl, immerhin bestand ihr Kleid aus Brokatstoff mit Irisblüten und Lilien. Sie bemühte sich, ihn nicht direkt anzuschauen. Das würde er nur falsch auslegen. »Nehmt Ihr am Tjost teil?«, fragte sie. Es war ihr vollkommen gleichgültig, aber ihr fiel nichts anderes zu sagen ein. Henry Stafford ging ihr, wie auch Beth, seit ihrer Kindheit auf die Nerven. Er war viel zu sehr mit der Größe seines Hosenlatzes beschäftigt.

Elayne schaute sich suchend nach Louisa und Isabelle um. Louisa stand nicht weit von ihr entfernt inmitten des eingebildeten Gefolges des Grafen von Kent. Elayne fing ihren Blick auf.

Louisa kam zu ihr, entschuldigte sich höflich bei Henry und führte Elayne unter einem Vorwand fort.

»Du sollst auf mich aufpassen!«, zischte Elayne.

»Es ist schwer zu wissen, wann du eine Aufpasserin brauchst und wann nicht«, entgegnete Louisa nüchtern. »Hast du Isabelle gesehen?«

Elayne verneinte die Frage.

Louisa seufzte. »Dumme Göre. Sie hat jemandem ihr Herz geschenkt.«

»Wem?«

Louisa zuckte mit den Schultern. Elayne sah ihr an, dass es sie nicht kümmerte. Louisas Blick verfolgte Tor, der gerade in einem Bierzelt verschwand.

Inzwischen hatten sie das Feld umrundet und das Zelt der Woodvilles wieder erreicht. Beth und Jacquetta waren nicht mehr da. Die Trompeter stellten sich vor der Tribüne des Königs auf. Tor, Levaine und ihr Vater waren auch nirgendwo zu sehen. Wahrscheinlich legten sie ihre Rüstung an.

Die Trompeten setzten ein, als der König in scharlachroter Robe und einem mit Juwelen besetzten Gürtel aus seinem Zelt trat. Er war von so vielen Beratern umzingelt, dass man ihn zunächst nicht in voller Größe sah. Er war hochgewachsen und hatte eine Mähne aus kastanienbraunem Haar, so viel immerhin konnte Elayne erkennen. Während er in seine Loge geführt wurde, traten der Bürgermeister und eine Reihe mürrischer Ratsherren und Gesetzeshüter in die Mitte des Feldes. Sie hielten ihre Schwerter mit der Spitze nach unten und nahmen dann auf der gegenüberliegenden Tribüne Platz.

»Elayne!« Das Flüstern war so nah an ihrem Ohr, dass sie zusammenfuhr. »Verzeih, meine Liebe, ich wollte dich nicht erschrecken …« Beth war von Elayne unbemerkt neben sie getreten. »Ist er nicht prächtig?« Beth seufzte und schaute zu Edward hinüber, der sich gerade vorbeugte und seinem Vetter, dem falkenartigen Grafen von Warwick, etwas sagte. Lord Warwick hatte keine Zeit verloren, dachte Elayne für sich. Als sie das letzte Mal von ihm gehört hatte, war er noch ein enger Berater König Henrys gewesen.

»Wo warst du?«, flüsterte Elayne zurück. »Deinetwegen habe ich mich mit unerdenklichen Langweilern abgeben müssen.«

»Ich dachte, du wärst mir böse. Du hast meinen letzten Brief nicht beantwortet.« Elizabeth begriff das einfach nicht. Für sie war ein Brief eine unkomplizierte Sache. Aber Elayne musste, um einen Brief zu schreiben, erst Zugang zu ihrem Herzen finden. Das kam nicht häufig vor und gestaltete sich auch alles andere als unkompliziert.

Elayne antwortete nicht.

»Ich habe den Böhmen getroffen!«, flüsterte Beth. »Mutter hat mich mit in sein Zelt genommen.« Elayne betrachtete prüfend das Gesicht ihrer Freundin, um sich zu vergewissern, dass sie die Wahrheit sagte. Beth war eine schlechte Lügnerin, ganz im Gegensatz zu Elayne, die das Blaue vom Himmel herunterlügen konnte. Aber Beth log nicht. Ihre Wangen waren rosa, ihre Augen leuchteten wie die Diamanten, die an ihren Ohren baumelten. Der böhmische Herzog war zum Tjosten hier. Sein Ruhm, sein Glück und seine Eleganz waren ein gängiges Gesprächsthema unverheirateter Frauen.

»Und was hast du zu ihm gesagt?« Elayne fühlte sich eigenartig ernüchtert, was einem kleinen Betrug gleichkam. Anscheinend konnte sie einfach nicht anders, als Beths Freundschaft immer und immer wieder zu hintergehen. Sie zwang sich zu einem Lächeln.

»Ich habe ihn gebeten, dass er meine Farbe trägt.«

»Und was hat er gesagt?«

»Er hat ja gesagt.«

»Mehr nicht?«

»Das war alles.«

»Hat er dich, du weißt schon … vielsagend angesehen?« Von Beths Schönheit nicht beeindruckt zu sein war einfach unmöglich. Ein italienischer Maler, der sie während ihrer Ehe mit John Grey kennengelernt hatte, hatte darum ersucht, ein Porträt von ihr anfertigen zu dürfen. Ähnlich wie Jacquetta hatte Beth eine Eigenschaft, die Elayne nur schwer ergründen konnte. Sie schien sich ihrer selbst sicher zu sein. Vielleicht erlangte man solche Umgangsformen, wenn man eine Mutter hatte. Natürlich war Beth nicht perfekt, sie war geheimniskrämerisch, ungeduldig und nur schwer zufriedenzustellen, und sie setzte ihren Charme zu ihrem Vorteil ein. Andererseits, wozu war Schönheit da, wenn man sie nicht nutzen konnte?

»Ich weiß nicht, was du meinst!«, sagte Beth und schaute auf ihre Hände, als wären sie von größerem Interesse als das Feld. Jetzt log sie, und zwar schlecht. Der Böhme hatte sie vielsagend angeschaut, genau deshalb war sie ja so verwirrt. Elizabeth Woodville war keine Hofdame, sie war Witwe und Mutter von zwei Jungen. Elayne dagegen konnte sich gar nicht vorstellen, wie es war, einen Gemahl zu haben, geschweige denn einen zu verlieren. Auch vermochte sie Mutterliebe nicht einmal im Ansatz zu begreifen.

»Ich freue mich für dich«, sagte Elayne und küsste sie auf die Wange. »Ich bin mir sicher, dass er dir den Hof machen wird. Aber ich hoffe, das hält dich nicht davon ab, mich bald zu besuchen. Ich habe gefährliche Langeweile, Beth. Wenn du nicht kommst, muss ich wieder das Bogenschießen aufnehmen.«

Ihr Vater hatte ihr nach dem Unfall mit Tor verboten, den Bogen zu benutzen. Elayne wusste, dass Waffen Beth nervös machten. Ein Wunder, dass sie überhaupt zum Tjost kam.

Der Tag war so belebend und brutal wie alle Turniere, die Elayne miterlebt hatte. Am Ende schwor sie wieder einmal, sich nie mehr eines anzusehen. Ihr wurde übel beim Anblick blutiger Köpfe, und sie fand es abscheulich, dass die Ordner auf dem Feld heimtückische Wetten über die Zahl der Todesopfer abschlossen und darüber, welche Frauen am Ende der drei Tage wohl um ihren Gefährten weinen müssten. Die Turniere zwischen Herzogtümern waren ein gewalttätiger Sport, und doch gefielen Elayne die Festlichkeit, die Gelegenheit, schöne Kleider zu bewundern und das duftende Zuckerwerk zu kosten, das die fahrenden Sarazenen verkauften. Auch das Berauschende des würzigen Weins sagte ihr zu, der serviert wurde, sobald das Tageslicht verblasste, die Musik einsetzte und in den Zelten gefeiert wurde.

Am Ende des ersten Tages gab es Knochenbrüche und ausgeschlagene Zähne, aber keine Todesopfer. Anthony Woodville war, wie erwartet, der beste Ritter der bisherigen Wettkämpfe und nicht ein Mal vom Pferd gefallen – dafür war fast jeder Mann, den er mit seinem Speer gestochen hatte, gestürzt, darunter auch der böhmische Herzog. Anthony beim Tjost zu beobachten war erregend, ob man nun hinschauen wollte oder nicht. Er war von einem Dämon besessen, wenn er bewaffnet war. Tor zufolge war er wahrhaft überragend in der Schlacht. Und Anthonys Sieg über den Böhmen machte ihn nur noch heldenhafter, er war nun nicht nur ein Meister der Woodvilles, sondern ein Meister des Königreichs.

Als die Sonne unterging, gab es nur einen Tjoster, den Anthony nicht aus dem Sattel geworfen hatte, und dieser Mann hob auch am Ende des Wettkampfes nicht sein Visier. Er hatte Anthony durch die Rüstung hindurch am Unterarm verwundet. Anthony seinerseits hatte seinem Gegner den Speer in die Seite gerammt, wobei der ebenfalls verwundet worden sein musste. Danach warfen sie beide die Waffen zu Boden. Vermutlich zögerte der unbekannte Ritter, sein Gesicht zu zeigen, weil er ein Lancastrianer war, der sich noch nicht mit dem neuen König abgefunden hatte. Elayne fragte sich, wessen purpurnen Schal er um den Oberarm gebunden hatte.

Während man zerbrochene Lanzen und abgebrochene Teile von Rüstungen vom Feld räumte, stellten Spielleute ihre dreibeinigen Hocker in einem Kreis auf, der genug Platz für Tänzer und Akrobaten ließ. Holzflöten spielten auf, dann Fiedeln und Lauten. Die Minnesänger begannen zu singen, und Akrobaten traten in den Kreis, um auf den Spitzen zweier Schwerter einen schier unmöglichen Balanceakt zu vollführen oder Saltos zu schlagen. Sie wirbelten immer schneller, und die Trommelschläge nahmen zu, bis allen vom Zusehen schwindelig wurde.

Elayne und Beth gingen Arm in Arm um das Feld und unterhielten sich. Sie blieben stehen, um bemalte Töpferware und Buntglas zu bewundern, und lachten über einen Schweinehirten, der versuchte, sein Schwein tanzen zu lassen. Sie kauften Silberperlen, Elfenbeinkämme und Zitronenöl, und bevor sie ans Bierzelt kamen, hatte Elizabeth versprochen, Elayne in Guildford zu besuchen, und die hatte ihre kleinmütige Eifersucht fast vergessen.

Anthony saß am Kopf eines langen Tisches, noch immer in seinem Brustpanzer, doch ohne Helm und Stulpenhandschuh.

Jemand hatte ihn mit einer Efeugirlande gekrönt, und sein glattes Haar war schweißnass. Er hatte Jacquettas dunklen Farbton, während Beth wie ihr Vater war, ganz Kupfer und Gold. Die Wunde an Anthonys Unterarm blutete noch durch den Verband. Neben ihm saßen der Böhme und ein weiterer Ritter, dessen Gesicht von ihnen abgewandt war.

Elayne schaute sich am Tisch um, doch noch ehe sie sich entschieden hatte, ob sie sich dazugesellen sollte, zog Beth sie am Arm zu einer Lücke auf der Bank, auf der Tor saß. Sie waren beide schon ein wenig beschwipst, doch Elayne sah Beth an, dass ihr nicht nur der Wein zu Kopf gestiegen war. Immer wieder schaute sie verstohlen zum Herzog hinüber, der jedoch viel mehr vom Schmutz und Schweiß der Männer und vom Feld angetan zu sein schien als von irgendeiner Frau.

Sie nahmen Platz, und Tor ließ sie aus seinem Horn trinken. Das Ale war gut und klar, anders als das dunkle Gebräu in Guildford. Elayne blickte sich um. Außer ihnen saßen nur zwei weitere Frauen am Tisch, eine davon natürlich Louisa, dazu ungefähr ein Dutzend Männer. Henry Stafford war nicht darunter, wie sie dankbar zur Kenntnis nahm.

Dann stockte ihr der Atem.

Der andere Ritter, der neben Anthony saß, war Thomas Malory. Er, Anthony und der Böhme lachten über etwas. Thomas hatte einen langen, dunklen Blutfleck auf seinem Hemd unterhalb der Rippen auf der linken Seite. Er hatte mit Anthony gekämpft. Erneut fiel ihr der purpurne Stoff um seinen Oberarm auf, den sie erst jetzt als ihre eigene Rise erkannte.

Allem Anschein nach hatte Malory sie nicht bemerkt. Elayne beobachtete ihn, während Beth ihren Charme an Tor ausprobierte, Louisas schmalen Lippen und funkelnden Augen zum Trotz. Das war nicht gerade nett, aber besser, Beth beschäftigte sich mit Tor als mit dem Herzog, der ihr keinerlei Aufmerksamkeit schenkte.

Der Wein und das Gelächter, die Gesellschaft der Woodvilles und die Anwesenheit des Mannes, in den sie womöglich verliebt war, machten Elayne schwindelig vor Behagen.

Die Männer sprachen über ihre Wunden. Anthony band sich ein Stück sauberes Leinen um den Unterarm, und während sie redeten und lachten, riss er es mit den Zähnen entzwei, damit er es verknoten konnte. Er gab Thomas mit Gesten zu verstehen, er solle seine Tunika anheben, wobei er einen geschmeidigen, muskulösen Oberkörper entblößte. Sein Körper war kräftig wie der eines Mannes halb so alt wie er.

Die Wunde war unbehandelt und blutig. Sie würde eitern. Elayne wies Louisa an, frisches Tuch vom Bierbrauer zu holen, eine Urne voll Wasser und etwas Alkohol. Louisa war nicht gerade erfreut, Tor in Beths Fängen zu lassen, setzte sich nur langsam in Bewegung und bedachte Elayne mit einem vorwurfsvollen Blick.

Thomas Malory ließ sich in keiner Weise anmerken, dass er Elayne kannte, als sie näher kam und ihn bat, sich der Wunde annehmen zu dürfen. Auch dann nicht, als sie den purpurnen Stoff von seinem Ärmel losband und auf den schlammigen Boden fallen ließ. Er schien nur allzu bereit, seine Tunika auszuziehen. Als Louisa zurückkam, riss Elayne das Tuch in Streifen und goss Alkohol darauf. Sie schlang die Streifen um seine Rippen, woraufhin er die Zähne zusammenbiss und fluchte. Sie beugte sich so weit vor, dass er das Zitronenöl riechen konnte, dass sie sich zwischen die Brüste getupft hatte.

Sie verband seine Wunde, er bedankte sich bei ihr und ergriff ihre Hand. Als er ihr Handgelenk küsste, berührte seine Zunge ihre Haut, und sie wusste, dass er sich an sie erinnerte.

»Ich muss mir das Blut von den Händen waschen«, sagte sie mit bemüht leiser Stimme, denn Anthony war die Vertrautheit zwischen Thomas und ihr schon aufgefallen. Anthony bemerkte alles, was sie machte.

»Besser so, als wenn das Eure an meinen klebte.«

»Hah! Meint Ihr, ich würde an einem blutenden Herzen

sterben, nur weil ein verheirateter Ritter mich im Heuschober geküsst hat?«

»Glaubt Ihr, ich sei verheiratet?«

»Sonst hättet Ihr mich nicht geküsst.«

»Ihr seid ein seltsamer Vogel, Lady Elayne.«

Dann leugnete er es also nicht. Elayne lächelte in sich hinein und schaute sich um. Niemand achtete auf sie, und Anthony war nicht nah genug, um ihre Worte mitzubekommen. Inzwischen hatten sich auch Henry Stafford und Levaine den Zechern am anderen Ende des Tisches angeschlossen. Louisa beugte sich so zu Henry vor, dass er unweigerlich ihren anschwellenden Busen sehen musste. Tor funkelte sie wütend an, und weder Beth noch der Böhme waren irgendwo zu sehen.

Als Elayne wieder zu Malory schaute, sah der aufmerksam zu Stafford hinüber.

»Kennt Ihr den Herzog von Buckingham?«, fragte sie.

»Ich kannte seinen Großvater«, erwiderte er kalt. »Wir waren zusammen in Paris.«

»Wie ich sehe, mochtet Ihr ihn nicht.«

»Ich hatte auch keinen Grund, ihn zu mögen.«

»Warum?«

Thomas überging ihre Frage.

Elayne zuckte mit den Schultern. Ihr war gleichgültig, warum Thomas Malory und die Buckinghams Feinde waren. Sie wollte ihn nur in ein Gespräch verwickeln, damit er nicht wegging.

»Zweifellos war der Grund für Euren Streit eine Frau«, sagte sie abwertend.

»Er hat etwas an sich genommen, das ihm nicht gehörte.«

»Etwas, das Euch gehörte?«

Thomas antwortete nicht.

»Ist das meiner?«, fragte sie und zeigte auf den verschmutzten Stoff am Boden.

»Ich glaube, ja, Mylady.«

»Warum habt Ihr ihn getragen?«

»Ich dachte, Ihr wolltet es so, und ich würde nicht wagen, etwas zu tun, was Euch missfallen könnte.«

Das war nicht die Antwort, die sie sich gewünscht hatte. »Wohin seid Ihr gereist, als Ihr Guildford verlassen habt?«

»Genug. Ihr stellt mehr Fragen als ein Kind.« Er schaute sie mit dem Ausdruck an, den sie an jenem Morgen im Hof gesehen hatte, einer Mischung aus Zärtlichkeit und, wie sie glaubte, Verlangen.

Sie fragte ihn aus – welche Schulen er besucht habe, wie sein Zuhause sei. Er stellte ihr dieselben Fragen, und dann ertappte sie sich dabei, dass sie ihm von Grafton erzählte, wo Henry Stafford ihr im zarten Kindesalter einen Heiratsantrag gemacht hatte. Sie hoffte, das würde ihn ein wenig ärgern. Sie erinnerte sich an ihre Unterhaltung am Tisch ihres Vaters, bei der er ihren Fragen auch schon ausgewichen war.

»Nur noch eine Frage«, bat sie.

»Wohlan.«

»Wenn Ihr Euch als Gelehrter mit den höfischen Romanen befasst, sagt mir: Stammt Chrétien de Troyes' *Erzählung vom Gral* wirklich aus einer alten Quelle?«

»Eine Schriftrolle, die Kreuzfahrer aus dem Heiligen Land mitgebracht haben? Das ist ein Mythos«, erwiderte er verächtlich. »Es gibt keine Quelle.«

»Aber das hat Chrétien doch selbst gesagt!«

»Was sollte er auch sonst sagen?«, gab Thomas zurück. »Mit der Behauptung, die Erzählung habe einen archaischen Ursprung, verlieh er seinem Ritterroman doch viel mehr Glaubwürdigkeit.«

Elayne wollte das nicht wahrhaben.

»Ihr solltet nicht weiter forschen, Lady Elayne«, fügte Thomas hinzu. Hatte er die Stimme gesenkt? Wollte er damit andeuten, dass es etwas anderes gab, wonach sie eher forschen sollte? Bevor sie fragen konnte, fügte er mit hinterhältigem

Grinsen hinzu: »Im Übrigen ist die Suche nach dem Gral für Ritter, nicht für Jungfrauen gedacht.«

Von beiden unbemerkt tauchte Beth auf und setzte sich neben Elayne.

Elayne schaute sie neugierig an.

»Ich wollte den König sehen«, flüsterte sie, »aber er ist umgeben von gutaussehenden Höflingen.« Elizabeth betrachtete Thomas ein wenig unterkühlt, dachte Elayne.

»Sir Malory«, sagte sie.

»Lady Elizabeth.« Sein Lächeln war natürlich und charmant.

Elayne schaute verwirrt zwischen den beiden hin und her. »Ihr kennt Euch?«

»Sir Malory ist ein alter Freund von Mama – er war in Paris. Er hat Grafton besucht. Was hat das mit der Gralssuche zu bedeuten? Ich dachte, Euer Werk soll ein Geheimnis bleiben?«

Elayne spürte, wie sich angesichts der Vertrautheit zwischen den beiden ihr Magen verkrampfte.

»Welches Werk?«, fragte sie leichthin. Warum hatte er ihr nicht gesagt, dass er nach Grafton gereist war, nachdem er Guildford verlassen hatte?

Beth war sogleich auf der Hut. »Oh, Liebes«, seufzte sie, »ich dachte, du wüsstest es. Ihr müsst es ihr jetzt erzählen, Sir Malory. Oder soll ich?«

Thomas besaß den Anstand, verlegen zu wirken. »Ich habe vor, eine Zusammenfassung zu schreiben …« Er wich ihrem Blick aus.

»Eine Zusammenfassung?«

»Eine Übersetzung.«

»Eine Übersetzung?«

»Eine Geschichte von Arthur und seinen Rittern.«

Beth legte Elayne einen Arm um die Schultern. »Ist das nicht eine großartige Idee? Die Sagen von Merlin und Lancelot und der Tafelrunde zu einer zusammenzufassen?«

Elayne musste ihr recht geben, aber sie hatte einen bitteren Geschmack im Mund. Er hatte Grafton besucht. Er hatte Beth etwas über sein Vorhaben erzählt, ihr hingegen nicht.

»Es ist nur eine Idee«, erwiderte Thomas nüchtern. »Zunächst muss ich alle bestehenden Werke lesen.«

»Ihr braucht einen Wohltäter«, sagte Beth unbekümmert. »Wenn ich Königin wäre, dann wäre ich Eure Gönnerin.«

Elayne schaute Thomas an, bis er gezwungen war, ihren Blick zu erwidern. Sie hob die Augenbrauen, wobei es ihr ausnahmsweise einmal nichts ausmachte, dass es beide zugleich waren. Jetzt wusste sie, warum er nach Guildford gekommen war und den Nachmittag in der Bibliothek ihres Vaters verbracht hatte. Er suchte nach alten Abschriften der Ritterromane. Er hatte es nicht für nötig befunden, es ihr zu sagen, aber Beth hatte er sich anvertraut.

»Ich nehme an, Ihr reitet noch einmal nach Grafton«, sagte sie kühl.

»In zwei Tagen reite ich nach Norden«, gab er leise zurück.

Sie hätte es wissen sollen. Ihr Vater und ihre Brüder würden nach dem Turnier ebenfalls aufbrechen. Sie hatte Levaine in Guildford beim Schmied gesehen, wie er sein Schwert schärfte, obwohl bei diesem Tjost Lanzen, nicht Schwerter verwendet wurden. Er hatte ihr mitgeteilt, dass er, Tor und ihr Vater an der Seite von Henry Lancaster in Northumberland kämpfen wollten, wo die Lancastrianer noch viele Anhänger hatten. Levaine konnte nichts für sich behalten.

Elayne erhob sich, ging ans Ende des Tisches, wo Henry Stafford saß, und ließ zu, dass er ihr den Arm um die Taille legte. Sie trank aus seinem Horn und liebäugelte mit ihm, bis sein Hosenlatz sein Interesse kaum noch verbergen konnte.

Sie würde Malory schon zeigen, für wen die Gralssuche gedacht war.

Kapitel 5

Jedes Jahr im Juli zum Fest der heiligen Maria Magdalena führte die Schlachtergilde von Northamptonshire in einem zweistöckigen Fuhrwerk auf dem Platz das Mysterienspiel *Der Tod Christi* auf. Dazu fand ein Markt statt, zu dem nur bestimmte Händler kamen, darunter ein Kaufmann aus Indien, der das seltene Nardenöl verkaufte. Mit diesem Öl hatte Maria Magdalena angeblich die Füße Jesu gesalbt. Das bernsteinfarbene Nardenöl war dickflüssig, Elizabeth fand den eindringlichen, hölzernen Duft überwältigend und widerlich. Elayne mochte ihn. Sie sagte, bei den Römern sei es nur in Hochzeitszeremonien verwendet worden, daher könne man davon ausgehen, dass Maria die Braut Jesu gewesen sei. Elizabeth bekümmerte es, dass Elayne derart geschmacklose Ideen hegte.

Der Marktplatz war überfüllt, die Sonne brannte. Elizabeth hatte diese Aufführung schon oft gesehen, aber ihre Söhne Thomas und Richard waren von dem melodramatischen Leiden des Schlachterlehrlings, der Christus darstellte, ganz fasziniert. Elizabeths Meinung nach war der Lehrjunge mit seinen goldblonden Locken und den vollen rosa Wangen eine schlechte Besetzung, ein paar junge Frauen aber, die ganz in der Nähe standen, gurrten anerkennend angesichts seines unbehaarten Oberkörpers.

»Beth.«

Elizabeth drehte sich um. Jacquetta war plötzlich neben ihr aufgetaucht und sprach mit leiser Stimme, als wollte sie nicht, dass jemand anders sie hörte.

»Was gibt es, Mama?«

»Der König ist in Rockingham Forest auf der Jagd.«

Elizabeth drehte sich der Magen um. Beim Turnier hatte sie beinahe den Mut aufgebracht, an Edward heranzutreten, im letzten Moment aber einen Rückzieher gemacht. Stattdessen hatte sie dem böhmischen Herzog, dessen Namen niemand aussprechen konnte, erlaubt, sein schlechtes Französisch an ihr auszuprobieren. Ihr war rasch klar geworden, dass der Böhme zwar elegant und reich war und demzufolge gebildet schien, allerdings nicht im Geringsten klug war. Von Chaucer hatte er noch nie gehört.

»Und …?«, fragte Elizabeth vorsichtig, obwohl sie genau wusste, was ihre Mutter im Sinn hatte.

»Lass die Jungen bei mir«, sagte Jacquetta ruhig. »Geh nach Hause, zieh das scharlachrote Seidengewand an und nimm deinen Falken mit. Reite über die Straße im Westen. Der Wildhüter sagt, dass sie dort angehalten haben, um zu Mittag zu essen.«

»Soll ich allein reiten?«

»Du bist nicht in Gefahr. Du kennst Rockingham so gut wie jeder andere. Edward wird glauben, du seist auf der Jagd, und dich auffordern, dich seiner Jagdgesellschaft anzuschließen. Er wird ein offenes Ohr für dich haben.«

Genau das wollte Elizabeth natürlich – ihre Nervosität angesichts einer Begegnung mit dem König war albern. König Henry hatte sie doch bei zahlreichen Gelegenheiten getroffen, und Könige und Königinnen waren schließlich auch nur gewöhnliche Sterbliche, an die bloß ungewöhnliche Anforderungen gestellt wurden.

Die westliche Straße zog sich zwischen alten Eichen dahin, deren dicke Äste einen niedrigen Baldachin bildeten. Elizabeth konnte durch die Äste gerade noch sehen, wie ihr Falke aufstieg und nach Wild suchte. Sie wusste nicht, was sie machen sollte, wenn er ein Tier erlegte, oder wie sie Edward erklären sollte, warum sie allein jagte.

In ihrem leuchtenden Seidengewand fühlte sie sich unwohl. Es war kein Reitkleid, und das Wetter war zu warm für den glatten, schweren Stoff. Aber sie hoffte, es würde dem König gefallen.

Als er sie erblickte, hielt er in seiner Bewegung inne, bevor er den Kelch zum Mund führte.

Er beobachtete genau, wie Elizabeth auf die Lichtung ritt, auf der er mit seiner Jagdgesellschaft rastete. Edward lehnte an Kissen auf einem Teppich, umgeben von gewissenhaft modisch gekleideten Höflingen. Alle aßen und tranken, ihr Gelächter vermischte sich mit den Klängen einer Laute, die ein hübsches Mädchen – kaum schon als Frau zu bezeichnen – anschlug. Das Mädchen saß neben Edward und schmollte, als er seine Aufmerksamkeit abwandte. Tatsächlich schauten plötzlich alle auf Elizabeth. Sie musste etwas sagen, sonst würde man sie für unbeholfen und ungebildet halten.

»Gott zum Gruße, Mylord. Verzeiht, wenn ich Eure Jagd störe.«

»Wir jagen nicht, Lady Elizabeth. Wir speisen zu Mittag. Und Ihr wollt Euch zu uns gesellen?«

Das war keine Frage, vielmehr eine Feststellung.

Edward von York sah einfach hinreißend aus, genauso wie sie ihn in Erinnerung hatte. Er hatte eine hohe Stirn, sein Haar war dicht und kastanienbraun, und seine Augen leuchteten im gesprenkelten Licht des Waldes eher bronzefarben als braun. Seine helle Reithose betonte die geschmeidigen Muskeln seiner langen Beine.

Und er kannte ihren Namen.

»Es würde mir großes Vergnügen bereiten, mit Euch zu speisen, Eure Hoheit.«

»Dann kommt, macht Euch die Freude!« Edward schaute

sie dabei so an, dass Elizabeth sich fragte, ob hinter diesen Worten eine Absicht steckte, die nur sie erspüren sollte. Alle wussten, dass der König nur auf eine Sache aus war, und sobald er sein Ziel erreicht hatte, sah er sich woanders um. Doch welche Frau bei Verstand würde protestieren, wenn Edward von York sie mit ins Bett nahm?

Ein Diener ergriff die Zügel ihres Pferdes und half ihr beim Absitzen.

Ein anderer Diener brachte ein Kissen, das er auf Anordnung des Königs neben ihn legte. Ein Silberteller mit Fleisch und Obst und ein Becher mit süßem Wein wurden vor sie hingestellt.

Inzwischen hatte die übrige Gesellschaft ihr Zechgelage wiederaufgenommen und schenkte Elizabeth kaum noch Beachtung. Sie waren vermutlich an den Appetit des Königs gewöhnt.

Edward beugte sich zu ihr und flüsterte ihr etwas ins Ohr. Er kam ihr so nah, dass sie die Wärme seines Körpers spürte und den Schweiß an seinem locker sitzenden Seidenhemd roch. Es war nicht ganz zugeschnürt, und sie sah feines, lockiges braunes Haar auf seiner Brust. Seine Haut war glatt und goldbraun.

»Warum habt Ihr nach mir gesucht, Lady Elizabeth?«

»Nach Euch gesucht?«

»Ihr braucht es nicht zu leugnen. Selbstredend habe ich Euch bemerkt. Ich habe Euch in Winchester beim Turnier gesehen. Aber ich habe noch nie eine Tochter von Lord Rivers allein auf der Jagd erlebt.«

Elizabeth seufzte. Sie war keine geübte Lügnerin. »Das stimmt«, gab sie zu. »Ich habe nach Euch gesucht.«

Edward nickte zufrieden.

»Ich bin gekommen«, sagte sie, »weil ich Euch um eine Gefälligkeit bitten möchte. Ich ersuche um die Rückgabe des Anwesens, das mir John Grey geschenkt hat.«

Das schien Edward zu überraschen. Hatte er etwas anderes erwartet?

»Ihr bittet um einen Gefallen?«

»Ja.«

»Und was bietet Ihr mir als Gegenleistung?«

»Meine Loyalität, Eure Hoheit.«

Edward lachte. »Aber ich habe die Loyalität eines ganzen Königreichs. Warum sollte ich die Eure brauchen?«

»Meine Familie ...«

»Ich weiß alles über Eure Familie, Elizabeth Woodville. Euer Vater war ein Getreuer von John Lancaster, Eure Mutter war einst die Herzogin von Bedford. Euer Bruder Anthony ist mir besonders gut bekannt. Er ist verheiratet mit der Baronin de Scales, er ist ein Gelehrter und ein feiner christlicher Ritter, und es heißt, er sei der beste Tjoster im Land. Soll ich fortfahren?«

»Nicht nötig, Eure Hoheit.«

»Warum sage ich Euch dann nicht, was ich als Gegenleistung verlange?«

Sie nickte.

Edward beugte sich vor und flüsterte ihr erneut etwas ins Ohr.

Elizabeth spürte, wie Leidenschaft in ihr aufwallte. Noch nie hatte jemand sie auf diese Weise angesprochen. Seine Worte entfachten ein solches Verlangen, dass sie sich schon fragte, ob er es an ihr riechen konnte. Sie schlug die Augen nieder. Er hatte sie nicht einmal angerührt, und doch fühlte sie sich nackt.

»Ihr müsst mir jetzt nicht antworten, Lady Elizabeth. Denkt darüber nach.«

Elizabeth brauchte nicht darüber nachzudenken.

»Ich kann Euch nicht geben, worum Ihr bittet.«

Hatte sie wirklich gerade die Annäherungsversuche des Königs abgewiesen? Er schaute sie ungläubig an.

Sie senkte den Kopf. »Verzeiht«, murmelte sie. Jetzt war sie unbeholfen. Ungebildet. Man hatte ihr gesagt, sie sei von Natur aus anmutig, doch sie kam sich vor wie eine ungeschickte Dienstmagd. Sie stand auf.

»Mit Eurer Erlaubnis, Eure Hoheit, ich muss wieder zu meinen Söhnen.«

Zu ihrer Überraschung erhob sich Edward und begleitete sie zu ihrem Pferd. Er nahm ihre Hand, während sie aufsaß.

»Ihr müsst mir jetzt nicht antworten«, wiederholte er, als hätte sie ihm nicht schon einen Korb gegeben. »Auf meinem Rückweg nach London komme ich übermorgen in Grafton Regis vorbei.«

Er küsste ihr die Hand. »Bis dahin, Lady Elizabeth.«

Eine Stunde war so lang wie eine Woche. Zwei Tage, zwei Jahre.

Am Morgen des zweiten Tages traf Jacquetta ihre Tochter im Rosengarten an.

»Gestatte ihm nicht, dich in sein Bett zu nehmen«, sagte sie.

Elizabeth war erleichtert. »Was soll ich ihm dann sagen?«

»Da fällt dir schon etwas ein«, lautete die zuversichtliche Antwort. Jacquetta legte eine Hand leicht an Elizabeths Wange, drehte sich um und ging.

Der Wildhüter erstattete seit dem frühen Abend laufend Bericht, wie nah die königliche Gesellschaft schon war, daher war der Haushalt bereit, als das Jagdhorn an den Toren erklang. Man hatte sorgfältig geplant, dass Jacquetta und ihr Gemahl den König in Empfang nehmen und seinem Gefolge Erfrischungen anbieten würden, während Elizabeth sich nicht zeigte. Sie dürfe nicht allzu begierig erscheinen, sagte Katherine. Als wüsste sie über so etwas Bescheid. Elizabeth teilte ihr nüchtern mit, sie habe sich bereits geweigert, die Geliebte des Königs zu werden, woraufhin Katherine die Augen weit aufriss und ihre Schwester anschaute, als wäre sie vollkommen gefühllos.

Elizabeth lief im Empfangszimmer auf und ab, dessen Fenster zum hübschesten Teil des Gartens hinausgingen. Der Raum wurde so selten benutzt, dass man erst die Schutzbezüge von den Möbeln hatte entfernen müssen. Sie hatte den ganzen Nachmittag darauf verwendet, sich anzukleiden, und sich dreimal umentschieden. Schließlich wählte sie ein zartes, hellgrün und elfenbeinfarben gemustertes Leinenkleid. Um ihren Hals ringelten sich Perlen, und ihr Haar war mit Samtbändern durchflochten. Sie zitterte.

Die Tür ging auf.

»Und das hier nennen wir unser Gartenzimmer …«, sagte Jacquetta, die Edward hereinführte. Elizabeth hatte sich gefragt, wie es ihrer Mutter wohl gelingen würde, ihn von seinem Gefolge zu trennen, doch Jacquetta war bekanntermaßen bezaubernd, und der König war bekanntermaßen ebenso an Hab und Gut interessiert wie an Frauen, und das Haus war nun einmal besonders hübsch.

»Ah, Elizabeth, hier bist du«, sagte Jacquetta, ohne sich die Täuschung anmerken zu lassen, die sie inszenierte. »Hast du denn das Jagdhorn nicht gehört?«

»Nein, Mama«, erwiderte Elizabeth pflichtgetreu.

»Vielleicht zeigst du König Edward die Gärten und geleitest ihn dann in die Halle zum Bankett? Ich sollte längst in der Küche nach dem Rechten sehen.«

Jacquetta betrat den Küchentrakt nur selten. Ihr Truchsess führte das Haus so tüchtig, dass sie keinen Grund dazu hatte.

»Selbstverständlich, Mama.« Elizabeth wagte nicht, Jacquetta anzuschauen. Ihre Mutter hatte viel mehr Übung in höfischen Intrigen als sie. Und anscheinend ließ sie sich nicht durch ihr Gewissen beeinträchtigen. Sie scherte sich nicht um christliche Werte, ja sie befasste sich gar nicht damit.

Jacquetta verabschiedete sich nonchalant, als wäre es das Natürlichste auf der Welt, ihre verwitwete Tochter mit dem König allein zu lassen.

Edward stand gefährlich nah bei ihr. Elizabeth konnte nicht denken. Er schaute sie direkt an, und sie hatte größte Mühe, seinen Blick zu erwidern.

»Möchtet Ihr die Gärten sehen, Eure Hoheit?«

»Nicht unbedingt.«

Elizabeth lachte.

»Ah, das ist besser«, sagte er. »Ich hatte schon den Eindruck, Euch unglücklich zu machen.«

»Ich bin nicht unglücklich …«

»Was dann?«

»Ich bin … nervös«, gestand sie.

»Nervös! Also muss ich etwas unternehmen, um Euch zu besänftigen.«

Noch ehe Elizabeth seine Absicht durchschauen konnte, trat er vor und drückte den Mund auf ihre Lippen. Er küsste nicht zärtlich wie John Grey, sondern gebieterisch. Wenn sie ihn gewähren ließe, würde er ihren Körper auf dieselbe Weise einnehmen wie das Königreich. Er hatte ihr eine Hand hinter den Kopf, die andere um die Taille gelegt und zog sie an sich. Seine Hände waren warm, und sie spürte ihre Kraft. Sie hätte so lange in seinen Armen bleiben können, wie er sie festhielt – wie jede andere Frau auch, die sich Edward von York hingegeben hatte.

Elizabeth wand sich aus seinen Armen.

»Seid Ihr besorgt, dass Eure Mutter nach uns sehen könnte?«, fragte Edward.

Jacquetta würde sie möglichst lange allein lassen, dachte Elizabeth. »Ja«, log sie. »Und es gefällt mir zu gut.«

Edward beugte sich erneut vor, aber sie trat einen Schritt zurück, wobei sie das Gefühl hatte, sie bewege sich gegen eine Macht, die sie in seine Arme drücken wollte.

»Ich kann nicht Eure Mätresse sein.« Ihre Stimme klang heiser, als wäre sie ebenso unentschlossen wie Elizabeth selbst. »Eher gebe ich Groby Manor auf.«

»Ich werde Euch nicht erpressen, um Euch den Hof zu machen«, sagte er seufzend. »Ich veranlasse die Rückgabe Eures Eigentums. Ihr müsst freiwillig zu mir kommen.«

»Das kann ich nicht.«

»Dennoch begehrt Ihr mich«, sagte er. Das war keine Frage.

Elizabeth schaute auf den gewirkten Wandbehang und betrachtete die Muster verschlungener Ranken und Blumen, die in die schweren Fasern eingearbeitet waren.

»Ich nehme Euer Schweigen als Zustimmung«, sagte er.

»Ja, ich begehre Euch«, flüsterte sie.

»Dennoch wollt Ihr mir nicht beiwohnen?«

»Ich kann keinem Mann beiwohnen, mit dem ich nicht vermählt bin.«

Edward lachte unecht laut. Sie wussten beide, wenn er heiratete, dann nur eine Französin, und es wäre eine sorgsam eingefädelte Verbindung.

»Wie bedauerlich«, sagte er.

Kapitel 6

Am Pfingstheiligabend, als die Tische zum Mahl gerichtet waren, da kam in die Halle eine sehr schöne Edeldame zu Pferd, die sehr schnell geritten war, denn ihr Pferd war ganz in Schweiß.

Le Morte d'Arthur

Juli 1464

Wie denn, meine lernbegierige Tochter, hast du bereits das Werkzeug deiner Intelligenz beiseitegelegt und es dem Schweigen übergeben? Hast du deine Tinte eintrocknen und deine Feder liegen lassen und die Arbeit deiner rechten Hand eingestellt, obwohl du doch solchen Gefallen daran hattest? Hast du vor, die Propaganda der Faulheit ernst zu nehmen, die dir, wenn du ihr nur Glauben schenkst, schöne Lieder singt?

»Es ist doch keine Faulheit.« Elayne schob das Buch *Stadt der Frauen* von sich und legte das Kinn auf die Unterarme. Selbst Christine de Pisan geißelte sie. »Es ist Langeweile.« Ihre Stimme hallte wider.

Isabelle und Louisa mochten das Skriptorium nicht. Isabelle nannte den Raum mit seinem einzigen Oberlichtfenster, den dunklen Nischen und den abgenutzten Steinsimsen ein Mönchsverlies. Sie sagte, sie werde darin melancholisch.

»Ein Verlies ist ein Kerker unter dem Boden«, sagte Louisa.

»Das hier ist auch ein Kerker«, entgegnete Isabelle.

»Ein Raum kann dich nicht melancholisch machen«, schalt Louisa, obwohl sie selbst das Skriptorium nur selten betrat und sich dem Nordturm nicht einmal nähern würde. Louisa war unbeweglich wie Stein in allem, was nicht mit Tor zu tun hatte.

Elayne wusste, was Isabelle hinsichtlich des Skriptoriums meinte. Aber das war genau der Grund, warum es ihr hier gefiel. Sie würde die Atmosphäre auch nicht als melancholisch bezeichnen, melancholisch machte sie vielmehr das Gemach ihrer Mutter. Seit Tagen schon versuchte sie mal wieder, die Gedanken an den Nordturm zu verbannen, aber wenn man versuchte, an etwas nicht zu denken, war es dasselbe, als würde man daran denken.

Ihr Vater und ihre Brüder waren mit Richard Nevilles Männern losgezogen, um eine Festung der Yorkisten nördlich des Flusses Humber anzugreifen. Sie hatten an jenem Nachmittag in der Bibliothek mit Thomas Malory keineswegs nur über Bücher gesprochen. Einerseits war Elayne dankbar für die Freiheit, das Alleinsein fürchtete sie nicht, andererseits lebten sie in gefährlichen Zeiten, und ihr Vater war für einen Feldzug eigentlich zu alt.

Der Gedanke ließ sich nicht vertreiben.

Sie wusste inzwischen, wo der Schlüssel war. Sie hatte ihn gegen Ende des Winters entdeckt, als sie sich, rastlos und gelangweilt davon, dass sie bei Backgammon und Schach stets gewann, auf die Suche nach einer verschwundenen kleinen Katze gemacht hatte. Wenigstens die Kätzchen waren unerschrocken und verspielt – im Gegensatz zu Elaynes Gefährtinnen. Die Tiere sollten in den Küchen und Ställen bleiben, doch eine junge Magd hatte eine Tür offen stehen lassen. Die Suche führte Elayne in den Nordturm, der für ihren Vater gar nicht mehr existierte. Elayne war seit Jahren der Ansicht, dass ihn die Verdrängung der Erinnerung an seine Gemahlin mehr schmerzte als der Verlust Viviennes selbst.

Die Jungkatze hatte ihren Weg in eine kleine, staubige Kammer unter den Stufen zum Turm gefunden, die als Lagerraum für Spindeln, Garne und irgendwelche zerbrochenen Teile von Viviennes altem Webstuhl diente. Sie hockte in einem Korb und spielte mit verheddertem Garn und einem Schlüssel. Elayne wusste instinktiv, welche Tür damit aufzuschließen war.

Die Entdeckung hatte sie aus der Fassung gebracht und spukte ihr seitdem im Kopf herum.

Sie versuchte, den Spuk loszuwerden, und sah sich im Skriptorium um. Jetzt erschien ihr der Raum tatsächlich irgendwie unheimlich, eigentlich war es ein Mausoleum für Manuskripte. Doch sie wurde nie müde, sich vorzustellen, welche Bücher hier wohl kopiert worden waren. Und nur zu gern wäre sie selbst Schreiberin und würde ihre Tage an Orten verbringen, die aus Worten erbaut waren.

Sie hatte gedacht, *Die Stadt der Frauen* wäre ein guter Anfang und Christine de Pisan, eine außergewöhnliche Seele, die für und über Frauen schrieb, würde ihr das eine oder andere Geheimnis verraten, aber das Buch hatte nicht viel mehr zu bieten als Ratschläge, wie man die Bewunderung seines Gemahls erlangte, wie man Buch führte und mit der Dienerschaft umging. Kein Wunder, dass Beth sie gedrängt hatte, es zu lesen. Elayne hatte sich einen Hinweis erhofft, wie man überhaupt einen Mann für sich gewann oder wie eine Edelfrau ihren Gemahl (oder Vater) überredete, sie auf eine Pilgerfahrt gehen zu lassen.

Elayne stand auf und reckte sich. Durch das kleine Fenster war ein schmaler Streifen Himmel und Wald zu sehen.

Die Sonne stand knapp über den Baumspitzen. Wenn Beth nicht bald kam, dann würde sie im Dunkeln reiten, und die von Norden herkommende Straße führte durch dichten Wald. Aber natürlich würde Beth dafür Sorge tragen, dass sie von Gefährten und Wachen mit Waffen und Laternen begleitet wurde.

Elayne ging unruhig auf und ab. Sie blieb stehen, als ihr etwas einfiel. Wenn Beth schon auf dem Weg war, was hielt Elayne denn davon ab, ihr entgegenzureiten?

Der Gedanke setzte sich in ihr fest.

Louisa hielt sich im Sommer gern in der Küche auf, stellte Pasteten her, weckte Obst und Gemüse ein, und Isabelle verschwand immer wieder – zweifellos zum Kotten des Torhüters. Sie würden ihre Pflichten nicht so vernachlässigen, wenn ihr Vater hier wäre; Elayne aber kam das gut zupass. So könnte sie die Burg verlassen, ohne gesehen zu werden, und selbst wenn Isabelle am Tor herumlungerte in der Hoffnung, Peter zu Gesicht zu bekommen, würde sie doch nicht wagen, Elayne aufzuhalten.

Der breite Korridor vor der Bibliothek war leer. Sie brauchte einen Mantel und Stiefel. Sie hoffte, dass Tobias im Küchentrakt oder sonst irgendwo war, nur nicht da, wo sie jetzt hinmusste. Auch Tobias würde ihr nicht Einhalt gebieten, aber er wusste, dass Elayne das Anwesen nicht auf eigene Faust verlassen durfte. Er würde ihr diesen gewissen Blick zuwerfen, der besagte, dass sie sich selbst in Schwierigkeiten brachte. Inzwischen verspürte sie aber eine solche Sehnsucht, den Wind auf ihrem Gesicht zu spüren, dass selbst Tobias' flehender Blick sie nicht aufhalten könnte.

Sie nahm einen Mantel aus dem Kleiderhaufen auf dem Boden ihres Zimmers und tauschte ihre Hausschuhe gegen Stiefel aus. Die Vorstellung, allein auszureiten, erregte sie. Elayne war bestimmt nicht zum ersten Mal ungehorsam gegenüber ihrem Vater, was er ohne Zweifel auch von ihr erwartete. Sie dachte daran, wie er sie am frühen Morgen angeschaut hatte, als sie aufbrachen, um sich mit den anderen Guildforder Edelmännern zu treffen. Elayne war keine, die sich ans Stadttor stellte. Es überlief sie ein Schauer, wenn sie die Frauen sah, die sich dort versammelt hatten, um ihren Männern Brotlaibe und Andenken mitzugeben.

Ihr Vater hatte sich von seinem muskulösen Hengst zu ihr herabgebeugt und ihre Wange berührt. Diese Geste war so ungewöhnlich, dass Elayne beinahe zurückwich. »Gehab dich wohl«, sagte er. Er sah alt aus, dachte sie, zu alt, um mit all diesen jungen Männern zu reiten, die nach Krieg lechzten. Er liebte sie wohl, jedoch waren sie einander immer fremd gewesen. Sie wusste, dass sie ihn an Vivienne erinnerte. *Vivienne.* Elayne gefiel der Gedanke, dass ihre Mutter absichtlich nach der Herrin vom See benannt worden war, weshalb sie auch im See ums Leben gekommen war.

Tor hatte einmal gesagt, der Himmel sei wie der Hof von König Arthur, Arthur sei Gott und die Ritter seine Jünger. Das müsste demzufolge auch für die Frauen am Hof gelten, entgegnete Elayne. Nein, das seien Frauen, beharrte Tor, als wäre eine Frau nur die Magd eines Jüngers und könnte selbst kein Jünger sein. Als Elayne ihn darauf hinwies, Jesus, nicht Gott, habe Jünger gehabt, stritten sie eine Stunde lang über den Unterschied zwischen Jesus und Gott. Dann behauptete Tor, auch der Heilige Geist sei Gott, und das war ihr zu viel.

»Der Heilige Geist ist eine Frau, du Narr«, sagte Elayne. »Wie sonst sollte sie mit zwei Männern klarkommen, die beide glauben, sie seien Gott?«

Tor wusste nicht, was er dazu sagen sollte, er schnaubte nur und ging. Er ließ sich nicht gern von ihr übertölpeln, trotzdem geschah das oft. Er schärfte seine Schwerter, Elayne derweilen ihren Verstand. Er wohnte jeder Hure bei, die ihm ins Auge fiel, Elayne ging mit Feder und Buch ins Bett für den Fall, dass sie nachts aufwachte, um Poesie zu verfassen.

Das war allerdings noch nicht vorgekommen. Wenigstens war sie begabt, was den Gebrauch ihres Verstandes anging. Aber es war auch genau dieser Verstand, der sie hinterging, der Schatten warf und Erscheinungen heraufbeschwor. Wäre ihr Verstand nicht gewesen, wäre sie längst die Gemahlin eines wohlhabenden Edelmanns und keine Jungfer.

Sie brauchte eine Aufgabe, eine Suche, die ihrem Verstand, nicht ihrem Körper die Flucht über die Mauern hinweg erlaubte. Sie beneidete die Kreuzfahrer um ihre Pilgerreisen nach Jerusalem, aber sie würde den Heiden nicht das Christentum bringen, sie würde aufbrechen, um die Wahrheit zu suchen, einen Beweis zu finden und Beth und Anthony ein für alle Mal zu zeigen, dass ihr Gott nicht allmächtig war, sondern einer unter vielen. Sie würde Astarte, die Liebesgöttin, finden. Die wäre bestimmt nicht so grausam gewesen, einem Kind die Mutter wegzunehmen.

Elayne blieb an der Tür stehen, hin- und hergerissen zwischen Gehorsam und Wagnis. Sie war ein Falke, der auf einen Windstoß wartete. Würde sie fliegen? Wenn sie nun für immer fortginge? Aber wohin sollte sie? Sie war eine Frau. Ihr blieb nur, sich die Freiheit vorzustellen. Tor hatte sie einmal nackt schwimmen gesehen, während der Bischof mit seinem Gefolge in der Nähe des Sees auf Jagd war, und er hatte es ihrem Vater erzählt, der zornig wurde und ihr sagte, sie sei verwegen wie ihre Mutter. Das tröstete Elayne, obwohl sie Vivienne gerade wegen ihrer Verwegenheit verwünschte, denn die war ihr zum Verhängnis geworden.

Niemand war im Hof. Fast der gesamte Haushalt dürfte im Küchentrakt sein und die Halle für die Besucher herrichten. Die Stute in ihrem Stall schien ebenso begierig wie Elayne zu sein, die Steinmauern hinter sich zu lassen. Neben der Stalltür stand eine brennende Laterne. Irgendjemand würde sich ärgern, wenn er bei seiner Rückkehr feststellte, dass sie verschwunden war, aber daran war nichts zu ändern. Elayne war nicht so töricht, im Dunkeln ohne eine Lichtquelle in den Wald zu reiten.

Die Burg befand sich am Rande von Guildford, daher musste Elayne die Stadt nicht durchqueren. Es war Juli und würde noch über eine Stunde hell genug sein, dass sie die Straße vor sich erkennen konnte. Eine römische Straße, so hieß es, auf der die Geister römischer Legionäre wandelten. Elayne hatte nie einen gesehen, obwohl sie stets darauf hoffte.

Außerhalb der Stadt, bevor der Wald dichter wurde, lag das zweitgrößte Anwesen in Guildford, nach dem ihres Vaters. Es war das Haus des jüdischen Kaufmanns Ezrah Reuben. Mit dem gemauerten Bergfried und den maurischen Fenstern nahm es normannische ebenso wie sarazenische Traditionen auf. Das Gebäude spiegelte den Mann wider. Ezrah Reuben gab sich als englischer Adliger aus, doch seine gewirkten Roben und die Bücher mit persischer Dichtung waren weder englisch noch adlig.

Ezrah Reuben war gelegentlich an der Tafel ihres Vaters zu Gast, seine Söhne waren häufig auf See und reisten nach Florenz oder Brügge, um Tuch, Wein und Gewürze einzukaufen. Die Söhne der Reubens sahen mit ihren schwarzen gelockten Haaren und den eichenbraunen Augen sehr gut aus. Eine Schande, dass Christen und Juden nicht heiraten durften. Einmal hatte Ezrah mit Elayne über Vivienne gesprochen und ihr gesagt, dass das Tuch, das ihre Mutter wob, von ebenso feiner Qualität war wie flandrisches Tuch und dass sie ihr Haar nach hinten warf, wenn sie lachte, und dass sie gern im Dunkeln schwimmen ging.

Elayne würde bis zur Kreuzung reiten, an der eine kleinere Straße abzweigte, die tief in die Wälder hineinführte. Irgendwo im Wald war eine Einsiedelei, in der eine franziskanische Einsiedlerin lebte. Als Kind hatte Elayne geglaubt, ein Einsiedler müsse jemand sein, der zur See fuhr, kein religiöser Eremit. Franziskanische Nonnen wurden Klarissen genannt, nach der heiligen Klara. Wie die Mönche aßen sie kein Fleisch und lebten von Almosen, viel mehr aber wusste Elayne nicht über sie. Sie fragte sich, ob das Leben einer Einsiedlerin zu ihr passen würde, sie wäre dann nicht mehr Tors Einschüchterungen ausgesetzt, ihrem brummigen Vater oder Isabelles und Louisas Nörgeleien. Vor allen Dingen wäre sie dieses nagende Verlangen nach einem Mann los und bräuchte vermutlich nichts als die Liebe Gottes. Das wäre Freiheit.

Es wurde rasch kalt. Sie hatte vergessen, wie weit es bis zur Kreuzung war – doch jetzt müsste sie bald dort sein. In den nächsten zwei Stunden würde man sie nicht vermissen. Man würde vermuten, sie sei im Skriptorium, wo sie sich oft bis spätabends aufhielt.

Die Bäume über ihr wurden lichter, und der Himmel dahinter leuchtete wie poliertes Kupfer. Die Straße war breiter geworden, und sie erkannte die Stelle, an der sie sich mit einer anderen Straße kreuzte. Von einer Jagdgesellschaft aber war hier nichts zu sehen. Elayne saß still auf ihrem Pferd und schaute zum kupferfarbenen Himmel auf. Sie fühlte sich leicht wie ein Gespenst.

Das war Freiheit.

Sie könnte die ganze Nacht hindurch reiten und das kühle Grün des Waldes einatmen. Etwas anderes begehrte sie nicht, nicht einmal Thomas Malory. Wahrscheinlich hatte er nicht nur eine Gemahlin, sondern auch die eine oder andere Mätresse, aber was sollte sie sich darum scheren? Sie wollte ihn nicht heiraten. In ihm hatte sie etwas gespürt … aber was? Und wenn Thomas Malory nun Beth begehrte? So wie die meisten Männer?

Wenn sich Liebe so anfühlte, dann war sie kein Gewinn, sondern ein Mangel. War es besser, nicht zu lieben, als ewig in den Diensten der Liebe zu stehen?

Im Wald summten und raschelten die Tiere. Zwei fahle Eulen flogen durch die Baumwipfel, und kurz darauf blieb ein

Hirsch stehen, um Elayne zu betrachten. Anscheinend hatte er keine Angst vor ihr. Vielleicht wusste er, dass sie keine Waffe bei sich trug. Sie hatte nicht daran gedacht, ihren Bogen mitzunehmen.

Der Wald spürte ihr Nahen früher als Elayne. Plötzlich wurde er still, und Elaynes erster Gedanke war, da könnte ein Bär sein. Dann sah sie Laternen, wie in der Dunkelheit schwebende Kandelaber. Elayne drehte ihre Stute zum Licht.

Kapitel 7

Schon am Vorabend war Elizabeth selbst im Laternenschein auf dem Waldweg eine Veränderung an Elayne aufgefallen, im Strahlen ihrer Augen und in der Art und Weise, wie sie im Sattel saß. Obwohl ihre Haut noch immer so bleich war, dass sie ihrem Beinamen Lilienmaid gerecht wurde, schien sie von innen zu leuchten. Die Selbstsicherheit, die der Tochter eines Barons zukam, war Elayne in die Wiege gelegt worden. Sie war rastlos, angetrieben von den Einschränkungen ihrer Situation. Zur Ruhe kam sie nur, wenn sie las oder an einer Handarbeit saß. Doch Elayne ging ganz anders mit der Nadel um. In ihren Stickereien und Gobelins fügten sich keine Blumen zu Polstern, auf denen man niederknien konnte, sie glichen vielmehr jenen aus Arras: komplizierte Szenen von Unsterblichen und Zauberwäldern, in denen Fabelwesen sich vor Jägern mit Lanzen versteckten.

Elizabeth fragte sich, ob auch sie verändert schien, ob der Kuss sie wie eine sächsische Tätowierung zeichnete. Gestern waren sie den ganzen Tag geritten und hatten nur in einem Wirtshaus in St. Albans haltgemacht, um eine Suppe zu essen, doch die Entfernung war ihr kaum aufgefallen. Ein Kuss von Edward, und schon waren die achtzig Meilen von Grafton nach Guildford belanglos.

Ihre Eskorte bestand aus zwei Männern aus dem Dorf, beide Bogenschützen, die ihr Vater dafür bezahlt hatte, mit ihr zu reiten. Sie erreichten den Hof mit ein paar Schnittern, die zufällig vorbeigekommen waren, um ihren Zehnten in der Burg abzuliefern, eine Wagenladung Roggen. Ein Feuer loderte, und darüber wurde eine Ziege gebraten. Tobias hatte ein Fass Ale aus dem Keller geholt. Einer der Bogenschützen aus Grafton hatte seine Holzflöte mitgebracht.

Sie sehnte sich nach Edwards Händen an ihrem Körper und seinem Atem auf ihrer Haut. Sie hatte gewusst, es würde ihr schwerfallen, ihm zu widerstehen, hatte jedoch nicht damit gerechnet, dass ihr Körper stärker sein könnte als ihr Wille. Sie würde noch mehr beten.

Heute waren sie auf dem Markt in Guildford gewesen. Der Marktplatz war überfüllt von Ortsansässigen, die Tische über und über mit Versuchungen beladen. Elayne hielt sich bei den Zaubermitteln aus getrockneten Blumen für alle möglichen Krankheiten auf, Elizabeth befingerte geflochtene Bänder und Kämme aus Horn und Elfenbein. Es gab geschnitztes Spielzeug und Litzen, Mandelkuchen, Stachelbeerkuchen und Honigbrot, Puder, um die Haut aufzuhellen, und duftende Salbe, um sie geschmeidig zu halten. Elayne kaufte etwas Garn und ein Zaubermittel, mit dem man Geister vertreiben konnte, wobei sie nicht verraten wollte, wozu sie das Mittel brauchte.

Im Lauf des Tages hatte Elayne sie zweimal gefragt, ob etwas nicht stimme, denn sie wirke nachdenklich und abwesend. Jetzt, da das Licht des Feuers auf ihrem Gesicht flackerte, beobachtete Elayne sie. Die Männer aus Beths Begleitung saßen im Hof bei den Dienern. Ale floss reichlich, und man hörte Musik und Gelächter. Elayne nahm sie am Arm, und sie verließen die Gesellschaft in Richtung Bibliothek. Sie zündeten alle Kerzen an den Wänden an, um die Schatten zu vertreiben.

»Endlich allein«, sagte Elayne und setzte sich an den Tisch, auf dem sie, wie Elizabeth feststellte, eine Abschrift der *Stadt der Frauen* hatte liegen lassen. Um ihr zu gefallen, das wusste Elizabeth. Elayne würde viel lieber die Worte eines persischen Mystikers lesen als die einer Christine de Pisan.

»Und jetzt sage mir, warum du so selbstzufrieden aussiehst«, forderte Elayne sie auf.

Elizabeth war sogleich auf der Hut. »Das bin ich doch gar nicht«, erwiderte sie. »Aber dasselbe könnte ich von dir behaupten.«

Eine jede kannte das Herz der anderen so gut, dass es unmöglich war, etwas geheim zu halten.

»Du kannst es nicht vor mir verbergen«, drängte Elayne. »Hat der König dir Groby Manor wieder übereignet?«

Elizabeth wandte den Blick ab, damit Elayne ihr nicht in die Augen schauen konnte. Sie war eine zu schlechte Lügnerin.

»Was ist los?«, fragte Elayne argwöhnisch.

»Du traust dem König nicht«, erwiderte Elizabeth.

»Wohl wahr«, stimmte Elayne zu. »Nicht weil mein Vater Lancastrianer ist, sondern weil ich sehe, wie sehr er dein Urteilsvermögen beeinträchtigt hat.«

»Wir haben uns getroffen ...«, begann Elizabeth behutsam.

»Das ist ein gutes Zeichen«, sagte Elayne betont unbekümmert.

»Wir haben uns mehr als einmal getroffen.«

»Hat eine Begegnung nicht gereicht?«

»Er hat versprochen, dass mir mein Land wieder zurückgegeben wird«, sagte Elizabeth vorsichtig.

»Gut.«

»Er wünscht ...« Elizabeth schaute auf ihre Hände, die immer wieder über ein Stück Pergament strichen, als wäre es nicht zu glätten. »Er will ...«

Elayne nickte. »Ich verstehe schon. Das überrascht mich nicht. Wieso sollte er dich nicht in seinem Bett haben wollen? Er ist jung, sieht gut aus, und er ist König, er kann jede haben.«

Sie wirkte derart missbilligend, dass Elizabeth augenblicklich das Gefühl hatte, in ihrer Schuld zu stehen.

»Wirst du?«, wollte Elayne wissen.

»Was?«

»Ihm beiliegen.«

»Wie kannst du so etwas sagen! Das wäre eine Sünde, und im Übrigen wäre ich ruiniert – kein Mann würde mich dann noch heiraten.«

»Aber du willst ihn. Das sehe ich doch.«

»Wer wollte das nicht? Er ist … wie Adonis.«

»Adonis war Aphrodites Liebessklave.«

»Hör auf, Elayne. Es ist ernst.«

»Das sehe ich«, sagte Elayne. »Es steht dir allerdings gut.«

»Ich fühle mich … ich wache aus Träumen auf … Bei John war es nicht so.«

»Du musst verliebt sein, da dir jegliche Vernunft abhandengekommen ist.«

»Was soll ich denn deiner Meinung nach tun, wenn ich schon jegliche Vernunft verloren habe?«

Elayne überlegte. »Du musst schnell einen anderen heiraten, bevor Edward dich weiter bedrängen kann.«

Elizabeth lachte.

»Ich scherze nicht«, sagte Elayne, »ich weiß doch, dass es Angebote gab.«

»Richtig.« Elizabeth bereute es sofort. »Nun, so viele waren es nicht …«

»Das spielt keine Rolle«, unterbrach Elayne sie rasch. »Ich habe mich mit der Ehelosigkeit abgefunden.«

»Sei nicht melodramatisch, meine Liebe, du bist doch noch jung.«

»Wir wissen beide, dass ich nicht heiraten werde. Wer wollte mich schon haben – wer wollte seine Kinder von mir großziehen lassen? Aber hier geht es nicht um mich. Was sagt deine Mama?«

»Sie sagt, ich solle eine Entscheidung nicht allein mit meinem Körper fällen.« Das war nicht hilfreich, und Elizabeth war einen Moment lang niedergeschlagen, dann fiel ihr etwas anderes ein. »Ich habe dir die *Canterbury Tales* mitgebracht. Du musst mir sagen, welche der Geschichten dir am besten gefällt. Ich mag die von der Priorin am liebsten, weil ich ihre Brosche mag.«

»Ihre Brosche? Weshalb?«

Elizabeth lächelte über ihr Geheimnis. »Das sage ich dir nicht. Du musst die Geschichte lesen.«

»Wie du meinst«, murmelte Elayne.

»Wenn ich je wieder heirate«, fuhr Beth fort, »darf ich mir eins ihrer Bücher als Hochzeitsgeschenk aussuchen, hat Mama gesagt.«

»Ein beliebiges?«

»Ja. Warum schaust du mich so an? Oh! Nein, ich gehe nicht davon aus, dass sie mir eins der Bücher aus dem Louvre überlassen würde – sei nicht töricht. Ich kann kaum glauben, dass sie Thomas Malory erlaubt hat, sie zu benutzen.« Elizabeth vernahm das leise Missfallen in ihrer eigenen Stimme. »Mama sagt, sein Werk sei wichtig.«

»Bist du denn nicht ihrer Meinung? Überleg doch nur, wie viele Menschen es lesen können, wenn er die Geschichten alle übersetzt – wenn die Sagen von Arthur, Merlin, Guinevere, Tristan und Isolde, Morgan le Fay und dem Gral alle in einem Buch stehen!«

»Ja, natürlich«, sagte Elizabeth, und sie klang überzeugter, als sie tatsächlich war.

»Hat sie ihm erlaubt, Bücher mitzunehmen?«

»Nein, das würde sie niemals tun. Ich gehe davon aus, dass er wiederkommen muss. Er kämpft im Norden.«

Elayne seufzte. »Sie kämpfen gegeneinander – mein Vater und meine Brüder gegen deine, dein Geliebter gegen meinen. Wie leicht sich die Woodvilles doch dem Haus York angeschlossen haben. Ich hätte gedacht, dass zumindest Jacquetta sich nicht so schnell von König Henry abwenden würde. Wie ich hörte, sind sie und Margaret von Anjou Freundinnen.«

»Dazu ist Mama zu klug, Elayne, das weißt du doch. Untertanenpflicht hat nichts mit wahrer Loyalität zu tun, dabei geht es um Politik und Selbsterhaltung.«

»Das klingt zynisch.«

»Hast du eben gesagt, dass du einen Geliebten hast?«

Elayne lachte. »Es war nur ein Kuss.«

Ein Kuss konnte alles verändern, dachte Elizabeth, er konnte achtzig Meilen in einen Spaziergang durch ein Boudoir verwandeln.

»Wirst du also doch heiraten?«, fragte sie, obwohl sie die Antwort kannte.

»Mein Vater hat mir fünfhundert Pfund pro Jahr zugesprochen«, antwortete Elayne. »Ich muss nicht heiraten.«

»Wer ist dein Geliebter?«, bohrte Elizabeth.

»Du kennst ihn nicht«, erwiderte Elayne leichthin. »Du hast also Thomas Malory die Bücher aus dem Louvre gezeigt. Ich frage mich, welche Gralsgeschichte er in sein Werk aufnimmt.«

»Die *Suche* natürlich.« Elizabeth war sich dessen sicher. »Welche sollte er sonst wählen?«

»Er wird sich nicht für die *Suche* entscheiden. Das ist nicht die wahre Gralsgeschichte.«

Elizabeth hatte gewusst, dass Elayne das sagen würde. Sie war der Meinung, die wahre Erzählung vom Gral sei der *Perceval*, der Ritterroman von Chrétien de Troyes. Der *Perceval*, vor dreihundert Jahren geschrieben, mochte zwar der erste Roman vom Gral sein, doch das machte ihn nicht zum einzig richtigen. Im Übrigen war die Erzählung unvollständig, das Schicksal ihres Helden, des Ritters Perceval, blieb ungewiss. Daher hatten verschiedene Autoren sie nach Chrétien de Troyes' Tod weitergeschrieben. Die vernünftigste Fortsetzung lag für Elizabeth auf der Hand: *Die Suche nach dem Heiligen Gral*, überarbeitet von den Zisterziensermönchen, in der die Ritter wie Mönche lebten und Galahad in dem Gral Gott erkannte. Die *Suche* war eine echte christliche Geschichte, im Gegensatz zum *Perceval*.

»Die *Suche* wurde von Priestern geschrieben«, sagte Elayne abwertend. »Ist doch klar, dass sie die Ritter zu Zölibatären und den Gral zum Kelch des letzten Abendmahls machen. Das hatte Chrétien nicht so vorgesehen. Der Gral gehört nicht zu deinem Gott, Beth. Es ist keine christliche Geschichte.«

»Lass uns nicht schon wieder darüber streiten«, sagte Elizabeth ruhig, obwohl sie Zorn in sich aufsteigen spürte. Elaynes Worte waren nicht bloß ketzerisch, sie trafen sie auch persönlich. Elayne wollte nicht eingestehen, dass es eine andere Ordnung gab als die, der sie folgte. Sie wollte sich keiner höheren Autorität fügen.

»Es gibt nichts zu streiten«, sagte Elayne sorglos. »Die Erzählung vom Gral handelt von der Suche nach dem Wesenskern der Liebe.«

»Nein«, entgegnete Elizabeth, »es geht um die Suche nach Gott.«

Elayne beachtete sie nicht. »Und wahre Liebe kann nur bestehen, wo auch Wissen ist.«

»Wissen? Wissen wovon?«

»Vom … Herzen.«

»Unsinn«, schalt Elizabeth. »Gott kann nur bestehen, wo Glaube ist.«

»Glaube kann nur in der Liebe bestehen«, erwiderte Elayne. Sie kannten beide ihre Rollen in dieser Auseinandersetzung, es war, als führten sie einen einstudierten Dialog. »Deine Frömmigkeit ist einfallslos, Beth. Du bist zu klug, um alles zu glauben, was die Priester dir erzählen. Die *Suche* ist eine Erzählung von christlichen Rittern auf der Suche nach einem leeren Kelch, einem Kelch, von dem sie glauben, dass nur Gott ihn füllen kann. Der *Perceval* ist die Geschichte von einer Suche nach dem Kern des Lebens. Perceval sucht nicht nach dem Gral, er sucht nach einer Antwort.«

»Aber die Antwort ist in der *Suche* offenkundig«, setzte Elizabeth nach. »Der Gral ist für alle, die Gott suchen.«

Elayne gab einen Laut von sich, der ihren Widerspruch deutlich zum Ausdruck brachte.

Elizabeth versuchte, sich ihre Verärgerung nicht anmerken zu lassen. Sie wollte nicht streiten. »Der Kelch ist nicht leer«, sagte sie ruhig. »In diesem Kelch war das Blut Christi – und in ihm besteht Gott fort.« Sie wusste nicht genau, wie Gott im Kelch des Grals fortbestehen konnte, aber für Gottvertrauen musste man an Dinge glauben, die unmöglich schienen. Allein der Glaube brachte den Menschen näher zu Gott.

Elayne betrachtete ihre Fingernägel, als hätte sie nicht zugehört.

»Warum reist du nach London?«, fragte sie.

»Um jemanden zu besuchen.«

»Wen?«

»Niemanden, den du kennst.«

Sie sah Elayne an, dass sie ihr nicht glaubte. Einmal mehr wünschte sie, sie könnte besser lügen.

Kapitel 8

Und am frühen Morgen hörte Sir Lancelot die Messe und frühstückte und nahm so seinen Abschied von der Königin und brach auf. Dann ritt er so schnell, bis er nach Astolat, das heißt Guildford, kam; und da geschah es gegen Abend, dass er zum Schloss eines alten Barons kam, der Sir Bernard von Astolat hieß.

Le Morte d'Arthur

September 1464

Der See war im Herbst oft wie beschlagenes Glas, nicht klar genug, um Himmel und Bäume einzufangen. An diesem Abend aber lag er vom Mondlicht vergoldet da.

Elayne stand am Ufer und hatte sich den Mantel fest um die Schultern gezogen. An Schlaf war gar nicht zu denken. Bisweilen mischte sie sich ein bitteres Gebräu aus Hopfen und Mohn, aber das machte nur ihre Glieder schwer. Ihr Verstand schwang sich unterdessen auf wie ein Jagdfalke.

Vivienne war an einem Sommerabend hierhergekommen und hatte sich bis auf das Unterhemd ausgezogen, um zu schwimmen. Die einzige höher gelegene Stelle, von der aus man in den See springen konnte, lag am gegenüberliegenden

Ufer. Dort stand eine Weide mit großen alten Wurzeln. Vivienne war kopfüber ins Wasser gesprungen, mit dem Kopf auf einen Stein geschlagen und ertrunken.

Elayne zählte die Monate bis zum Sommer. Es waren zu viele. Sie hätte Zeit genug, um *Die Stadt der Frauen* fertig zu kopieren oder ein ganzes Buch mit Gedichten zu füllen. Aber sie war zu unruhig. Ihr Vater und ihre Brüder würden im Frühling wohl noch nicht zurückkehren, aber wenigstens fanden dann mehr Märkte und Volksfeste statt, Anlässe, zu denen sich auch Louisa und Isabelle nach draußen locken ließen.

Von dem Feldzug hörte man nichts – keine guten und keine schlechten Nachrichten. Elayne hatte sich gewünscht, dass sie fortgingen, und jetzt wünschte sie sich ihre Rückkehr, und sei es nur, damit sie mit ihren Spötteleien und ihren Regeln die Eintönigkeit durchbrachen. Ihr Bruder Levaine war ganz passabel, zumindest versuchte er sie nicht einzuschränken, anders als Tor. Er war grob, aber dumm und ließ sich leicht überlisten. Tor war schwieriger. Elayne hatte ihn mehr als einmal mit ihrem widerborstigen Verhalten in Verlegenheit gebracht. Er hielt sie für unzurechnungsfähig – da war er nicht der Einzige –, obwohl sie ihn im Bogenschießen und beim Schachspiel geschlagen hatte. Oder vielleicht gerade deswegen. Überhaupt – wenn geistig gesund zu sein bedeutete, so zu sein wie Isabelle und Louisa, die über Bänder und Rezepte schwadronierten, oder wie Beth, verliebt in einen Verführer, dann wählte sie lieber Einsamkeit und Gespenster. Und der Verführer, in den sie verliebt war, war mit Sicherheit nicht annähernd so gefährlich wie Edward von York.

Elayne wandte sich vom See ab. Immer wenn sie hierherkam, hoffte sie, ein Gefühl für Vivienne zu bekommen – ihr von Frau zu Frau zu begegnen, nicht wie ein Kind, das von seiner Mutter verlassen wurde. Undenkbar, dass sie gänzlich verschwunden war.

Der Pfad lag im Mondlicht, kleine Geschöpfe huschten ins

Unterholz, als Elayne vorbeiging. Die Nacht gehörte ihr und lockte. Der Schlüssel für die Truhe in den Tiefen ihres Herzens war vor so langer Zeit verlorengegangen, dass sie sich schon nicht mehr daran erinnern konnte.

Stille herrschte in der Burg, die Feuer waren längst erloschen. Elayne zündete eine Laterne an und ging schneller, um warm zu bleiben. Der Weg war lang, durch unbeleuchtete Korridore und über widerhallende Treppen. Wer sich nicht auskannte, konnte sich leicht verlaufen, aber Elayne hätte den Weg im Schlaf gefunden – hätte sie doch bloß schlafen können.

Sie erreichte den Turm. Die kleine Kammer, in der sie auf das Kätzchen gestoßen war, befand sich unter der Treppe, die Tür war noch angelehnt. In dem Raum gab es kein Fenster, und sie hob die Laterne hoch, um sich einen Weg durch die zerbrochenen Webrahmen und Spindeln zu bahnen. Der Schlüssel lag noch dort, wo sie ihn gesehen hatte.

Sie steckte ihn in die Manteltasche.

Elayne stand vor der letzten Wendeltreppe, die zu Viviennes Räumen hinaufführte. Ezrah Reuben hatte gesagt, ihre Mutter sei gern dort oben gewesen, um die Welt aus der Höhe zu betrachten. Elayne fragte sich, was ihre Mutter dem Juden sonst noch erzählt hatte. Sie hatte nie gewagt, danach zu fragen.

Elayne stellte einen Fuß auf die erste Stufe und ging langsam hinauf, Stufe für Stufe. Mit der Hand fuhr sie an der kalten Steinwand entlang. Sie dachte daran, wie enttäuscht sie von Christine de Pisan gewesen war, und an die vielen Gedichte, die sie eines Tages schreiben würde. Sie dachte an Thomas Malorys Kuss und an Chrétiens Quelle. Wie sollte sie danach suchen, wenn sie den Rest ihres Lebens an diesem Ort verbrachte? Sie dachte an alles, nur nicht daran, was sie oben an der Treppe vorfinden würde. Vielleicht waren die Zimmer leer, vielleicht hatte ihr Vater sie längst ausräumen lassen.

Sie kam an den letzten Treppenabsatz, einen großen Raum mit Fensterschlitzen zu allen Seiten. In der gegenüberliegenden Wand war eine Tür. Sie war nachgedunkelt und lief oben spitz zu, die Eisenscharniere waren ebenso schwarz wie das Schlüsselloch. Elayne ging langsam darauf zu. Sie spürte das Gewicht des Schlüssels in ihrer Tasche.

Sie steckte ihn in das Türschloss.

Nach einem langen, quälenden Moment drehte sie ihn herum.

Als sie die Tür aufschob, vernahm sie Flügelschlagen und spürte einen Luftzug. Sie hob die Laterne und sah, wie sich eine graue Taube auf dem Dachsparren niederließ. Auf den Balken in der Ecke hockten weitere und gurrten, als wäre der Raum nur ein Taubenschlag.

Die Kemenate nahm fast die gesamte Grundfläche des Turms ein. Auf der gegenüberliegenden Seite war eine Tür, die vermutlich in ein Ankleidezimmer führte. Ihr Vater hatte die Habseligkeiten seiner Frau nicht entfernen lassen. Vor mehr als eineinhalb Jahrzehnten hatte er die Tür verschlossen und offensichtlich nie wieder geöffnet. Alles war dick mit Staub und Spinnweben überzogen, auf dem Boden lag Vogelkot.

Elaynes Blick fiel zuerst auf den Webstuhl vor den Fenstern, die zum Wald hinausgingen. Er war noch immer mit Garn bespannt. Neben dem Webstuhl stand eine riesige geschnitzte Truhe. Elayne wusste, dass sie aus Kampferholz war, denn in ihrem Zimmer hatte sie genauso eine. Das duftende Lorbeerholz bewahrte alles, was in der Truhe gelagert wurde, vor dem Verfall.

Am Ende des Raums stand ein Bett, dessen Vorhänge fast gänzlich verschlissen waren, an einer Wand ein großer Tisch. Elayne näherte sich dem Tisch, als zöge die Luft selbst an ihren Röcken und Beinen, als watete sie durch die Jahre. Auf dem Tisch waren verschimmelte Bücher, ausgetrocknete

Tintenfässer und brüchige Federn verstreut. Elayne streckte die Hand aus, um ein Stück liegengelassenes Pergament zu berühren. Rasch zog sie die Hand zurück.

Auf dem Boden hinter einer Trennwand aus Horn, verziert mit heller Farbe, lagen die Überreste eines grünen Brokatkleides. Sie näherte sich dem Webstuhl, langsam, in quälender Traurigkeit. Das Garn, das in Strängen vom Webstuhl hing, musste Seide sein, denn das in der Herstellung befindliche Tuch war noch immer fest, wie es nach so vielen Jahren nur bei Seide der Fall sein konnte. Aber es war ausgebleicht und verschmutzt, so dass die ursprüngliche Farbe nicht mehr zu erkennen war.

In der Kampfertruhe hätten gut und gern vier Männer Platz gefunden. Sie war unverschlossen. Elayne hob den Deckel nur an, ließ ihn dann aber wieder fallen. Eine Staubwolke stieg auf, Elayne musste husten und rieb sich die Augen. Sie spuckte den Staub aus und hob den Deckel noch einmal an, langsam und vorsichtig. Am Ende befand sich ein Vipernnest darin.

Das war nicht der Fall.

In der Truhe lagen Schichten sorgsam zusammengefalteter Stoffe, ein jeder in einem anderen Farbton und Muster, unterschiedlich in Gewicht, Webart und Garn – Wolle, Seide und Leinen.

Elaynes Tränen hinterließen Spuren auf hellgelber Seide. Hier, in diesem gottverlassenen Raum, hatte sie etwas von Vivienne gefunden, das nicht vergessen oder zerstört war. Hier, unter ihren Fingern, lag das Tuch, das ihre Mutter hergestellt hatte, in dessen Gewebe der Geist einer Frau eingefangen war, die doch nicht vollständig verschwunden war. Elayne öffnete den Deckel so weit, dass er gegen die Wand fiel. Sie stieg in die Truhe und legte den Kopf auf glänzende Seide, die Füße auf dunkle, weiche Wolle.

Als Elayne wach wurde, drang helles Tageslicht in den Raum, die Tauben gurrten laut. In ihrer Kehle schmeckte es nach Staub, ihre Augen brannten. Finger und Zehen fühlten sich sandig an. Sie war von Geschöpfen gebissen worden, die sich im Lauf der Jahre in dem Tuch eingenistet hatten, ihre Arme und Beine waren von juckenden Quaddeln bedeckt.

Im Hellen wirkte das Turmzimmer noch verlassener, Spinnweben zogen sich von der Decke bis zum Boden. Die Sonne stand hoch. Man würde Elayne vermissen. Sie hörte Hufschlag im Hof unten. Das dürfte ein Reisender sein, der um Essen und Ale bat. Solche Besucher kamen ein, zwei Mal im Monat, da die Burg in der Nähe des Waldes lag. Ihr Vater wies nie jemanden ab, auch Elayne würde es nicht tun. Für gewöhnlich aber trafen solche Reisenden eher in der Abenddämmerung ein, in der Hoffnung auf einen Schlafplatz.

Elayne zog sich mit einiger Mühe aus der Truhe und trat ans Fenster neben dem Webstuhl. Sie konnte nicht den ganzen Hof überblicken. Der Tag war klar, die Luft kalt. Nach dem Frühstück würde sie sich auf den Weg nach Guildford machen, denn es war Markttag, und sie brauchte neues Garn für ihre Gobelins. Sie würde Isabelle und Louisa mitnehmen, ob es nun kalt war oder nicht. Schließlich hatte sie zu bestimmen. Louisa vermisste Tor und versuchte es damit zu kompensieren, dass sie die ganze Zeit in der Küche war und Brot und Kuchen backte. Die Köchin war begeistert.

Elayne schaute sich noch einmal um. Ihr Blick fiel auf die schmale Tür im hinteren Bereich des Raums. Das Ankleidezimmer hatte sie noch nicht erforscht. Vorsichtig ging sie darauf zu, versuchte, nicht in den frischen Vogelkot zu treten. Dabei spielte es eigentlich keine Rolle mehr, denn ihre Hausschuhe waren ohnehin ruiniert.

Wie erwartet war die Kammer ein Ankleideraum. Hier standen zwei weitere Kampfertruhen. Natürliches Licht gab es nicht, aber an den Wänden hingen Kerzenhalter, auf denen große Kerzen standen. Ein hoher Spiegel auf geschnitzten Beinen stand in der Mitte des Raumes, und in der Wand befand sich eine Nische mit breiten Regalbrettern, auf denen sich Parfümflaschen aus buntem Glas und Tiegel mit staubbedeckten Kräutern und Blütenblättern aneinanderreihten.

Elayne trat einen Schritt in den Ankleideraum. Sie meinte den Duft von Iris wahrzunehmen. Die Luft drückte sich an sie und zog sich zurück, als wollte sie ihr etwas sagen. Sie fror. Sie lauschte. Nichts. Sie drehte sich um, ohne die Truhen geöffnet zu haben. Sie war nicht in der Lage, die Kleidung ihrer Mutter zu sehen, noch nicht. Sobald ihr Vater zurückkam, würde sie ihn um Erlaubnis bitten, diese Räume säubern zu dürfen. Warum sollten sie die Erinnerung an Vivienne vollends verkommen lassen? Wenn ihr Vater wüsste, in welchem Zustand die Kemenate war, dann wäre er bestimmt einverstanden.

Isabelle und Louisa waren in der Küche, wo sie alle ihr Frühstück einnahmen, wenn die Männer fort waren. Louisa knetete mit beiden Händen einen Teig, es sah aus, als sei sie entweder wütend oder besorgt. Isabelle hatte die Tür im Blick und sah Elayne zuerst.

»Sie ist da!«, schrie Isabelle und lief zu ihr, als wäre Elayne tagelang vermisst gewesen. Louisa hörte auf zu kneten und lächelte, aber sie sah immer noch wütend aus.

»Ich war im Turm«, verkündete Elayne, bevor jemand überhaupt etwas fragen konnte. »Ich bin eingeschlafen.«

»Dann habt Ihr wenigstens geschlafen«, sagte die Köchin nüchtern. »Kommt und esst etwas.«

Elayne setzte sich auf einen Hocker am Feuer und machte sich hungrig über ein Honigbrot her. Sie spürte Louisas Blick.

»Was ist denn da oben?«, fragte Louisa schließlich.

Elayne beschrieb den Raum.

»Es muss so sein, wie sie es verlassen hat«, sagte Louisa wie zu sich selbst. »Du bist mutig.«

»Ich habe jemanden unten im Hof gehört«, sagte Elayne. »War es ein Reisender?«

»Oh, Liebes«, erwiderte Isabelle. »Ich hatte es vor lauter Aufregung über dein Verschwinden ganz vergessen.«

»Ich war nur ein paar Stunden fort, Isabelle.«

»Aber alles Mögliche hätte passieren können. Peter hat schon am See nach dir geschaut …«

Das hatten sie also gedacht – dass sie sich aufgemacht hatte, um in den Armen des Todes nach ihrer Mutter zu suchen. So mutig war sie nicht. »Hat der Reisende Hunger?«, fragte sie.

»Wir haben ihn nicht gesehen. Peter hat ihn zum Stall gebracht. Sein Pferd lahmt.«

»Ich gehe hinunter und spreche mit ihm.«

»Du solltest dich vorher waschen und umziehen, Lady. Du siehst aus, als hättest du die Nacht im Schweinestall verbracht.«

Manchmal fragte sich Elayne, wer hier das Sagen hatte, sie oder Louisa. »Danke«, sagte sie kühl.

Im Eimer neben der Feuerstelle wusch sie sich das Gesicht und zog einen Mantel über ihre verschmutzte Kleidung. Einen Reisenden so lange warten zu lassen, ohne ihm Gastfreundschaft anzubieten, war unhöflich. Es war ihre Pflicht, Besucher in Empfang zu nehmen, wenn ihr Vater fort war.

Im Hof war es kalt, obwohl die Sonne inzwischen hoch über dem Wald stand. Auf dem Weg zu den Stallungen vernahm sie das Klingen von Eisen.

Als sie eintrat, stockte ihr der Atem.

Tobias saß auf einem Heuballen und sah dem Hufschmied zu, neben ihm stand Thomas Malory.

Er schaute sie an, ohne zu lächeln. Er sah noch schlimmer

aus als beim ersten Mal. Er war im Norden gewesen. Bestimmt brachte er Nachrichten mit.

»Wollt Ihr hereinkommen, Euch aufwärmen und etwas essen?«, fragte sie. Elayne mochte gar nicht daran denken, was er wohl zu berichten hatte.

Er folgte ihr in die große Halle bis an einen kleinen Tisch am Kamin. Hier saß ihr Vater abends gern mit einem Glas spanischem Wein. »Ich bringe Euch Brot und Käse«, sagte sie.

Als sie wieder zurückkam, stand er mit dem Rücken zu ihr und betrachtete einen Wandbehang. Darauf war eine Szene dargestellt, in der die Göttin der Jagd, Diana, in einer Gruppe Engel ritt. Beth gefiel dieser Wandbehang am besten von allen. Sie mochte Engel.

Elayne stellte die Mahlzeit und ein Ale auf den Tisch und sah ihm beim Essen zu.

»Kommt Ihr aus Northumberland?«, fragte sie.

Er nickte und stellte seinen Krug ab.

»Ihr habt Neuigkeiten.«

Er schaute sie sorgenvoll an.

»Wollt Ihr es mir sagen?«

Je länger er schwieg, desto ängstlicher wurde Elayne.

»Geht es um meinen Vater? Einen meiner Brüder?«

»Euer Vater ist bei Hexham gefallen. Tor ist verwundet, aber er kommt durch. Er ist noch nicht kräftig genug, um zu reiten. Levaine ist bei ihm.«

Sie spürte eine Bewegung in der Luft, als würde der Jagdfalke herabsteigen und mit seinen großen Schwingen den Himmel zur Erde ziehen.

»Lady Elayne?« Thomas' Stimme hätte aus jeder Richtung kommen können, von nah oder von fern, sie vermochte es nicht zu sagen.

»Was ist passiert?«, fragte sie.

»Setzt Euch«, sagte Malory und führte sie zu einem Stuhl.

Er ergriff ihre Hand. »Der Widerstand der Lancastrianer im Norden ist zusammengebrochen. Die Yorkisten hatten viertausend Mann, angeführt von Montagu. Er hat Beaufort, Hungerford und Wentworth hingerichtet.«

»Wie ist mein Vater gestorben?« Vielleicht hatte es eine Verwechslung gegeben! Wenn sie es nicht glaubte, war es womöglich nicht wahr.

»Ein Schwerthieb in die Seite. Es ging schnell.«

»Und Ihr habt ihn gesehen? Er ist wirklich tot?«

»Ja, ich habe ihn gesehen.«

Elayne war unfähig, die Abwesenheit zu spüren. Vermutlich würde das noch kommen. Sie musste an andere Dinge denken, daran, was die Niederlage bei Hexham bedeutete.

»Was ist mit Anthony Woodville – was mit Lord Rivers?«

»Soweit ich weiß, ist von den Woodvilles keiner getötet worden.«

»Und Henry?«

»Henry ist in Sicherheit. Wie Ihr wisst, kämpft er nicht. Er ist schon drei Mal in seinem Leben gefangen genommen worden, das reicht.«

»Warum habt Ihr nicht die Seiten gewechselt? Wie ich hörte, seid Ihr Lord Warwicks Mann, und er hat Edward die Lehnstreue geschworen.«

»Der Earl von Warwick leistet niemandem Gefolgschaft. Er tut nur so. Er ist ausschließlich an seinem eigenen Gewinn interessiert.«

»Und einem solchen Mann gegenüber seid Ihr loyal?«

»Sonst würde er alles nehmen, was mir gehört.«

»Wem vertraut Ihr dann?«

»Ich habe Henry die Gefolgschaft geschworen, als er ein Kind war. Es ist meine Pflicht als Ritter, ihn zu beschützen. Insofern habe ich versagt.«

»Glaubt Ihr das wirklich? Wärt Ihr ein wahrer Ritter, dann hättet Ihr nicht getan, was man Euch nachsagt.«

»Ein wahrer Ritter! Ihr habt zu viele Ritterromane gelesen, Lady Elayne. Ein Ritter verteidigt seinen König.«

Er aß etwas Brot mit Käse und trank den Krug leer.

Dann schaute er sie aus schmalen Augen an. »Was redet man denn über mich?«

»Dass Ihr ein Dieb und Ehebrecher seid.«

Er nickte versonnen. »Ich habe mir nur zurückgeholt, was mir gehört. Ich habe nur geliebt.«

»Und was ist mit Eurer Gemahlin?«

»Sie hat mir schon einmal verziehen.«

»Und glaubt Ihr, sie wird es wieder tun?«

»Ich habe sie seit über einem Jahr nicht gesehen.«

»Und wenn sie nun mit einem anderen ins Bett geht?«

»Das wäre nur gerecht.«

Elayne schaute ihn verwundert an. Ihre Blicke begegneten sich. Sie spürte, dass er aufrichtig sprach.

»Ich nehme an, Edwards Männer sind hinter Euch her«, sagte sie.

Er nickte. »Am Ende holen sie mich ein.«

»Ihr könnt hierbleiben. Hier werden sie nicht suchen.«

»Nicht sofort.«

Thomas Malory trat einen Schritt auf sie zu, kam aber nicht näher. Er wartete darauf, dass sie zu ihm kam.

Sie wandte sich ab und ging.

An der Tür blieb sie stehen, um sich zu vergewissern, dass er ihr folgte.

Kapitel 9

Dieser alte Baron hatte eine Tochter, die zu der Zeit die schönste Maid von Astolat genannt wurde. Und immer schaute sie mit wunderbaren Blicken auf Sir Lancelot; und wie das Buch sagt, liebte sie ihn über alle Maßen, und ihr Name war Elaine. Sie wurde, als sie umherwandelte, so von heißer Liebe erfüllt, dass sie Sir Lancelot bat, bei dem Turnier ein Zeichen von ihr an sich zu tragen.

Le Morte d'Arthur

Oktober 1464

Am frühen Morgen glaubte Elizabeth im Halbschlaf, sie sei in Groby Manor, John Grey schnarche leise neben ihr, seine Hand auf ihrem Schenkel. Sie drehte sich zu ihm um.

Es war nicht John.

Sie war nicht in Groby. Sie war in London, und neben ihr schlief der König.

Das Zimmer war schlicht, aber geschmackvoll eingerichtet und hell. Es nahm das gesamte obere Stockwerk des Hauses ein und hatte Fenster auf beiden Seiten. Das Haus lag an der Themse, der Garten reichte bis an den Fluss. Es gehörte einer Witwe, einer Freundin von Jacquetta, die so diskret war, dass

Elizabeth sie einen ganzen Monat lang kaum zu Gesicht bekommen hatte.

Elizabeth hob Edwards Hand sacht an, um ihn nicht zu wecken, stand auf und zog sich einen dicken Schal über ihr Nachthemd. Ihr Blick fiel auf Anthonys Brief auf dem Tisch. Er enthielt die Nachricht vom Tod des Barons von Guildford.

Sie trat ans Fenster und schaute über eine Reihe von Dächern mit zerbrochenen Tonziegeln. Rauch stieg aus Kaminen auf, die Sonne schien auf Strohdächer. Sie mochte London nicht. Hier war es nie ruhig, nicht einmal nachts, und der Fluss stank. Am helllichten Tag war ihr der Geldbeutel vom Gürtel geschnitten worden.

Edward wollte, dass sie hierblieb, wo er nach Belieben zu ihr kommen konnte. Elizabeth war hin- und hergerissen zwischen dem dringenden Bedürfnis, in seiner Nähe zu sein, und dem Wunsch, diesen übervölkerten Ort zu verlassen. Er versprach ihr, ihre Heimlichtuerei werde bald ein Ende haben, und sie fragte sich, ob er das schon einmal zugesagt hatte – einer anderen Frau, mehreren anderen Frauen. Sie musste ihm vertrauen, doch ihre Zweifel machten sie unglücklich. Sie konnte den Ausdruck auf Elaynes Gesicht nicht vergessen. Trotz ihrer ketzerischen Gedanken besaß Elayne eine gute Menschenkenntnis.

Frauen, hatte ihre Mutter ihr gesagt, als John Grey ihr den Hof machte, wüssten über die Verflechtung zweier Herzen mehr als jeder Mann. Sie wüssten, wann ein Mann sie liebte und wann er sie nur begehrte. Bei John Grey hatte sie es gewusst. Sie war sich seiner Liebe stets sicher gewesen, hatte ihn aber nie begehrt. Ihr Verlangen nach Edward war so stark, dass sie nicht mehr klar denken konnte. Aber liebte er sie?

In der Straße unter ihr fand ein Kampf statt. Sie konnte nicht erkennen, ob Degen eingesetzt wurden, aber hier in London war das durchaus die Regel. Hier galt es als modern und unumgänglich zugleich, eine Waffe bei sich zu tragen. Sie hatte keinen unbewaffneten Mann gesehen, seit sie Guildford verlassen hatte.

Sie fragte sich, wie Elayne die Neuigkeiten wohl aufgenommen hatte.

Ihre schlechten Träume hatten sie geweckt. Ihr Traumliebhaber war nicht Edward, sondern ein anderer, ein alter Mann, der sich vorbeugte, um den Gral zu küssen, doch seine Lippen trafen auf die Wölbung ihrer Brüste. Er sagte, er liebe sie, sie gehe ihm unter die Haut, sie schlage die Saiten seines Herzens an, das unter ihren Fingern die Form einer Harfe annehme. Er sprach von den Stellen an ihr, auf denen seine eigenen Finger gern spielen würden. Seine Hände waren hässlich, gezeichnet von den Jahren und der Kälte seiner Kammer, die eher einer Gefängniszelle als einem Zimmer glich. Er hatte keinen Spiegel, daher konnte er nicht sehen, wie sehr die Zeit ihn verunstaltet hatte. Sein Haar war lang und so weiß wie seine Gliedmaßen, und seine Gliedmaßen waren so weiß wie gekochte Knochen.

Seine Augen waren vertraut.

Ihre Augen, so sagte er, seien Honig, Fuchs, baltischer Bernstein.

»Schon so früh auf, Liebste? Ihr habt es eilig, mein Bett zu verlassen.«

Der Klang seiner Stimme reichte, um alle Zweifel zu zerstreuen.

»Mein Körper würde ewig in Eurem Bett bleiben. Mein Verstand ist unruhig.«

»Sagt mir, wohin er schweift.«

Ihren Traum konnte sie ihm nicht erzählen.

»Ich habe an Elayne gedacht, meine Freundin, deren Vater bei Hexham ums Leben kam.«

»Helft mir auf die Sprünge, auf welcher Seite hat er gekämpft?«

»Er war Sir Bernard, Baron von Guildford.«

»Ach ja. Nun … ich werde Euch Eure lancastrianischen Freunde nicht vorhalten. Einschließlich Thomas Malory.«

»Was für einen Zwist habt Ihr mit Thomas Malory? Ihr habt schon andere begnadigt.«

»Er ist ein Spion der Franzosen, vermutlich überquert er gerade den Kanal. Wenn ich ihn in meinem Königreich aufspüre, lasse ich ihn umbringen.«

Elizabeth war schockiert. Sie hatte gedacht, Malorys Loyalität gegenüber Henry Lancaster mache ihn Edward zum Feind. Sogleich bedauerte sie, seinen Namen überhaupt erwähnt zu haben. Das würde ihr nie wieder passieren.

»Ich muss zu Elayne«, sagte sie.

»Ist sie die Freundin, die Morgan gespielt hat, als Ihr Königin Guinevere wart?«

»Ja.« Er erinnerte sich daran, was sie ihm von ihren Kindheitsspielen erzählt hatte.

»Seid auf der Hut, meine Liebste, dass Ihr keinem Ritter begegnet, der sich für Lancelot hält, den Liebhaber der Königin.«

Elizabeth lachte. »Haltet Ihr Euch denn für Arthur?«

»Gewiss. Alle Herrscher müssen sich an dem Sonnenkönig messen lassen. Aber habt Ihr Elayne nicht auf dem Weg nach London besucht?«

»Es ist nur ein Halbtagesritt«, erwiderte sie. »Ihr habt gesagt, Ihr hättet in Winchester zu tun. Wir könnten zusammen reiten.« Doch schon als sie diese Worte aussprach, wusste sie, dass es unmöglich war.

»Wenn es nur ginge«, seufzte er. »Wenn ich nur der Welt zeigen könnte, dass Ihr meine Gemahlin seid.«

Elizabeth versuchte, ihre Enttäuschung zu verbergen. »Die Männer meines Vaters und meine Mutter werden mich begleiten.«

»Ich gebe Euch eine Eskorte mit.«

Elizabeth schaute ihn an. Er stützte sich auf den Ellbogen, sein Oberkörper war bis zur Taille entblößt. Er nahm ihr den Atem.

»Ihr seid sehr freundlich.«

»Ihr seid schön. Kommt wieder ins Bett.«

Kapitel 10

Elayne zog sich den Pelz enger um die Schultern und starrte den Webstuhl an. Sie sah förmlich die Hände ihrer Mutter vor sich, wie sie das Schiffchen sacht über das Garn führten und ihre Finger die Fäden glätteten. Hatte Vivienne ohne Schuhe am Webstuhl gesessen, wie Elayne es gern machte, um das glatte Holzpedal mit dem Fuß zu bedienen?

Ein Weber in Guildford hatte den Webstuhl auseinandergenommen, gereinigt, geölt und wieder zusammengesetzt. Der Mann fragte sie, ob er das Garn für sie aufziehen sollte, aber sie machte es selbst, während er zuschaute. Als sie fertig war, prüfte er die Spannung mit einem Finger und nickte ihr zu. Er fragte nicht, wer es ihr beigebracht hatte. Schon möglich, dass er von ihrer Mutter gehört hatte, der webenden Baronin.

Im Haushalt glaubte man, Elayne wolle weben, wenn sie im Turm verschwand, ein recht harmloser Zeitvertreib, gegen den niemand etwas einwenden konnte. Das Alleinsein gefiel ihr, und gleichzeitig hatte sie sich noch nie weniger einsam gefühlt.

Der Tod des Barons lastete schwer auf allen. Die Dienerschaft vernachlässigte ihre Pflichten, und Tobias war selbst nach einem Monat noch wie benommen. Er hatte seinen Herrn sehr gemocht.

Nur Tobias wusste von Thomas.

Das erste Mal, als sie Thomas die Kemenate gezeigt hatte, war er von der Hoffnungslosigkeit und dem Zerfall in den Räumen überwältigt gewesen. Kein Wunder, dass alle in der

Burg Angst vor der Erinnerung an Vivienne hätten, sagte er, offenbar habe es niemand für nötig befunden, seinen Frieden damit zu schließen. Es stimmte. Der Geist ihrer Mutter war in der zerfallenen Kleidung gefangen, im kalten Stein und im Staub, der das Atmen erschwerte.

Elayne hatte sich die Kemenate zu eigen gemacht und den Dienern befohlen, alles zu entfernen, um den Raum zu säubern. Sie ließ alle Stoffe waschen und den Webstuhl reparieren. Die Wände wurden geschrubbt und mit Wandteppichen behängt, die Fenster verglast und das Bett angestrichen. Irgendwie war das Holz erhalten geblieben, wenn es auch verblasst und brüchig geworden war, nachdem im Lauf der Zeit das Fensterglas zerbrochen und die Natur in die Räume vorgedrungen war.

Elayne gewährte niemandem Zutritt zum Ankleidezimmer. Sie ließ einen Wandschirm vor die Tür stellen.

Der Webstuhl lockte sie. Elayne unterdrückte den Wunsch, sich auf den abgenutzten Hocker zu setzen und das Schiffchen über glänzende Wollstränge zu bewegen. Sie würde sich nur im Gewebe verlieren, und Louisa würde Isabelle in den Turm schicken, um sie zu schikanieren. Louisa selbst kam nie. Sie hatte Angst vor der Verzweiflung, die dort in den Steinen saß, während Elayne genau die Traurigkeit suchte, vor der Louisa sich so fürchtete.

Beide Damen waren betrübt: Louisa vermisste Tor, und Isabelle hatte Liebeskummer wegen Peter, den sie nur heimlich treffen konnte. Dabei war es gar kein Geheimnis, der halbe Haushalt wusste ja darüber Bescheid. Elayne hoffte nur, dass sie Vorsichtsmaßnahmen getroffen hatten. Während die Tage kürzer und kälter wurden, konnte man kaum etwas tun, als von der Liebe zu träumen.

Ihr Blick fiel auf die Stelle, an der Thomas am Abend zuvor gelegen hatte, und sie spürte seinen Abdruck, erinnerte sich, wie er mit den Lippen über die Wölbung ihrer Brust gefahren war, wie seine Hände Besitz von ihr ergriffen und jede geheime Stelle ausgekundschaftet hatten.

Auf dem Boden neben dem Bett lag etwas. Er hatte ein Stück Pergament fallen lassen. Er schrieb, während sie schlief. Sie streckte die Hand über die Bettkante – sie kam gerade heran, ohne aus dem Bett in die Kälte zu fallen.

Elayne betrachtete gern die verschlungenen Buchstaben seiner Handschrift. Sie war weiblicher als die, die sie von anderen Männern kannte, verschnörkelter. Wie sein Verstand, dachte sie.

Ich werde ihn verzaubern, dass er nicht erwacht, dann werde ich ihn in meine Burg bringen. Und wenn er sicher in meiner Festung ist, werde ich den Zauber von ihm nehmen und ihm die Wahl lassen, welche von uns beiden er zu seiner Geliebten machen will.

Elayne lächelte, als sie von Morgans Plänen für Lancelot las. Sie bekam selbst Lust, den einzigen Zauber auszuüben, den sie kannte. Ein Liebeszauber war doch bestimmt nur eine Beschwörung der Liebesgöttin Astarte. Was konnte es schaden, wenn man sich wünschte, von jemandem geliebt zu werden? Zumindest dieses Verlangen hatte sie mit Elizabeth gemeinsam. Nur mochte Elizabeth keine Zauberei. Sie hatte Angst davor. Sie sagte, Gott sei die Liebe. Sie wusste nicht einmal, dass Astarte die Mutter von Venus und Aphrodite war, dass sie die Liebe war, und nicht Gott.

Elayne schob das Pergament unter ihr Kissen.

Thomas war spät in sein Zimmer gegangen, und bestimmt war er seit dem Morgengrauen schon wieder auf und schrieb. Ihr gefiel die Vorstellung, dass er nur ein Stockwerk unter ihr weilte. Sie hatte ihn dort untergebracht. Der Rest des Haushaltes war in dem Glauben, er sei am Morgen nach seiner Ankunft fortgeritten. Nur Tobias wusste es, der anscheinend keinen Schlaf brauchte und die unangenehme Angewohnheit hatte, nachts die verlassenen Teile der Burg zu durchstreifen. Thomas vertraute ihm jedoch. Schließlich hatte er seine Zunge für seinen Herrn verloren – konnte ein Mann loyaler sein?

Der Raum war warm, weil Tobias über Nacht das Feuer in Gang gehalten hatte. Er kümmerte sich um sie. Thomas nicht. Aber das erwartete sie auch nicht von einem Mann. Ihr Vater war gestorben. Der Tod befreite und machte zugleich unglücklich. Ihr Kummer galt der ferneren Vergangenheit, nicht den Jahren seit ihrer Rückkehr aus Grafton, den Jahren, in denen sie zur Frau geworden war ohne die Anleitung durch eine Mutter oder die süßlichen Worte eines Verehrers. Sie war der Freiheit näher gekommen, wusste aber nicht, was sie damit anfangen sollte.

Elayne stand auf und legte sich den Wolfspelz um. Sie warf einen Blick auf die Tür zum Ankleidezimmer. Eines Tages würde sie dort hineingehen und sich den Raum zu eigen machen. Sie würde die Truhen öffnen und den muffigen Geruch der Habseligkeiten ihrer Mutter aufsteigen lassen.

Eines Tages.

Als sie auf dem Weg zur Küche an Thomas' Tür vorbeikam, blieb Elayne stehen. Sie klopfte leise. Er gab ein Geräusch von sich, aber sie war sich nicht sicher, ob es eine Einladung war. Sie öffnete die Tür.

»Guten Morgen.«

»Guten Morgen«, erwiderte er, ohne aufzublicken. Er saß über seinen Tisch gebeugt, der von Pergament übersät war, Staub hing über seiner Schreibfeder. Die zerknitterte alte Abschrift des *Lancelot* lag auf dem Tisch. Seinen Worten zufolge war es das erste Buch, das er je gekauft hatte; es stammte aus Paris, und er nahm es überallhin mit. Sie wollte mehr über Paris erfahren, doch er sprach kaum darüber.

Auf dem Boden zu seinen Füßen lagen eingerollte Seiten.

Ein Teller mit Brot und Fleisch stand fast unberührt in der Mauernische. Tobias brachte Thomas nachts so viel Essen, dass es für den kommenden Tag ausreichte.

Elayne hätte die Seiten am liebsten aufgehoben. Dass er gutes Papier auf den unsauberen Boden fallen ließ, passte ihr nicht. Elayne wollte ihn küssen, hütete sich aber.

Sie machte die Tür zu.

Thomas wirkte zunehmend rastlos und konnte doch nirgendwohin. Er sagte, die Enge beeinträchtige seine Arbeit, aber über das Werk selbst sprach er kaum. Elayne spürte, dass er es beschützen wollte. Sie wusste, dass er die Übersetzung des *Lancelot* aus dem Französischen ins Englische fertiggestellt hatte, nun nahm er vermutlich eine neue Erzählung in Angriff. Sie überlegte, wie seine Übersetzung sich wohl auf die Erzählungen auswirken mochte, wie sie durch die Sprache verändert würden, wie er selbst sie abwandelte. Wenn sie einen Ritterroman lesen wollte, las sie ihn auf Französisch. Wollte sie ein Canticum lesen, dann las sie es wie jeder andere auf Lateinisch. Sie war der Meinung gewesen, dass die Sprachen fest zu den jeweiligen Gattungen gehörten.

Elayne stieg die Treppe hinab und durchquerte rasch die kalten, verlassenen Korridore, die zum bewohnten Flügel der Burg führten. Die Hirsch- und Bärenköpfe an den Wänden, die Wildkatzenfelle auf dem Boden, die ihr als Kind Angst eingeflößt hatten, nahm sie jetzt kaum noch zur Kenntnis. Die Möbel und Appreturen waren formal und streng – geschnitzte Stühle aus Persien und Truhen mit Intarsien aus Afrika, Rüstungen, Waffen und Wandteppiche, die namenlosen Vorfahren gehört hatten. Elayne stellte sich immer deren Missbilligung vor, dass sie ihre Saat nicht aussäte, keine Nachkommen aufzog.

Sie trat in den Hof, um Luft zu schnappen, und sah, dass der Stalljunge mit einem etwa Gleichaltrigen sprach. Der andere Junge war weder aus der Burg noch vom Anwesen, und sie fragte sich, was er hier zu suchen hatte. Als die beiden Elayne erblickten, nickten sie ihr höflich zu. Sie winkte den Jungen zu sich.

»Ja bitte, Lady.«

»Bist du im Auftrag hier?«

»Ja, Lady. Ich bin heute früh aus Cobham gekommen.«

»Das ist ein langer Ritt.«

»Jawohl. Ich soll die Nachricht überbringen, dass Lady Jacquetta und Lady Elizabeth Woodville die Nacht im Cobham Inn verbracht haben und heute weiterreiten. Lady Jacquetta hat mich gebeten, dies der Lady von Guildford Castle zu melden.«

»Und wem hast du die Nachricht überbracht?«

»Der Dame drinnen«, erwiderte der Junge, verwirrt von ihrem veränderten Tonfall.

Elayne machte sich wild entschlossen auf den Weg. Diese verdammte Louisa! Wie konnte sie es wagen, sich wie die Dame des Hauses aufzuführen? Sie hätte Isabelle sofort nach Eintreffen des Jungen zu ihr in den Turm schicken müssen.

Die Küche war zur Erntezeit für gewöhnlich überheizt und überfüllt mit Arbeitern, doch seit dem Tod des Barons hatte sich eine gewisse Verzagtheit im Haushalt und auf dem Anwesen breitgemacht. Noch wusste niemand, wann Tor, ihr neuer Herr, zurückkehren würde, und Elayne spürte die Verunsicherung der Diener, wenn sie Anweisungen von ihr entgegennahmen.

Jetzt aber, da Besucher angekündigt waren, herrschte eine besondere Betriebsamkeit. Der zweite Kamin war angezündet, und ein paar junge Frauen vom Anwesen rollten Teig für Wildpasteten aus. Sie kamen als bezahlte Hilfen, wenn sie in der Küche gebraucht wurden. Peter rupfte einen Schwan, und Isabelle fegte die Federn zusammen. Peters Blick haftete an einem hübschen Mädchen, das unter Louisas Anweisung etwas in einer Schüssel umrührte. Höchste Zeit, einen Gemahl für Isabelle zu finden. Sie war fast sechzehn und sollte verheiratet sein. Tor würde das ohne Zweifel in die Wege leiten, wenn er zurückkam. Der Gedanke an seine Rückkehr war Elayne so unangenehm, dass sie ihn sofort verscheuchte. Sie gewöhnte sich allmählich an ihre Freiheit.

Elayne ging zu Louisa. »Warum hast du mir nichts gesagt?«, fragte sie.

»Was denn, Mylady?« Ihrer aufgesetzten Ruhe war anzumerken, dass Louisa genau wusste, was Elayne meinte.

»Von den Woodvilles.«

»Ich habe dich zum Frühstück erwartet«, sagte Louisa leichthin.

»Du bist noch nicht mit meinem Bruder vermählt«, bemerkte Elayne ruhig, während ihr Herz in Anbetracht von Louisas Dreistigkeit raste.

Louisa war so gnädig, den Blick abzuwenden.

Elayne war die Lust am Frühstück vergangen. Sie nahm einen Apfel vom Tisch und ging. In ihrem eigenen Haus besaß sie keine Autorität.

Ohne Zweifel waren die Woodvilles unterwegs zu ihnen, um ihr Beileid zu bekunden. Niemand sonst hatte es für nötig befunden. Zu jeder anderen Zeit wäre Elayne entzückt gewesen, die beiden Frauen zu sehen, die ihr am nächsten standen, jetzt aber würde es anstrengend sein, Thomas' Gegenwart vor ihnen geheim zu halten.

Thomas stand an einem der Mauerschlitze, die eher Schießscharten glichen als Fenstern. Trotz der Kälte wollte er tagsüber kein Feuer anzünden. Ihm behage die Kälte, sagte er, sie gebe ihm das Gefühl zu leben. Dieses Gefühl hatte Elayne, wenn die Sonne sie wärmte.

»Noch einmal einen guten Morgen, Lady Elayne.«

»Ihr nehmt meine Anwesenheit wahr!«

Er zog eine Augenbraue hoch und lächelte. »Ich hatte eine

Sitzung mit den Musen. Verzeiht.« Er wirkte nicht unbedingt zerknirscht, aber so entspannt wie seit Tagen nicht mehr, also musste er mit sich zufrieden sein. Allmählich lernte sie seine Umgangsweisen zu verstehen.

»Sie haben Euch von mir fortgelockt«, sagte Elayne. »Das wusste ich vorher. Auf welche Muse sollte ich diesmal eifersüchtig sein?«

»Ich glaube, es war Erato«, erwiderte er.

»Die Muse der Liebesdichtung? Sie kann ein Luder sein. Schreibt Ihr Liebesgedichte?«

»Nein«, sagte er, »und Ihr seid zu gelehrt für eine Frau. Hat Euer Vater Euch denn nicht gesagt, dass Männer gern gescheiter sind als ihre Gemahlin?«

»Weil sie sich dann wie Helden vorkommen? Aber ich bin nicht Eure Gemahlin.«

Er lachte. Ihr gefiel, wenn sie ihn zum Lachen brachte.

»Warum dann Erato?«, hakte Elayne nach.

»Sie ist großzügig mit ihren Zuneigungen«, sagte er und schaute sie zweideutig an. Er kam einen Schritt auf sie zu. Er musste zufrieden mit sich sein, dachte sie, wenn er so bald nach der letzten Nacht schon wieder Wollust verspürte. Sie konnte ihm später von den Woodvilles erzählen. Von Cobham nach Guildford war es ein halber Tagesritt. Wenn sie nicht kurz nach ihrem Boten aufgebrochen waren, was unwahrscheinlich war, würden sie erst in ein paar Stunden eintreffen.

»Jetzt nicht«, flüsterte Elayne, als er ihr die Hände auf die Taille legte. Sie spürte seinen Atem am Hals, seine Lippen. »Isabelle könnte …«

Er küsste ihren Hals. Er führte sie ans Bett, und sie legten sich unter das Fell. Ganz gleich, wie oft er sie berührte, sie hörte nicht auf, ihn zu begehren. Wenn das Liebe war, dann war es mehr als nur das Aussetzen des Verstandes. Es erfüllte einen Teil tief in ihr, der ihr vorher überhaupt nicht bewusst gewesen war. Es war sogar besser als lange Sommertage, als Freiheit. Sie wollte die Sicherheit seiner Wärme für immer und ewig.

Danach zog sie ihr Unterkleid an und trat an seinen Tisch. Er rief sie nicht zurück wie sonst, also las sie eine halbe Seite. Dann hielt sie inne und wünschte sich, sie hätte sie nicht gelesen.

»Was ist?« Er lag auf der Seite und beobachtete sie, den Kopf auf die Hand gestützt. Im trüben Licht sah sie die Umrisse von Rippen und Muskeln.

»Das ist aus dem *Perceval.*«

»Stimmt.«

»Aber wo ist das Buch?«

»Welches Buch, Liebes?«

»Das Buch, aus dem Ihr übersetzt.« Er wich ihr absichtlich aus.

Thomas tippte sich an den Kopf. »Ich brauche kein Buch. Ich kenne jede Version der Erzählung vom Gral. Sie ist in meinen Verstand eingeprägt.«

»Und für welche habt Ihr Euch entschieden? Den Gral der Kirche oder den der Göttin?«

»Den Gral der Göttin! Das ist ein neuer Gedanke. Wie kommt Ihr darauf? Suchen Euch die Schicksalsgöttinnen auf, wenn Ihr webt, Elayne?«

Er machte sich über sie lustig.

»Stimmt Ihr mir denn nicht zu«, sagte sie ruhig, »dass im *Perceval* die Wunde des Königs und der Zerfall des Landes untrennbar miteinander verbunden sind?«

»Gewiss«, sagte Thomas. »Perceval muss das Rätsel des Grals lösen und damit sowohl den König als auch das verödete Land heilen.«

»Und in der Tradition, aus der diese Erzählung stammt, ist das Land eins mit der Göttin.«

»Einverstanden«, seufzte Thomas. »Ich kenne die heidnischen Vorstellungen sehr wohl. Das Land ist die Göttin Souveränität.«

Elayne betrachtete ihn eingehend und wartete auf ein Zeichen, dass er ihre sogenannten heidnischen Vorstellungen ebenso wenig zu schätzen wusste wie Beth. »Außerdem«, fuhr sie fort, »muss Perceval auch lernen, was es heißt, Frauen wahrhaft zu lieben und sie zu respektieren, um das Rätsel des Grals zu lösen.«

»Gebt acht, Lady, Eurem Priester wird das nicht gefallen.« Als sie seinen leisen Hohn vernahm, hätte sie ihn am liebsten geohrfeigt.

»Bevormundet mich nicht. Ich möchte wissen, welchen Gral Ihr gewählt habt! Allein der Gedanke, dass Ihr mir immer noch nicht sagt, was Ihr glaubt – wonach Ihr sucht –, obwohl ich Euch mein Herz ausgeschüttet und alles erzählt habe, was ich denke …«

»Was Ihr worüber denkt?«

»Über Chrétiens Quelle – dass es ein altes Buch irgendwo im Heiligen Land gibt …«

»Ihr seid eine Närrin«, fuhr er sie an. Jetzt war sein Tonfall nicht mehr scherzhaft. »Es gibt weder eine Quelle noch einen Gral. Es ist nur eine Erzählung.«

»Wenn Ihr das glaubt, dann ist es kein Wunder, dass Ihr Euch vor dem Gesetz verstecken müsst wie ein gewöhnlicher Dieb, kein Wunder, dass Ihr zu ängstlich seid, um zu Eurer Gemahlin zurückzukehren. Ihr seid ein Tunichtgut und ein Feigling!«

Elayne bereute ihre Worte, noch bevor sie verklungen waren.

»Was Ihr sagt, stimmt«, erwiderte er ausdruckslos. »Ich tauge zu nichts anderem, als zu kopieren, was vor dreihundert Jahren niedergeschrieben wurde …«

Thomas verstummte, als wäre er unterbrochen worden.

Mit einem Satz war er am Fenster. Er legte ihr den Finger

auf die Lippen, als sie den Mund öffnete, um etwas zu sagen. Er hörte Pferde immer schon vor ihr, vielmehr spürte er das Nahen von Reitern, noch bevor er sie hörte. Er war auf den Puls des Landes eingestimmt. Sie konnte sich vorstellen, wie die Gefängnishaft, weit entfernt von Erde und Wind, seinem Geist zugesetzt haben musste. Dennoch trug er ein ganzes selbsterfundenes Reich in sich und konnte in seinem Geist frei umherstreifen. Darum beneidete sie ihn.

»Erwartet Ihr Besuch?«, fragte er.

»Nein«, log sie.

Wenn es Jacquetta und Beth waren, dann mussten sie Cobham kurz nach ihrem Boten verlassen haben.

»Ihr habt mir nicht gesagt«, fügte sie hinzu, »warum Ihr Erato huldigt, der Muse der Liebesdichtung, obwohl Ihr den *Perceval* schreibt, denn soweit ich weiß, war *Perceval* der einzige Ritterroman von Chrétien, in dem die Liebe keine zentrale Rolle spielt.«

»Das mag sein, Gelehrte, aber das heißt nicht, dass es keine Erzählung über die Liebe ist.«

Elayne schaute ihn argwöhnisch an. Diese Auseinandersetzung hatte sie so oft mit Beth geführt. Konnte er ihre Gedanken lesen?

»Warum schaut Ihr mich so an?« Thomas lachte.

»Wir setzen diese Unterhaltung ein andermal fort«, sagte sie und ging, ohne ihm einen Kuss zu geben.

»Euer Wunsch sei mir Befehl!«, rief er ihr nach.

Elayne ließ sich von Isabelle Samtbänder und Perlenschnüre ins Haar flechten. Sie überlegte, was sie anziehen sollte, und blieb lange in ihrem Unterkleid sitzen. Schon bald aber vergaß sie die Frage. Was Thomas über den *Perceval* gesagt hatte, ging ihr nicht aus dem Kopf. Sie kannte niemanden, der den *Perceval* wie sie selbst als eine Erzählung über die Liebe begriff.

Sie streifte ein dunkelrotes Kleid über ihr fein gewebtes, helleres Unterkleid. Dann legte sie die schwere Goldkette und die Ohrringe an, die ihr Vater ihr aus Alexandria mitgebracht hatte. Sie zog ihre besten Strumpfhalter an, obwohl sie die sonst nicht trug, höchstens wenn es richtig kalt war, denn sie verabscheute die kratzige Wolle an den Beinen. Für Elizabeth und Jacquetta würde sie keinen Kopfputz anlegen. Auch wenn Louisa das nicht gutheißen würde. Louisa war nicht die Herrin dieses Hauses. Elayne musste ihr das endlich verständlich machen.

Kurz darauf meldete der Junge, der im Bergfried Wache hielt, die Woodville-Damen seien mit einer Eskorte von einem halben Dutzend Männern weniger als eine Meile von Guildford entfernt zu sehen. Was für eine große Eskorte, dachte Elayne.

Sie stand im Hof, als sie einritten. Sie begrüßte ihre Freundinnen in aller Form und legte Wert darauf, Louisa anzuweisen, etwas Untergeordnetes zu tun, sobald sich die Gelegenheit ergab. Sie führte sie in die Halle, in der ihr Vater seine Besucher immer willkommen geheißen hatte. Sie wechselten kaum ein Wort, bis sie die Tür geschlossen hatten, wobei Jacquetta darauf bestand, dass zwei Männer ihrer bewaffneten Eskorte sie von außen bewachten. Elayne konnte sich nicht daran erinnern, sie jemals so wachsam erlebt zu haben.

»Was ist los?«, fragte sie.

Elayne entging der Blick nicht, der zwischen Mutter und Tochter gewechselt wurde.

»Es tut uns leid, was mit deinem Vater passiert ist«, sagte Elizabeth.

»Was ist los?«, wiederholte Elayne. »Vertraut ihr mir nicht mehr, um es mir zu sagen?«

»Doch, Liebes, gewiss, nur …«

»Ihr verbergt doch etwas vor mir. Das steht euch auf der Stirn geschrieben.«

»Sag es ihr, Beth«, bat Jacquetta.

Elizabeth schlug die Augen nieder.

»Ich habe geheiratet.«

Damit hatte Elayne nicht gerechnet. »Wen hast du geheiratet?« Obwohl sie es bereits wusste, als sie die Frage stellte.

»Edward von York«, erwiderte Elizabeth.

»Dann bist du dem Hause Lancaster nicht länger treu ergeben?«

»Aber auch nicht abtrünnig«, bemerkte Jacquetta mit dem kleinen, ironischen Lächeln, das zugleich vielsagend und geheimnisvoll wirkte.

»Wir wurden in einer Privatkapelle in London getraut. Niemand darf es wissen. Noch nicht«, flüsterte Elizabeth, als könnte sie jemand durch vier Fuß dicke Wände hören.

»Deshalb siehst du so aus ... Ich habe dich noch nie in Samt gesehen.« Elayne musste Elizabeths Mut wohl oder übel bewundern. Sie fragte sich, ob sie dasselbe gewagt hätte für die Liebe, wohl wissend, wie Beth selbst, dass das Volk jemanden aus dem niederen Adel seines Königs nicht für würdig befinden würde. Ohne zu zögern, küsste sie Elizabeth auf beide Wangen und schlang die Arme um sie. Elizabeth atmete erleichtert auf.

»Ich dachte, du würdest es nicht gutheißen.«

»Wie kommst du darauf?«, entgegnete Elayne.

Jacquetta lachte leise.

»Ich wollte es dir persönlich sagen, bevor Edward es bei Hofe verkündet.«

»Wo ist dein Ring?«

Elizabeth lächelte verhalten und zeigte ihr den schweren, gewundenen Goldring, den sie an einer langen Kette um den Hals trug.

»Ich trage ihn an meinem Herzen.«

»Du darfst ihn am Finger tragen, solange du hier bist«, sagte Elayne. »Dein Geheimnis ist bei mir sicher.«

Elizabeth schaute zu Jacquetta, die zustimmend nickte. Sie nahm den Ring ab, steckte ihn sich an den Finger und konnte den Blick gar nicht mehr davon lösen.

Jacquetta hatte kaum etwas gesagt, doch sie schaute Elayne mit ihrem durchdringenden Blick an.

»Und wie geht es dir, Lady Elayne?«

»Gut«, erwiderte Elayne.

»Das sehe ich«, stellte Jacquetta lächelnd fest.

Als man Jacquetta auf ihr Zimmer geführt hatte, nahm Elizabeth ihre Freundin an die Hand. »Sollen wir in deine Kemenate gehen?«

Elayne zauderte. Wenn sie Elizabeth mit in ihre Kammer nahm, würde deutlich, dass sie dort nicht mehr schlief. Ihre Kleidung, ihre Bücher und Habseligkeiten waren aus dem Raum entfernt worden.

»Ich muss dir etwas zeigen«, sagte sie schließlich und führte Elizabeth durch die verlassenen Korridore und über die erste Treppe zum Nordturm hinauf.

»Wo bringst du mich hin?« Elizabeth lachte, als sie an die Treppe kamen. »Nicht in den Turm, hoffe ich!«

»Doch.«

Elizabeth blieb mitten auf der schmalen Treppe stehen. »Aber ich dachte, du dürftest nicht … ich dachte, du wolltest nicht …«

»Es ist niemand da, der mir etwas erlauben oder verbieten kann. Es sei denn, du rechnest Louisa dazu. Wieso sollte ich die Räume meiner Mutter nicht sehen wollen?«

Schweigend stiegen sie die letzten Treppen hinauf, ihre Schritte hallten auf den Steinen wider. Elayne spürte Elizabeths Nervosität, als sie sich dem obersten Treppenabsatz näherten.

Sie zog den Schlüssel hervor, der um ihren Hals hing, und schloss die Tür auf.

Elizabeth blieb lange im Türrahmen stehen. Dann schlenderte sie durch den Raum zum Webstuhl. »Ist das deine Arbeit, Liebes?«

»Ja.«

»Das ist wunderschön«, hauchte Elizabeth und fuhr mit den Fingern über den Stoff.

Elizabeth deutete auf das Durcheinander prächtig gewebter Bettwäsche.

»Hast du …?«

»Nein. Das ist das Werk meiner Mutter«, sagte Elayne.

Elizabeth nickte. Sie trat näher ans Bett, und Elayne fiel zu spät die Seite ein, die sie am Morgen achtlos unter ihr Kissen geschoben hatte. Die Ecke braunes Pergament unter der hellen Seide ihrer Kissen war nicht zu übersehen. Sie hielt die Luft an, jeder ihrer Nerven war angespannt.

»Was ist das denn, Liebes?«

»Nichts«, erwiderte Elayne und schaute geringschätzig auf das Pergament in Elizabeths Händen. Sie wandte sich ab, als hätte es nichts zu bedeuten.

»Aber das ist doch Thomas' Handschrift! Woher hast du …« Elizabeth schaute sie durchdringend an. Elayne wich ihrem Blick aus. Stattdessen schaute sie durch die funkelnden Fensterscheiben auf Wolken und Baumkronen und fragte sich, wie sie Elizabeths nächster Frage ausweichen könnte.

»Das ist also aus ihm geworden. Er ist *hier*?«

Elayne blickte starr auf die Wolken. Ihr fiel keine passende Lüge ein.

»Weißt du, dass der König hinter ihm her ist?«

»Ja.«

»Es macht dir also nichts aus, einen Verbrecher zu beherbergen?«

»Nicht, wenn sein einziges Verbrechen darin besteht, Henry Lancaster treu ergeben zu sein.«

»Das ist nicht sein einziges Verbrechen«, flüsterte Elizabeth.

Ohne Zweifel hatte Edward ihr irgendwelche Lügen aufgetischt.

»Du könntest ihn schützen, Beth. Du bist mit dem König verheiratet.«

Elizabeth schaute sie eigenartig an.

»Du empfindest etwas für ihn! Elayne, wie kannst du nur?«

»Wieso nicht?«

»Aber er ist … alt.«

»Wir werden alle alt. Wenn wir Glück haben.«

»Wenn Edward ihn hier findet, bringt er Thomas Malory um, und du wirst des Verrats angeklagt.«

Elayne zuckte mit den Schultern. »Ich bin es gewohnt, verräterisch zu sein.«

»Man könnte dich zum Tode verurteilen«, flüsterte Elizabeth.

»Würdest du jetzt, als die Rose von York, um mein Leben flehen? Ich sehe dir an, dass du es nicht tun würdest – dass unsere Freundschaft dir so wenig bedeutet.« Elayne wandte sich ab. Es war kindisch und unvernünftig, aber sie spürte, dass sich etwas verändert hatte, und das jagte ihr Angst ein.

Kapitel 11

Elayne war deutlich anzumerken, dass sie Elizabeth ungern mit Thomas allein ließ – nachdem sie die Freundin ohnehin nur widerstrebend zu ihm gebracht hatte. Doch Haushaltspflichten riefen nach ihr.

Thomas musste sich erst von der Überraschung erholen, Elizabeth zu sehen, dann sprach er ihr ganz offen seine Verehrung aus. Sie hätte gekränkt sein sollen, nicht erfreut. Jacquetta hatte das Kleid in London anfertigen lassen. Es war persisch-blau mit silberner Litze. Sie musste ihrer Rolle gemäß aussehen, auch wenn ihr nicht danach war.

Liebte Elayne ihn etwa? Das war eine vorübergehende Tollheit. Er war ein Verführer, mehr nicht.

»Euer Haar ist von hellerem Gold, als ich es in Erinnerung hatte, Lady Elizabeth.«

Der Ring fiel ihm erst auf, als sie verlegen an ihre Frisur griff. »Seid Ihr vermählt?«

Elizabeth war im ersten Moment verwirrt. »Oh! Ich habe ganz vergessen, dass ich ihn trage …«

»Ihr habt es vergessen?«, fragte Thomas. »Das klingt nicht nach einer frisch Vermählten.«

Sie wandte den Blick ab. Er erriet es, bevor sie etwas sagen konnte.

»Also ist die Heirat noch nicht bekanntgegeben.«

Sie nickte. Er konnte ja kaum erraten, mit wem sie verheiratet war. Das wäre ein Schock für ihn.

»Dann seid Ihr Königin«, stellte er fest.

»Ja.«

Er kniete nieder, was ihr unangenehm war.

»Steht auf, Thomas.«

»Das dürft Ihr nie wieder sagen«, ermahnte er sie. »Ihr seid Königin, und alle Männer sind Eure Untergebenen. Wenn Ihr sie nicht so behandelt, werden sie sich nicht vor Euch fürchten.«

»Das hier ist kein Schachspiel. Eine Königin, die heimlich und aus Liebe heiratet, ist nicht mächtig.«

»Das hängt von Euch selbst ab. Und es ist sehr wohl ein Spiel – ein Spiel von Brüdern und Vettern, ein Spiel von Macht und Verstand, ich vermute sogar, dass Ihr gut darin seid. Ich kenne keine andere, deren Schönheit ihrer Anmut und ihrer Weisheit gleichkommt.«

Er schaute sie mit derart offener Hingabe an, dass ihr unbehaglich zumute war. Schenkte er ihr seine Loyalität, nicht aber Edward?

»Lasst uns das Thema wechseln«, sagte sie. Ihr war nicht klar gewesen, wie ängstlich sie war. Ihr Blick wanderte zu dem Buch, das aufgeschlagen auf seinem Tisch lag. »Darf ich?«, fragte sie.

Er nickte und stellte sich ans Fenster. Elizabeth las eine Seite, dann noch eine. Die Feinheit und das Zartgefühl seiner Prosa überraschten sie, und sie merkte auch, dass er sich ihr ausgeliefert fühlte. Vermutlich hätte er sich lieber nackt vor ihr ausgezogen, als sie das Geschriebene lesen zu lassen.

»Es ist …« Sie fand nicht die richtigen Worte. »Mir war nicht klar …«

»Habt Ihr mir das nicht zugetraut?«

Elizabeth schämte sich.

»Erinnert Ihr Euch noch an die Worte, Lady Elizabeth – Eure Hoheit –, die Ihr an dem Abend des Turniers so leichtfertig ausgesprochen habt? Ihr sagtet, wäret Ihr Königin, so würdet Ihr meine Gönnerin.«

Jetzt war sie Königin.

»Ich erinnere mich nicht, dass es ein Versprechen war …« Sie lachte. Sie las noch eine Seite und ließ ihn warten. Wie er der Erzählung von Perceval Leben einhauchte, begeisterte sie. Elizabeth fragte sich beim Lesen, ob sie dieses Spiel tatsächlich spielen konnte, ob es eine Möglichkeit für sie gab, Macht auszuüben und Gottes Herrschaft zu beweisen.

»Braucht Ihr denn Geld?«, fragte sie.

»Gewiss. Und Bücher. Ich bin wie ein Kesselflicker in den Kerkern Eures Gemahls ein und aus gegangen. Meine Ländereien liegen brach.«

»Aber Ihr habt einen Sohn.«

»Er ist noch jung. Im Übrigen wird man mich erneut anklagen, es ist nur eine Frage der Zeit.«

»Sollte Edward herausbekommen …«, hob sie an.

Sie kämpfte mit der Entscheidung. Ihre Loyalität musste jetzt Edward gelten, doch die Versuchung, an etwas Aufregendem und Wertvollem teilzuhaben, einen Einfluss geltend zu machen, war beinahe überwältigend.

»Wenn ich Eure Gönnerin sein soll, dann darf es niemand erfahren«, sagte sie.

»Niemand«, stimmte er ihr zu.

»Nicht einmal Anthony.«

»Gut.«

»Elayne auch nicht.«

»Warum nicht?«

»Es ist leichter.«

»Leichter für Euch?«

Elizabeth wandte den Blick ab. »Ja«, gestand sie.

»In Ordnung.«

»Ich schicke das Geld, wenn Ihr es braucht, und die Bücher, die Ihr verlangt«, sagte Elizabeth. Jetzt fühlte sie sich schon eher wie eine Königin. »Aber ich habe noch eine Bedingung.«

»Sprecht.« Er wirkte gelassen.

»Ihr werdet diese Erzählung vom Gral nicht schreiben.«

Sie deutete auf die Seiten, auf denen er den Anfang des *Perceval* festgehalten hatte.

Überrascht zog er die Augenbrauen hoch. »Was sagt Ihr da?«

»Sie ist heidnisch. Sie entehrt Gott und erkennt nicht an, dass der Gral der Kelch des letzten Abendmahls ist, dass er heilig ist und das Blut Christi enthielt. Ihr werdet die Geschichte von der *Suche nach dem Heiligen Gral* niederschreiben, in der die Ritter Christen sind und danach streben, Gottes Werk zu verrichten.«

Er schaute sie aus zusammengekniffenen Augen an, als versuchte er, hinter ihre Absicht zu kommen. Dann nickte er bedächtig.

»Ich muss mich aber auf die ursprünglichen Ritterromane beziehen«, sagte er.

»Natürlich.«

»Sehr gut«, sagte er. »Und auch ich habe eine Bedingung.«

Elizabeth hoffte, dass er ihr ihre Furcht nicht anmerkte. Was würde er von ihr verlangen?

»Eigentlich«, sagte Thomas, »sind es sogar zwei. Erstens, da ich eine Bleibe in London suche, werdet Ihr mir das Geld eigenhändig überbringen, alle drei Monate oder je nach meinem Bedarf. Ich finde schon eine Möglichkeit, wie ich Euch über meinen Aufenthalt in Kenntnis setze. Wenn Ihr jedoch nichts von mir hört, ist es vermutlich so, dass ich Euch nicht gefahrlos eine Botschaft schicken kann. In dem Fall erwarte ich von Euch, dass Ihr mich sucht.«

Elizabeth nickte. »Ich werde Euch heute schon Geld geben. Und die zweite Bedingung?«

»Euer Gemahl hat eine alte Kopie des *Perceval*, die ich mir gern ansehen würde. Soweit ich weiß, ist es die älteste vollständig erhaltene.«

»Das bezweifle ich.« Sie lachte. »Ihm liegen alte Bücher nicht, schon gar keine Ritterromane.«

»Ich versichere Euch, dass er das Buch hat. Es wurde ihm übergeben, um eine Spielschuld zu tilgen.«

»Von wem?« Warum hatte Edward ihr nichts von diesem Schatz erzählt? Er könnte für sie doch von Interesse sein. Und immerhin hatte sie ihm von ihrem Kindheitsspiel erzählt. »Und von wem wisst Ihr das?«

»Das kann ich Euch nicht sagen, aber es war nicht ihr rechtmäßiger Besitz, sie durften es nicht weggeben. Von Rechts wegen gehört das Buch in die Sammlung, die Eure Mutter geerbt hat.«

»Es ist aus dem Louvre?«

Thomas nickte. »Kommt es Euch nicht eigenartig vor, dass die Sammlung Eurer Mutter alle französischen Ritterromane bis auf den *Perceval* enthält?«

Elizabeth hatte nie bedacht, dass die Sammlung aus dem Louvre auch einen *Perceval* enthalten sollte, aber es lag ja auf der Hand. Jacquettas Bibliothek umfasste Kopien aller anderen Ritterromane von Arthurs Hof, *Merlin, Lancelot, Tristan und Isolde, Gawain* … Der Gedanke, dass sie selbst vielleicht an einer jahrhundertealten Tradition des Geschichtenerzählens teilhaben sollte, dass diese schönen Erzählungen, gesammelt von walisischen Barden und französischen Minnesängern, in einem Band zusammengefasst würden, begeisterte Elizabeth. Die rechtmäßige Geschichte vom Gral würde auf ihr Geheiß hin den Triumph davontragen.

»Ich finde heraus, ob Edward den *Perceval* hat«, sagte sie, »auch wenn ich glaube, dass Ihr Euch irrt. Woher wisst Ihr davon?«

»Ich war in Paris, als Eure Mutter dort war, wie Euch bekannt ist.«

»Ja, aber …«

»Mehr kann ich Euch nicht sagen«, unterbrach er sie.

Sie würde herausbekommen, wer Edward das Buch gegeben hatte. Sofern er es überhaupt besaß.

»Ist es so alt wie die anderen Ritterromane aus dem Louvre?«

»Es stammt aus der Zeit, als Eleonore von Aquitanien herrschte.«

»Fast dreihundert Jahre!« Elizabeth riss die Augen auf. »Aber war Königin Eleonore nicht …«

»Sie war eine Gönnerin von Chrétien de Troyes.«

»Dann glaubt Ihr also …?«

»Ja, ich halte es für möglich, dass das Manuskript Chrétiens Original ist.«

Die Unterhaltung wurde nicht fortgesetzt. Elayne kam zurück, um Elizabeth abzuholen, wobei sie Thomas einen argwöhnischen Blick zuwarf.

Elayne blieb auch am zweiten Tag so verschlossen. Elizabeth vermutete, dass ihre Auseinandersetzung sie immer noch beschäftigte. Was würde sie erst denken, wenn sie wüsste, was Elizabeth getan hatte?

Beim Mittagessen war Elayne höflich, aber distanziert gewesen. Als sie, in Pelze gemummt, Arm in Arm über das Anwesen spazierten, hatte sie Elizabeth mitgeteilt, ihr Vater habe ihr die versprochene Jahresrente von fünfhundert Pfund hinterlassen, die nach seiner ausdrücklichen Weisung Ezrah Reuben zu verwalten habe, nicht Tor. Sie erkundigte sich nach Jacquetta, die am Vorabend schon früh auf ihr Zimmer gegangen war und sich den ganzen Tag nicht hatte blicken lassen. Elizabeth wusste, dass ihre Mutter die Stunden genoss, in denen sie allein war. Sie las sicherlich oder schrieb Briefe an ihre Freundinnen und ihre Familie in Frankreich. Damit wäre es für sie beide leichter, an diesem Abend in den Turm hinaufzusteigen, um sich mit Thomas zu treffen.

»Bezirze ihn nicht, Beth«, sagte Elayne, als sie fast an der Tür waren.

»Wie meinst du das, meine Liebe?«

»Der Anmut von Elizabeth Woodville können nur wenige Männer widerstehen. Sie ist die Schneerose.«

Elizabeth war unbehaglich zumute. Es war nicht ihre Schuld, dass ein Barde den abgedroschenen Vers geschrieben hatte, sie sei wie eine Schneerose, »schlank, blond und schön duftend«.

»Die Widerhaken der Schneerose sind so klein, dass man sie mit bloßem Auge kaum erkennt«, fügte Elayne hinzu. »Erst wenn man ihre Dornen berührt, spürt man, wie spitz sie sind. Du hast deine echte Farbe verloren, Beth. Die weiße Rose von York ist bleich und fade im Vergleich zum Rot von Lancaster. Du hast dich gegen dein Haus gewendet.«

Elizabeth fiel keine Entgegnung ein. Es sah Elayne nicht ähnlich, so grausam zu sein. Sie war offensichtlich verletzt, und Elizabeth wusste nicht, ob es wegen Edward war oder ob Elayne etwas gespürt hatte, als sie am Tag zuvor in Thomas' Zimmer gekommen war. Bestimmt war es nicht ihr Streit über den Gral, der sie verärgerte, denn sie waren ja schon seit ihrer Kindheit über den Zweck und die Bedeutung der Erzählung anderer Meinung.

Thomas saß in Viviennes Zimmer am Kamin über ein Buch gebeugt, eine Lage Papier neben sich auf dem Boden.

Er erhob sich, als sie eintraten.

Elizabeth begrüßte ihn, Elayne nicht. Entweder bemerkte er es nicht, oder er ging darüber hinweg. Nur wenige Männer waren den wechselnden Gezeitenströmen von Frauen gewachsen.

Sie aßen zusammen am Kamin, tranken den Wein aus der Gascogne, den Elizabeth als Geschenk mitgebracht hatte, und nahmen weißes Brot und Käse zu sich.

Elizabeth legte ihren Umhang ab, so dass ihr Haar ihr über den Rücken fiel. Thomas betrachtete sie, genau wie sie es sich gedacht hatte. Sie warf ihr Haar nach hinten und nippte an ihrem Wein. Was war schon schlimm daran, wenn sie seine Aufmerksamkeit genoss? Sie würde Elayne zeigen, welche Unsicherheit es bedeutete, einen solchen Mann zu lieben.

Elayne tat, als merke sie nichts. Sie hob die Lage Papier vom Boden auf und hatte wohl ein paar Zeilen gelesen, bevor Thomas ihr das Papier aus der Hand riss.

»Wann habt Ihr das geschrieben?«, wollte sie wissen.

»Heute«, erwiderte er.

»Aber gestern habt Ihr den *Perceval* geschrieben.«

»Richtig«, stimmte er ihr zu.

»Und das hier ist aus der *Suche*.«

»Ja«, sagte Thomas kühl.

»Warum schreibt Ihr zwei verschiedene Versionen ein und desselben Ritterromans?«

»Ich muss Möglichkeiten austarieren«, bemerkte er.

»Es ist wegen ihr«, stellte Elayne fest und warf Elizabeth einen giftigen Blick zu.

Elizabeth spürte, wie sich ihr Magen verkrampfte. »Sei nicht töricht, Liebes …«

Elayne zuckte mit den Schultern. »Es spielt keine Rolle«, versetzte sie kalt. »Ich habe begriffen.«

»Was hast du begriffen?«, fragte Elizabeth mit erzwungener Leichtigkeit, obwohl ihr beim Klang von Elaynes Stimme ganz kalt geworden war.

Elayne trank einen Schluck Wein.

»Hier drinnen ist es zu warm«, sagte sie, streckte die Beine von sich und hob den Saum so weit an, dass sie ihre Strumpfhalter lösen konnte, wobei sie ihre Waden und einen Teil ihres Schenkels entblößte.

Nun gehörte Thomas' Aufmerksamkeit ihr.

Langsam zog sie ihre Strumpfhalter aus und ließ den Rock dabei so hoch rutschen, dass Thomas von seinem Platz aus alles sehen musste, was verborgen bleiben sollte.

Elizabeth erkannte zu spät, was sie getan hatte.

Kapitel 12

Aber Sir Lancelot ritt in einen wilden Wald in die Kreuz und Quere und blieb auf keinem Pfad, sondern ritt, wie der wilde Zufall ihn führte. Und schließlich kam er zu einem steinernen Kreuz, von dem zwei Wege ins weite Land ausgingen.
Da blickte Sir Lancelot um sich und sah eine alte Kapelle; und Sir Lancelot band sein Pferd an einen Baum und tat da seinen Schild ab und hängte ihn an einen Baum. Dann ging er zu der Kapellentür und fand sie zerbrochen und in Trümmern.
Der Einsiedler sah ihn an und staunte, wie er so zerknirscht war. »Herr«, sagte der Einsiedler, »Ihr solltet Gott mehr danken als irgendein Ritter, der lebt, denn er hat gewollt, dass Ihr mehr weltlichen Ruhm erlangt habt als irgendein Ritter, der jetzt lebt.«
Dann erzählte Sir Lancelot ihm, wie er eine Königin maßlos und über die Maßen geliebt hatte. »Und all meine großen Waffentaten, die ich getan habe, tat ich meist um der Königin willen, und um ihretwillen wollte ich kämpfen, ob es recht oder unrecht war. Und nie kämpfte ich allein um Gottes Willen, sondern um Ruhm zu gewinnen und es dahin zu bringen, dass ich mehr geliebt wurde.«

Le Morte d'Arthur

November 1464

Ob der Morgen schon angebrochen war oder noch tiefe Nacht herrschte, war schwer zu sagen. In letzter Zeit wurde Elayne nur noch selten wach, wenn Thomas ihr Bett verließ. Es hatte eine Zeit gegeben, in der sie selbst im Schlaf seine Abwesenheit spürte, als wären ihre Länder vereint. Jetzt war da nur Ödland.

Elayne setzte sich auf und zündete eine Wachskerze an. Thomas war angezogen und hob einzelne Pergamentseiten vom Boden auf.

»Was ist los?«, fragte sie verschlafen und zog die Bettdecken hoch, um sich vor der schneidenden Kälte zu schützen.

»Sie kommen. Wenn ich hierbleibe, seid Ihr in Gefahr.« Er bückte sich, und als er sich wieder aufrichtete, hatte er sein Schwert in der Hand. Elayne hatte nicht gewusst, dass er es unter ihrem Bett verwahrt hatte. Er musste Pferde gehört haben. Sie hörte nichts.

Sie warf die schweren Decken und Felle beiseite und zog ihr wollenes Unterkleid an, dann ein Kleid aus festem Webstoff. Mit vor Kälte steifen Fingern versuchte sie, Litzen und Bänder zu schnüren.

»Was macht Ihr?« Thomas schnallte seinen breiten Gürtel zu und befestigte seine Schwertscheide.

»Ich komme mit.«

»Nein.«

»Ich zeige Euch, wo es eine Einsiedelei im Wald gibt«, sagte sie.

Thomas hielt inne und schaute sie an. »In welcher Richtung?«

»Am Haus von Ezrah Reuben vorbei.«

»Wird er uns willkommen heißen, dieser Einsiedler?«

»Es ist eine Einsiedlerin.«

Sie sah Thomas an, dass er unentschlossen war. Er trat ans Fenster. »Ich kann noch nicht sagen, aus welcher Richtung sie kommen.«

»Dann sind sie vielleicht noch über eine Wegstunde entfernt«, sagte sie voller Hoffnung.

»Nein, so weit nicht …«

Er stand an der Tür und zögerte einen Augenblick, dann drehte er sich um und schaute sie an.

»Ihr könnt mich bis zur Einsiedelei begleiten«, sagte er, »aber wenn sie in den Wald eindringen, werde ich mich lieber stellen, als mich verfolgen zu lassen. Ich habe keine Kraft mehr zu fliehen, es verlangt mir zu viel ab.« Einen Moment lang betrachtete er sie mit der früheren Zärtlichkeit. Nicht einmal sich selbst würde sie eingestehen, wie sehr sie sich noch immer danach sehnte. Doch Thomas hatte sich nie für ihre Sehnsüchte interessiert.

»Was auch passiert, Ihr dürft Euch nicht blicken lassen. Habt Ihr das verstanden?«, sagte Thomas scharf.

Elayne nickte. »Ich habe nicht den Wunsch, wegen Verrats angeklagt zu werden – das seid Ihr nicht wert.«

Wenigstens konnte sie ihn immer noch zum Lächeln bringen.

»Ich sage Tobias, er soll Brot bereitstellen«, fuhr sie fort, »und etwas Fleisch. Und er muss den Hengst selbst satteln. Wir können sonst niemandem trauen.«

Er zog die Augenbrauen hoch. »Ihr wollt einen Hengst reiten?«

»Ja.« Auch Elayne zog die Augenbrauen hoch. Sie hatte den Versuch aufgegeben, nur eine hochzuziehen.

»Ich nehme nur das Manuskript mit und so viele Bücher, wie in meine Satteltasche passen. Den Rest könnt Ihr beseitigen. Sorgt dafür. Wenn sie herkommen, darf keine Spur mehr von mir vorhanden sein.«

Er ging, und sie hörte seine Stiefel auf den Stufen klappern, als er in sein Zimmer hinuntereilte.

Sie trafen sich in den Stallungen. Tobias hielt zwei Kriegspferde des Barons am Zügel, einen Braunen und einen Schwarzen. Der Braune war der Schnellere von beiden. Elayne wies Tobias an, Thomas' Satteltaschen festzuschnallen.

Tobias ergriff die Hand, die Thomas ihm reichte, und drückte sie fest, wandte sich dann an Elayne und warf ihr einen Blick zu, den sie so gut verstand, als hätte er laut gesprochen:

Seid vorsichtig.

Elayne nickte ihm zu und gab ihm einen Kuss auf die Wange. Der alte Mann wirkte entsetzt, dann verlegen, aber schließlich lächelte er, und Tränen glitzerten in seinen Augen.

»Bin ich am Vormittag noch nicht zurück, sag Louisa, ich hätte Fieber, und niemand soll in mein Zimmer kommen«, sagte sie. Tobias würde es für Louisa in einer krakeligen Kinderschrift auf ein Stück abgerissenes Leinen schreiben, das er in der Tasche seiner Tunika hatte.

»Spätestens morgen bei Anbruch der Nacht bin ich wieder da«, versprach sie ihm.

Auf dem Boden lag Schnee. Er reflektierte das Mondlicht, als wäre die Erde von golddurchwirkten Seidenstreifen überzogen.

Elayne ritt voran in den Wald und erinnerte sich an den Abend, als sie sich heimlich aufgemacht hatte, um Elizabeth zu treffen. Sie wünschte, sie könnte aufhören, an Elizabeth zu denken. Sie hatte wichtigere Sorgen als eine Frau, die einmal ihre Freundin gewesen war. Wie hatte sie nur so töricht sein können, Thomas' Gelüste vorher nicht zu bemerken? Ihr eigenes Verlangen hatte sie blind gemacht. Männer fielen Elizabeth zu Füßen wie die Holzsoldaten eines Kindes, und jetzt, da sie Königin war, konnte sie straflos tun und lassen, was sie wollte.

Nur Elizabeth konnte Thomas verraten haben. Woher sonst sollte Edward wissen, dass Thomas Malory in der Burg von Guildford Zuflucht gesucht hatte? Die Einzigen, die es ihm erzählt haben könnten, waren Elizabeth, Tobias und Elayne, falls Elizabeth es nicht ihrer Mutter verraten hatte oder Jacquetta von selbst darauf gekommen war. Jacquetta von Luxemburg war eine Frau mit furchteinflößender Auffassungsgabe. Aus ihrer Zeit in Grafton wusste Elayne, dass sie spürte, was ihre Kinder bekümmerte, und diesen Instinkt hatte sie auch auf Elayne ausgeweitet. Jacquetta hatte Elayne angeschaut und ihr wissendes Lächeln aufgesetzt, als sie in Guildford eintrafen, als sähe sie ihr an, dass sie ein Geheimnis hatte.

Vivienne dürfte Jacquetta sehr ähnlich gewesen sein, eine Dame, deren Verstand ihr eigenes Reich war. Vivienne hätte ihrem Gemahl nicht nachgegeben und wäre wahrscheinlich von ihren Söhnen enttäuscht. Sie hätte sie nicht derart verwöhnt oder zur Missachtung von Frauen erzogen.

Der Novemberwald lag schweigend da. Sie sahen nicht einmal ein Reh oder einen Hasen, nur eine Schneeeule, die hoch über der Straße auf einem Ast thronte.

Sie ritten noch tiefer in den Wald hinein, ohne zu sprechen. Die Luft war so kalt, dass Elaynes Gesichtshaut prickelte, der einzige Teil von ihr, der unbedeckt war. Sie war in einen Mantel aus dicker flämischer Wolle mit einer Kapuze aus Feh eingemummt, die Hände steckten in Lederhandschuhen, die Füße in pelzgefütterten Stiefeln, trotzdem war ihr kalt bis auf die Knochen.

Ohne Vorwarnung zügelte Thomas sein Pferd und hob die Hand, damit sie anhielt.

»Was …«, flüsterte Elayne, doch er legte einen Finger an die Lippen, um sie zum Schweigen zu bringen.

»Reiter«, sagte er.

Sie hörte nichts.

»Wir müssen die Straße verlassen. Kennt Ihr den Weg zur Einsiedelei quer durch den Wald?«, fragte er.

Elayne nickte, obwohl sie nicht sicher war. Sie war noch nie dort gewesen, Peter hatte den Ort nur beschrieben. Die Einsiedelei lag in einem Teil des Waldes, in dem sie, Tor und Levaine früher mit den Reuben-Brüdern gespielt hatten. Das war, bevor die Jungen zu dem Entschluss kamen, dass sie als Mädchen keine geeignete Gefährtin mehr sei. Tor hielt sie in mancher Hinsicht noch immer für ungeeignet, sie war nicht die Schwester, die er sich ausgesucht hätte, eine Dame, die er mit einem wohlhabenden Adligen oder einem Kaufmann mit eigenem Anwesen hätte verheiraten können.

Sie trieb ihren Hengst ins Dickicht dunkler Bäume und wünschte, sie hätte daran gedacht, eine Laterne mitzunehmen. Wären der Mond und der Schnee nicht gewesen, hätten sie unmöglich sehen können, wohin sie ritten. Sie folgte ihrem Instinkt und dem des Pferdes, spürte, wie der Wald knackte und seufzte und an ihr entlangstrich, und erahnte die Richtung mehr als einmal, bis sie zu ihrer Erleichterung eine Rauchfahne durch die Bäume aufsteigen sah.

Die Einsiedelei war etwas größer als der Kotten eines Torwächters, und der Wald ringsum war weder gelichtet noch gepflegt worden. Das Haus war umgeben von Eichen und Birken, Efeu und Dornenbüsche hingen vom Dach bis auf den Boden. Es war der perfekte Zufluchtsort.

»Da brennt kein Licht«, flüsterte sie. Elayne hatte keine Ahnung, wie spät es war, aber es musste mindestens zwei Stunden nach Mitternacht sein.

»Klopft an«, sagte er. »Ich binde die Pferde fest.«

Die Tür wurde rasch und furchtlos geöffnet. Elayne glaubte nicht, dass sie so tapfer gewesen wäre, würde sie im Wald leben und in einer Winternacht jemand anklopfen.

Die Einsiedlerin war schlank, hatte olivfarbene Haut und ein schmales Gesicht. Ihre Augen und Augenbrauen waren dunkel. Sie wirkte nicht ängstlich; aus ihrer gefassten Miene schien gar keine Regung zu sprechen.

»Können mein Freund und ich eine Zeit bei Euch verweilen?«, fragte Elayne.

»Wer ist Euer Freund?«, erkundigte sich die Frau. Ihre Stimme war überraschend tief, ihr Gesicht eine Maske. Elayne spürte, dass sie stärker war, als sie aussah.

Thomas trat vor.

»Ich bin Thomas Malory. Ich bin kein Freund von König Edward.«

Die Einsiedlerin trat beiseite und ließ sie ein. Damit war klar, dass ihr gleichgültig war, wer König und wer mit ihm befreundet war.

Die Hütte bestand nur aus einem Raum, doch der Kamin war so groß, dass man einen Bären darin hätte rösten können. Möbel waren kaum vorhanden, ein niedriges Bett, ein Tisch und ein Stuhl. Der Boden war teilweise mit Bärenfell ausgelegt.

Die Einsiedlerin wies den Stuhl Elayne zu, die sich jedoch neben den Kamin kniete, um Hände und Gesicht zu wärmen. Thomas stand an einem schmalen Fenster, die Hand leicht auf seiner Schwertscheide. Er war gerade wie eine Lanze, jeder Muskel in seinem Körper angespannt und in Wartestellung. Schließlich konnte selbst Elayne sie hören, den leisen, dumpfen Hufschlag im Schnee und das schwache Klimpern von Pferdegeschirr und Steigbügeln.

»Zeit, dass ich gehe«, sagte Thomas und zog den Mantel um sich.

Elayne sprang auf. Die Einsiedlerin blieb ruhig auf ihrem Stuhl sitzen. Sie verneigte sich vor Thomas und legte ihre Hände zusammen, als wollte sie beten.

»Ich verabschiede mich draußen«, sagte Elayne. Thomas wollte schon widersprechen, aber sie lief ihm voraus, trat in die Kälte und machte sich daran, sein Pferd loszubinden. Der

Nebel war in Bodennähe dicht, und sie konnte noch immer keine Laternen sehen. Sie hatten einen Augenblick Zeit, mehr nicht.

Thomas drückte ihr rasch und leidenschaftslos die Lippen auf den Mund.

»Lebt wohl, mein Fräulein«, sagte er mit angespanntem Lächeln.

»Wann sehen wir uns wieder?«

Sein Lachen war leise und gequält. »Ich werde den Sonnenaufgang vielleicht nicht erleben, und wenn doch, dürfte ich die Sonne aus dem Kerker untergehen sehen.«

»Ihr könnt Eure niederträchtige Königin um Gnade anflehen.«

»Ihr seid grausam, Lady Elayne.«

»Nein, Ihr seid es, der grausam ist.«

»Ja«, erwiderte er. »Wohl wahr.« Er schwang sich in den Sattel, während Elayne die Zügel hielt.

»Habt Ihr Eure Bücher?«, fragte sie.

Er nickte. »Ich habe, was ich will. Verbrennt alles, was zurückgeblieben ist.«

Sie wollte nicht, dass er fortging, auch jetzt nicht, obwohl er sie niemals lieben würde. Seit dem Abend in Viviennes Zimmer hatte sie es gewusst – er hatte sie nie so angesehen wie Elizabeth. Für Thomas, dachte Elayne, war sie eher eine Schwester. Er hatte der *Suche* den Vorzug gegeben, nicht dem *Perceval*. Wenn das kein Zeichen dafür war, wem seine Liebe gehörte. Und doch wollte sie ihn nicht gehen lassen.

»Ihr habt mir nie gesagt, warum Ihr der Meinung seid, *Perceval* sei eine Liebesgeschichte.«

»Das habe ich nicht behauptet, und jetzt ist kaum die Zeit, darüber zu sprechen. Ich sagte, es sei eine Erzählung über die Liebe.«

»Inwiefern?«

Thomas schaute über seine Schulter. »Perceval kann den

Zweck des Grals erst erfassen, wenn er Mitgefühl empfindet und weiß, was es heißt zu lieben.«

»Ihr habt gesagt, es gebe keinen Gral – das sei nur eine Geschichte.«

»Natürlich gibt es einen Gral«, erwiderte Thomas, »und es ist eine Geschichte. Das ist kein Widerspruch. Ihr sucht in der falschen Richtung, Lady Elayne. Die Quelle der Erzählung ist nicht irgendein im Heiligen Land verborgenes Buch, sie liegt tief im Brunnen der Erkenntnis.« Er zauderte, und sie sah ihm an, dass er einen Entschluss fasste. Er seufzte resigniert. »Wenn Ihr wirklich suchen wollt, Lady Elayne, dann schaut Euch nach einer Abschrift des *Perceval* um, die zu Ende geschrieben wurde.«

»Aber die Erzählung ist unvollständig. Chrétien ist gestorben, bevor er sie fertigstellen konnte!«

»Tatsächlich?« Thomas schwenkte den Hengst herum und drückte ihm seine Stiefel in die weichen Flanken. »Jacquetta von Luxemburg hat mir gesagt, dort, wo ich der Herrin der Quelle begegne, würde ich das Buch finden«, rief er ihr zu, als er hinter den Bäumen verschwand.

Elayne blieb in der Kälte stehen, bis sie eine Reihe Laternen zwischen den Bäumen erblickte, einen Ruf vernahm und das Donnern zahlreicher Hufe.

Kapitel 13

Und dann reiste der edle Ritter Sir Lancelot schweren Mutes so plötzlich ab, dass keine irdische Kreatur von ihm wusste, wohin er gekommen war. Als so Sir Lancelot abgereist war, gab die Königin äußerlich auf keine Art weder ihren Angehörigen noch sonst einem Schmerz zu erkennen. Aber wisset nur, inwendig hatte sie, wie das Buch sagt, schwere Gedanken, aber sie trug es nach außen mit einer stolzen Haltung, als ob sie von keiner Kümmernis etwas wüsste.

Le Morte d'Arthur

Juli 1465

Der ummauerte Garten wirkte vernachlässigt, niemand hatte die Rosen beschnitten, Unkraut schlängelte sich um die Stängel von Akelei und Mohn. Disteln und Melisse hatten sich zwischen zarten Lupinen und Iris ausgebreitet. Doch an den Pfirsich- und Feigenbäumen hingen kleine, harte Früchte, und der Granatapfelbaum stand in vollem Laub. Obwohl ein Granatapfelbaum in London niemals Blüten oder Früchte tragen würde, hatte Elizabeth den Baum gern in ihrem Garten. Edwards Priester zufolge war die Frucht ein Symbol für die Wiederauferstehung, die vielen Samen verbreiteten sich ebenso wie die Autorität der Kirche. Als Jacquetta das hörte, lachte sie. Im Gegenteil, sagte sie, mit seiner Samenmenge und dem leuchtend roten Saft sei der Granatapfel den Göttinnen der Geburt und des Todes verbunden, und da an diesen Ufern keine Göttin willkommen sei, trage der Baum keine Früchte. Elizabeth zog die Interpretation des Priesters vor.

Der Garten lag in einem entlegenen Winkel des Geländes, auf dem der White Tower stand, und war eine der wenigen Orte, an denen Elizabeth sich sicher fühlte. Der Garten wurde nicht von bewaffneten Leibwächtern bewacht, wie das Traitor's Gate an der Themse, trotzdem war er ihre Zuflucht.

Sie hatte sich nur mühsam daran gewöhnt, für die Führung eines Haushalts verantwortlich zu sein, neben dem Groby Manor sich wie ein Kinderspiel ausnahm, oder ihre Unterschrift unter einen Brief zu setzen, in dem sie darum gebeten wurde, auf den König einzuwirken, um einen Hofbeamten oder einen anderen Verbrecher vor der Enthauptung oder dem Ertränken zu retten. Sie war auf die Unmenge von Bittschriften um Gnade oder Wohltätigkeit nicht gefasst gewesen, die nun ihre Zeit und ihre Geduld in Anspruch nahmen. Erst vor zwei Monaten war sie barfuß in einem purpurfarbenen Gewand durch Westminster Abbey geschritten, war gekrönt und inthronisiert worden. Ihr Leben hatte eine Veränderung erfahren, und jetzt konnte sie sich kaum noch an das schlichte Vergnügen erinnern, das ihr ein Besuch der Kapelle in Grafton Regis am frühen Morgen bereitet hatte, oder an ein Frühstück mit ihrer Mutter und ihren Schwestern im Rosengarten.

Auf die Borniertheit und die Anmaßungen bei Hof war sie ebenfalls nicht vorbereitet gewesen. Auch wenn sie sich noch so sehr einredete, das spiele keine Rolle und es könnten sie eben nicht alle lieben, wusste sie, dass sie für Edwards Brüder und für Lord Warwick und sein Gefolge ein Niemand war, der sich in den königlichen Haushalt eingeschlichen hatte. Wenn sie nicht die perfekte Königin würde, wenn sie Edward keinen

Prinzen schenkte, dann würden sie weder ihre Schönheit noch ihre Frömmigkeit retten.

Sie *musste* einen Sohn bekommen. Bis dahin war nicht abzuschätzen, welche Allianzen Warwick schmieden würde, um seine Stellung zu stärken. Er hatte genug Geld, um seinen Töchtern die mächtigsten Ehemänner zu kaufen. Monate waren vergangen, bis ihre eigene Eheschließung offiziell verkündet wurde, denn Edwards edler Vetter Warwick hatte natürlich andere Pläne für die königliche Vermählung. Warwick hatte eine französische Verbindung in die Wege geleitet, die seiner Familie und dem Staat gleichermaßen zugutegekommen wäre, und trotzdem war er so dreist, Elizabeth der Günstlingswirtschaft zu bezichtigen, die seine eigene Politik kennzeichnete. Edward schien seinem Vetter zu vertrauen, Elizabeth aber konnte es nicht.

Die Sonne schien warm. Elizabeth zog ihren Schleier herab, beugte sich über einen Rosenstrauch und schnitt mit ihrem Messer die abgestorbenen Blüten ab. Irgendwo jenseits der Mauern ihres Gartens hörte sie die Klänge einer Laute oder Mandoline, jemand schlug eine Tanzmelodie an und probte womöglich für die Festlichkeiten am Abend.

Anthony verspätete sich. Er hatte gesagt, er wolle sie hier treffen.

In der vergangenen Woche erst waren sie aus Canterbury zurückgekehrt, wo der Hof sich aufgehalten hatte, nachdem sie aus Baynard's Castle abgereist waren. Für die ausgedehnten Feierlichkeiten zur Sonnenwende waren sie bei Thomas Bourchier zu Gast gewesen, dem Erzbischof von Canterbury. Edward und Thomas gingen gemeinsam auf die Jagd und besprachen, wie Kirche und Staat sich am besten helfen könnten, während seine Höflinge sich im Palast und auf dem Anwesen des Erzbischofs amüsierten. Zahllose Vergnügungen fanden statt, Falkenjagd, ein Turnier, es gab mehr zu essen und zu trinken, als sie verzehren konnten, sowie Festzüge für die Kinder.

Elizabeth bemühte sich nach Kräften, sich an der Hofparade von London nach Canterbury und zurück zu erfreuen. Wenigstens hatte sie ihre Schwester Anne und Anthonys Gemahlin Liza de Scales als Gefährtinnen. Liza war klug, und sie unterhielten sich über Geschichte ebenso wie über die Frage, ob zum Beispiel die Liebe zwischen Tristan und Isolde eine Sünde war, weil ehebrecherisch, oder doch tugendhaft, da sie echt war. Die anderen Damen in ihrer Begleitung und die beiden Kämmerer, auf denen Edward bestand, interessierten sie weniger; sie waren nur da, um ihr einen königlichen Anstrich zu verleihen, und verbrachten die Tage damit, ihre Diener zu spielen und den neuesten Klatsch auszutauschen.

Die Nachricht, dass Henry Lancaster gefangen genommen worden sei, hatte sie auf ihrer Rückreise aus Canterbury erreicht. Seine Alliierten in Schottland, Yorkshire und Northumberland hatten Henry monatelang versteckt gehalten. Seine Gemahlin Margaret von Anjou, die allem Anschein nach die eigentliche Anführerin der Lancastrianer war, hatte sich aus dem Staub gemacht und dürfte zweifelsohne auf dem Weg nach Frankreich sein. Henry war nun Edwards Gefangener, und Elizabeth kam sich wie eine Verräterin vor. Noch vor nicht allzu langer Zeit hatte sie Henry für den rechtmäßigen König gehalten.

Thomas Malory hatte ihr prophezeit, sie würde dieses Spiel gut spielen, und tatsächlich schien sie hinzuzulernen. Zugleich aber spürte sie, wie ihr Herz weniger nachgiebig wurde. Sie war anderen Menschen gegenüber verschlossener, weil sie nicht wusste, wem sie vertrauen konnte. Anscheinend wollten alle von ihr gekannt werden, sie aber nicht kennen. Nur auf Anthony konnte sie sich verlassen; er würde sie nicht hintergehen.

Die Ländereien, Einkünfte und der Haushalt einer Königin gehörten ihr, das sagte sich Elizabeth als Rechtfertigung dafür, dass sie den Feind ihres Gemahls unterstützte. Sie hatte die erste Bezahlung wie vereinbart vorgenommen, noch bevor sie Guildford verließ, und dann auf eine Nachricht von Thomas gewartet. Als sie bis Ostern nichts von ihm gehört hatte, fragte sie Anthony eher beiläufig, als wäre es eine Sache der Höflichkeit, was aus Thomas Malory geworden sei. Anthony wusste zu berichten, er sei nach Frankreich geflohen. Elizabeth verspürte Enttäuschung und Erleichterung zugleich. Ihre Vereinbarung geheim zu halten wäre leichter, wenn Thomas nicht in England war, schwieriger wäre es jedoch, seine Arbeit zu überwachen, sicherzustellen, dass er sich an sein Versprechen hielt, die *Suche* zu übersetzen, nicht den *Perceval*. Wenn er an den Hof von Margaret von Anjou gegangen war und der Verräter war, für den Edward ihn hielt, dann sollte Elizabeth nichts mit ihm zu tun haben.

Was Thomas' Behauptung betraf, Edward sei im Besitz des *Perceval*, konnte sich Elizabeth inzwischen zufriedengeben: Er hatte ihn nicht. Als sie ihn fragte, ob er Ritterromane besitze, schaute er sie gekränkt an und versicherte ihr, er habe bestimmt keine. Als sie sich bei einer anderen Gelegenheit erkundigte, ob es immer nur um Geld gehe, wenn Männer würfelten, sagte er, bestimmte Spieler versuchten, ihre Schulden mit dem Schmuck ihrer Gemahlin und anderen Wertsachen zu begleichen, für die er keine Verwendung habe. Daher nehme er immer nur Bares an.

Sie wusste, dass sie unvorsichtig gewesen war, als sie Anthony bat, es ihr mitzuteilen, sobald er etwas von Thomas hörte, doch wenn jemand etwas wusste, dann er. Er war Edwards beliebtester Ritter und Vertrauter, seine Aufgabe war es, den Aufenthaltsort aller Feinde des Königs in Erfahrung zu bringen. Sie hoffte, dass er sie deshalb um ein Treffen in dem ummauerten Garten ersucht hatte, in dem sie niemand belauschen konnte.

Elizabeth riss ein Unkraut aus. Sie sollte glücklich sein, dass der White Tower ihr Zuhause war und sie ihren Gemahl hin und wieder im Bett hatte. Ihre Rückkehr in den Tower mit seiner Armee von Leibwächtern, den hohen Mauern und den heraldischen Bannern war ein prächtiger Anlass gewesen, und für den heutigen Tag hatte Edward auf einer Feier bestanden. Es war der Feiertag Maria Magdalena und der Jahrestag ihrer ersten Begegnung im Wald von Rockingham. Elizabeth kam es vor, als hätten sie bereits monatelang gefeiert; um wie vieles lieber würde sie einen Tag in Ruhe mit ihrem Gemahl verbringen.

Stattdessen hatte sie eine Speisenfolge beaufsichtigt, wie sie ihr nie zuvor untergekommen war: Fleisch in Würzweinsoße und Gelee, Huhn und Schwan mit Paniermehl, Schweinebraten mit Äpfeln und Reh, gewürzt mit Nelken und Muskat. Und als ob das nicht reichte, gab es noch gebratenen Hecht und Lachs in Mandelmilch sowie Wildpastete, die das Fleisch von Elizabeth bisher unbekannten Vögeln enthielt. Nach den Wochen an der Tafel des Erzbischofs hätte sie sich heute gern mit Brot, Käse und einer Schale frischem Wasser zufriedengegeben.

Sie erhob sich und betrachtete das Beet, das sie gejätet hatte. Die Akelei stand wieder frei, ihr samtenes Purpurrot zeichnete sich wie ein königlicher Umhang vor der Distel ab. Ihr fiel ein, was Elayne über die Widerhaken der Schneerose gesagt hatte. Vielleicht strebte sie zu sehr nach Vervollkommnung, vielleicht sollte sie sich ihre Dornen und Eitelkeiten verzeihen. Im nächsten Sommer würde sie Lilien pflanzen. Die würden sie daran erinnern, dass ihre Freundin sie einst vorbehaltlos geliebt hatte.

Sie hörte den Riegel am Gartentor, drehte sich um und erblickte Anthony, prächtig anzusehen in besticktem gelbem Wams und Samthut. Seine Kleidung war feiner geworden und seine Körperpflege sorgfältiger, seitdem er bei Hofe war. Er trug einen Mantel über dem Arm.

»Zieh den an, Beth.«

»Aber es ist doch so warm …«

»Wir gehen durch das Tor zum Fluss«, sagte er, »niemand darf dich erkennen. Ein Bootsmann wartet auf uns, um uns zum Anleger Blackfriars zu bringen.«

»Aber warum …«

»Thomas Malory sitzt in Newgate ein. Ich habe ihm geschrieben. Er sagte mir, du habest versprochen, ihn zu besuchen, ohne mir den Grund dafür zu nennen.« Anthonys Tonfall war mehr als nur missbilligend, er war kalt.

Sie konnte es nicht leugnen. Sie fragte sich, ob er wirklich nichts von ihrer Vereinbarung mit Thomas wusste. Aber sie wagte nicht, die Frage auszusprechen, wenngleich Anthony mit Sicherheit etwas Unmoralisches hinter einem solchen Versprechen witterte.

»Aber ich kann nicht einfach gehen, ohne jemandem Bescheid zu sagen. Die Freiheit habe ich nicht mehr.«

»Ich habe Liza gesagt, du seist krank, ich hätte dich zu Bett gebracht und du dürftest nicht gestört werden.«

Sie setzten ihren Weg schweigend fort, Elizabeths Gesicht durch die weite Kapuze des Mantels vor dem Bootsmann verborgen. Anthonys stillschweigende Missbilligung machte ihr schwer zu schaffen. Lieber sollte er ihr doch geradeheraus sagen, sie hätte einem Spion des Hauses Lancaster nichts versprechen dürfen.

Am Anleger Blackfriars wartete eine Kutsche.

Als sie die Newgate Street erreichten, war Elizabeth von Angst erfüllt. Sie war noch nie in einem Kerker gewesen.

Anthony half ihr aus der Kutsche. Seine Miene war etwas weicher geworden.

»Er ist nicht in den gemeinen Zellen. Ich bringe dich bis zum Gefängniswärter am Torturm. Von dort aus wird dich ein Wächter begleiten.«

»Kommst du nicht mit mir zu Thomas?« Elizabeth versuchte, die Panik in ihrer Stimme zu unterdrücken.

»Ich bin ein Ritter des Hosenbandordens, Beth. Ich muss Edward wahrheitsgemäß sagen können, dass ich keine lancastrianischen Freunde mehr habe. Würde er herausbekommen, dass ich Thomas Malory überhaupt geschrieben habe, und noch schlimmer, dass ich dich hierhergebracht habe, dann würden wir beide des Verrats angeklagt.«

»Warum hast du mich dann hierhergebracht?«

»Wenn du Malory etwas versprochen hast, dann musst du es halten, sonst wärst du falsch und vor Gott keine Königin.«

Der Torturm sah aus wie ein rechteckiger, aus der Erde gehauener Hinkelstein. Graubraun mit einem Bogen über der Straße, die in die Gefängnisanlage führte. Die mit Eisenspitzen versehenen vergitterten Tore standen offen, wurden aber von sechs hünenhaften Männern bewacht. Sie waren mit Spießen bewaffnet und trugen unheimliche Helme und Kettenpanzer, ganz als wären sie drauf und dran, in die Schlacht zu ziehen.

Anthony sprach einen von ihnen an, und man ließ sie durch.

Nachdem sie zwei weitere bewaffnete Posten und drei verschlossene Tore passiert hatten, befanden sie sich so tief innerhalb der dunklen Mauern, dass Elizabeth nicht mehr hinausgefunden hätte.

Sie verließ Anthony am letzten Tor und stieg schließlich eine schmale, stinkende Treppe hinauf, vor sich einen Gefängniswärter, dessen Kopf direkt auf seinen Schultern zu sitzen schien.

Sie erblickte Thomas durch das kleine vergitterte Fenster in der Tür. Er saß an einem Tisch und schrieb. Anscheinend war er völlig darin vertieft. Beim Geräusch der Schlüssel fuhr er zusammen.

Elizabeth trat in den Raum, der größer und weniger spartanisch war, als sie erwartet hatte, möbliert mit zwei Tischen, einer Truhe und einem schmalen Bett.

»Guten Morgen, Thomas«, sagte sie und zog die Kapuze ihres Mantels zurück.

Stumm starrte er sie an.

»Freut Ihr Euch nicht, mich zu sehen?«, fragte sie und lächelte mühsam.

»Freuen! Mylady, Ihr wisst gar nicht, dass allein der Gedanke an Euch Licht in meine dunkelsten Tage bringt. Euer Anblick ist mehr als Freude, er ist …« Er machte sich zum Narren. Ihr war äußerst unbehaglich zumute.

»Seid Ihr gesund?«

»Mir geht es so gut wie nie.«

Sie sah ihm an, dass er log. Er wollte nicht den Anschein erwecken, er bedürfe der Fürsorge.

»Ganz offensichtlich hält Edward mich noch immer für gefährlich«, fügte er nüchtern hinzu, »obwohl er besser daran täte, Lord Warwick zu misstrauen, meint Ihr nicht?«

»Dass Ihr hier seid, sollte Eure Frage beantworten. Aber Ihr könnt darauf vertrauen, dass ich Eure Freundin bin. Im Übrigen würde Elayne mir nie verzeihen, wenn sie wüsste, dass ich Euch vernachlässigt habe.«

»Ich kann Euch versichern, dass es Elayne nichts ausmachen würde«, sagte er.

Sie hatte gehofft, er hätte vielleicht Neuigkeiten von Elayne, aber anscheinend hatte sie sich auch mit Thomas entzweit.

»Sie war immer schon … stachelig«, sagte Elizabeth behutsam.

»*Stachelig*? Das ist wahrlich eine eigenartige Wortwahl, Eure Hoheit. Ich würde sagen, sie ist mit Dolchen gespickt, nicht mit Stacheln.«

Elizabeths Blick wanderte zum Tisch, auf dem sich mehrere Lagen Papier stapelten. »Ist das … seid Ihr …?«

»Gewiss.« Er deutete auf die Papiere. »Womit soll ich meine Tage sonst verbringen? Während ich noch auf Euch wartete, habe ich dem Abt im Kloster Greyfriars geschrieben, und er hat mir die Nutzung der dortigen Bibliothek zugesagt.«

»Ich wusste nicht, wo Ihr seid …«

Thomas zuckte mit den Schultern.

»Und ich wusste nicht, dass ich heute hierherkommen würde, daher habe ich kein Geld mitgebracht …«

Thomas schaute sie an. »Wenn ich schon Gast Eures Gemahls bin, würde ich es vorziehen, nicht in einer Zelle untergebracht zu sein.«

»Ich werde Vorkehrungen treffen. Jetzt, da ich Euren Aufenthaltsort kenne, kann ich Geld schicken.«

»Seid auf der Hut, wem Ihr vertraut, Eure Hoheit.«

Sie wusste überhaupt nicht, wem sie trauen konnte.

»Wie seid Ihr hierhergekommen?«, fragte sie.

»Ich hatte gehofft, das könntet Ihr mir sagen«, erwiderte er. Er sah sie nicht anklagend an oder wütend, wie sie es verdient hätte, sondern mit einem Blick, den ein Welpe einem liebenden Herrchen zugeworfen hätte.

Edward hatte sie ausgiebig über Guildford ausgefragt, wen sie getroffen und wie sie ihre Zeit verbracht und ob sie jemandem von ihrer Vermählung erzählt habe. Natürlich sagte sie die Unwahrheit, und dann beichtete sie alles dem Priester. Ein Priester stand unter dem Eid Gottes – bestimmt würde er nicht wagen, die Geheimnisse des Beichtstuhls zu verraten, nicht einmal dem König.

»Ich habe Euch nicht verraten«, erwiderte sie.

Er schien ihr zu glauben, denn er wirkte erleichtert. »Sollte ich verraten werden«, sagte er, »dann lieber von jemand anderem, Eure Hoheit.«

»Ich muss gehen.«

Sie rannte förmlich die Stufen hinunter zum Tor, an dem Anthony wartete. Thomas Malorys Aufmerksamkeiten weckten Schuldgefühle in ihr. Sie hatte ihn ermutigt.

Kapitel 14

»Aber ist sie das«, sagte Sir Bors, »die so geschäftig um Euch ist, die von den Leuten die schöne Maid von Astolat genannt wird?«
»Sie ist es«, sagte Sir Lancelot, »und ich kann sie auf keine Weise von mir entfernen.«
»Warum solltet Ihr sie von Euch entfernen?«, sagte Sir Bors. »Sie ist ein sehr schönes und wohlgetanes und gebildetes Fräulein; und wollte Gott, lieber Vetter«, sagte Sir Bors, »Ihr könntet sie lieben, aber was das angeht, kann und darf ich Euch keinen Rat geben. Aber ich sehe wohl«, sagte Sir Bors, »an der Art, wie sie sich um Euch bemüht, dass sie Euch gänzlich liebt.«

Le Morte d'Arthur

August 1465

Im Winter musste es im Ankleidezimmer eiskalt gewesen sein, weshalb Elayne sich zugestanden hatte, nicht hineinzugehen. Doch bald ging schon der Sommer zur Neige, und sie hatte den Raum noch immer nicht betreten. Sie hatte sich angewöhnt, einfach nicht daran zu denken.

An diesem Tag fiel ein Sonnenstrahl quer über den Boden, als wollte er einen Pfad auslegen.

Elayne kehrte dem Raum den Rücken zu und beugte sich über ihre Arbeit. Die Kettfäden waren indigoblau, durchzogen mit wässrigem Grün. Sie fertigte einen Umhang für Louisa an, ein Friedensangebot, weil Louisa ihr Wort gehalten hatte.

Elayne hatte Louisa gebeten, ihrem Bruder nichts vom Turm zu sagen, und ihr schon vor Monaten versprochen, sie werde es ihm selbst beichten. Louisa war nicht herzlos. Schließlich, bemerkte Elayne, könnte Tor ungehalten sein, wenn er erführe, dass seine frischgebackene Gemahlin mit einem der Freibauern aus Guildford ins Bett gegangen war, als er sich noch von seinen Schlachtwunden erholte.

Elayne führte das Schiffchen über das Garn, hin und her, die Fäden wie Ströme, die sich in ein weites Meer ergossen. Sie staunte noch immer, dass sich aus einzelnen Fäden ein so festes und doch nachgiebiges Tuch ergab. Das war in ihren Augen wie die Vermählung von Herzen; Kettfaden und Schussfaden erschufen etwas Schönes.

Wenn sie das Gefühl hatte, es nicht ertragen zu können, die Souveränität zu verlieren, die sie flüchtig kennengelernt hatte, wenn Louisa und Tor sich als ihre Aufseher aufspielten oder sie die Einsamkeit nicht ertrug, dann kam sie hierher.

Thomas' Worte an jenem Abend im Wald fielen ihr wieder ein. Er hatte gesagt, sie solle nach der Herrin der Quelle suchen. Die Herrin der Quelle aber war Souveränität. Sie waren letztendlich dieselbe Göttin, wobei Souveränität irisch und die Herrin der Quelle walisisch war. In der Erzählung hieß es, wenn dereinst wieder guter Wille in die Herzen der Menschen einzöge, würden König und Göttin, der Herrscher und die Herrscherin, gemeinsam regieren. Nur dann würde der verwundete Fischerkönig geheilt, das Wesen des Grals offenbar und das Ödland wieder fruchtbar. Wollte Thomas ihr damit sagen, sie solle nach ihrer eigenen Souveränität suchen oder nach der Göttin? Oder war das dasselbe?

Wenn sie nicht daran dachte und auf der Treppe unversehens nach Thomas lauschte, wenn sie im Bett die Hand nach ihm ausstreckte, auch dann ging sie an den Webstuhl. In der Nacht, bei Kerzenschein, konnte sie noch immer schwören, dass ihre Mutter neben ihr saß; weiße Finger zupften an Spinnfäden, um das Gewebe fest zu machen, oder glätteten die Fäden, damit das Tuch ohne Fehl blieb.

So, mein Liebes – zieh nicht so fest, das Gewebe wird ungleichmäßig, ermahnte Vivienne sie. Ihre Stimme war ein wenig verhuscht, als wäre sie gerade erst wach geworden. *Geh sanft mit dem Schiffchen um, und wenn es sich verfängt, lass die Gedanken los. Träume.*

Elayne schaute wieder auf. Der Sonnenpfad hatte die Tür zum Ankleidezimmer erreicht.

Sie legte das Schiffchen beiseite.

Der kleine Raum war kalt, und die Luft war noch genauso, wie Elayne sie beim ersten Mal gespürt hatte, als atmete sie – ein und aus, wie ein leiser Wind. Es roch schwach nach Iris.

Eine der beiden Kampfertruhen war so groß wie die Wäschetruhe, in der sie in der ersten Nacht gelegen hatte, die andere vielleicht halb so groß. Elayne machte den Deckel der größeren Truhe auf. Darin war, wie Elayne bereits geahnt hatte, die Kleidung ihrer Mutter. Sie nahm Frauenkleider aus perlenbesetzter Seide heraus, bestickte Umhänge, einen pelzgefütterten Mantel, mit Juwelen geschmückte persische Pantoffeln und zart wie Spinnweben gewebte Gürtel. Alles war mit der Zeit steif geworden und roch nach Kampfer und Staub. In den muffigen Kleiderfalten war keine Spur von Vivienne.

Elayne hätte am liebsten geweint.

Sie setzte sich auf den Boden, inmitten der feinen Seidenstoffe, die ihre Mutter getragen hatte, und ließ die Kälte des Steins in sich eindringen. Sie vernahm kein Rascheln von Kleidern, keine verhuschte Stimme. Der Duft nach Iris war verschwunden, vielleicht war er auch nie da gewesen. Als sie es nicht mehr ertrug, die Stoffe weiter anzusehen, legte sie Teil um Teil zurück in die Truhe.

Sie klappte den Deckel zu.

Elayne schaute sich in dem Raum um und sah den Spiegel. Im ersten Moment erblickte sie darin einen dunklen Fluss und eine bleiche Festung. Sie war immer nur einen Herzschlag von Trugbildern entfernt, stets fehlte ein einziger Atemzug, dass die Bilder sie zerstörten.

Ihre Tränen kamen ohne Vorwarnung. Sie weinte vor Ärger und Enttäuschung. Die Luft ringsum bewegte sich und seufzte. Sie strich ihr über die Arme und streichelte ihr Gesicht mit einer kühlen, silbernen Bewegung. Die Flammen der Kerzen neigten sich zu einer Seite, als zöge es in dem Raum.

Sei nicht traurig. Vivienne klang weicher, jünger, nicht wie die verhuschte ältere Frau, die neben Elayne am Webstuhl saß.

»Warum hast du mir nichts hinterlassen, was mich an dich erinnert?«, fuhr Elayne sie an.

Vergiss mich. Erinnerungen helfen dir nicht zu leben.

»Wie kannst du mir sagen, was mir hilft zu leben, wenn es dir selbst misslungen ist?«

Vivienne lachte, und die Kerzenflammen bewegten sich.

Mach die andere auf.

Elayne saß auf dem Deckel der zweiten Truhe.

Es stimmt, was man sagt – dass du mir gleichst.

»Ich bin nicht wie du.« Elayne stand auf und öffnete die Truhe.

Darin befand sich eine silberne Schmuckschatulle und etwas, das in ein weiches Tuch geschlagen und mit einem Hanfseil umwickelt war. Sie hob es heraus. Es war schwer.

Sie nahm es mit in den anderen Raum und setzte sich auf ein dickes Kissen am Fenster. Die Farben hier im Zimmer schienen lebhafter. Etwas Unbekanntes klammerte sich an die Lichtfasern und ließ sie erzittern.

Elayne löste das Seil und wickelte den Gegenstand in ihren Händen aus. Es war ein goldener Kelch. Elegant und schlicht, ohne Verzierung und ohne Griff, der Stiel schlank und anmutig. Sie stellte ihn auf das breite Sims am Fenster, damit Sonne und Gold zusammen leuchten konnten.

Kapitel 15

Die Treppe, über die Elizabeth gern in ihre Gemächer ging, lag abseits und wurde sonst eher von der Dienerschaft benutzt. Auf jedem der drei Treppenabsätze gab es ein Fenster und einen Sitzplatz. Der Blick ging über die Themse, und an einem schönen Tag wie diesem war der Fluss übersät mit portugiesischen Karavellen, wehenden bunten Fahnen und den Schiffen ausländischer Kaufleute.

Wenn sie diese von Frieden und Wohlstand geprägte Szenerie sah, konnte sie gar nicht glauben, dass sie hier in der größten Burg des Reiches sein sollte, in Seide gekleidet, Gold am Hals und an den Fingern, ihr Gemahl ein König. Das war alles, was sie sich je erträumt hatte, und noch mehr. Wie konnte sie einsam sein, wenn sie doch ihre Schwestern Anne und die mittlerweile mit Henry Stafford vermählte Katherine bei Hofe hatte? Und auch Anthony – wenngleich zwischen ihnen noch nicht wieder alles im Reinen war.

In diesem unsicheren Frieden hegte sie gern die Erinnerung an den Zusammenhalt und das Glück ihrer gemeinsamen Kindheit in Grafton. Sie und Edward würden den White Tower in Camelot verwandeln, wo die Ritter wie Blutsverwandte zusammenhielten. Sie würde beweisen, dass sie von edler Gesinnung war und es verdient hatte, Königin von York und Gönnerin eines großartigen Werkes zu sein.

Doch die Stimme ihrer Zweifel und Ängste flüsterte ihr ein, wenn sie es wert wäre, dann würde keine andere Frau das Bett ihres Gemahls teilen. Wenn sie von edler Gesinnung wäre, hätte sie sich nicht so verhalten wie im vergangenen Herbst in Guildford und Elayne hätte sich nicht gegen sie gewendet. Sie und Elayne hatten einst gemeinsam den *Merlin* gelesen. König Vortigern wollte einen Turm errichten, doch der Bau stürzte bei jedem Versuch ein. Schließlich rief er den jungen Zauberer Merlin zu sich, der ihm sagte, unter dem Fundament befinde sich ein Teich, in dem zwei Drachen lebten, ein roter und ein weißer. Sobald sie befreit waren, kämpften die Drachen gegeneinander. Elayne behauptete, der weiße Drache sei York, der rote Lancaster. In der Erzählung tötete der weiße Drache den roten.

Elizabeth ging die Treppe zu ihren Gemächern hinauf und spürte das Gewicht der Briefe, die sie schreiben würde. Sie musste alle Gedanken an Unwürdigkeit fallen lassen, musste um den Mut beten, eine gute Königin zu sein, und um die Kunst, ihren Gemahl aus den Armen einer anderen fernzuhalten. Sie musste ihren Frieden mit Anthony schließen und ihn ins Vertrauen ziehen. Auf dem Rückweg von Blackfriars hatte sie ihn gefragt, ob er wisse, wie es komme, dass Malory im Gefängnis sei. Edwards Priester war zu Anthony gegangen, nicht zum König, und hatte ihn darüber in Kenntnis gesetzt, was Elizabeth gebeichtet hatte. Dem König wiederum hatte Anthony erzählt, dass Thomas Malory erst kurz nach Elizabeths Besuch in Guildford eingetroffen sei und ein Diener in der Burg, der mit den Yorkisten sympathisiere, ihn erkannt habe. Anthony drohte dem Priester mit dem Tod, falls er auch nur einer anderen Menschenseele die Wahrheit sagen sollte.

Auf dieser Bootsfahrt hatte Anthony sie nicht gefragt, was sie mit Thomas Malory zu schaffen hatte, und sie hatte es ihm nicht erzählt. Das Geheimnis war zwischen sie getreten. Anthony ging ihr bei Hof aus dem Weg, und die Zuneigung von einst war abgekühlt. Er fehlte ihr sehr.

Sie fühlte sich in London noch immer nicht zu Hause, obwohl ihre Abneigung gegen die Stadt nachgelassen hatte. Sie wusste, dass sie hier Freunde wie Feinde hatte, und wenn sie durch die Tore des Tower ausritt, in Samt und Hermelin gekleidet, funkelnde Juwelen im Haar, verneigten sich die Menschen vor ihr.

Ihre Gedanken wanderten wieder zu Elayne, wie so oft. Zehn Monate waren seit dem Abend im Turm vergangen, und keine von beiden hatte geschrieben. Elizabeth hatte vergeblich gehofft, Elayne wolle sie vielleicht besuchen, doch selbst wenn, würde Tor seine Schwester nicht aus den Augen lassen. Er rechnete bei ihr mit dem Schlimmsten und meinte, sie bringe ihm nur Schande ein, wenn er sie auf die Welt losließe. Wahrscheinlich hatte er recht. Sein einziger Ausweg wäre, sie zu vermählen. Doch einen Gemahl für Elayne zu finden hatte sich bislang als unmöglich erwiesen. Vielleicht wäre sie jetzt, da sie eine Jahresrente bezog, eine lohnendere Partie.

Elizabeth seufzte. Sie wünschte, sie könnte sich damit zufriedengeben, was Anthony im letzten Jahr gesagt hatte, als sie ihm von dem Streit erzählte: dass Freundschaften nicht ewig hielten. Er war betrübt, sagte aber, es sei am besten so, denn sie müssten sich von ihren lancastrianischen Freunden ohnehin distanzieren. Sie gehörten jetzt dem Hause York an. Elizabeth wollte nicht glauben, dass er sich jemals von Elayne abwenden würde, aber sie sah, dass er dem König ebenso treu ergeben war wie der Kirche.

Erneut rief sie sich ins Gedächtnis, dass ihr Leben einen Zweck hatte, dass sie mehr war als die Muse des Barden und die Rose von York, mehr als eine unter vielen Geliebten des Königs. Sie war Königin und Gönnerin. Sie würde dafür sorgen, dass die größte Geschichte auf Erden zum Ruhme Gottes vorgetragen wurde.

Zurück in ihren Gemächern, nahm sie Pergament und Schreibfeder zur Hand und setzte sich. Sie wusste nicht, was sie schreiben sollte, wie sie Anthony mitteilen sollte, was sie getan hatte und warum.

Sie legte die Feder ab, trat ans Fenster und blickte hinab auf den Fluss, der gemächlich zum Meer strömte. Er kannte seinen Weg und seine Reichweite und spiegelte den Himmel wider wie die Kugel einer Wahrsagerin. Könnte er wahrsagen, hätte sie ihn alles Mögliche gefragt, aber ihre Frage an diesem Tag war einfach: Wie konnte sie die Liebe ihres Bruders zurückgewinnen?

Der Fluss gab keine Antwort.

Elizabeth setzte sich und griff nach der Schreibfeder. Von den beiden Briefen, die sie zu schreiben gedachte, war der an Anthony der schwierigere. Diese Aufgabe wollte sie zuerst erledigen. Der andere Brief, an Ezrah Reuben, den sie nach Elayne fragen wollte, war heikel, würde ihr aber vergleichsweise leicht von der Hand gehen.

Lieber Bruder,

ich bitte Dich um Vergebung und um Hilfe.

Du glaubst, mein Versprechen an Thomas Malory sei nicht rechtens, und das mag auch so sein, aber ich schwöre Dir, dass unsere Vereinbarung nichts Schamloses oder Unkeusches an sich hat.

Wie Du weißt, kam Thomas vor dem Turnier im vergangenen Sommer zu Besuch nach Grafton, und wir erfuhren von seiner Absicht, alle Erzählungen von König Arthur und seinem Hof zusammenzustellen und zu übersetzen. Er hat mit seiner Übersetzung begonnen, und ich habe genug gelesen, um ihn für einen Dichter zu halten, der einer solch enormen Aufgabe gewachsen ist. Deshalb habe ich mich einverstanden erklärt, seine Gönnerin zu sein.

Und jetzt, lieber Bruder, zu meinem Vorhaben. Gerade Du musst einsehen, dass ich Thomas in Newgate nicht besuchen kann. Als ich ihm mein Wort gab, konnte ich nicht wissen, dass er im Gefängnis landen würde. Ihm dürfte ebenso klar sein, dass die Gefahr zu groß ist. Ich brauche einen

Boten, dem ich vertrauen kann, jemanden, der ihm Bücher und alle drei Monate die Summe bringt, auf die wir uns geeinigt haben. Er muss seine abgeschiedene Unterkunft im Gefängnis behalten, und das ist teuer.
Ich bitte Dich inständig, Anthony, dieser Bote zu sein. Mir fällt sonst niemand ein, dem ich trauen kann. Ich bitte Dich nicht leichtfertig, und ich sehe ein, dass Du zwischen Deiner Liebe zu mir und zum König hin- und hergerissen sein wirst.
Eins noch zum Schluss: Glaube nicht, dass Du Dich entscheiden musst, glaube, dass Du Gott auf eine andere Weise dienst, denn im Grunde meines Herzens weiß ich, es ist Gottes Wille, dass dieses Buch geschrieben wird, und dass Thomas Malory sein wahrhafter und loyaler Diener ist. Thomas hat mir versprochen, dass er die christliche Geschichte des Heiligen Grals niederschreiben wird.
In der Liebe des Herrn, Deine Elizabeth

Kapitel 16

In der Küche ging es laut und chaotisch zu. Elayne hatte diese Jahreszeit immer am liebsten gemocht. Die Sonne war noch warm, und alle waren fleißig. Die Köchin gab sich wie ein Schiffskapitän, erteilte laute Befehle an die zerzausten Gartenjungen, die einen Korb nach dem anderen hereinschleppten, damit Kohl, Lauch, Knoblauch und Zwiebeln eingelegt und gelagert werden konnten.

»Lass das nicht da stehen! Ein Hirn wie Weichkäse. Und was gaffst *du* denn so? Du hast überhaupt nichts im Kopf – komm in die Hufe, sonst nehm ich die Lauchstangen und peitsch dich damit aus.«

Der lange Tisch in der Mitte war über und über voll mit Äpfeln, Pflaumen, Stachelbeeren und Kirschen. Louisa war für das Einmachen zuständig. Ihr gefiel es, die Dienerschaft zu beaufsichtigen, gerade erklärte sie, wie man Kirschen entsteinte, ohne ihre Form zu zerstören.

Von den Dachsparren über der Kochstelle hingen Enten, Gänse, Hasen und eine Reihe Schweinekeulen, die geräuchert und gepökelt und dann über Winter in der Vorratskammer gelagert wurden. Nachdem Tor und Levaine nun endlich zurück waren, aufgehalten von der Schlacht bei Ribbensdale, würden wieder Jagden und Festessen stattfinden.

Henry war bei Ribbensdale gefangen genommen worden.

Von einem Hocker in der Ecke sah Elayne dem Treiben zu, aß einen Apfel und erfreute sich an dem Schauspiel. Louisa war im Laufe des Sommers zur Herrin der Küche aufgestiegen, und selbst die Köchin schien ihre Autorität zu akzeptieren, solange es darum ging, wie dick die Mandelmilch sein sollte, bevor man das Kaninchen hinzufügte, oder wie man Zwiebeln hackte, damit einem die Augen nicht brannten.

Elayne hatte sich angepasst und so viel Zeit wie möglich im Turm verbracht. Seit Tors Rückkehr hatte sie kaum mehr als ein paar Worte mit ihm gewechselt. Er schien sie zu ignorieren, ja er war einfach so sehr mit seiner neuen Rolle als Baron beschäftigt, dass er für eine Unterhaltung mit seiner Schwester keine Zeit hatte. Die Mahlzeiten fanden nicht mehr im Kreise der Familie statt, wie zu Lebzeiten ihres Vaters. Elayne und ihre Damen aßen für gewöhnlich im Salon, während Tor mit den Männern in der Halle speiste.

Bevor sie in die Küche gekommen war, hatte Elayne Tor auf der kleinen Weide neben dem eingemauerten Garten gesehen, wo er seinen Falken abrichtete. Für gewöhnlich war er entspannt, wenn er mit seinen Vögeln zusammen war.

Sie erhob sich vom Küchentisch, warf die Apfelkitsche in einen Sack mit Schalen und lächelte unschuldig, als sie Louisas forschendem Blick begegnete.

»Ich gehe spazieren«, verkündete sie und ging, bevor Louisa etwas sagen konnte.

Tor lag auf der Weide im Gras und beobachtete zwei Turmfalken, die hoch oben in der Luft schwebten. Der Falkner stand daneben, einen weiteren Vogel auf dem Schutzhandschuh.

»Ein schöner Morgen«, sagte Elayne, als sie sich neben ihn setzte.

Er grunzte.

»Darf ich dich nach Ribbensdale fragen?«

Tor richtete sich auf und stützte die Ellbogen auf die Knie. »Was ist damit?«

»Meinst du, sie haben König Henry in den Tower von London gebracht?«

»Henry ist nicht mehr König.«

»Ja, ich weiß.« Elayne hatte Gerüchte vernommen, denen zufolge Henry verzaubert worden sei: Man habe ihm einen Zauber über den Mantel geworfen, der zu geistiger Umnachtung führe. Sie fragte sich, ob auch sie verhext worden war, um wie ein Mann zu denken. »Wer war bei den Kämpfen noch dabei?«, fragte sie.

»Hunderte. Wen meinst du denn insbesondere?«

»Thomas Malory.«

»Malory? Wie ich hörte, ist er tot.«

Elayne kreuzte instinktiv die Hände über dem Herzen.

»Das kann nicht sein«, sagte sie und gab sich größte Mühe, ihre Stimme ruhig zu halten.

»Nicht? Warum nicht?«

Tor schaute sie argwöhnisch an.

»Weil, weil … ich habe gehört, dass er am Leben ist.«

Tor kniff die Augen zusammen. »Von wem hast du das gehört?«

»Das weiß ich nicht mehr. Von jemandem in Guildford. Vielleicht von einem der Reubens. Warum meinst du, dass er tot ist?«

»Seit dem Feldzug bei Hexham hat ihn niemand mehr gesehen. Einer von Henrys Wächtern in Ribbensdale sagte, Edwards Männer hätten ihn gefangen genommen und wahrscheinlich wegen Verrats erhängt.«

Sie wollte es nicht glauben. Wenn sie es nicht glaubte, dann war es nicht wahr. Sie hatte beinahe vergessen, worüber sie mit Tor hatte sprechen wollen. Er wirkte unruhig. Er hatte schon wieder genug von ihr.

Sie durfte nicht an Thomas denken, doch Thomas war alles, woran sie denken konnte.

»Ich muss dir etwas sagen.«

Tor zog eine Augenbraue hoch.

»Und?«, fragte er ungeduldig.

Elayne zögerte.

»Und?«

»Ich habe Mamas Kemenate im Turm geöffnet.«

Tor sagte nichts. Sie sah ihm an, dass er überrascht war, vielleicht erschrocken. Ob er wütend war, konnte sie nicht beurteilen. Schließlich war ihr nicht erlaubt, sich dem Turm auch nur zu nähern, erst recht nicht auf eigene Faust.

»Warum hast du das gemacht?« Seine Stimme war maßvoll und vernünftig. Erleichtert atmete sie aus.

»Die Zimmer waren in einem schrecklichen Zustand – voller Vögel und Dreck …«

»Du hattest nicht das Recht dazu.«

»Aber ich …«

»Du hattest kein Recht dazu!«

Elayne hatte seine Wut unterschätzt, aber sie hütete sich, sie mit Trauer zu verwechseln. Tor scherte es nicht, dass sie in die Gemächer seiner Mutter eingedrungen war, ihn interessierte nur, dass er es nicht befohlen hatte. Die Autorität, nach der er sich gesehnt hatte, gehörte endlich ihm, und er würde vollen Gebrauch davon machen.

»Die Räume werden verschlossen und verriegelt«, sagte er ruhig und legte sich zurück ins Gras.

Elayne erhob weder Protest noch stritt sie mit ihm. Er sollte nicht wissen, was der Turm ihr bedeutete und dass ihr ohne ihn nichts blieb.

Innerhalb weniger Augenblicke hatte sie Thomas und Vivienne zugleich verloren. Sie war allein. Beth mit ihrer Krone und ihrem Königreich war längst zu wichtig, um sich der einst geliebten Freundin anzunehmen.

Thomas konnte nicht tot sein.

Tor hatte sie vergessen und beobachtete seine Vögel, in Gedanken zweifellos mit künftigen Titeln und künftigen Schlachtfeldern beschäftigt.

Elayne stand auf. Sie spürte eine Flutwelle auf sich zukommen, die sie ertränken würde. Man würde ihr alles nehmen, was ihr kostbar war, man würde Vivienne im Turm einschließen.

Das konnte sie nicht zulassen.

Sie zögerte nicht mehr, das Ankleidezimmer zu betreten, inzwischen bewahrte sie ihre eigene Kleidung dort auf. Sollte der Geist ihrer Mutter jemals gegenwärtig und die Erscheinung keine Einbildung gewesen sein, dann hielt Vivienne jetzt Frieden. Das einzig Ungewöhnliche an dem Raum war der Spiegel, der nicht immer das reflektierte, was er sollte. Zuweilen zeigte er eine weite Wasserfläche mit Gebäuden an den Ufern, Wälder oder Felder und Erntegeräte. Einmal sah Elayne einen Reiter zwischen den Bäumen, der wie Thomas aussah, dann wieder erblickte sie ein langes, niedriges Boot, das mit schwarzem Seidenstoff ausgekleidet war, und im Wasser hing eine weiße Wand.

Sie war der Schatten überdrüssig.

Sie suchte einige Dinge zusammen, die nach ihrem Ermessen in zwei Satteltaschen passen würden. Da waren der goldene Kelch und Viviennes Schmuckschatulle. Deren Inhalt hatte sie sprachlos gemacht: goldener Bernstein, funkelnde Diamanten und Saphire, blau wie der Himmel, walnussgroße Smaragde, blutrote Rubine. So etwas würde sie nie selbst tragen – es waren die Juwelen einer Dame, die daran gewöhnt war, in der Öffentlichkeit zu stehen. Doch sie waren auch von beträchtlichem Wert, und genau das wollte Elayne nutzen. Vivienne hätte nichts dagegen.

Daneben stapelte sie Ersatzkleidung, Beths *Canterbury Tales*, Schreibfedern, Pergament und die Papierlagen, die Thomas zurückgelassen hatte. Sie hatte noch immer nicht gewagt, sie zu inspizieren. Bestimmt enthielten sie Notizen und Kritzeleien, nichts von Wert, sonst hätte Thomas sie doch mitgenommen. Doch nun, falls er tot sein sollte, waren diese

Schreibereien, und seien sie noch so nachlässig, das Einzige, was ihr von ihm geblieben war.

Sie fasste einen Plan.

Sobald es dunkel war, würde sie in die Küche schleichen und sich Proviant besorgen. Aus den Stallungen würde sie etwas Seil holen. Sie würde die Satteltaschen an der Turmwand verstecken und die beiden Bündel aus dem Fenster herablassen.

Sie wählte zwei Tuchstücke aus, in die sie ihre Habseligkeiten einwickelte, eins hatte Vivienne gewebt und eins sie selbst. Sie zauderte, bevor sie das zweite Bündel verknotete. Sollte sie sich wirklich die Mühe machen, Thomas' Papierlagen mitzunehmen? Es gab drei davon, von denen jede aus ungefähr zwanzig zusammengenähten Seiten bestand. Sie könnten sogar unbenutzt sein. Elayne nahm sie aus dem Bündel und setzte sich damit auf die Kissen am Fenster.

Die erste Lage war ein Teil des *Lancelot*. Anscheinend hatte Thomas Übersetzen geübt, denn einige Passagen waren auf Französisch, darunter standen dann dieselben Verse auf Englisch.

Die zweite Papierlage war unbeschriftet.

Elayne hielt die dritte eine Weile in den Händen. Das war die umfangreichste, sie bestand aus verschiedenen zusammengenähten Sammlungen. Als sie die Seiten aufschlug und überflog, blieb ihr das Herz stehen. Es war, soweit sie es beurteilen konnte, die gesamte *Suche nach dem Heiligen Gral*, ins Englische übersetzt. Sie hatte nicht damit gerechnet, dass Thomas das zurücklassen würde. Hatte er zwei Abschriften der *Suche* angefertigt und diese absichtlich hiergelassen?

Elayne setzte sich an den Webstuhl, um sich zu beruhigen. Würde jemand in vielen Jahren dieses halbfertige Gewebe finden, so wie sie das ihrer Mutter gefunden hatte? Würde dieser Raum, den sie so liebevoll instand gesetzt und neu ausgestattet hatte, mit der Zeit veröden? Die Zeit war ein Jäger, der langsam und verstohlen tötete.

Der Nachmittag verging langsam. Elayne hielt den Blick auf das Schiffchen gerichtet. Vivienne würde wissen, dass sich etwas veränderte. Bestimmt würde sie kommen.

Die Nacht brach herein, und es wurde kalt. Elayne trat in den Ankleideraum.

Kein Atemzug. Kein Flüstern.

Sollte Vivienne je hier gewesen sein, war sie fort.

Elayne schaute zum Spiegel. Der Fluss war dunkel, Nebelschwaden waberten über dem Wasser. Aus dem Nebel erhob sich etwas tödlich Weißes. Sie nahm eine Kerze und warf sie gegen den Spiegel. Scherben aus Fluss und Himmel flogen in alle Richtungen, eine schlitzte ihr den Unterarm auf. Rasch drang Blut durch ihren leichten Baumwollärmel. Der Schnitt war tief und musste gereinigt werden. Beim Anblick von so viel Blut drehte sich ihr der Magen um. Sie band einen Schal um die Wunde.

Man würde sie zum Abendessen erwarten, aber Louisa sollte nicht sehen, dass sie sich verletzt hatte. Die Frauen machten um so etwas viel zu viel Lärm. Wenn Isabelle später käme, um nach ihr zu sehen, würde sie eine Unpässlichkeit vorschieben, damit sie sie in Ruhe ließen.

Elayne ging ins Bett, um zu warten. Das Blut drang bereits durch den Schal. Der brennende Schmerz hatte sich in ihren Oberarm ausgebreitet, und sie war todmüde.

Sie schloss die Augen.

Kapitel 17

In der Mitte der Halle sah er einen schönen Edelmann mit graumeliertem Haar in einem Bett sitzen. Als dieser ihn sah, sagte er: »Nehmt es mir nicht übel, mein Freund, wenn ich mich zu Eurer Begrüßung nicht erhebe, da ich dazu nicht imstande bin.«

Während sie sich unterhielten, trat ein Knappe durch die Tür. Um seinen Hals gehängt trug er ein Schwert herbei. Dieses reichte er dem Edelmann, der es gut zur Hälfte aus der Scheide zog. Und auf dem Schwert stand geschrieben, wo es gefertigt worden war. Außerdem erkannte er, dass es aus hervorragendem Stahl war und daher niemals in Stücke zerbrechen könnte. Nur eine einzige Gefahr dazu bestand, um die allein der wusste, der es geschmiedet und gehärtet hatte.

Auf der Stelle hängte der Herr seinem fremden Gast das Schwert mittels des Wehrgehenks um, das seinerseits ein Vermögen wert war. Der Schwertknauf war von feinstem Gold aus Arabien oder Griechenland, die Scheide war mit Seidenborten aus Venedig überzogen.

Darauf setzte Perceval sich wieder neben den Herrn, der ihn mit größter Hochachtung behandelte.

Während sie über dies und das sprachen, kam aus einer Kammer ein Knappe mit einer weißen Lanze, deren Schaft er in der Mitte gepackt hielt, und schritt zwischen dem Feuer und den beiden im Bett Sitzenden hindurch. Oben aus der Lanzenspitze quoll ein Blutstropfen.

Der Gast des Herrn starrte auf dieses Wunder, doch scheute

er sich, danach zu fragen, wie dies geschehen könne, denn er erinnerte sich an das Gebot des Edelmannes, der ihn zum Ritter geschlagen, nicht vorlaut zu sein.
Ein holdes, anmutiges Fräulein kam herein, prächtig geschmückt. In ihren beiden Händen trug sie einen Gral. Als sie mit diesem in die Halle getreten war, verbreitete sich dort eine so strahlende Helligkeit, dass die Kerzen ihren Glanz verloren, so wie die Sterne oder der Mond, wenn sich die Sonne erhebt. Ihr folgte ein Mädchen mit einer silbernen Platte. Der Gral, der vorauszog, war aus purem, lauterem Gold und mit vielerlei kostbaren Edelsteinen besetzt, den kostbarsten und wertvollsten, die Erde oder Meer freigaben. Wie es sich auch bei der Lanze zugetragen hatte, durchquerten sie vor dem Bett die Halle und verschwanden in einem anderen Raum. Perceval sah sie vorüberziehen, doch wagte er nicht zu fragen, wem man mit dem Gral aufwarte, denn er hatte sich die Worte des ehrwürdigen Edelmannes in sein Herz eingeschrieben. Ich fürchte, dies wird ihm schaden, habe ich doch sagen hören, Schweigen und Reden habe jedes seine Zeit.

Chrétien de Troyes, Perceval

So war der ganze Hof in Aufruhr, um des Abschieds dieser Ritter willen. Und viele von diesen Damen, die Ritter liebten, wären mit ihren Liebsten gegangen, wenn nicht ein alter Ritter in religiösem Kleide zu ihnen getreten wäre.

»Edle Herren, die sich für die Suche nach dem Heiligen Gral vereidigt haben, keiner soll auf diese Suche Dame oder Edelfrau mit sich nehmen, denn es ziemt sich nicht für den hohen Dienst, den sie auf sich nehmen; denn ich warne euch und sage euch klar, wer nicht rein und seiner Sünden ledig ist, der wird die hohen Geheimnisse unseres Herrn Jesu Christi nicht schauen.«

Le Morte d'Arthur

Oktober 1470

Der Fluss trug sie zur Klosterfeste und Westminsters berüchtigtem Zufluchtsort. Elizabeth spürte Anthonys Brief in ihrem Ärmel, eine steife Schriftrolle, und war froh über den Schutz der Dunkelheit. Ein solcher Brief konnte leicht dazu führen, dass der Kopf der Empfängerin auf einem Pfahl landete. Sie war begierig zu erfahren, ob Edward in Brügge angekommen war, fürchtete sich aber zugleich davor, den Brief zu lesen. Was, wenn etwas Entsetzliches darin stand?

Möge er in Sicherheit sein. Bitte, gib mir Mut.

Die Mädchen hatten sich in ihre Wintermäntel eingemummt. Für Oktober war es kalt. Cecily und Mary, die man aus den Betten geholt hatte, schliefen, aneinandergelehnt wie abgelegte Puppen. Die kleine Elizabeth jedoch war wach und so aufmerksam wie seit dem Augenblick, da sie zur Welt gekommen war. Sie beobachtete den Bootsmann, der seine Ruder in das schwarze Wasser tauchte, und sie beobachtete Jacquetta, die leise mit Abt Millyng sprach. Ihr Blick wanderte am Ufer entlang, nahm die Feuer wahr und die Armen und Vagabunden, die daran hockten. Ihr entging nichts. Ihre Schwestern, inzwischen ein und drei Jahre alt, waren da ganz anders. Elizabeth war um eine gefasste Miene bemüht, wusste sie doch, dass die Vierjährige sie genau in Augenschein nahm.

Zu gern hätte sie das Siegel an Anthonys Brief gebrochen, doch das war nicht möglich. Erst wenn sie allein war. Das Siegel war nicht sein eigenes, sondern eine Fleur-de-Lys, wie sie vereinbart hatten. Sie betete inständig, dass niemand den Wortwechsel zwischen Königin und Boten mitbekommen hatte. Jacquetta, die den Instinkt einer Seherin besaß, hatte ihr jedoch einen bohrenden Blick zugeworfen, als das Boot vom

Ufer ablegte. Der Bote war dem Schein nach aus der kleinen, versteckten Gruppe von Anhängern am Anleger herausgetreten, um Elizabeth die Hand zu küssen und sie seiner Loyalität zu versichern. Die Schriftrolle wanderte in einer derart geschickten Bewegung von seinem Ärmel in ihren, dass er ein Dieb hätte sein können. Vielleicht war er es auch.

Die Turmspitze von Westminster Abbey kam in Sicht. Abt Millyng hatte ihnen zugesichert, er werde sie so komfortabel unterbringen, wie es ihm möglich war, doch im Vergleich zu den königlichen Quartieren im Tower von London wären diese nicht einmal bescheiden zu nennen. Auch sollten sie dort nicht ohne einen Wächter nach draußen gehen. Letztendlich suche jeder, der im Sanktuarium lebte, vor irgendjemandem Zuflucht. Allerdings fürchteten die anderen nicht den Earl von Warwick, so wie Elizabeth, vielmehr gebe es dort alle möglichen Verbrecher, Diebe, Schuldner, Ketzer und Mörder. Einzig wer sich des Verrats oder Frevels schuldig gemacht habe, sei vom Schutz der Kirche ausgeschlossen. Dennoch, so dachte Elizabeth, hatte sie unter den Wendehälsen an ihrem Hof vermutlich mehr Angst um ihre Kinder gehabt, als sie unter den Verbrechern im Kirchenasyl haben würde.

»Gibt es dort einen Garten, Mama?«, wollte die kleine Elizabeth wissen, als könnte sie die Gedanken ihrer Mutter lesen.

»Ich glaube nicht, mein Täubchen.«

»Aber warum?«

Warum? Das Lieblingswort ihrer Tochter traf sie wie ein Schlag. Warum mussten sie ihr Zuhause verlassen? Warum war ihr Gemahl so weit weg, wenn sie doch in ein paar Wochen schon sein viertes Kind zur Welt bringen sollte? Warum war Warwick ein solcher Judas? Warum?

»Weil Abt Millyng zu beschäftigt ist, um Rosen zu schneiden«, erwiderte Elizabeth und schenkte Millyng ein reumütiges Lächeln.

»Einen Garten gibt es zwar nicht, Lady Elizabeth«, sagte er

ernst und beugte sich zu dem Kind hinab, »aber einen Obstgarten, eine klösterliche Schreibstube und eine Bibliothek, und wie ich hörte, habt Ihr bereits Euer eigenes Stundenbuch.«

»O ja«, antwortete die kleine Elizabeth leichthin. »Und ich habe Aristoteles gelesen.«

»Tatsächlich?« Millyng zog die Augenbrauen hoch und wirkte wahrhaft beeindruckt. »Dann müsst Ihr mir erzählen, was Ihr von ihm haltet.«

Elizabeth nahm die Gedanken wieder auf, die sie quälten. Wenn Edward noch lebte, stellte er dann eine Armee zusammen? Würde er eines Tages hoch zu Ross nach London zurückkehren, bärtig und ausgemergelt, siegestrunken, und sich über Margaret von Anjou erheben? In ihrer Vorstellung überreichte Elizabeth ihm sein neugeborenes Kind, einen Sohn. Er spielte mit seinen Töchtern, und später wohnte er ihr bei, als wäre er seit dem letzten Mal, als sie sich liebten, ohne Frau gewesen. Sie konnte sich noch an jeden Augenblick, an jede seiner Berührungen erinnern.

Jacquetta beobachtete sie.

»Ich schicke morgen nach der Hebamme«, sagte sie.

Elizabeth schüttelte den Kopf. »Das ist zu früh.«

»Marjory Cobbe sollte in diesen letzten Wochen lieber bei dir sein.«

Das stimmte. »Aber können wir ihr vertrauen?«

»Bei meinem Wort! Sie würde eher sterben, als ihre Königin zu verraten.«

Elizabeth seufzte. Sie war ausgelaugt und wollte beinahe sagen: »Aber ich bin keine Königin mehr.« Stattdessen nickte sie Jacquetta zu: »Dann lasst sie kommen.«

»Ganz nach deinem Wunsch.« Jacquetta verneigte sich in angedeuteter Unterwerfung. Nur dank ihrer Freundschaft mit Margaret von Anjou waren sie verschont geblieben. Und dann hatte Jacquetta selbst Abt Millyng eine Nachricht zukommen lassen und ihre Flucht aus dem Tower in die Wege geleitet.

Dank Jacquetta besaß nun auch Elizabeth lancastrianische Verbündete, obwohl sie mit einem König aus dem Hause York verheiratet war. Vermutlich hatte sie auch die hohe Stirn von ihrer Mutter und die »Drachenaugen« mit den schweren Augenlidern, die mit schuld daran waren, dass man sie der Hexerei beschuldigte. In letzter Zeit aber hatte sie noch etwas von Jacquetta übernommen: sich ihre Angst niemals anmerken zu lassen.

Jetzt hatte sie Angst.

Der Bootsmann drehte den Bug zum Ufer und band ein Seil um einen Baumstumpf. Das dunkle Wasser schlug gegen ihre Stiefel, als sie ausstiegen. Jacquetta trug Cecily, der Abt nahm Mary. Ein Mönch mit einem schlafenden Kind auf den Armen war ein seltsamer Anblick. Die kleine Elizabeth ging hocherhobenen Hauptes, aber sie ergriff die Hand ihrer Mutter und hielt sie fest.

Sie folgten Abt Millyng über einen vom Mondlicht erhellten Pfad an einer schmalen Straße zwischen Steinmauern entlang. Im Dunkeln war die Anlage der Klosterfestung nur schwer auszumachen, doch Elizabeth spürte ihre Nähe wie die Flügel eines großen schwarzen Vogels, noch bevor sie durch die Tore schritt. Heilige Stätte schien eine seltsame Bezeichnung für diese abgeschiedene Stadt in einer Stadt zu sein. Sie fröstelte. So war es ihr ergangen, als sie das Gefängnis von Newgate betreten hatte. Wieder fühlte sie sich beobachtet, und sie glaubte, dass sich jemand in den Schatten bewegte, obwohl sie niemanden sah. Vielleicht sollte sie sich am Ende nicht vor Lord Warwick fürchten, sondern vor den hoffnungslosen Ausgestoßenen, die hier Zuflucht suchten.

»Niemand darf die Abtei und das Kirchengelände betreten, Mylady«, sagte Abt Millyng leise, als wüsste er, was sie gedacht hatte. »Hier gibt es Mönche, die mit der Waffe umzugehen wissen.« Er führte sie über einen kleinen Platz an der Klosterkirche vorbei, anschließend über den Friedhof. Sie gingen ein paar Stufen hinab, als Elizabeth klar wurde, was ihr Ziel war.

Sie sollten in einer Krypta untergebracht werden.

Instinktiv legte sie sich eine Hand auf den Bauch. Wie sollte sie an einem solchen Ort ein Kind zur Welt bringen?

Jemand hatte daran gedacht, in der zentralen Gewölbekammer ein Feuer anzuzünden, und sie war dankbar, als der Abt vorschlug, sie sollten in dieser Nacht alle in diesem Raum schlafen, da es hier warm war. Am nächsten Tag könnten sie ihr neues Quartier dann erkunden und ihn wissen lassen, was sie an Möbeln und Vorräten brauchten. Elizabeth wollte nicht sehen, was jenseits dieses Raumes lag. Sie lehnte sich an eine Mauer und spürte die feuchte Kälte im Rücken.

Abt Millyng verschwand für ein paar Minuten und kam dann mit einigen Novizen zurück. Sie richteten eine einigermaßen bequeme Schlafkammer für ihre neuen Gäste ein, schleppten Holzpaletten und gewebte Bettwäsche herbei. Die Wäsche war sauber, und die Mädchen schliefen schon bald friedlich aneinandergekuschelt in einem provisorischen Bett.

Jacquetta holte ihre Handarbeit heraus, und sie unterhielten sich stockend über Belangloses, als wäre dies ein ganz normaler Abend. Elizabeth betrachtete ihre Mutter eingehend, während die sich über ihren Stickrahmen beugte. Sie war noch immer irritierend elegant, wenngleich ihre Schultern im letzten Jahr ein wenig eingesunken waren. Jacquetta wirkte unbesorgt, aber sie achtete auch stets darauf, ihre Gefühle zu verbergen. Sie hatte keine einzige Träne vergossen, als sie die Nachricht erhielt, dass Warwick ihren Gemahl und ihren Sohn enthauptet habe. Der Kummer war tief in ihr vergraben, und nur die dunklen Ringe unter ihren Augen zeigten, wie sehr es sie getroffen hatte. Seit der Hinrichtung der beiden war ein Jahr vergangen. Lord Warwick hatte sie tatsächlich ohne Gerichtsverhandlung umgebracht. Elizabeth konnte den Gedanken noch immer nicht ertragen, wie ihr Vater und ihr

Bruder zu Tode gekommen waren. Und es war gut möglich, dass sie dasselbe Ende erwartete.

»Du kannst deinen Brief ruhig lesen, Beth«, sagte Jacquetta schließlich. »Ich verspreche, dich nicht danach zu fragen, auch wenn ich mich freuen würde, Neuigkeiten von Anthony zu hören.«

Elizabeth brach das Siegel und las den Brief einmal im Stillen.

Dann las sie ihn ihrer Mutter vor.

Schwester, meine Lehnsfrau,

Du brauchst Dir keine Sorgen mehr zu machen, liebste Beth. Der König ist in Brügge eingetroffen und wurde hier im Hause seiner Schwester Margaret empfangen, das einer Festung gleichkommt. Er ist gesund und schickt Dir seine unsterbliche Liebe. Er kann nicht lange genug stillsitzen, um Dir selbst zu schreiben. Er sagt, Du würdest es verstehen, bat mich aber, Dir zu sagen, dass er stündlich an Dich denkt und Pläne schmiedet. Sei versichert: Obwohl die Staatskasse vorübergehend in den Händen des Hauses Lancaster ist, sind andere Mittel vorhanden, um eine Armee auszuheben.

Im Haus weilt noch ein Engländer, der ins Domus Anglorum nach Brügge kam, und bevor Dich mein Latein verdrießt, möchte ich rasch erklären, dass William Caxton Repräsentant der englischen Kaufleute ist, von Beruf Stoffhändler. Er hat mit dem Herzog eine Art Vertrag abgeschlossen, damit der Handel zwischen Flandern und England fortgeführt wird, im Krieg wie im Frieden. Meister Caxton und ich haben vieles gemeinsam, darunter auch die Leidenschaft für das Übersetzen aus dem Lateinischen und Französischen und für das Kartenspiel. Er hat ein schönes Brettspiel aus Deutschland in venezianischer Ausführung. Diese klugen Deutschen haben ein Hilfsmittel entwickelt, mit dem man auf Vellum drucken kann. Es ist genial. Er hat mich ermuntert, meine Übersetzung der Reden der Philosophen fortzusetzen, wenngleich viele Gelehrte der Meinung sein mögen, dass eine Übersetzung ins Englische ein solches Werk vulgarisiert und entwertet. Ich hingegen sage, es wird ihre Seelen bereichern und sie zu besseren Christen machen.

Ich denke an Elayne, aber das ist ein Zustand, mit dem ich mich längst abgefunden habe. Ich gehe davon aus, Euch beiden ist es nicht recht, wenn ich mich in Eure Geheimnisse einmische, so wie schon in unserer Kindheit, aber jetzt, von einem fernen Ufer aus und angesichts dieser neuerlichen Schwierigkeiten, merke ich, dass meine Seele Frieden sucht, also muss ich sagen, was ich schon lange habe aussprechen wollen: Wenn Du weißt, wo sie ist, bitte ich Dich, es mir zu sagen. Ich kann nicht glauben, dass Ihr keinen Kontakt zueinander habt, dass Euer Zerwürfnis all die Jahre angehalten hat.

Jetzt ist es gesagt. Verzeih mir.

Ich bete, dass diese Zeilen Dich erreichen und Du in Sicherheit bist. Mir wurde zugetragen, dass Liza in Baynard's Castle bei der Herzogin von York ist. Edwards Mutter ist es allem Anschein nach gelungen, Warwick zu umgarnen. Sie hat jetzt Söhne auf beiden Seiten.

Dich dürfte es nicht überraschen, dass George sich mit Warwick zusammengetan hat, Edward aber ist erzürnt über den Verrat seines Bruders.

Sei getrost, wir tun alles in unserer Macht Stehende, um die Rose von York in den Garten von England zurückzubringen. Wenn Du, wie ich hoffe, in der Heiligen Stätte bist, dann vertraue auf Abt Millyngs Hilfe. Frage ihn, welcher seiner Mönche so vertrauenswürdig ist, um Briefe zu überbringen.

Habe Vertrauen, Beth. Das und Deine anderen Eigenschaf-

ten werden obsiegen. Ich wünschte, Du hättest hören können, wie Edward Dich seiner Schwester beschrieben hat.
Mit Gottes Gnade,
Dein Anthony, Lord Rivers

Vor Erleichterung hätte Elizabeth am liebsten geweint. Sie waren in Sicherheit.

Sie schloss die Augen und betete. Gott hatte Edward beschützt, seinen rechtmäßigen König.

Dass sie und Elayne ihre Geheimnisse gehabt hatten, stimmte – vielmehr hatte Elayne Geheimnisse gehabt, von denen sie die wenigsten gnädig mit ihrer Freundin teilte. Aber das war alles längst vorbei. Sie konnte sich nicht vorstellen, wohin Elayne verschwunden war. Vor fünf Jahren hatte sie Ezrah Reuben einen Brief geschrieben, doch er hatte nur geantwortet, dass er ihr bedauerlicherweise nicht weiterhelfen könne. Hieß das, er wollte es nicht? Elizabeth hatte über ein Jahr lang Tag für Tag auf einen Brief von Elayne gewartet, war zuerst wütend, dann besorgt gewesen, und irgendwann dachte sie weniger an Elayne. Sie hatte jetzt ihre Töchter, die ihr Freude bereiteten, und es gab immer etwas, das ihre Zeit und ihre Aufmerksamkeit erforderte, sei es am Hofe oder in der Familie. Da Lord Warwick seine Tochter Isabel mit Edwards Bruder George vermählt hatte, war er höher aufgestiegen als der mächtigste Adlige im Land, er war dem Thron näher gerückt. Nun hatte er, was er wollte: einen König aus dem Hause Lancaster, den er beeinflussen und manipulieren konnte. Warwick war quasi selbst König.

Jacquetta legte ihre Handarbeit nieder, und Elizabeth spürte ihr tiefempfundenes Mitleid. Was war es doch für eine Geißel, Mutter zu sein, jeden Kummer der Kinder mitzuleiden, in der unerträglichen Angst zu leben, sie könnten zu Schaden kommen. Die Hölle, die Jacquetta durchmachte, war unvorstellbar.

»Du musst erschöpft sein, Beth. Schlafe jetzt, und morgen richten wir uns ein Zuhause ein.«

Ihre Mutter hatte sie seit Jahren nicht mehr Beth genannt, mindestens seit ihrer Krönung. In der Öffentlichkeit redete sie ihre Tochter mit »meine Lehnsherrin« oder »Eure Hoheit« an. Elizabeth nickte und wischte sich mit dem Ärmelrand über die Augen. Jacquetta half ihr, den schweren Brokatstoff aufzubinden und den Umhang abzulegen. Sie bückte sich, um ihr die Kalbslederstiefel auszuziehen, die mit dunklem Flussschlamm überzogen waren. Sie reichte ihr den Arm, und Elizabeth zog sich daran hoch. Ihr Rücken schmerzte, ihr Bauch war gespannt wie eine Trommel. Bei den Mädchen hatte sie nie das Gefühl gehabt, von ihrem eigenen Körper besiegt zu werden. Sie konnte sich kaum an die Schwangerschaften mit ihren beiden Söhnen erinnern, die sie mit John Grey hatte. Womöglich trug sie ja einen Prinzen von York unter dem Herzen?

»Erzählt mir von Brügge«, sagte sie, denn Jacquetta hatte das Haus von Margaret von York in ihrer Zeit dort ebenfalls besucht.

»Die Stadt würde dir gefallen, Beth. Die Märkte quellen über vor Schmuck und Buntglas – in ganz Europa wird kein feineres Tuch gewebt, und der Handel blüht.«

Elizabeth schloss die Augen und hörte zu.

»Margaret hat die Fensternischen in ihrem Haus mit Polstern aus alten Gobelins verziert, an den Wänden hängt Tuch aus Arras, und ihr Mann hat ihr geschnitzte Truhen und allerlei Dinge aus dem Sarazenenland mitgebracht. Am besten würde dir jedoch Margarets Bibliothek gefallen. Solche Bücher hast du noch nicht gesehen! Die Qualität des Papiers und der Einbände, die Illustrationen … Ich hoffe, Edward bringt bei seiner Rückkehr ein Andenken mit. Er macht sich ja offenbar nicht so viel aus Büchern, aber ihm gefallen schicke Sachen, und in Brügge sind Bücher schick.«

Elizabeth entging der kaum merkliche höhnische Unterton ihrer Mutter nicht.

Die Mädchen wurden früh wach und liefen von Raum zu Raum, um ihr neues Zuhause zu erkunden. Das Feuer brannte noch, also musste Jacquetta in der Nacht auf gewesen sein. Sie brachte Elizabeth eine Schale Nesseltee und drückte ihr einen Kuss auf die Stirn. Noch ein Zeichen der Zuwendung, das unter anderen Umständen politisch unklug gewesen wäre. Hier war Elizabeth nicht Königin, sondern die Tochter ihrer Mutter. Sie trank den Tee im Bett und spürte den Stoß kräftiger kleiner Gliedmaßen unter der Haut. Dieses Kind hatte den Schlag eines Tjosters.

Sie ging nach ihren Kindern sehen.

Auf der Rückseite des Gebäudes lag eine Art Küche mit einer Kochstelle, einem kleinen, längs unterteilten Fenster und einem Steintrog sowie einem dunklen Eichentisch und zwei Bänken – Möbel, die wahrscheinlich aus dem Kloster stammten. Hier hatten frühere Bewohner vermutlich ihre Mahlzeiten eingenommen.

Sie würde doch nicht in einer Küche essen!

Außer dem Raum, in dem sie die Nacht verbracht hatten, gab es noch vier kalte und düstere Kammern. Jacquetta und sie könnten sich zurückziehen, und die Mädchen wären zusammen. Sie versuchte sich zu sagen, dass diese Gruft kein Gefängnis war, versuchte, ein aussöhnendes Moment zu finden, aber es gab hier weder Licht noch Farbe. Sie würde Abt Millyng bitten, Wandbehänge und zusätzliche Bettwäsche mitzubringen. Auch Möbel brauchten sie, Stühle und einen Tisch. Elizabeth und Cecily mussten ihren Unterricht fortsetzen. Jacquetta würde sie in Französisch unterweisen, und bestimmt könnte ein Mönch ihnen Latein und Musik beibringen. Alles sollte so normal wie möglich weiterlaufen.

Abt Millyng brachte eigenhändig Brot, Käse und Ale vorbei, und Elizabeth trug ihre Bitten vor. Er hörte ihr geduldig zu, obwohl klar war, dass er sich um andere Angelegenheiten zu kümmern hatte, die vielleicht vordringlich waren. Er versprach, einen Novizen namens Michael zu schicken, der nach dem Frühstück mit ihr über den Unterricht sprechen und ihnen das Gelände zeigen würde. Elizabeth wollte ihn fragen, ob man Michael einen Brief anvertrauen könne, doch Abt Millyng eilte davon, bevor sie dazu kam.

Die Anlage des Klosters glich einer kleinen Stadt. Der Eingang zur Krypta befand sich im hinteren Teil des Friedhofs von St. Margaret's hinter einer Reihe von Grabhügeln, über die steinerne Engel wachten. Die kleine Elizabeth blieb vor einem Grabstein stehen, Cecily und Mary an der Hand. »Wie schön, dass hier Engel sind«, sagte sie feierlich zu Bruder Michael. »Meine Mutter mag Engel. Sie sagt, wir sollen uns immer von ihnen beschützt fühlen.«

Michael war selbst noch fast ein Junge, und wäre seine Tonsur nicht gewesen, hätte wohl eine strohblonde Mähne sein blasses Gesicht und seine hellen, klaren Augen umrahmt. Er strahlte jedoch Selbstvertrauen und Weisheit aus, die weit über sein Alter hinausgingen, und er war scharfsinnig. »Die Engel sind genau zu diesem Zweck hier, Mylady. Ich habe sie tatsächlich noch nie gesehen, also müssen sie in dieser Nacht gekommen sein.« Das freute die Mädchen über alle Maßen, und Cecily wollte sogleich die Namen ihrer Beschützerinnen wissen. Im ersten Moment dachte Elizabeth, das Kind hätte Bruder Michael überlistet, aber er fand einen Ausweg. »Ich glaube, es ist uns überlassen, unseren Engeln Namen zu geben«, erwiderte er, woraufhin sie eine Weile damit verbrachten, sich für Namen zu entscheiden, einen für jedes Kind.

Er deutete auf das Kloster, in dem die Mönche sich um die Armen und Bedürftigen auf der anderen Seite der grauen Mauern kümmerten, und zeigte ihnen das Krankenhaus für betagte Frauen und das Gefängnis, einen Turm im Torhaus über dem Eingang zur Abtei. Er erzählte ihnen, wo sie gefahrlos umherstreifen konnten und welchen Bereich sie unter keinen Umständen betreten durften. Dort wohnten anscheinend eine Menge Personen, denen die Kinder auf keinen Fall begegnen sollten. Wohin sie auch gingen, sie wurden beobachtet, nicht so sehr feindselig als vielmehr mit offener Neugier.

Freitags und an Feiertagen kämen ein Fischhändler und alle möglichen Ladenbesitzer, sagte Michael, und unweit des Kirchhofs gebe es einen Metzger und einen Schneider, Brauer, Schmiede und Bäcker. Vielleicht war es doch nicht so schlecht hier, dachte Elizabeth. Aber sie konnte ihre kalte Angst nicht ablegen, und ihr fiel kein guter Grund ein, warum Lord Warwick sie nicht ausfindig machen und ermorden lassen sollte. Er hatte ja nichts zu gewinnen, wenn er sie in Ruhe ließ.

Sie fing Bruder Michaels Blick auf, als sie über den Friedhof an den Statuen vorbei zurückgingen. »Ihr habt Eurem Engel keinen Namen gegeben«, sagte er ruhig.

»Ich kenne ihn noch nicht«, erwiderte sie.

Kapitel 18

So rüsteten sie sich, von dem Einsiedler ihren Abschied zu nehmen.
Und so stiegen sie eines Morgens zu Pferd, und Elaine mit ihnen, und als sie nach Astolat kamen, wurden sie gut aufgenommen, und Sir Bernard, der alte Baron, und Sir Tirre, sein Sohn, hießen sie herzlich willkommen.
Und so sagte die schöne Elaine an dem Morgen, als Sir Lancelot fortziehen sollte:
»Hoher Herr Sir Lancelot, nun ich sehe, dass Ihr fortziehen wollt, habt nun, guter Ritter und ritterlicher Herr, Mitleid mit mir und gebt nicht zu, dass ich aus Liebe zu Euch sterbe.«
»Was möchtet Ihr, dass ich tue?«, sagte Sir Lancelot.
»Ich möchte, dass Ihr mein Geliebter werdet«, sagte sie.
»Jesus behüte mich«, sagte Sir Lancelot, »denn da belohnte ich Euren Vater und Euren Bruder gar schlecht für ihre große Freundschaft.«

Le Morte d'Arthur

November 1470

Das Spital lag auf der südlichen Seite der Klosteranlage, neben dem Kräutergarten, der ans Kapitelhaus grenzte. Elayne saß im fahlen Licht, das durch ein hohes Bogenfenster fiel, und blickte auf rote Ziegeldächer und gelblichen Stein. Eine hohe Mauer trennte die Gebäude des Männerklosters von denen des Nonnenklosters. Die Aussicht war ihr so vertraut, dass sie meinte, sie hätte ihr ganzes Leben hier verbracht. Dabei waren es erst fünf Jahre.

Oft hatte sie versucht, die Ereignisse des Abends zu rekonstruieren, an dem sie Guildford Castle verlassen hatte. Vermutlich war Isabelle gekommen und hatte sie in Ruhe gelassen, als sie Elayne schlafend vorfand. Ganz und gar nicht ruhig wachte Elayne in der Nacht auf, und irgendwie gelang es ihr, einen Zelter zu satteln und zur Einsiedelei zu reiten.

Die Einsiedlerin schickte nach Ezrah Reuben, der mit seinem Arzt kam.

Als die Blätter von den Bäumen fielen und die Luft kalt wurde, hatte sie auf dem Bärenfell am Kamin der Einsiedlerin gelegen. Sie hatte Kräuterale getrunken und Kaninchen gegessen, das über dem Feuer geröstet wurde. Als die Äste kahl waren, versicherte ihr der Arzt, das schlimmste Fieber sei vorüber. Die Einsiedlerin, Schwester Teresita mit Namen, wies Ezrah Reuben an, Elayne ins Spital der Franziskaner zu bringen, da noch immer Gift in ihrem Blut war und das Fieber jederzeit wieder ausbrechen könnte. Schwester Teresita war Folge zu leisten. Sie hatte eine ruhige Art, doch ihre Willensstärke war einzigartig. Sie hatte früher selbst im Klosterspital gearbeitet und wusste, dass die Nonnen dort die besten Arzneien in ganz London hatten.

Schwester Teresita beschrieb das Nonnenkloster der Franziskaner als eine geschäftige Gemeinschaft von Nonnen und Laienschwestern, die ihr Leben im Dienst an Armen und Kranken verbrachten. Als Elayne nachfragte, wie Teresita allein im Wald den Armen und Kranken helfe, lautete die Antwort der Einsiedlerin, man könne den Menschen nur helfen, wenn man zuerst seine eigenen Wunden pflege. Wie sich herausstellte, war die Vorsteherin des Franziskanerspitals Teresitas Schwester. Elayne nahm an, dass die beiden nicht gut miteinander auskamen.

Ezrah brachte sie in seiner Kutsche nach London.

Auf der Fahrt war Elayne von Polstern gestützt und in Pelze und Decken gewickelt. Sie brannte und schlotterte, war aber wild entschlossen, wieder zu Kräften zu kommen.

Ezrah saß ihr gegenüber, sein langer Bart wie Wolkenfetzen, seine gestreifte Robe funkelnd. Er sagte, Tor glaube, sie sei durchgebrannt. Bei dem Gedanken musste Elayne lächeln. Tor käme nicht auf die Idee, im Wald nach ihr zu suchen. Der Wald war sein Jagdrevier – eine andere Bedeutung hatte er für ihn nicht.

»Mit wem durchgebrannt?«, fragte sie.

»Mit einem meiner Söhne.« Ezrah lachte in sich hinein.

»Schön wäre es.« Sie seufzte.

»Ja«, stimmte Ezrah ihr zu. »Aber Euer Bruder wird nicht aufhören, nach Euch zu suchen«, warnte er, »er lässt sich nicht gern zum Narren halten.«

»Nicht von einer Frau und schon gar nicht von mir«, bestätigte Elayne.

»Von mir erfährt er nichts«, schwor Ezrah. »Ich habe Euch zuletzt kurz vor dem Tod Eures Vaters gesehen.«

Elayne lächelte. »Ihr seid freundlich. Wollt Ihr mir etwas über meine Mutter erzählen? Ich weiß, dass Ihr sie geliebt habt.«

Ezrah wirkte erschrocken.

»Ich schwöre Euch«, sagte er, »dass sie Eurem Vater treu war, aber sie konnte … nicht über alles mit Eurem Vater sprechen.«

»Mir war nicht klar, dass Ihr sie auf diese Weise geliebt habt«, sagte Elayne.

Ezrah schüttelte den Kopf, als er seinen Fehler bemerkte, und zuckte dann mit den Schultern. »Vielleicht ist es besser, wenn Ihr es wisst.«

»Worüber konnte sie mit meinem Vater nicht sprechen?«

»Über die Mysterien.«

»Die *Mysterien*?«

»Tut nicht so, Lady Elayne. Ihr sucht selbst danach. Ihr habt mich einmal nach dem Heiligen Land gefragt und ob ich glaube, dass es dort alte Bücher gebe, in denen die Geheimnisse des Grals stehen.«

»Und Ihr habt gesagt, das einzige heilige Land sei das Herz, in dem die Geheimnisse fortdauern. Das weiß ich noch. Dennoch weiß ich nicht, was Ihr meint.«

»Überlegt einmal: Eros ist für die Griechen sowohl der älteste als auch der jüngste Gott, weil er im Herzen eines Liebenden immer wieder neu geboren wird.«

Ezrah sprach gern in Rätseln. Wie konnte Eros, der Liebesgott, alt und jung zugleich sein? Weil er eine uralte Gottheit und die Liebe ewig jung war?

»Aber Ihr wisst, welche Geheimnisse mich interessieren«, drängte sie. Ezrah war gelehrt und hatte in seiner Krypta einen Tempel für einen fremden Gott. Vielleicht wüsste er, wo sie nach dem *Perceval*-Band suchen sollte, von dem Thomas erzählt hatte.

»Glaubt Ihr, dass Chrétien de Troyes die Erzählung vom Gral womöglich zu Ende geschrieben hat?« Sie flüsterte, obwohl niemand außer ihnen beiden sie hören konnte. »Wenn es nun eine Fassung des *Perceval* gibt, in der das Gralsrätsel gelöst ist?«

»Da gibt es kein Rätsel«, sagte Ezrah. »Die Frage lautet einfach: Wozu dient der Gral?«

»Auf die Frage gibt es keine Antwort.«

»Ich wiederhole mich. Wonach Ihr sucht, Lady Elayne, liegt nicht außerhalb Euer selbst, so wie bei Salomo. Als er sein Schiff durch die Zeiten schickte, damit die Gralsritter darauf segelten, sandte er kein Schiff, sondern seine Weisheit.«

Elayne war voreingenommen gegen die Version der Erzählung vom Gral, in der Salomos Schiff Ritter und Gral auf ein rätselhaftes Eiland namens Sarras brachte. So stand es in der *Suche*. Im *Perceval* kam die Insel Sarras gar nicht vor. Sie vermutete, dass Ezrah, weil er Jude war, sich für Salomo interessierte, den hebräischen König, der Astarte einen Tempel errichtet hatte.

»Aber wo liegt Sarras?«, fragte sie.

»Fragt mich nicht – ich bin kein Orakel.« Er lächelte auf eine irgendwie verzweifelte Weise. »Aber wenn es ein heiliges Land ist, und das wahre heilige Land ist das Herz, dann könnt Ihr Euch das vielleicht selbst beantworten.«

Noch mehr Rätsel.

»Wusstet Ihr«, sagte er und glättete seinen Bart, als helfe ihm das beim Denken, »dass man in alten Zeiten glaubte, das Göttliche sei weiblich und männlich zugleich und erfreue sich ebenso an Schönheit und Sinneslust wie wir Menschen?«

»Nein, das wusste ich nicht«, gab Elayne zu und fragte sich, ob das seiner Meinung nach zum Gralsstoff gehörte.

»Dann leuchtet es doch ein«, fuhr Ezrah fort, »dass alle Aspekte der Liebe, einschließlich des Verlangens, eine Erscheinungsform des Heiligen sind.«

»Und das Heilige ist so unermesslich wie der Umlauf der Himmelskugeln.«

»Meint der heilige Augustin. Obwohl er meiner Ansicht nach gesagt hat, *Gott* ist so unermesslich, nicht das Heilige.

Freut mich zu sehen, Lady Elayne, dass Ihr nicht nur die angeborene Neugier Eurer Mutter besitzt, sondern auch ihre Pietätlosigkeit.«

»Ich habe noch etwas von ihr«, sagte sie und nahm den goldenen Kelch aus der Samttasche, in der sie auch Thomas' Papierlagen und Viviennes Schmuck mit sich trug. »Wisst Ihr, woher der stammt?«

»Der goldene Kelch stammt vom französischen Hof«, erwiderte er. »Oder, wie Königin Eleonore ihr Gefolge gern nennen ließ, dem Liebeshof. Ich weiß nicht, wie alt er ist, aber eine romantische Tradition besagte, wenn man aus einem goldenen Kelch tränke, der die Lippen des Mannes oder der Frau berührt hatte, den oder die man begehrte, so würde man mit dieser Person eine Liebesbeziehung eingehen, und die Liebe würde immer so berauschend bleiben wie zu Beginn.«

Wäre sie doch nur auf den Kelch gestoßen, bevor Thomas fortging.

Auf der Reise nach London hatte Ezrah sie auch über die praktischen Seiten ihres Jahreseinkommens unterrichtet. Ihr Vater hatte klugerweise dafür gesorgt, dass Ezrah es für sie verwaltete und Tor sich nicht einmischen konnte. Bevor der Baron zu seinem letzten Feldzug aufgebrochen war, hatten sie einen Schriftsatz entworfen, dem zufolge jedes Jahr ein bestimmter Besitz oder ein Geldbetrag an Ezrah übertragen wurde, zur ausschließlichen Nutzung durch Elayne. Ezrah würde diesen an die Franziskaner weiterleiten, solange Elayne dort im Kloster unterkam.

Nach ihrem Gespräch war Elayne müde und versank in Schweigen. Den größten Teil der Strecke nach London verschlief sie.

Damals war sie nicht kräftig genug gewesen, die Unterhaltung mit Ezrah genauer zu bedenken, aber seither war Elayne sie in Gedanken immer wieder durchgegangen. Seltsamerweise wohnte sie jetzt, wenn auch als Laienschwester, in einem Kloster unter Nonnen, die im Zölibat lebten und das Heilige nicht ganz so weit fassten.

»Der Weg in den Himmel ist der Himmel«, hatte Ezrah gesagt, als er sich am Franziskanerkloster von ihr verabschiedete. »Liebe ist Liebe, ob zwischen Liebenden, Brüdern, Schwestern oder Freunden.«

Zu dem Zeitpunkt hatte sie die Blutvergiftung noch nicht überstanden, genau wie die Einsiedlerin es gesagt hatte. Später hatte Elayne sich gefragt, ob sie überhaupt nur wieder genesen war, um nicht das Missfallen der Siechenmeisterin auf sich zu ziehen, die ein unheilverkündendes kleines Geschöpf war. Die anderen Schwestern nannten sie Sperber, weil sie die Knochen eines Spatzen, aber die Augen eines Jägers hatte.

In den ersten Wochen im Kloster gab es Tage, an denen Elayne im Bett sitzen und das große Kräuterbuch lesen konnte, das Schwester Angela ihr gebracht hatte, als sie um ein Buch gebeten hatte. Doch es gab auch Tage, an denen sie ein Wesen war, das auf dem Bauch kroch, ein Schatten, der an der Wand tanzte. Schwestern kümmerten sich um sie, und ihre Berührung war kühl wie Balsam. Sie flößten ihr bitteres Gebräu ein, badeten sie und sprachen mit ihr, und anscheinend sagte Elayne auch etwas und fragte sich hinterher, welchen Unsinn sie wohl von sich gegeben hatte. Als der Frühling anbrach, war sie vollkommen klar und erkundigte sich nach den Arzneien. Schwester Angela sagte ihr, welche Pflanzen sie anbauten, und zeigte sich beeindruckt von ihrem Wissensstand.

Angela war die Botin des Klosters. Sie ging beinahe täglich auf den Markt und kam mit Neuigkeiten zurück. Edward war nicht mehr König, und Elizabeth Woodville hatte im Heiligtum Westminster Zuflucht gesucht. Elayne redete sich ein, dass Elizabeths Schicksal ihr gleichgültig sei.

In den Monaten ihrer Krankheit hatte Elayne ein gutes Verhältnis zu den Spitalschwestern entwickelt, und da sie immer Hilfe brauchten, begann sie nun selbst im Spital zu arbeiten.

Kranke zu heilen war eine beruhigende Tätigkeit. Der blättrige Duft von Schöllkraut und roter Taubnessel und Wermut zog aus der Spitalküche in den Krankensaal. Der Geruch nach Salben war vertraut und tröstlich.

Sie vergaß zusehends, dass sie jemals ein anderes Leben geführt hatte. Im Franziskanerkloster veränderte sich wenig, und die Monate vergingen wie Tage, die Jahre wie Jahreszeiten. Elayne konnte sich nicht erinnern, je den Entschluss gefasst zu haben hierzubleiben, ebenso wenig aber konnte sie sich entscheiden fortzugehen. Wohin sollte sie gehen? Sie erhielt einmal im Jahr einen Brief von Ezrah Reuben, der die Klarissen in ihrem Namen für die Einzelzelle bezahlte, die ihre Unterkunft war. Die Briefe hielten sie darüber auf dem Laufenden, was in Guildford vor sich ging. Tor hatte offenbar nicht aufgehört, nach ihr zu suchen, gab sich aber auch keine allzu große Mühe damit. Vermutlich kam er nicht auf die Idee, dass seine ungläubige Schwester in einem Kloster Zuflucht suchen würde, ebenso wenig wie er Elayne im Wald vermutet hatte. Er besaß einfach keine Phantasie. Dennoch setzte sie lieber keinen Fuß vor die Klostermauern, aus Angst, in London würde man sie erkennen, so unwahrscheinlich das auch sein mochte. Besser, hier eingesperrt zu sein als im Haus ihres Bruders.

Niemand außer der Einsiedlerin wusste, woher Elayne kam oder welchen Grund sie hatte, hier zu sein. Laienschwestern, wie man sie nannte, gab es im Kloster immer, Frauen, deren Männer oder Väter in einer Schlacht gefallen waren, die Geld hatten, das sie dem Männerkloster oder dem Ordenshaus gaben. Die beiden Klöster bestanden Seite an Seite, aber man bekam die Mönche nur selten aus der Nähe zu sehen, es sei denn, sie wurden ins Spital eingeliefert, so wie Bruder Robert. Dies war sein letzter Tag, und er traf Vorbereitungen für den Aufbruch. Schwester Angela sagte, Bruder Robert sei kaum wiederzuerkennen, er habe früher glatte rosa Wangen und einen kleinen Bauch gehabt. Jetzt war er schlank, seine Haut fahl, doch seine Augen waren strahlend blau und sein Lächeln warm und beruhigend.

Elayne verstand, warum Bruder Robert seiner Rückkehr ins Skriptorium nervös entgegensah. Es war, als hätte er in kurzer Zeit vergessen, wie er die Arbeit, die seine Berufung war, schaffen sollte. Das hatte sie nach einer Typhuserkrankung schon einmal erlebt. Er machte sich Sorgen, ob er seine Hände ruhig genug halten könnte, um Blattgold hauchdünn aufzutragen und die kostbaren Farben der alten Manuskripte, die er restaurierte, wiederzubeleben. In den Wochen nach seiner Aufnahme hatte er Elayne alles über seine Arbeit erzählt. Er habe sich die Krankheit im Gefängnis von Newgate eingefangen, wo er eine verlorene Seele besucht habe, die er zu retten hoffte, sagte er.

Nun sah sie ihm zu, wie er seinen groben Wollmantel anzog und sich das Holzkreuz in den Gürtel steckte. Zum Abschied nickte er dem Novizen auf der Pritsche gegenüber zu, der im Keller auf zerbrochenes Glas getreten war und sich den Fuß aufgeschnitten hatte.

Er schaute sich um, ob die Spitalleiterin oder eine der Schwestern zu sehen war, aber nur Elayne hatte Bereitschaft, saß an ihrem Tisch am Fenster und schrieb in ein Hauptbuch. Ihre Schreibkunst war sehr nützlich, fand die Spitalleiterin.

Robert ging langsam durch den Raum, als wäre es eine Wegstunde von einem Ende zum anderen. Als er an Elaynes Tisch trat, lächelte sie. Im Delirium hatte er ihr gesagt, sie habe Augen wie eine äthiopische Königin, und sie hatte ihm die Bemerkung nicht vorgehalten.

»Ihr verlasst uns also, Bruder«, sagte sie.

Er nickte. Ihr gegenüber war er immer ein wenig scheu. Vermutlich hatte er nur selten Kontakt mit den Schwestern.

Den hatten nur wenige, obwohl die Klarissen die Speisekammer und das Backhaus für das Kloster und das Ordenshaus gleichermaßen führten und Tinte für das Skriptorium herstellten.

Elayne stand auf und holte eine grüne Flasche Medizin.

»Trinkt morgens und abends einen Schluck«, trug sie ihm auf. »Wenn sie leer ist, füllen wir sie auf. Sollten die Schweißausbrüche wieder einsetzen, kommt sofort.«

»Danke für Eure Güte.« Bruder Robert verstummte.

Elayne zuckte mit den Schultern. »Das gehört zu meinen Aufgaben.«

»Was hat Euch hergeführt?« Seine Kühnheit schien Bruder Robert ebenso zu überraschen wie Elayne.

Sie sagte nichts und fragte sich im Stillen, welche Lüge sie ihm auftischen könnte.

Bruder Robert wurde rot.

»Ich hatte nicht das Recht …«, fing er an, doch sie hatte sich für eine Antwort entschieden.

»Die Bibliothek«, sagte sie.

»Aber was wollt Ihr denn in der Bibliothek?«

Sie lachte über die Beleidigung. »Nichts Besonderes«, erwiderte sie und wich seinem Blick aus. »Wie auch immer, der Bibliothekar erlaubt mir nicht, die interessantesten Manuskripte anzusehen. Er sagt, sie seien zu alt, man dürfe sie nicht in die Hand nehmen.«

Elayne wusste noch bevor er den Mund aufmachte, was er vorschlagen würde.

»Vielleicht kann ich Euch helfen«, sagte er.

Genau das hatte sie sich erhofft.

Kapitel 19

Elizabeth schaute sich in dem Raum um, der von einer dunklen Höhle in die einer Königin würdige Kammer verwandelt worden war. Es gab eine Tagesdecke aus Hermelin, mit Gänsedaunen gefüllte Kissen und einen Samtbaldachin. Sie hatte damit gerechnet, ihr sechstes Kind auf einer unbequemen Mönchspritsche zur Welt zu bringen, doch irgendwie war es Abt Millyng und ihrer Mutter gelungen, hier in der Krypta ein königliches Geburtszimmer einzurichten. Und Abt Millyng würde doch bestimmt nicht seinen Schutz anbieten, wenn er der Meinung war, dass Edwards Herrschaft für alle Zeiten vorbei war?

Was sollte dann aus ihnen werden?

Die Furcht ließ sie nicht los. Dachte sie einmal nicht an den befürchteten Tod ihres Gemahls, nicht an den Grafen Warwick und seine mörderischen Rebellen aus Kent, dann war sie durch nichts zu erschüttern. Wenn sie doch nur furchtlos wäre … Damit könnte sie ihr Gottvertrauen beweisen, und Gott würde sie beschützen. Dann würde ihren Kindern nichts geschehen.

Die Furcht war der wahre Feind.

Das Baby trat, und sie legte eine Hand auf die Stelle, an der die kleine Ferse gegen ihre Rippen hämmerte. Dieses Kind würde sich mit seinem beengten Quartier nicht mehr lange zufriedengeben. Dann hätte sie noch mehr Anlass, stark zu sein.

Elizabeth ging langsam von ihrer Kammer durch den von

Kerzen erleuchteten Flur. Die Schatten in den Ecken der Krypta griffen manchmal auf die Wände und die Decke über, als wollten sie Elizabeth umzingeln. Nachts lag sie wach und stellte sich vor, sie seien ihre Feinde. Einmal redete sie es sich so gründlich ein, dass sie verängstigt zu Jacquetta ins Bett kroch, die ihr zuflüsterte, sie solle an ihre Engel denken. Ihre Engel seien stärker, und sie seien immer da, das dürfe sie nicht vergessen. Sie hätten Flügel wie Schwäne und freundliche Gesichter, und ihre Gewänder seien aus goldenem Tuch, mit Lichtfäden durchwirkt. »Sie sind immer da«, wisperte Jacquetta, genauso wie Elizabeth es ihren eigenen Kindern zuflüsterte.

Im mittleren Raum verbannten Licht und Wärme des Ofens die Schatten. Bruder Michael saß an einem Ende des Raums auf einem Hocker, umgeben von kleinen Mädchen. Cecily schenkte dem Unterricht keinerlei Aufmerksamkeit, sie zerkrümelte ein Stück Brot in ihrer winzigen Faust und steckte es in den Mund. Jacquetta sprach leise mit Lady Scrope, und Marjory Cobbe, die Hebamme, saß ruhig an einer Näharbeit. Sie hatte bisher drei Wochen lang jeden Tag ein Hemd genäht, und Elizabeth fragte sich, wer diese Hemden wohl tragen würde, ihre Feinde oder ihre Freunde? Marjory sah ihr zu, wie sie langsam zu ihrem Stuhl ging und sich darauf niederließ. Dann nickte die Hebamme vor sich hin und nähte weiter.

Seit jener ersten Nacht schienen Jahre vergangen zu sein, nicht Wochen, und oft fiel es ihr schwer, auf die ermutigenden Worte aus Anthonys Brief zu vertrauen. Jacquetta tröstete sie, sie würden gewiss bald wieder Nachrichten aus Brügge erhalten.

Lady Scrope hatte ihnen mitgeteilt, König Henry gehe es nicht gut, und wenn man ihn überhaupt zu Gesicht bekomme, trage er immer dasselbe zerknitterte blaue Gewand, sein Haar sei schmutzig, seine Haut schlaff. An einem Morgen hatten sie die Glocken im Westminster-Palast gehört, und die Menschen hatten gejubelt. Musik und Festtagslaune plätscherten durch die Gassen bis hinab an den Fluss und in den Raum, in dem Elizabeth saß, so wie jetzt, mit einem Buch, das Abt Millyng ihr mitgebracht hatte. Die Glocken zu hören, die einen König aus dem Hause Lancaster feierten, war unheimlich; zu wissen, dass Henry die weißen Türme jetzt nicht als Gefangener, sondern als König besetzte. Jedermann wusste, dass Lord Warwick ihn beherrschte. Der Graf von Warwick wechselte die Seiten je nach Interessenslage. Ohne Zweifel würde er dafür sorgen, dass alle lancastrianischen Gefangenen jetzt, da Edward fort war, freigelassen wurden.

Elizabeth hörte mit halbem Ohr zu, wie Bruder Michael ihren Töchtern aus der *Vulgata* vorlas. Ihr war, als säße sie wieder im Lateinunterricht, sie erinnerte sich an die alten Geschichten und Historien, die sie längst vergessen hatte. Sie wurde zurückversetzt in das Studierzimmer in Grafton, in dem sie und Elayne gemeinsam ihren Unterricht absolvierten und dann heimlich Bücher mit in Elizabeths Kammer nahmen, um sie nachts unter dem Bett bei Kerzenlicht zu lesen. Einmal hatten sie beinahe ihre Decke in Brand gesetzt. Jetzt, zwanzig Jahre später, las sie noch immer dieselben Geschichten, aber ohne ihre Freundin.

Als ihr Unterricht beendet war, wollten die Mädchen nach draußen. Das durften sie nur nach der Frühmesse und dann wieder kurz vor Sonnenuntergang. Für gewöhnlich begleitete Elizabeth sie, doch heute hielt das Gewicht ihres Körpers sie auf dem Stuhl fest. Bruder Michael würde die Kinder nicht allein lassen. Er trug einen schmalen, leichten Dolch unter seiner Kutte, und Elizabeth hatte einmal gesehen, wie er seine Hand darauflegte, als ein Fremder zu nah an ihren Töchtern vorbeiging. Der Mann war nur ein Dieb, nicht ihr wahrer Feind. Sie hatte Michael im Obstgarten mit Pfeil und Bogen eine Krähe vom Ast schießen sehen.

»Setzt eure Kapuzen auf und verlasst den Friedhof nicht«, sagte Elizabeth wie gewohnt.

»Seid Ihr dann noch hier?«, fragte die kleine Elizabeth sie argwöhnisch. Sie hatte nicht vergessen, dass ihre Mama wochenlang verschwunden war, als Cecily geboren wurde.

»Ja, mein Turteltäubchen. Und wenn ich in meiner Kammer bin, dann siehst du mich morgen.«

»Dürfen wir das denn?«

»Ja, das dürft ihr. Wir sind hier nicht im Tower. Und jetzt geh und schnapp ein bisschen Luft, bevor es dunkel wird.« Die Mädchen gingen, Elizabeth und Mary skandierten einen Vers, die kleine Cecily zwischen sich an den Händen.

Wieder schoss ein zuckender Schmerz an Elizabeths Wirbelsäule hoch, und sie umklammerte ihre Stuhllehne. Ihre Mutter saß mit Lady Scrope am anderen Ende des Raums, da es dort heller war, und bestickte Kissenbezüge aus hauchzartem Satin mit noch mehr Fleurs-de-Lys. Henrys Ratsversammlung hatte Lady Scrope als ihre Dienerin eingestellt, ein Entgegenkommen, mit dem Elizabeth nicht gerechnet hatte. Augenscheinlich wollte Henry gute Beziehungen zu seiner Kusine aufrechterhalten, obwohl er die Krone trug.

»Wir müssen nach Meister de Sergio schicken«, sagte Marjory Cobbe, die plötzlich neben Elizabeth stand und ihr einen Arm reichte. Sogleich waren auch Jacquetta und Lady Scrope an ihrer Seite, und sie wurde aus dem Stuhl gehoben.

»Soll ich das Buch an mich nehmen, Beth?«, fragte Jacquetta behutsam.

»Nein, das behalte ich.«

Die Schatten in dem düsteren Flur machten Platz, um sie durchzulassen. Lady Scrope nahm eine Kerze von der Wand und leuchtete ihnen den Weg aus. Das schwache Licht, das jetzt im November diesen Teil der Krypta erreichte, war beinahe verschwunden. Sie dachte an Grafton, und auf einmal fiel ihr der Tag ein, an dem sie Elayne die kleine, sonnendurchflutete Marienkapelle gezeigt hatte. Wie alt waren sie damals? Sie wusste es kaum noch. Elayne konnte nicht älter als zehn gewesen sein.

In der Marienkapelle in Grafton war es immer kühl und still. Wie üblich hatte Elayne ihre Hausschuhe ausgezogen, weil sie den Steinboden gern unter ihren Füßen spürte.

»Wo ist es, Beth?«, flüsterte sie.

»Hier entlang.« Elizabeth ging auf Zehenspitzen durch das Kirchenschiff, als könnte der Pastor ihre Schritte noch in seiner Wohnung auf der anderen Seite des Feldes hören. Nachmittags schlief er, und sie hatten die Uhrzeit für ihren Besuch dementsprechend ausgewählt. Sie blieb an dem Stein stehen und wartete darauf, dass Elayne etwas sagte.

»Das ist er?« Die Enttäuschung in ihrer Stimme war deutlich.

»Ja«, erwiderte Elizabeth.

»Das habe ich mir anders vorgestellt.«

»Es ist nur ein Stein, meine Beste.«

»Aber du hast behauptet, er wäre etwas Besonderes.«

»Das ist er auch.«

»So sieht er aber nicht aus.«

»Hier ist mein Bruder begraben.«

»Wie passt er denn unter einen so kleinen Stein?«

»Ich weiß nicht. Ich durfte nicht an der Beerdigung teilnehmen.«

»Dann ist er vielleicht gar nicht tot!« Dieser Gedanke war auch Elizabeth schon gekommen.

»Was sollen wir jetzt machen, Beth?«

Diese Frage stellte Elayne öfter als die anderen. Für gewöhnlich musste Elizabeth sich dann etwas überlegen. »Wir könnten in Mamas Boudoir gehen.«

»Das sagst du immer.«

»Weil du mich immer fragst, was wir machen sollen.«

»Tu ich nicht.«

»Dann lass du dir etwas einfallen!«, fuhr Elizabeth sie an.

»Na schön, dann gehen wir eben hin.« Elayne gefiel es durchaus in Jacquettas Boudoir, am liebsten aber war sie draußen. Luft und Erde waren ihr Element. Elizabeth fragte sich, ob Elaynes Wunde jemals heilen würde. Die Wunde, die ihre Leidenschaften anzufeuern schien wie der Wind die Funken. Elayne hatte viele Begabungen. Schon als Kind stellte sie Stoffbahnen her, die wie Illustrationen aussahen, durchwirkt mit goldenen Seidenfäden. Jacquetta sagte, Vivienne sei am Webstuhl die reine Klotho gewesen, die jüngste der drei Schicksalsgöttinnen. Klotho habe die Aufgabe gehabt, den Lebensfaden zu spinnen. Elayne war genauso. Ihre Phantasie war überschäumend. Aber wenn sie nicht beschäftigt war, konnte ihr Gemüt finster werden, wie an dem Tag, als sie ihren Bogen auf den jungen Henry Stafford richtete, nachdem er versucht hatte, ihr einen Kuss zu rauben. Vielleicht hätte sie auf ihn geschossen, wäre Anthony nicht dazwischengetreten.

Damals liefen sie von der Marienkapelle zum Boudoir, tupften sich französisches Parfüm auf ihre flachen Brüste und zogen Jacquettas Gewänder an. Elayne wollte Elizabeth dazu überreden, in die Bibliothek zu gehen und eine der Truhen aus dem Louvre zu öffnen. Jacquetta hielt die ältesten Ritterromane unter Verschluss, den Kindern war es streng verboten, sie zu berühren.

»Ich habe dir doch gesagt, dass ich keinen Schlüssel habe«, erwiderte Elizabeth.

Das hatte nichts zu bedeuten. »Du hättest mir nie von den Ritterromanen erzählen sollen, wenn du nicht die Absicht hast, sie mir zu zeigen«, beklagte sich Elayne. Elizabeth bereute es zutiefst, die Bücher je erwähnt zu haben. Wenn Elayne sich etwas in den Kopf gesetzt hatte, ließ sie nicht locker.

Elizabeth fragte sich, was in Elaynes Kopf vorgegangen sein mochte, als sie vor fünf Jahren verschwunden war.

Nach jeder Wehe vergaß Elizabeth sofort wieder, wie der Schmerz sie in die Zange nahm und Gewebe von ihren Muskeln riss. Sollte sie sich erinnern, würde sie nie wieder ein Kind austragen. Sie ließ sich von Margaret und Lady Scrope die Kleidung aufbinden und ins Bett legen. Ihr Körper gehorchte ihr nicht mehr. Sie schob das Fläschchen beiseite, das die Hebamme ihr auf die Lippen drücken wollte. Davon würde ihr nur speiübel. Vorerst konnte sie den Hermelin und die Seide unter sich spüren, die sie nach jeder Wehe beruhigten, aber dies war erst der Anfang.

Eine Stunde verging, bis Dominic de Sergio eintraf. Er war dünn und hatte einen spitz zulaufenden Bart, eine pockennarbige Stirn und ein eingeprägtes Stirnrunzeln. Im Nebel ihrer Schmerzen dachte Elizabeth, dass er bestimmt ebenso viele Todesfälle wie Geburten erlebte. Das musste den Glauben an das Körperliche beeinträchtigen. Bestimmt spürte er beständig den Tod an seiner Seite, der nur darauf wartete, sein Werk zu verrichten, wenn de Sergio das seine vollbracht hatte.

Ein heftiger Schmerz durchfuhr ihren Lendenbereich. Sie wimmerte und krallte sich in die Bettlaken.

»Ruhig, Beth, schhh.« Jacquetta strich ihr über das Haar. »Die Engel helfen dir«, flüsterte sie, so dass niemand sie hörte. Wenn Engel im Raum waren, dann machten sie sich nicht gerade nützlich. Wie konnten sie wissen, wie es war, das Gewicht eines Kindes im Leib zu spüren und dann entzweigerissen zu werden, wenn man es zwischen den Lenden hervorpresste? Engel konnten sanftmütig sein, sie mussten ja weder jeden Monat bluten noch ein aufgedunsenes Gefäß sein, das jeden Augenblick aufbrechen wollte.

Eine noch stärkere Wehe, und Elizabeth erbrach sich über die Bettkante. Sie versuchte, wieder an Grafton zu denken, an die junge Elayne, die barfuß durch den Garten lief, ihr schwarzes Haar hinter ihr wie ein Krähenflügel. Sie dachte an Anthony, der Elayne beobachtete – seine Liebe war ihm schmerzhaft anzusehen. Sie versuchte, ihren Verstand von ihrem Körper zu lösen, aber es hatte keinen Sinn.

Die Wehen kamen schneller und stärker, bis Elizabeth die anderen im Raum nicht mehr bemerkte. Sie vernahm murmelnde Stimmen, spürte bohrende Finger, aber sie war beinahe bewusstlos. Ihr Atem kam und ging stoßweise, und ihre Muskeln hatten allem Anschein nach nicht die Kraft, dieses Kind zur Welt zu bringen.

»Beth, hör nicht auf, sein Kopf kommt – hör nicht auf zu pressen. Beth, Beth …«

Dann hörte sie nichts mehr außer ihrem Geheul, und das Kind kam aus ihr heraus.

»Beth. Beth!« Eine kühle Hand an ihrer Wange. Sie drehte den Kopf zur Seite.

»Ist schon Morgen?«

»Nein. Du warst für ein paar Augenblicke nicht bei dir. Ich hatte Angst …«

Überstürzt fiel Elizabeth alles ein, die Geburt, schnell, aber grausam, der wissende Ausdruck in Dominic de Sergios Gesicht. Sie spürte, dass ihr Körper unter Schock stand.

Sie vernahm kein Geräusch.

»Wo ist mein Kind?«

»Schhh.« Jacquetta rutschte ein Stück zur Seite und hob Elizabeths Kopf, damit sie Marjory Cobbe am Fußende des Bettes mit einem Bündel Leinen stehen sah.

Elizabeth streckte die Arme aus.

»Du hast einen Sohn.« Jacquetta lächelte.

»Gebt ihn mir«, bat Elizabeth.

Kapitel 20

Elayne sah zu, wie Bruder Robert Staub vom Pergament pustete, und betrachtete seine Arbeit aus zusammengekniffenen Augen. Er sagte, er habe schon vor seiner Krankheit an diesem Buch gesessen, werde es aber nie leid. Das Blattgold und das Lapislazuliblau der Illustrationen, die, wie er sagte, durch Zeit und Vernachlässigung abgetragen und zerstört worden seien, leuchteten hell. Die Bilder von Zitadellen, von Soldaten, die Heiden in den Wald jagten, in dem mystische Tiere darauf warteten, sie zu verschlingen, hatten ihre ursprüngliche Pracht durch die Restaurierung wiedererlangt. Das Buch war eine Festschrift über die Kriege Karls des Großen gegen die heidnischen Sachsen und gehörte einem wohlhabenden Ratsherrn und Gönner des Klosters. Der Ratsherr hielt sich angeblich selbst für so etwas wie einen Barden. Solche Männer sollten die Dichtung Menschen überlassen, die dafür geboren waren, die dafür litten und keine andere Wahl hatten, als sie niederzuschreiben, dachte Elayne.

Robert legte seinen Griffel ab, denn er spürte ihre Gegenwart. Sie kam jeden Tag – so hatten sie es vereinbart – in der Stunde vor dem Frühstück. In dieser Zeit las sie die Bücher, die Robert bereitgelegt hatte.

»Guten Morgen, Bruder«, sagte sie. Sie waren gewissermaßen Freunde geworden – sofern man mit jemandem befreundet sein konnte, über den man kaum etwas wusste. Er vermutete, dass sie einen Verlust erlitten hatte, einen Gemahl in einer Schlacht vielleicht oder ein krankes Kind, und dass sie in den Büchern Trost suchte. Ihr kam es gelegen, wenn er das glaubte, und ihr fiel auf, dass sie stets die Gesellschaft von Gelehrten suchte – zuerst Thomas und jetzt der Mönch –, als könnte sie in ihrem Beisein einen Teil ihrer Bestimmung in sich aufnehmen.

Der Raum lag fast unter dem Dach im hinteren Teil des Skriptoriums, es war ausreichend Licht vorhanden. Der Tisch stand nah am Fenster. Im Sommer, sagte Bruder Robert, wenn das Fenster offen stand, kam oft Staub herein, doch die frische Luft und der Blick über den Obsthain und den Kräutergarten am frühen Morgen machten die zusätzliche Arbeit wett, Staubteilchen vom trocknenden Pergament zu kratzen.

Zunächst, sagte Elayne, wolle sie die Kräuterbücher sehen, deretwegen sie sich ja überhaupt für die Bibliothek interessiere. Robert sah darin nichts Schlimmes, trotzdem verschwieg er es dem Bibliothekar und sagte ihr, sie solle nur während der Messe kommen, um die anderen nicht zu stören. Bruder Alfredo, der Bibliothekar, und seine Brüder würden in mehr als einer Hinsicht gestört, wenn sie eine Frau in ihrer Mitte hätten. Ihr war aufgefallen, dass die Vorsteherin der Novizinnen und die Kantorin häufig kamen, um sich Bücher und Noten für den Unterricht auszuleihen, aber sie waren vom Wimpel bis zum Kleidersaum bedeckt. Laienschwestern ließen sich dagegen nur selten in der Bibliothek sehen.

Bruder Robert wurde bald klar, dass Elayne nicht an den Kräuterbüchern interessiert war, sondern an der Sammlung der ältesten Bücher und Schriftrollen. Diese Schätze der Franziskaner wurden in einem kleinen verschlossenen Raum im oberen Stockwerk des Gebäudes aufbewahrt, über einem Wärmeraum mit einem Backsteinofen, der die Feuchtigkeit aus der Luft nahm. An kalten Tagen suchten die Kopisten aus dem Skriptorium abwechselnd den Raum auf, um ihre schmerzenden Finger aufzutauen.

Bei ihrem ersten Besuch, nur wenige Tage nachdem Bruder

Robert das Spital verlassen hatte, bat Elayne um Einsicht in den Katalog. Darin waren Titel, Ursprung und geschätztes Alter eines jeden Buchs im Kloster eingetragen. Sie wählte nacheinander verstaubte Bände aus, die aus Paris oder aus dem Sarazenenland stammten. Manche standen kurz vor dem Zerfall, ihre Seiten waren von Nagetieren durchstöbert oder durch Lichteinwirkung oder Unachtsamkeit beschädigt worden, andere waren von unfassbarem Wert und Alter, wie zum Beispiel Euripides' *Medea*, Horaz' *Satiren* oder Ovids *Metamorphosen* – Werke in kostbaren Einbänden und mit Gold und hellen Pigmenten beladenen Seiten. Viele waren von Gönnern oder den Familien von Novizen vermacht oder gespendet worden, einige von einer Edelfrau, die Schutz im Ordenshaus gefunden hatte, während ihr Mann auf einem Feldzug war. Elayne hatte sich durch Philostratus den Sophisten und Teile des Augustinus gearbeitet, aber nur um Bruder Robert einen Gefallen zu tun (den *Bekenntnissen* schenkte sie keinen Blick, die erinnerten sie zu sehr an Beth), sowie durch Beda und Geoffrey von Monmouth.

Am Tag zuvor hatte sie schließlich nach den Ritterromanen gefragt, und nun schaute sie auf die spärliche Sammlung, die er für sie auf einem Tisch hinterlassen hatte.

Elayne nahm jedes Buch in die Hand, schlug es kurz auf und legte es wieder ab. Guillaume de Lorris, Chrétien de Troyes, Robert de Boron und natürlich die Erzählung vom Gral, die die Zisterzienser in eine Moralgeschichte umgeschrieben hatten, *Die Suche nach dem Heiligen Gral.* Dank ihrer christlichen Botschaft hatte die Kirche *Die Suche nach dem Heiligen Gral* anerkannt, woraufhin die Erzählung den *Perceval* praktisch ersetzte. Im *Perceval* ging es bei der Suche nicht um den Gral als konkreten Gegenstand, es ging um seinen Zweck – er stand für Freundlichkeit und menschliche Nächstenliebe. Im *Perceval* galt der Gral nicht als heilig und wurde auch nicht von Priestern glorifiziert. Er war ein Sinnbild.

»Das sind nicht viele«, sagte sie enttäuscht.

»Richtig.«

»Habt Ihr nichts Älteres?«

»Das hier ist eine Klosterbibliothek. Wenn Ihr Ritterromane lesen wollt, schlage ich vor, Ihr freundet Euch mit jemandem bei Hofe an.«

Nach dieser Rüge setzte sie sich und nahm das obere Buch vom Stapel. Es war die *Suche*. Bruder Robert machte sich wieder an seine Arbeit.

Kurz darauf schaute er auf, offenbar reumütig. »Es gibt noch mehr Ritterromane«, gab er zu. »Sie wurden … jemandem ausgeliehen.«

»Wem?«

»Einem Gefangenen.«

»Ach so? Eurer verlorenen Seele?«

Robert nickte. »Ich bezweifle allerdings, dass er sich selbst so beschreiben würde.«

Da Robert ihr allem Anschein nach mehr über den Gefangenen erzählen wollte, lenkte Elayne ihre Aufmerksamkeit ostentativ wieder auf ihre Bücher. Sie wollte nichts von den Leiden eines Verbrechers hören. Sie war ihr Leben lang selbst eine Gefangene gewesen.

Dann ging ihr auf, dass es vielleicht in ihrem Interesse sein könnte, mehr zu erfahren.

»Hat Euer Gefangener eine Abschrift des *Perceval*?«

Robert runzelte die Stirn und dachte nach. »Ich glaube nicht«, sagte er schließlich.

Elayne trommelte mit den Fingern auf den Tisch, und Robert schaute sie erwartungsvoll an.

Am Ende seufzte er verzweifelt. »Wenn Ihr mir nicht sagt, welche Idee in Eurem Schädel mit den Flügeln schlägt, kann ich nicht arbeiten.«

Sollte sie es ihm erzählen?

»Wie ich hörte«, sagte sie, darauf bedacht, möglichst unbeteiligt zu klingen, »gibt es irgendwo eine Abschrift des *Perceval*, die einen Schluss hat.«

»Was soll das heißen, die einen Schluss hat?«

»Ich meine, dass Chrétien de Troyes die Erzählung vom Gral womöglich doch zu Ende geschrieben hat und Perceval die Antwort auf die Frage hat finden lassen.«

»Ihr meint die Frage ›Wozu dient der Gral‹?«

»Gewiss.«

»Aber ich dachte, Chrétien de Troyes sei gestorben, bevor er den *Perceval* zu Ende schreiben konnte.«

»Ja«, sagte Elayne ungehalten und fragte sich im Stillen, ob er wirklich so schwer von Begriff war, »genau darum geht es. Vielleicht hat er die Erzählung ja beendet, bevor er starb, und womöglich gibt es irgendwo eine vollständige Abschrift ...«

Robert wirkte nachdenklich. »Das ist ein interessanter Gedanke, Schwester Elayne. Aber ich glaube, Chrétien de Troyes ist im Heiligen Land gestorben – soweit ich weiß, hat er am Vierten Kreuzzug teilgenommen.«

Elayne beugte sich wieder über die *Suche*, damit er ihre Enttäuschung nicht sah.

Sie las nicht, sondern dachte nach.

»Habt Ihr je in Betracht gezogen, Bruder Robert, dass jemand die Geschichte des Grals aufschreiben sollte? Meint Ihr nicht, die Bibliothek eines großen Klosters wie das der Franziskaner sollte ein solches Dokument haben, in dem erklärt wird, woher die Erzählung kommt und warum sie wichtig ist?«

»Und schlagt Ihr vor, dass Ihr die Geschichte selbst schreiben solltet, Schwester Elayne?«

»Nein, ich schlage vor, Ihr solltet sie schreiben. Ihr seid der Gelehrte, nicht ich.«

»Ich sehe keine Notwendigkeit«, erwiderte Robert und widmete sich wieder seiner Arbeit.

Sie schlug die nächste Seite auf und las einen Abschnitt. Sir

Lancelot beichtete einem der vielen Einsiedler, von denen es in dieser Erzählung nur so wimmelte:

Ich habe eine Königin unermesslich geliebt. Und alle großen Heldentaten, die ich vollbrachte, habe ich zum größten Teil ihr zuliebe vollbracht, und ich habe niemals nur Gott zuliebe gekämpft, sondern um Verehrung zu erlangen und der bessere Geliebte zu sein.

Sie schrieb es sich auf. Wenn die Menschen ihre Taten nur vollbrachten, um Verehrung zu erlangen und die besseren Geliebten zu sein, was für eine zerbrechliche Burg war dann dieses Leben.

Sie schaute auf und ertappte Bruder Robert, wie er sie beobachtete.

»Eure Handschrift ist fast so sauber wie die eines Kopisten, aber Ihr seid eine ungeduldige Leserin«, sagte er nachsichtig.

Das stimmte. Nicht zum ersten Mal hatte sie Seiten so fahrlässig umgeblättert, dass der Mönch sie ermahnen musste, behutsam mit den Büchern umzugehen. Tatsächlich wusste sie nicht, wonach sie suchte. Bisher war alles, was sie las, nur eine Wiederholung dessen, was sie bereits wusste.

»Alles … alles ist dasselbe«, sagte sie und warf verärgert die Schreibfeder von sich.

»Was meint Ihr?«, fragte Bruder Robert.

»Eine Geschichte ist wie die andere. Es spielt keine Rolle, ob es Robert de Boron oder Dante ist …«

»Das stimmt nicht«, protestierte er.

»Doch. Alle Männer wandern durch das Leben, alle Männer begegnen Dämonen, alle suchen am Ende dasselbe.«

»Was suchen sie denn, Schwester Elayne?«

Sie sah Robert an, dass ihre Ausführungen ihn faszinierten. Sie mochten zwar ketzerisch sein, zumindest aber waren sie sachkundig.

»Die Wahrheit.«

»Die kann man in diesem Leben nicht finden«, seufzte Robert.

Sie schaute ihn amüsiert an.

»Das langweilige Leben der Christen nach dem Tod interessiert mich nicht«, setzte sie ihn in Kenntnis. »Am Ende meines Lebens werde ich mich in Salomos Schiff legen und nach Sarras segeln, um den Gral zurückzubringen.«

»Sarras?« Robert war seine Verwirrung anzusehen.

»Das Eiland, auf das Galahad den Gral gebracht hat«, half Elayne ihm auf die Sprünge. »Aber was glaubt Ihr, wie Salomos Schiff beschaffen war, dass es durch die Zeiten und Welten segeln konnte?«

Es war klar, dass Bruder Robert darauf nicht antworten konnte. Er sagte, vielleicht spiele es keine Rolle, welches Schiff man wähle, vorausgesetzt man wisse, in welche Richtung man segeln solle. Elayne ging davon aus, dass er es allegorisch meinte, und wandte sich ab.

Sie hatte das Gefühl, ihre Gegenwart tröste ihn, und das gefiel ihr. Vielleicht lag es daran, dass sie sich um ihn gekümmert hatte, als er krank war, und sich noch immer nach seinem Befinden erkundigte und darüber lachte, wenn er immer wieder seine Holzbrille verlegte. Vor der Krankheit hatte er sie nicht tragen müssen und war noch nicht daran gewöhnt.

Er musste Elayne nicht begehren. Sie war nicht wie Beth, sie legte es nicht darauf an, von jedem Mann angehimmelt zu werden, um zu spüren, dass sie der Liebe würdig war. Sie vermutete, dass der Mönch nicht dazu verdammt war, gegen fleischliche Begierden anzukämpfen. Nach einem Leben in Keuschheit wusste er gar nicht, wie man eine Frau liebte. Sie wünschte, sie könnte ihn fragen, verstand aber, dass es ihn in tiefste Verlegenheit stürzen würde. Er sah aus, als wäre das Irdische das Letzte, was ihm in den Sinn käme.

»Ihr hängt schwerwiegenden Gedanken nach, Bruder Robert.«

Er seufzte. »Ich frage mich, ob ich Euch etwas erzählen sollte …«

»Natürlich sollt Ihr das!«

»Ich kenne jemanden, der die Ritterromane von König Arthur niederschreibt.«

»Soll das heißen, ein Schreiber?«

»Mehr als das – ein Übersetzer.«

Elaynes Herz schlug schneller, nur für einen Augenblick, dann fiel es ihr wieder ein. Aber war es möglich, dass jemand anders das ausführte, was Thomas vorgehabt hatte?

»Ach so?«, sagte sie vorsichtig.

»Ja. Er beschreibt sie als einen Kampf zwischen einem christlichen Hof und den Mächten heidnischer Zauberkraft. Ich wollte es Euch schon vorher sagen …«

Elayne fragte sich, wie jemand in den Besitz von Thomas' Unterlagen gekommen sein mochte. Vermutlich trug er sie bei sich, als er umgebracht wurde …

»Ich habe noch nie eine solche Menschlichkeit in einem Prosawerk erlebt«, gab Robert zu, »als wären die Figuren aus Fleisch und Blut und könnten von der Seite in den Raum treten. Vielleicht habe ich früher einmal gedacht, Ritterromane seien wertlos, aber jetzt sehe ich, dass Thomas seinen Figuren die eigenen Sehnsüchte und Konflikte auferlegt hat.«

»Thomas?«

»Ja.«

»Thomas Malory?«

»Ja.« Bruder Robert schaute sie verdutzt an. »Ihr kennt ihn?«

Zuerst der Geist von Vivienne und jetzt Thomas.

»Wo ist er?«

»Im Gefängnis von Newgate.«

Kapitel 21

So wohnten Sir Lancelot und Galahad ein halbes Jahr auf diesem Schiff und dienten Gott bei Tag und Nacht aus all ihrer Kraft; und oft kamen sie auf menschenleeren Inseln an, wo nur wilde Tiere hausten, und dort fanden sie viele seltsame und gefährliche Abenteuer, die sie vollbrachten. Doch tut die Geschichte ihrer hier keine Erwähnung, denn es wäre zu lang, all diese Abenteuer, die ihnen zustießen, zu berichten.

Le Morte d'Arthur

Dezember 1470

Liebe Beth,
noch nie habe ich Edward ohne Schuhe und Partnerin tanzen sehen. Es hätte ein Festmahl mit Musikbegleitung gegeben, wenn Dein Gemahl Margarets Haus nicht längst in ein Militärlager verwandelt und sich zum Kommandanten gemacht hätte. Nur gut, dass seine Schwester gutmütig ist und viele Zimmer hat. Der gesamte Haushalt ist wonnetrunken, dass Du einen Erben zur Welt gebracht hast, allen voran aber Dein Gemahl.
Auch ich habe einen Feldzug zu führen, wenngleich von weniger strategischer Natur. Im ältesten Teil der Stadt gibt

es ein Gewirr von gepflasterten Gassen, hier blüht und gedeiht der Handel mit Manuskripten. Einige Läden haben hübsche Fenster, in denen Schreibwerkzeug aus den Federn fremder Vögel oder bemalte Ledereinbände ausgestellt sind. Man findet hier Händler aus Persien und Indien und vom ganzen Kontinent. Viele Kaufleute sind Hebräer, es ist, wie Du Dir vorstellen kannst, ein lebhafter, florierender Markt.

Vor kurzem traf ich Ezrah Reubens Sohn Seth in der Werkstatt eines Pariser Buchhändlers. Der Pariser beschäftigt eine ganze Armee von Schreibern, Buchmalern und Buchbindern, und sie stellen Ritterromane her, so schnell, wie ihre Kunden nur bestellen können, aber es herrscht auch rege Nachfrage nach frommen und historischen Werken und nach den alten Griechen. Ich mache mir große Hoffnung für meine Reden der Philosophen.

Woanders in diesem Viertel trifft man auf verschlossene Türen ohne Beschilderung, und man muss sich schriftlich anmelden. Ich hätte von diesen Läden nichts erfahren, wäre da nicht mein Freund Meister Caxton, der sich dankbarerweise für meine Schreibereien interessiert. Ich hoffe, Du wirst ihn eines Tages kennenlernen, allerdings plant er nicht, in nächster Zeit nach England zurückzukehren. Er verfolgt ein Druckprojekt in Deutschland, denn er ist begeistert von den deutschen Neuerungen. Außerdem ist er hinter einer Französin in Brügge her. Ich habe sie mit eigenen Augen gesehen und kann sein gutes Urteil nur bestätigen. Maude ist ebenso blond wie kühn und denkt sich nichts dabei, einem Mann geradeheraus zu sagen, seine Vorstellungen seien nutzlos. Ich sehe Meister Caxton an, dass ihr Temperament ihm Spaß macht. Er ist ein tapferer Mann. Ich würde mich lieber einer Armee Aquitanier stellen als einer Frau wie Maude.

Seth Reuben sagt, Tor habe erfolglos versucht, Elaynes

Aufenthaltsort herauszufinden. Er sagt, als sie damals verschwand, habe man Blut in ihrem Bett und auf dem Boden gefunden, und sie habe womöglich versucht, sich das Leben zu nehmen. Als wir noch Kinder waren, habe ich versprochen, ihr Beschützer zu sein, doch ich kann den einen Schwur nicht halten, ohne einen anderen zu brechen. Ich kann keine Freundschaft mit Verrätern unterhalten, denn es bedeutet, das Vertrauen des Königs zu missbrauchen. Ich habe sie im Stich gelassen. Wenn sie noch lebt, fürchte ich um sie, so ohne Gemahl, der ihre Tugend verteidigt. Ich helfe Tor und stelle Nachforschungen an. In Deinem letzten Brief hast Du Elaynes Aufenthaltsort nicht erwähnt, und ich befürchte, Du glaubst, wenn Du ihr Geheimnis wahrst, schützt Du sie. Ganz und gar nicht. Denke daran, Beth, bevor Thomas Malory begnadigt wurde und dann nach Frankreich entkam, habe ich nach Deinem Willen gehandelt. Drei Jahre lang habe ich mein Leben riskiert, indem ich ihn besuchte und ihm brachte, was er brauchte. Jetzt bitte ich Dich hierbei um Hilfe.

Ich habe so lange nichts von Thomas gehört, dass ich fürchte, er ist womöglich tot.

Edward ist nicht so schlachtwütig, Beth, dass er nicht an Dich denkt. Kaum ein Tag vergeht, an dem er Deinen Namen nicht ausspricht, entweder erzählt er seiner Schwester etwas über seine kleinen Prinzessinnen, oder er bewundert ein Buch, von dem er meint, es könnte Dir gefallen. Er ist ein richtiger Kenner geworden. Deine Bibliothek dürfte sich vergrößern, wenn er zurückkehrt.

Bete, dass er Vaterland und Königreich im Triumph zurückerobert. Wir alle beten dafür, wie auch für Deine Sicherheit. Habe keine Angst. Lord Warwick würde nicht wagen, Dir auch nur ein Haar zu krümmen. Sollte Dir jemals Schaden zugefügt werden, wird der Zorn des Hauses York über ihn kommen, und auf seinen Kopf würde ein Lösegeld

ausgesetzt, das selbst ein Königsmacher wie er nicht würde aufbringen können.
Ich hoffe, wir sehen uns vor Pfingsten wieder, so Gott will.
Anthony, Lord Rivers

Elizabeth ließ die Schriftrolle zu Boden gleiten und schaute auf ihren schlafenden Jungen. Anthony irrte sich, und sie würde es ihm mitteilen. Sie hielt keine Kenntnis über Elaynes Aufenthaltsort vor ihm zurück. Wenn es nur so wäre. Sie schämte sich, keine größeren Anstrengungen unternommen zu haben, sie zu finden. Sie war so beschäftigt gewesen mit allem, was von ihr verlangt wurde, zudem mit ihren Kindern, dass sie die Vergangenheit hatte verschwinden lassen. Allem Anschein nach spurlos. Nach der Nachricht von ihrem Verschwinden hatte sie gehofft, Elayne wäre in ein neues Leben entkommen, womöglich sogar durchgebrannt. Sie hatte sich gefragt, ob Elayne vielleicht in Frankreich war, wo sie Thomas Malory vermutete. Beide waren verstummt. Thomas sei zwei Jahre zuvor, im Zuge der letzten allgemeinen Begnadigung durch Edward, freigelassen worden, hatte Anthony ihr mitgeteilt, zusammen mit ein paar anderen Gefangenen aus dem Hause York. Elizabeth glaubte eigentlich nicht, dass Elayne bei ihm war. Thomas war vermutlich eher tot als in Frankreich. Bei ihrer letzten Begegnung hatte er nicht gut ausgesehen, und er musste inzwischen ein alter Mann sein.

Immer wieder befiel sie die Angst, Elayne habe sich selbst Schaden zugefügt und sei in die Wälder gegangen, zu den Bären oder zum See …

Sie las Anthonys Brief erneut, um diese schrecklichen Vorstellungen loszuwerden. Sie hatte nicht erwartet, dass Edward ihr schreiben würde, wusste sie doch, wie rastlos er war und wie leicht er sie vergaß, sobald sein Blick auf eine wollüstige Frau fiel. Hatte sie ihn nicht genug befriedigt? Aber dafür brauchte er sie nicht. Warum liebte sie ihn nach wie vor? Ihr fiel die Nacht ein, in der sie dieses Kind empfangen hatte. Sie erinnerte sich an alle Nächte, aber das war die letzte. Nur wenige Monate war es her gewesen, dass Lord Warwicks Männer ihren Vater und den armen, lieben John ermordet hatten.

Edward hatte sie weinend angetroffen. Ihre Zofen gaben sich die größte Mühe, aber sie war untröstlich. Sie hatte wochenlang geweint. Edward schickte die Frauen fort und setzte sich zu ihr an den Tisch.

»Tränen verderben es«, sagte er mit Blick auf das Stundenbuch.

Sie versuchte zu lächeln, brach aber wieder in Tränen aus.

»Was ist los, Beth?« Er konnte so zärtlich sein.

»Alles. Alles ist los.«

»Findet Ihr denn keinen Trost im Gebet?«

»Gebete bringen sie nicht zurück.«

Edward machte das einzig Zärtliche, das er kannte. Er ergriff ihre Hand und half ihr, sich zu erheben. Er band ihr Kleid so langsam auf, dass sie bereit für ihn war, sobald seine Hand über ihre bloße Haut strich. Er hob sie vom Boden und brachte sie ins Bett.

Edward liebte anders als John Grey. Selbstbewusster und fordernder. Selbst wenn sie auf dem Tiefpunkt war und dachte, nichts könnte sie erregen – ihm gelang es. Sie sehnte sich nach ihm, nach seinen starken, schönen Händen, die sie zum Leben erweckten. Er kannte ihren Körper besser als sie selbst. Vielmehr kannte er den Körper einer Frau.

Den Körper von Frauen.

Pfingsten war noch Monate hin. Wenn die Wolken tief am Himmel hingen und die Erde unter dem eisigen Dezembermantel schwieg, konnte sie sich nur schwer vorstellen, dass Wiesen und Bäume wieder zum Leben erwachten. Kein Vogel sang, kein Hufschlag war auf dem Pflaster zu hören, kein spielendes Kind, kein Ausrufer. Der Freitagsmarkt war verschwunden, der Wind rüttelte an allem, was nicht aus Stein war.

An diesem Morgen hatte sie die Mädchen mit auf den Friedhof genommen, sie bestanden darauf, ihre Engel zu besuchen. Die Steinflügel der Statuen waren von Reif überzogen, und auf ihren Schultern lag eine dicke Schneeschicht. Die kleine Elizabeth fand einen Stock und machte sich daran, die Füße der Engel auszugraben, damit sie nicht erfroren.

»Wenn wir sie doch nur mit hineinnehmen könnten«, sagte sie traurig. »Dass unser Herrgott sie den ganzen Winter draußen stehen lässt, ist ungerecht.«

»Aber sie kommen doch herein, Liebes«, versicherte ihre Mutter, »nur ihre Steinkörper stehen hier draußen auf dem Friedhof Wache. Sie kommen, wenn wir schlafen, um für uns zu beten.«

»Aber was bewachen sie denn?« Die kleine Elizabeth schaute sie mit großen Augen an. Sie wusste mehr, als sie zeigte. Irgendwie hatte sie gelernt, auf so kluge Weise zu lügen.

»Uns bewachen sie natürlich«, erwiderte Elizabeth möglichst unbekümmert, »vor unseren Feinden.«

»Wer sind unsere Feinde, Mama? König Henry? Großmama sagt, er ist kein schlechter Mann, und wir müssen uns nicht vor ihm fürchten.«

»Sie hat recht. Nein, mein Turteltäubchen, König Henry ist weder unser Feind noch ist er der wahre König. Wir wissen, wer der wahre König ist, nicht wahr?«

»Papa.«

»Ja. Und er wird zurückkehren mit einer Armee so groß, dass du sie dir gar nicht vorstellen kannst, und Henrys Soldaten werden eine solche Angst bekommen, dass sie sich umdrehen und fliehen.«

Die Mädchen klatschten bei dem Gedanken an die Rückkehr ihres Vaters in die Hände.

Wenn dieser Tag doch nur einträfe.

Kapitel 22

»Malory!«

Der Gefängniswärter blieb stehen, um sich zu vergewissern, dass der Gefangene wach (und am Leben) war, dann wandte er sich ab und stieß die quietschende Tür zu.

Thomas hob den Kopf vom Tisch, aber Elayne stand an der Seite, und er sah sie nicht sofort. Sein Haar war lang geworden, und seine Haut war weiß wie Fischgräten.

»Locke?«, murmelte er.

»Wer ist Locke?«, fragte sie.

Thomas erhob sich ruckartig und griff instinktiv an seine Hüfte, an der allerdings keine Waffe saß.

Er schaute sie an, als wäre sie ein Geist und nicht er.

»Was macht Ihr denn hier?«, krächzte er.

»Ich wollte wissen, ob Ihr es wirklich seid.«

»Und?«

Beinahe hätte sie gesagt, sie wisse es nicht genau, weil er eher wie ein Haufen aus Kleidung und Knochen aussehe als wie ein Mann. Sie hatte versucht, sich an die Vorstellung zu gewöhnen, dass er lebte, während sie allen Mut zusammennahm, um das Kloster zu verlassen. Doch statt Freude, ihn zu sehen, stieg nun Wut in ihr auf. Was hatte sie erwartet? Dass er sie mit offenen Armen empfing?

Offenbar war er über einer Seite eingeschlafen, die nun mit Tinte verschmiert und unleserlich war.

»Ihr habt Tinte im Gesicht«, stellte sie fest.

»Dann seht, was dort geschrieben steht«, stieß er hervor.

»Und was ist es, Meister Schreibfeder?«

»Dass ich für gewöhnlich vor dem Frühstück keinen Damenbesuch empfange.«

»Aber ich habe schon gefrühstückt.«

Thomas lächelte, wie sie gehofft hatte. Zögerlich nahm er wieder Platz, sie hörte förmlich seine Knochen knacken.

»Verzeiht«, sagte er. »Ich habe noch nicht gesagt, dass ich froh bin, Euch zu sehen. Mehr als das. Ich habe geträumt, dass ich über ein Feld reite, die Sonne im Gesicht … ich wollte nicht geweckt werden. Und ich bin zu alt, um die Nacht auf einem Stuhl zu verbringen«, sagte er und trank einen Schluck Wein vom Abend zuvor.

»Ihr seid zu alt, um vor dem Frühstück Wein zu trinken. Ihr wisst mit Eurer Zeit doch Besseres anzufangen.«

»Eigentlich nicht«, erwiderte er. »Es sei denn …« Er zeigte auf die Wand hinter sich, vor der mehrere Lagen Papier gestapelt waren, »*das* zählt.«

»Ist es …?«

»Ja.«

Elayne hätte am liebsten eine Lage Papier in die Hand genommen und darin gelesen, wagte es aber nicht. Sie erinnerte sich an Zeiten, in denen sie den Mut aufgebracht hätte.

»Ist Bruder Robert tot?«, fragte Thomas.

»Nein, aber er ist schwach. Er fragt, ob Ihr Bücher braucht.«

»*Ihr* sollt ihn ersetzen?«

»Wenn ich es ertrage.«

»Was macht Ihr in London?«

Elayne erzählte es ihm.

Er lauschte mit einer Miene, die ihr Herz höher schlagen ließ. Am liebsten hätte sie ihn geküsst, seine Hand in beide Hände genommen, sein Gesicht berührt. Dieses Verlangen jagte ihr einen Schreck ein. Sie wollte nicht, dass es ihr etwas ausmachte, ob er lebte oder starb. Sie wollte ihn nicht lieben. Ihre Wut vermochte sie kaum zu schützen.

Sie war eine Närrin gewesen, sich einzubilden, sie hänge nicht mehr an ihm.

»Und Ihr?«, fragte sie. »Wie lange seid Ihr schon hier?«

»Edwards Männer haben mich an dem Abend aufgegriffen, als ich Euch zum letzten Mal sah. Jemand hat ihnen gesagt, dass ich in Guildford war.«

»Das kann nur Beth gewesen sein.«

Thomas schüttelte den Kopf. »Sie würde mich nie verraten.«

Elayne zuckte zusammen. »Euer Herz schlägt noch immer für sie!«

»Nein«, sagte er. »Vielmehr bin ich geschlagen.«

In all den Jahren, in denen sie ihn für tot gehalten hatte, war er weniger als eine Wegstunde entfernt gewesen. Sie konnte es nicht glauben.

»Was gibt es draußen Neues?«, fragte er. »Ich habe seit Monaten nichts von der Welt gehört.«

Sie schlenderte durch den Raum, nahm eine Schreibfeder in die Hand, dann Thomas' Pfeife, zufrieden, dass es ihn offensichtlich ärgerte. Sie wollte, dass er etwas fühlte. Sie betrachtete die Papierstapel, hielt sich aber von ihnen fern, und die Bücher auf dem Tisch. Sie bediente sich an einer Brotkruste vom Vortag, die als Überrest auf einem Teller lag.

Die Zelle hatte ein Holzbett und einen gepolsterten Stuhl, einen breiten Tisch zum Schreiben und einen zweiten, an dem er aß. In einer offenen Truhe befanden sich seine Schreibfedern, sein Wintermantel und Bücher, die er vermutlich bei den Franziskanern ausgeliehen hatte. Ein Schlitz oben in der Wand ließ Lichtstreifen und Geräusche herein, aber kaum einen Luftzug. Zweifellos wäre es angenehmer, die Schreie der Ausrufer und das Quietschen von Kutschen nicht zu hören, nicht die Faustkämpfe noch den Chor des Handels auf der Straße. All das erinnerte nur an die Außenwelt.

»Henry ist aus dem Tower entlassen worden«, sagte sie

schließlich, als wäre dies eine beliebige Nachricht. »Und Edward ist nach Brügge geflohen.«

Thomas schaute sie ungläubig an.

»Ihr beliebt zu scherzen.«

»Nein.«

»Und Elizabeth?« Er flüsterte ihren Namen beinahe. Sie fragte sich, ob Thomas' Herz ebenso heftig schlug wie das ihre – so sehr, dass es ihren Verstand erschütterte –, ob der Gedanke, Elizabeth könnte in Gefahr sein, das bei ihm auslöste.

»Sie hat Zuflucht in Westminster gesucht«, sagte sie.

Thomas füllte sein Horn mit Wein auf. Er nickte bedächtig, als müsste er etwas überdenken.

Er sagte lange nichts. Elayne setzt sich auf sein Bett. Stroh bohrte sich durch das Bettlaken und stach sie. Warum war sie hier? Sie hätte besser daran getan, ihn tot zu glauben, als diesen alten Schmerz wiederaufleben zu lassen.

»Ich kann mich an keinen Tag erinnern, der nicht zu lang dauerte«, sagte er schließlich, »an keine Nacht ohne Verlangen.«

Elayne ging davon aus, dass er von seinem Verlangen nach Elizabeth sprach, deren Hüften hin und her schwangen, wenn sie ging, deren Haar nach Zitronen duftete, deren Augen wie kupferfarbener Achat waren. Nach all der Zeit hatte sie geglaubt, die Wunde sei verheilt und Elizabeth und Thomas' Verrat liege zu weit zurück, um noch weh zu tun. Sie hatte sich geirrt.

»Ich sehne mich«, sagte er, als würde er ihr antworten, »nach einem Pferd und einem Weg durch den Wald, nach Farben, nach einer Unterhaltung, die über den Verstand eines Gefängniswärters und das Gespenst eines Mönchs hinausgeht.«

»Meint Ihr Bruder Robert?«

»Bruder Theo – meinen ersten Beichtvater. Er zog sich am Michaelstag Typhus zu und starb noch vor der Fastenzeit. Das Gefängnisfieber hat seinen Verstand zerrieben. Er ermahnt mich noch immer gern, dass meine Unterkunft im Vergleich zu den anderen Zellen in Newgate der reine Luxus ist. Als er starb, schickten sie Bruder Robert. Ich dachte, er sei auch gestorben.«

»Ein vermuteter Tod wiegt nicht so schwer wie ein tatsächlicher«, bemerkte Elayne.

Thomas lachte. »Noch immer die Gescheite, Lady Elayne. Das freut mich zu sehen.«

»Wonach habt Ihr Euch noch gesehnt?«, fragte Elayne. Sie konnte nicht anders.

»Nach Paris. Dort war ich als junger Soldat. An der Seine standen überall Bücherstände. So etwas hatte ich noch nie gesehen. Meinen *Lancelot* habe ich bei einem venezianischen Händler für einen ganzen Monatslohn gekauft.«

Wie konnte sie nur gehofft haben, er hätte sich nach ihr gesehnt! Sie erhob sich. »Braucht Ihr noch etwas?«

Er lachte barsch. »Fragt nicht«, antwortete er. »Aber da Ihr doch so liebenswürdig seid zu fragen, ich hätte gern ein wenig Gummi arabicum. In der verdammten Feuchtigkeit ist meine Tinte zu flüssig«, fügte er dann hinzu, als bedauerte er sein Verhalten, jetzt, da sie gehen wollte.

»Nun gut.« Elayne wandte sich ab.

»Lady Elayne.«

Thomas war auf den Beinen, räumte Papierlagen vom Stapel und legte sie wieder zurück, als suchte er etwas.

»Da«, sagte er schließlich. Er reichte ihr einen Stapel Papierlagen, die in fünf Bücher gebunden waren.

»Etwas für Euch zu lesen«, sagte er. Er wirkte schwach. Am liebsten hätte sie ihn zum Bett geführt und sich zu ihm gelegt.

»Jetzt bleibt Euch nichts anderes übrig – jetzt müsst Ihr wiederkommen.« Er lächelte schief. Er gab sich die größte Mühe.

»Wenn Ihr wollt.«

»Glaubt Ihr, ich sei lieber allein?«

»Warum sagt Ihr nicht einfach, dass Ihr mich sehen wollt – selbst wenn es nicht der Wahrheit entspricht!«

Elayne nahm noch seine überraschte Miene wahr, als sie ohne ein weiteres Wort ging.

Sie eilte die ausgetretenen Holzstufen hinunter, die Papierlagen an sich gepresst. Bestimmt hatte er ihr die Erzählung vom Gral zu lesen mitgegeben. Erwartete er tatsächlich ihre Zustimmung, wenn er sich entschieden hatte, *Die Suche nach dem Heiligen Gral* zu übersetzen und nicht den *Perceval*?

Der Torturm war hoch, und die Feuchtigkeit aus dem Sumpf darunter kroch die Wände hinauf. Der düstere gewölbte Gang, der durch das Innere des Gefängnisses führte, glitzerte vor Feuchtigkeit, und der Boden aus gestampfter Erde war schleimig vom Abfluss aus den Zellen. In die Wände des stinkenden Tunnels hatte man Löcher geschlagen und dort Eisenstangen befestigt. Das waren die Einzelzellen von Gefangenen, die mittelloser waren als Thomas Malory, es sich aber leisten konnten, sich aus den überfüllten Gemeinschaftszellen verlegen zu lassen, in denen alle möglichen Krankheiten umgingen. Elayne sah gelegentlich ein bleiches Gesicht hinter den Gittern, Blicke, die sie verfolgten. Die Gesichter würden sie bestimmt heimsuchen – so wie die Fliegen.

Vor dem Tor schob sie ihre Kapuze zurück und atmete tief durch. Sie fühlte sich gereinigt, obwohl Newgate Street wahrlich keine duftende Landstraße war und viele der Vorbeihastenden sich ein Tuch vor die Nase hielten.

Elayne wusste nicht, ob sie den Mut aufbringen würde, noch einmal hierherzukommen. Sie fürchtete sich nicht vor Krankheit und nicht vor Verzweiflung; sie fürchtete sich nur vor ihrem Verlangen.

Kapitel 23

Daher pflegte ihn diese Maid Elaine so sehr, dass es in dem französischen Buch heißt, niemals sei eine Frau freundlicher zu einem Mann gewesen als sie. »Gott sei gelobt«, sagte diese schöne Maid von Astolat, »denn er ist der Mann in der Welt, den ich als Ersten geliebt habe, und wahrlich, er wird der Letzte sein, den ich jemals lieben werde.«

Le Morte d'Arthur

Januar 1471

»Beth?«

Jacquettas Stimme holte sie aus ihrem Tagtraum, in dem sie im sonnigen Grafton Rosen beschnitt.

»Mama?«

»Bruder Michael sagt, jemand fragt in der Abtei nach dir.«

Beth spürte, wie sich ihr Magen zusammenschnürte. Rasch nahm sie ihren Sohn hoch, der anfing zu strampeln, weil man ihn so grob geweckt hatte. »Wer ist es?« Ihre Stimme klang wie die eines verängstigten Mädchens, nicht wie die einer Frau, die um ein Königreich kämpfte.

»Er will seinen Namen nicht nennen«, sagte Jacquetta, »schwört aber, er sei treu ergeben.«

»Mir oder York?«

Beth sah Jacquetta an, dass sie skeptisch war: ein beinahe unmerkliches Zucken ihres Kiefers, die Art, wie ihre Hand auf ihrem breiten Brokatgürtel ruhte, in dem, wie Elizabeth wusste, ein Dolch in einer Lederscheide steckte.

Elizabeth traf eine Entscheidung. Sie war keine verzagte Frau, die ohne ihren Gemahl hilflos war. Sie richtete sich gerade auf und legte ihren Sohn sanft auf den Hermelin, auf dem alle ihre Kinder geschlafen hatten. Er wand sich und protestierte. Elizabeth gab der Amme ein Zeichen, der Frau eines Dieners von Abt Millyng, die in einer Ecke saß und eine Mönchskutte nähte. Die Frau kam, und schon bald nuckelte das Baby laut. Anfangs hatte es keine Dienerschaft in der Krypta gegeben, aber allmählich hatte sich Elizabeth davon überzeugen lassen, dass sie außer Lady Scrope auch anderen vertrauen mussten. Jacquetta von Luxemburg wusste ja nicht einmal, wie man eine Rübe schälte.

»Es ist allgemein bekannt, dass ich unter dem Schutz der Abtei stehe«, sagte Elizabeth.

Jacquetta schaute sie an. Elizabeth kannte den Blick: *Vergiss nicht, wer du bist, habe Vertrauen. Alles wird gut.* »Wer behauptet denn, dass dieser Mann ein Feind ist?«, fragte sie besänftigend, als spräche sie mit einem der Mädchen.

»Was glaubt Ihr?«

»Glauben hilft nicht.«

Jacquettas Instinkt war verlässlicher als alles, was jemand glauben mochte. Der Verstand spielte einem nur Streiche.

»Was sagt Euer Gefühl, Mama?«

»Ich glaube nicht, dass er dir Schaden zufügen will«, sagte Jacquetta.

Elizabeth setzte sich auf die Bettkante und zog sich die gefütterten Stiefel an. Ihre Füße waren ausgekühlt, ihre Finger taub von der Kälte. »Ist er bewaffnet?«, fragte sie.

»Das weiß ich nicht zu sagen.«

Abt Millyngs Zimmer waren bequem, wenn auch nicht üppig eingerichtet und durchgehend mit elfenbeinfarbenen und schwarzen Rauten gekachelt. In der geräumigen Empfangshalle hing ein Kruzifix über einem Stuhl mit einem hellen Brokatpolster. Für gewöhnlich kam Elizabeth gern her, hier konnte sie so tun, als wäre sie frei.

Heute wäre sie lieber woanders.

Bruder Michael begrüßte sie. Er diente im Kloster als Ausgleich für seinen Unterricht, und ihm vertraute sie ihre Briefe an Anthony an.

»Habt Ihr mit Eurem Bogen geübt, Bruder?«

»Ja, aber noch immer nur im Obstgarten.«

Er führte sie eine dunkle, schmale Treppe hinauf und bat sie, sich in einem kleinen, abgeschiedenen Skriptorium an den Kamin zu setzen. In diesem Raum war sie noch nie gewesen, für gewöhnlich empfing Abt Millyng seine Besucher in seinem Amtszimmer. Diese gemütliche Zelle war offenbar sein Refugium, die Wände und der Boden waren ganze Landschaften aus Büchern, Rücken an Rücken, fast bis unter die niedrige Decke gestapelt. Wie ihr der Anblick von Büchern fehlte! Der Schreibtisch und die Bank waren schlicht und stabil, hergestellt aus breiten Eichenbrettern, nicht kunstvoll geschnitzt wie die, die sie bei anderen Kirchenbeamten gesehen hatte. Die Oberfläche des Schreibtischs war narbig und mit Tintenflecken übersät. Elizabeth beugte sich über die Seite, die offen dort lag. Sie erkannte sie sofort.

Noch liebte ich nicht, doch suchte ich Liebe, und aus einem tieferen und besseren Liebesbedürfnis zürnte ich mir, dass ich wenig liebesbedürftig war. Im Drange nach Liebe suchte ich den Gegenstand meiner Liebe und hasste die Sicherheit und den Weg ohne Fallstricke.

Die Bekenntnisse des heiligen Augustinus. Als der Lateinlehrer sie gewarnt hatte, dies sei keine geeignete Lektüre, hatten Elayne und sie das Buch mit in Elizabeths Zimmer genommen und heimlich gelesen. Der Lateinlehrer hatte offenbar befürchtet, Augustinus' Ablehnung der römisch-katholischen Lehre könnte sie auf Abwege führen. Augustinus warf der Kirche vor, sie habe keine Erklärung dafür, warum es in einer Welt, die ein christlicher Gott erschaffen hatte, Korruption und Sittenlosigkeit gab.

Elizabeth hatte es getröstet, dass Augustinus letztendlich zur Kirche zurückgekehrt war. Elayne hielt sich lieber an seinen Gedanken, Gott sei ebenso unermesslich wie das Kreisen von Himmelskugeln. Sie gab zu, nicht zu wissen, was das Kreisen einer Himmelskugel war, aber sie erwähnte es gern. Wenn Gott unermesslich war, beharrte sie, dann war alles ein kleines Stück Gott, der Staub auf der Straße und der Wind, der ihn aufwirbelte, Frauen, Aussätzige und der Gestank von Färberwaid. Sarazenen und Hebräer natürlich, aber auch Wahnsinn und Verrat, Tod, Wollust und Trauer. Elizabeth war von diesen Diffamierungen jedes Mal schockiert; anscheinend meinte Elayne sogar, Jesu Jünger hätten eine solche Blasphemie geglaubt. Dennoch kam sie nicht umhin, Elayne für den Mut zu bewundern, Gott selbst zu trotzen.

In ihrer Kindheit hatte nichts außer Elizabeths Glaube die Macht besessen, sich zwischen die beiden Mädchen zu stellen. Dann war ein Zweites hinzugekommen, aber Elizabeth war sich nicht sicher, welches von beiden ihre Freundschaft hatte kippen lassen. Sie konnte sich nicht vorstellen, wohin Elayne gegangen war. Jetzt waren sie beide verbannt, beide allein. Aber Elayne war im Alleinsein geübter als sie.

»Mylady.« Bruder Michael war zurückgekommen.

Sie folgte ihm in den Empfangsraum, ausgestattet mit strengen, dunklen Möbeln und Gemälden biblischer Helden. Abt Millyng saß mit seinem Besucher an dem langen

Tisch am Fenster. Als Elizabeth eintrat, standen beide Männer auf.

Sie hatte nicht damit gerechnet, Bartholemew Locke als freien Mann zu sehen, aber genauso wenig hatte sie schließlich damit gerechnet, dass Edward seine Krone einbüßen würde. Und sie wusste, dass Lord Warwick, nachdem er in den Schoß Lancasters zurückgekehrt war, einigen Gefangenen aus dem Hause York die Freiheit geschenkt hatte.

Locke verneigte sich, und Abt Millyng stellte ihr stumm eine Frage. Sie nickte, und er verstand. Sie spürte keine Bedrohung, nur Abscheu. Der Kaufmann verhielt sich unterwürfig und charmant.

Als der Abt den Raum verließ, ergriff Locke ihre Hand und küsste sie. Seine Hand war feucht und warm, und er roch nach abgestandenem Wein.

»Was führt Euch hierher?«, fragte sie. Als sie zuletzt von Locke gehört hatte, saß er wegen Steuerhinterziehung in Newgate ein. Locke war ein Tuchhändler, der jahrelang Petitionen bei Edward eingereicht hatte, doch lieber englische statt flämische Wolle für den königlichen Haushalt zu kaufen. Er wandte sich halb von ihr ab, damit sie sein Gesicht nicht sah. Sie folgte seinem Blick durch das schmale Bogenfenster, vor dem nichts weiter zu sehen war als die Mauern des Obstgartens und seine Bäume, kahl und überfroren.

»Ich bringe Euch eine Botschaft von Thomas Malory.«

Elizabeth war verblüfft.

»Malory lässt ausrichten, es sei fast vollendet«, sagte er. »Er fragt sich, ob Ihr Eure Wertanlage einlösen wollt …«

»Aber ich … er *lebt*?«

»Das könnte man sagen, obwohl er eher tot als lebendig aussieht. Er ist in Newgate. Wir haben einige Zeit miteinander verbracht.«

»Thomas Malory ist im Gefängnis Newgate? Und er schreibt noch an seinem Werk?«

»In der Tat. Ich gebe zu, auch ich bin beeindruckt.«

»Und er hat *Euch* geschickt?«

»Mangels eines vertrauenswürdigeren Boten, Eure Hoheit. Verrat birgt Profit, und eine Botschaft von einem Gefangenen des Hauses York an die Königin von York könnte leicht abgefangen werden. Malory bittet Euch, falls Ihr noch immer wünscht, dass er sich an die getroffene Vereinbarung hält, die Eure einzuhalten.«

»Er braucht Geld.«

»Gewiss.«

Locke würde mit Sicherheit auch Geld verlangen. Er war nicht für eine wohltätige Ader bekannt, und das Wissen, dass die Königin heimlich den Feind ihres Gemahls unterstützt hatte, könnte profitabel für ihn sein. Sie würde sich sein Schweigen erkaufen müssen. Wie klug von Malory, lieber einen Käuflichen wie Locke zu schicken als jemanden, der sich loyal erklärte. Er wusste, dass Elizabeth es sich leisten konnte zu zahlen.

»Und, löst Ihr Eure Wertanlage ein?«, hakte Locke nach.

»Sagt ihm, dass ich mir keine würdigere Wertanlage denken kann«, erwiderte sie rasch.

»Vielleicht könntet Ihr Euch einen würdigeren Schreiber vorstellen.«

»Er ist mehr als ein Schreiber.«

Locke lachte barsch. »Ihr habt ihn eine Weile nicht gesehen, Lady.«

Das stimmte. Aber warum hatte Anthony ihr erzählt, Thomas sei vor drei Jahren begnadigt worden und inzwischen vermutlich tot?

»Warum hat er sich nicht früher bei mir gemeldet?«

Locke zuckte mit den Schultern. »Weil Euer Gemahl noch im Lande war?«

Elizabeth nickte stumm.

»Und vielleicht, weil Euer Bruder, der ihm jahrelang Bücher und Geld gebracht hat, nicht mehr im Lande ist«, fügte Locke hinzu.

Elizabeth war bestürzt. Anthony hatte seine Besuche fortgesetzt und Thomas Geld aus der eigenen Tasche gegeben, auch nachdem er ihr gesagt hatte, Thomas sei begnadigt worden!

Sie trat ans Fenster und schaute in den dunklen Januarhimmel. Sie musste nachdenken.

»Er wird Verständnis dafür haben, dass ich ihn nicht besuchen kann«, sagte sie schließlich.

»Weil Ihr selbst Zuflucht suchen musstet?«

»Ja.«

»Soll ich ihm denn sagen, dass Ihr ihn besuchen kommt, wenn Ihr könnt?«

Sie konnte es nicht, nicht noch einmal. Das Gefängnis Newgate war ein böser, hoffnungsloser Ort.

»Wenn ich kann«, sagte sie.

Kapitel 24

Elayne legte ihren Stickrahmen beiseite und schaute sich um, als könnte inmitten ihrer spärlichen Habe eine Erkenntnis lauern. Ein schlichtes indigofarbenes Frauenkleid hing an einem Haken an der Tür, ein Kräuterbuch lag aufgeschlagen auf dem Tisch, daneben die Papierlagen von Thomas, die zusammen ein Buch ergaben. Ein Buch, das sie besser nicht gelesen hätte. Sie hatte sich geirrt, als sie glaubte, er gebe ihr seine Gralsgeschichte.

Das Kleid hing allein, das feste, zweckmäßige Leinen eine ständige Mahnung daran, wie sehr ihr Leben sich verändert hatte. Die Kleidung, die sie aus Guildford mitgebracht hatte, war längst nicht mehr tragbar, bis auf das grüne Samtkleid, das gefaltet in der Truhe lag, und ein Seidenhemd, das sie bewahren wollte. Wofür, konnte sie nicht sagen. Sie hatte sich aus dem von den Klarissen gewebten Tuch zwei schlichte Kleider genäht. Ihren alten Mantel konnte sie noch anziehen, er war aus dicker flämischer Wolle geschnitten und mit Feh gefüttert. Wegen der Kälte hatte sie ihn seit Tagen nicht abgelegt.

Die verriegelte Truhe unter dem Fenster enthielt außer dem grünen Samtkleid auch den kleinen goldenen Kelch, Viviennes Schmuck und die Papierlagen, die Thomas in Guildford Castle zurückgelassen hatte – seine Übersetzung der *Suche*. Sie war versucht, diese Seiten zu verbrennen.

Mehrfach hatte sie die Möglichkeit erwogen, mit dem Schmuck ihre Überfahrt ins Heilige Land zu finanzieren, aber sie hätte nicht gewusst, wo sie ihn verkaufen sollte oder was er wert war.

Die Atmosphäre im Franziskanerkloster verlieh ihr inneren Frieden. Manchmal stellte sie sich vor, sie könnte den Rest ihrer Tage damit verbringen, sich von den Gebeten anderer besänftigen zu lassen. Sie betete nicht. Das war in ihren Augen sinnlos, im Übrigen war ein gut gelebtes Leben doch selbst ein Gebet. Hatte sie ihr Leben gut gelebt? Das zu beurteilen, war es noch zu früh.

Dieser Raum, diese *Zelle*, war ihr Zufluchtsort geworden. Dass er klein war und die Möbel schlicht und düster, störte sie nicht. Der Friede, den sie hier fand, hatte ihn zu einem Zuhause gemacht. Doch seitdem sie Thomas gesehen und seine *Lilienmaid von Astolat* gelesen hatte, war ihre frühere Rastlosigkeit wieder über sie gekommen.

Malory hatte sie benutzt. Warum hatte er ihr diese Erzählung zu lesen gegeben? Sie war eindeutig von dem italienischen Ritterroman *Donna di Scalotta* abgeleitet, der bei Viviennes Büchern stand und den Elayne vor Jahren auf Latein gelesen hatte. Donna di Scalotta war für die Liebe zu Lancelot gestorben, der natürlich nur Guinevere liebte. Thomas jedoch hatte die Erzählung nach Guildford verlegt und seine tragische Heldin Elaine genannt. Elaine war die Tochter eines alten Barons und hatte zwei Brüder, Tirre und Levaine. Elaine hatte Lancelot einen roten Schal gegeben, den er bei einem Turnier tragen sollte, in dem er anonym kämpfte, um nicht erkannt zu werden.

Wenigstens hatte er die Schreibweise ihres Namens geändert. Er musste gewusst haben, dass es sie erschüttern würde. Er hatte kein Herz. War er so sehr von Elizabeth besessen, dass er verblendet war, so wie Lancelot, der nichts sah außer Guinevere? Schlimmer noch, sie wusste, dass ihre dunkle, spröde Wut eigentlich gegen sie selbst gerichtet war. Sie hatte ihrer Liebe zu ihm keinen Einhalt geboten.

Elayne nahm ihren Stickrahmen auf und legte ihn wieder ab. Ihre Finger waren eiskalt, obwohl das Feuer im Kamin loderte und sie so nah daran saß wie möglich, ohne sich die Röcke anzubrennen. Sie stickte ein Motiv in der Größe einer Wappenstandarte: eine mit einer Rose verschlungene Lilie. Erst als sie das Buch *Astolat* las, war ihr aufgegangen, was dieses Emblem darstellte. Sie hatte unwissentlich die Blume der Lilienmaid mit der Rose von York verwoben, das Motiv musste aus einem unergründlichen Teil ihrer selbst gekommen sein.

Der Gedanke verlieh ihr einen eigenartigen Trost.

Es klopfte leise an die Tür.

»Herein«, rief Elayne. Das dürfte der Page aus dem Kloster sein, der neues Feuerholz brachte. Die Tür schwang auf, ein eisiger Wind wehte herein, und Schwester Angela schloss sie rasch hinter sich, den Kopf gegen die Kälte gesenkt.

Angela war groß und kantig, hatte eine flache Brust und ein männliches Lachen. Von allen Schwestern ließ Angela sich am wenigsten durch ihre Gelübde einschränken. Zugleich betrachtete sie diese mit einer Sachlichkeit, die Elayne faszinierte. Über die Keuschheit sagte sie, sie wolle ohnehin lieber die Braut Christi sein als die eines der Männer, die sie kannte. Hinsichtlich der Armut erklärte sie, sie sei in einem wohlhabenden Haus aufgewachsen, die Vielfalt der Nahrungsmittel, Kleidung und Sprache habe ihr zugesetzt, und sie empfinde es als Segen, in Schlichtheit und Bescheidenheit zu leben. Sie stammte aus Canterbury und hatte sich den Klarissen angeschlossen, weil ihr Vater wollte, dass eins seiner Kinder ein Leben in Gebeten verbrachte, um der Familie reine und unvergängliche Seelen zu sichern. Angela wirkte nicht verbittert. Sie war wohl eher erleichtert, entkommen zu sein. Das hatten sie und Elayne gemeinsam.

»Ihr habt Besuch, Schwester«, sagte Angela. Ihre Augen blitzten.

Elayne hatte noch nie zuvor Besuch gehabt. Im ersten Moment war sie verwirrt.

»Ein Besucher?«

»Er hat seinen Namen nicht genannt.«

»Ist es ein alter Jude mit weißem Bart?«

»Du lieber Himmel, nein! Er ist ein gutaussehender junger Adliger mit schwarzen Locken.«

Anthony Woodville konnte es nicht sein. Anthony war bei Edward in Brügge. Nach London zurückzukehren, wo Warwick alles überwachte, wäre unüberlegt und gefährlich.

»Er wartet draußen vor den Toren. Er wollte nicht eintreten. Zum Glück kam ich gerade vorbei, Schwester, als die Glocke läutete. Besser, solche Begegnungen finden so unauffällig wie möglich statt.«

Angela hielt die Augen offen, sie wusste gern, was innerhalb der beiden Klöster, aber auch jenseits der Mauern vor sich ging.

»Gewiss. Danke, Schwester Angela.«

Elayne eilte durch das eiskalte Kloster, um das sich Refektorium, Küche, Backhaus und Speisekammer gruppierten. Die Küche bildete das Herz der Anlage, selbst in den dunkelsten Wintermonaten fand man hier Wärme und Trost. Gelegentlich half Elayne beim Kneten des Brotteigs, nur um in der Nähe der Herdstellen zu sein und an dem geselligen Schweigen teilzuhaben, das die Klarissen während der Arbeit zumeist einhielten.

Das Tor ging quietschend auf, und sie erkannte Anthonys Gestalt sofort, obwohl er seine Kapuze ebenso tief ins Gesicht gezogen hatte wie sie die ihre. Sie hätte am liebsten laut gelacht, so absurd war das. Sie waren beide auf der Flucht.

Anthony schaute sie voller Zuneigung an, genau wie früher. Er hatte sich einen Bart stehen lassen und trug die Haare lang. Wenn sie ihn doch nur hätte lieben können, wie anders wäre ihr Leben dann verlaufen.

»Komm«, sagte er, »in der Nähe ist eine Schenke, da können wir reden.«

Sie kamen an den Teeläden hagerer Chinesen vorbei, an dunkelhäutigen Männern, die farbenprächtige Kräuter aus Säcken verkauften, und an so manchem Freudenhaus, daran zu erkennen, dass junge Männer draußen warteten, die auf ihre Stiefel oder in den Himmel starrten.

»Sire, Lady, seid willkommen«, sagte die Wirtin, als sie eintraten.

»Guten Tag«, erwiderte Anthony und hielt den Kopf dabei gesenkt. Er bat um zwei Krüge des besten Ales, das sie braute. Es war stark. Allein von dem Geruch tränten Elayne die Augen.

Sie setzten sich in die dunkelste Ecke. Anthony schob die Kapuze zurück und trank einen großen Schluck. Er war der Ratgeber, dem Edward am meisten vertraute, und konnte nur als Spion hier sein, wenn doch alle Feinde des Hauses York ihn in Brügge wähnten.

»Ich wusste nicht, dass du in London bist«, sagte Elayne.

»Das bin ich auch nicht«, erwiderte er. »Und ich wünsche mir, dass es so bleibt.«

»Gewiss«, sagte sie. »Ich bin ja auch nicht hier.« Vermutlich stand es ihm nicht frei, ihr den wahren Anlass seines Besuches zu erzählen.

»Da wir also beide nicht hier sind«, überlegte Anthony, »wollen wir auch etwas anderes vortäuschen.« Er ergriff ihre Hand, die sie ihm nicht entzog. Sie empfand Anthony nicht als Bedrohung, sie spürte nur Reue ihm gegenüber.

»Erzähl mir von Brügge«, bat sie.

»Eine Stadt der Wunder, der Bücher, Gelehrten und Poeten«, sagte Anthony und schüttelte den Kopf.

»Dann warst du wohl in guter Gesellschaft.«

»Ich habe einen Mann kennengelernt, der die deutsche Druckpresse nach London bringen möchte.«

»Die deutsche Druckpresse? Das klingt unheimlich.«

»Das ist ein Apparat, der eine Seite ohne Schreiber oder Schreibfeder beschriften kann.«

Elayne war entsetzt. »Der wird sich niemals durchsetzen. Wir leben in einem Land von Schreibern und Federn.«

»Das mag sein, aber Meister Caxton ist wild entschlossen.«

Elayne schüttelte stumm den Kopf.

»Was führt Lord Rivers in diesen bescheidenen Stadtteil von London?«, flüsterte sie und beugte sich zu ihm vor. Sie konnte seine Miene nicht deuten, er sah aus, als hätte er etwas getan, was ihr Leid zufügte.

»Ich besuche einen Freund.«

»In der Tat?«

»Ich bin im Auftrag des Königs hier«, gab er mit kaum hörbarer Stimme zu. »Wir schmieden Pläne. Wir müssen uns versichern, dass die Herzöge George und Richard Edward mit ihren Armeen unterstützen, wenn er landet.«

»Das werden sie bestimmt, sie sind doch die Brüder des Königs.«

»Auf Richards Loyalität vertraue ich. Aber George ist wie sein Schwiegervater Lord Warwick. Er wird die Seite unterstützen, von der er sich persönlich am meisten verspricht.«

»Woher wusstest du, wo ich mich aufhalte?«, wollte Elayne wissen.

»Ich habe Thomas gefragt.«

»Thomas Malory!«

»Genau den.«

»Er hatte nicht das Recht, es dir zu sagen!«

»Er hat es mir gesagt, weil du ihm am Herzen liegst.«

Elayne zog die Augenbrauen hoch. »Ach, meinst du?«

»Das ist doch offensichtlich«, fuhr Anthony fort, »wobei ich nie fand, dass er deiner Liebe würdig ist.«

»Warum hast du Thomas Malory besucht? Ich hätte gedacht, so etwas sei gegen deine Prinzipien.«

Anthony wich ihrem Blick aus. Er verheimlichte ihr etwas. Das konnte nur eins bedeuten.

»Du dienst als Bote zwischen Elizabeth und Thomas!«

»Ich habe Beth seit letztem Herbst nicht gesehen. In Westminster wäre es zu gefährlich für mich. Warwicks Leute sind dort an den Anlegestellen und halten wahllos jeden Reisenden an.«

Er verschwieg ihr etwas. Ihr war übel. Noch nie war ihr in den Sinn gekommen, Elizabeth könnte Malorys Aufmerksamkeiten erwidert haben.

»Hat Thomas dir erzählt, wo ich untergekommen bin? Was hast du ihm gesagt, damit er es dir verrät?«

Anthony seufzte. »Tor ist sehr um dein Wohl besorgt und wird alles in Bewegung setzen, um dich zu finden, sobald der Winter vorbei ist.«

»Weil Tor mich mit einem Hochwohlgeborenen vermählen muss, um seinen Besitz sicherzustellen.«

»Wärest du vermählt, Elayne, dann wärest du außer Gefahr, und jemand würde für dich sorgen …«

»Ich bin in Sicherheit.«

»Ich kann nicht glauben, dass du hier glücklich bist. Ausgerechnet du, in einem Kloster!«

»Dann bist du dir also mit Tor einig, dass ich nicht imstande bin, selbst zu wissen, was mir guttut.«

»Es ist nur zu deinem Besten …«

Elayne sprang auf. Sie war so wütend, dass ihr die Worte fehlten. Wie konnten sie es wagen, so zu tun, als wüssten sie, was in ihrem Kopf und in ihrem Herzen vor sich ging! Wenn sie ihnen wirklich etwas bedeutete, dann würden sie sehen, dass sie so glücklich war wie noch nie.

»Wenn du meinem Bruder sagst, wo ich zu finden bin, Anthony, dann hast du meine Liebe und meine Freundschaft verspielt.«

Anthony wirkte verzweifelt. »Ich wollte dich nur sehen.

Ich wollte mich nur vergewissern, dass du in Sicherheit bist. Ich liebe dich doch. Ich liebe dich noch immer …«

Sie ging, während er noch redete, ohne ihm auch nur einen Blick zu schenken. Er liebte sie nicht, nicht so wie Beth. Nur Beth hatte ihr Herz gekannt.

Sie musste nachdenken, einen Plan schmieden. Zu viele Menschen wussten inzwischen, wo sie zu finden war.

Kapitel 25

Dann sagte Sir Lancelot zu Königin Guinevere, so dass der König und sie alle es hörten: »Hohe Frau, nun muss ich von Euch und dieser edlen Gesellschaft für immer scheiden. Und da es so ist, bitte ich Euch, für mich zu beten, und ich werde für Euch beten. Und wenn es Euch durch irgendwelche falschen Zungen übel ergeht, dann schickt mir schnell Nachricht, und wenn die Hand eines Ritters Euch im Kampf befreien kann, dann will ich Euch befreien.«

Le Morte d'Arthur

März 1471

Es regnete beinahe vom Morgengrauen bis zur Abenddämmerung. Nur gelegentlich kam greller, warmer Sonnenschein durch die Wolken, der die Erde zum Dampfen brachte. Dann nahm Elizabeth die Kinder mit in Abt Millyngs ummauerten Obstgarten. Die Mädchen wussten, dass sie leise sein mussten, um die Mönche beim Gebet oder bei ihrer Arbeit in der Abtei nicht zu stören. Sie kletterten auf die Bäume im unteren Teil des Gartens, wobei ihre Kleider entzweirissen und schmutzig wurden. Elizabeth machte es nichts aus. Sollten sie sich ruhig austoben. Früher hätte sie ihren Töchtern nicht erlaubt, auf Bäume zu klettern. Edward würde es nicht gutheißen, doch er konnte kaum erwarten, dass sich seine Gemahlin und seine Kinder während seiner Abwesenheit an die alten Regeln hielten. Im Übrigen wusste sie besser als er, was gut für die Kinder war.

Müßige Träumereien hielten sie beschäftigt. Ihre Bücher fehlten ihr, besonders ihr Stundenbuch, auch wenn sie hin und wieder die Hütte des Abts aufsuchen konnte – so nannte er den kleinen Raum –, um dort in den Psaltern zu lesen. Gebete besänftigten sie besser als Poesie.

Jacquetta hatte dafür gesorgt, dass ihre Wertsachen sicher verwahrt wurden, darunter auch Elizabeths Ritterromane und die frommen Texte. Elizabeth hatte bisher nicht daran gedacht, Jacquetta nach dem genauen Versteck zu fragen. Sie hatte es einfach als selbstverständlich hingenommen, dass die Dinge in Sicherheit waren. Doch vielleicht brauchte Thomas Malory Bücher. Der Gedanke, dass er doch noch an seinem Werk schrieb, begeisterte sie. Sie musste ihr Versprechen ihm gegenüber halten, und falls sie jemals diese Mauern verlassen sollte, musste sie ihn besuchen! Andernfalls hätte er keinerlei Verpflichtung, zu seinem Wort zu stehen, was die *Suche* betraf.

Sie fragte sich, ob ihre Mutter recht hatte, wenn sie glaubte, Edward würde in Brügge, der Stadt der Schreiber und Manuskripte, eine Liebe zu Büchern entwickeln. Jacquetta lag in solchen Dingen für gewöhnlich richtig. Edward hatte etwas übrig für Pracht, und die Schreiber von Brügge verwendeten Papier, glatt wie Seide, und ihre Tinte und Farbstoffe leuchteten wie feinste Stickfäden. Wen kümmerte es schon, dass die Geschichten zumeist von Männern handelten, die Frauen liebten, mit denen sie nicht vermählt waren.

Bestimmt war es ein gutes Omen, dass Edward an dem Ort Zuflucht gesucht hatte, aus dem so viele ihrer geschätzten Bücher kamen. Sie hoffte, er würde sich von dem berühmtesten

Handwerk Brügges beeindrucken lassen und ein Interesse an etwas entwickeln, das ihr Freude bereitete. Bislang jedoch waren Bücher für Edward nur dazu gut gewesen, Gott zu gefallen und etwas über die Geschichte oder über das Kriegshandwerk zu erfahren. Die Biographie von Julius Cäsar hatte er immer wieder gelesen. Vielleicht hoffte er, sich den Eroberungswillen des größten Militärführers dadurch anzueignen. Trug er selbst jetzt Cäsars Sieg weiter, indem er seine Rache an Lord Warwick plante? Elizabeth betete darum.

Der letzte Brief von Anthony hatte ihr Hoffnung gemacht. Er war in London, wagte zwar nicht, ihr einen Besuch abzustatten, doch seiner Meinung nach sah es ganz gut für sie aus. Sie musste versuchen, ihren Ärger darüber, was er ihr über Thomas Malory erzählt hatte, beiseitezulegen. Vermutlich wollte er sie nur beschützen und hatte sie belogen, damit sie die Verbindung zu Thomas abbrach. Irgendwann würden sie sich darüber aussprechen. Lord Warwick mochte den Woodvilles vorwerfen, seine Pläne zunichtezumachen, den Thron zu manipulieren, aber allem Anschein nach hatte er zurzeit dringendere Sorgen, als einen von ihnen umzubringen.

»Mama! Schaut mal!« Cecily hing an beiden Armen an einem Ast. Elizabeth winkte ihr zu. Der Säugling lag in Decken gewickelt auf den Armen der Amme, aber er strampelte, um frei zu sein, und hielt ihre zerknitterte Rise in der Hand.

»Lass ihn runter, Nanette«, wies Elizabeth sie an.

Die Amme war überrascht. »Aber Mylady …«

»Es wird ihm nicht schaden. Er soll erfahren, wie sich nasses Gras anfühlt.«

Nanette setzte eine nichtssagende Miene auf, um zu zeigen, dass sie nicht einverstanden war. Sie legte den Kleinen ins Gras, und er fing an zu schreien.

Elizabeth drehte sich um, als sie die Scharniere der Tür zum Obstgarten quietschen hörte. Es war Bruder Michael. Cecily und Mary liefen auf ihn zu. Die kleine Elizabeth blieb in der

Astgabel eines Apfelbaums sitzen. Sie schaute in die Baumkrone hinauf, und Elizabeth fragte sich, woran sie wohl dachte. Sie war häufig nachdenklich, als könnte sie sich in ihrer Phantasie in eine andere Zeit versetzen. Das Kind war schon immer so gewesen. Von den drei Mädchen ließ ihre Namensvetterin sie am häufigsten an ihre eigene Kindheit denken. Ihre Tochter mit den verträumten Augen und dem schwarzen Haar erinnerte sie an Elayne.

»Sie sind in Gedanken vertieft, Mylady«, sagte Michael, der zu ihr herangetreten war.

Elizabeth sah ihm in die Augen. Er hatte eine Hand an den Bogen über seiner Schulter gelegt. Etwas war anders. Sie vermochte nicht zu sagen, ob er eine gute oder eine schlechte Botschaft brachte.

Michael warf einen Blick zu Cecily und Mary hinüber, die sich mit Erdklumpen bewarfen.

»So wild habe ich sie noch nie erlebt«, stellte er fest.

»Sie brauchen es. Wir waren den ganzen Winter über wie Gefangene.«

Michael nickte. Er war noch jung, doch Elizabeth vergaß seine Jugend immer wieder. Er strahlte die Selbstsicherheit eines Älteren aus. Sie kannte ihn inzwischen ganz gut, wusste, dass er die Mönchskutte liebend gern gegen Stiefel und Wams ausgetauscht hätte, um sich den königlichen Bogenschützen anzuschließen, dass sein Vater es aber nicht erlaubte.

»Ich habe Neuigkeiten.« Er sprach leiser, doch seine Miene sagte ihr, dass er etwas Gutes zu berichten hatte. Ihre Anspannung löste sich, und sie verspürte einen leichten Anflug von Erregung.

»Und?«

»Euer Gemahl und Euer Bruder sind gelandet.«

»Wo?«

»In der Nähe von Hull.«

»Wie viele sind es?«

»Sie haben vierzig Schiffe. Die Herzöge von Gloucester und Clarence liegen mit ihren Männern nur eine Wegstunde entfernt am Humber.«

»Dann hat George sich vom Hause Lancaster abgewandt!«

»Ja. Erneut.«

Elizabeth wagte nicht, Edwards Bruder George, dem Herzog von Clarence, zu trauen. Immerhin war er mit Lord Warwicks Tochter Isabella verheiratet. »Was haben sie vor?« Doch Elizabeth wusste bereits, was Edward vorhatte. Nichts könnte ihn von einem Marsch auf London abhalten.

»Wir müssen abwarten«, sagte Michael.

»Und beten.«

»Ja«, nickte er.

»Und Ihr?«, fragte Elizabeth.

»Ich stehe unter Eid, den Abt zu beschützen.«

»Selbst in Kriegszeiten?«

Michael zuckte mit den Schultern. »Der Abt sagt, Krieg hat es immer gegeben und wird es immer geben, und wir sollten uns als Außenstehende betrachten.«

»Und was denkt Ihr?«

»Denken macht es nur schlimmer.«

»Oder besser«, drängte Elizabeth, »je nachdem, *was* Ihr denkt!«

Michael trat von einem Fuß auf den anderen.

»Was würde passieren, wenn Ihr die Abtei verlasst?«, fragte sie.

»Mein Vater würde seine Jahreszahlung an den Abt einstellen und für keine Brotkruste und keine Wunde in meinem Rücken aufkommen.«

Die Mädchen stürzten sich auf Michael und bewarfen ihn kreischend und lachend mit feuchten Erdklumpen.

Als Michael über und über mit Schlamm bedeckt war und die Mädchen sich vor Lachen krümmten, schaute er Elizabeth mit schiefem Lächeln an.

»Wenn Euer Gemahl so gut kämpft wie Eure Töchter, Mylady«, sagte er, »dann müsst Ihr Euch nicht fürchten.«

Sie lachte. »Aber wenn Euer Vater Eure Jahreszahlung aussetzt, könntet Ihr Euch einen Lohn mit Eurem Bogen verdienen. Ich habe niemanden einen Pfeil so kräftig und gerade abschießen sehen wie Ihr. Selbst meine Freundin Elayne ist keine so gute Schützin wie Ihr.«

»Ihr sprecht oft von ihr. Sie muss Euch sehr am Herzen liegen.«

Die Worte, gut gemeint zwar, drangen scharf wie eine Degenklinge in sie ein. »Ja, das stimmt«, sagte Elizabeth und merkte erst in dem Moment, dass es tatsächlich noch immer stimmte.

Kapitel 26

Da kniete Lancelot vor dem Gemach nieder, denn er wusste wohl, dass der Heilige Gral in diesem Gemach war. Und damit sah er die Tür des Gemachs geöffnet, und es drang eine große Helligkeit heraus, dass das Haus so strahlend war, als leuchteten da alle Fackeln der Welt. So kam er an die Zimmertür und wollte eintreten. Da aber sprach eine Stimme zu ihm: »Flieh, Lancelot, und tritt nicht ein, denn es kommt dir nicht zu, es zu tun; und wenn du eintrittst, sollst du es büßen.«
Da zog er sich sehr traurig zurück.

Le Morte d'Arthur

April 1471

Elayne war erleichtert, als sie den obersten Treppenabsatz im Torturm erreichte. Hier, wie auf den anderen Treppenabsätzen, hielt ein Gefängniswärter vor einem verriegelten Tor Wache. Die Treppen und Durchgänge dagegen waren so kalt und dunkel, dass dort bestimmt die Geister verstorbener Gefangener hausten.

Ned, der Gefängniswärter, saß über seine Schale Haferschleim gebeugt vor den schwarzen Eisengittern, durch die man zu den hier oben gelegenen Zellen gelangte. Ned hatte den Anschein, als wäre er viel eher eines Mordes fähig als die unterernährten Verbrecher, die unter seiner Aufsicht standen.

»Malory ist da oben«, sagte er zu Elayne und deutete mit dem Kopf seitlich aufwärts.

»Wo oben?«, fragte sie, da seine Geste nicht besonders deutlich war.

»Brüstung.«

»Wie komme ich dahin?«

»Treppe.« Sie schaute noch einmal in die Richtung, die Ned angedeutet hatte, und erblickte einen schmalen Durchgang in der Mauer.

Die Treppe war feuchtkalt, die Stufen waren glitschig und schmal. Elayne drückte die Papierlagen an sich, in denen *Die Lilienmaid von Astolat* niedergeschrieben war. Sie hatte sich ganze Absätze daraus eingeprägt:

> *Die blonde Elaine schlief wenig, und sie träumte von Lancelot, der in der nächtlichen Stille von edlen Taten und Gedanken zu sprechen schien. Sie wachte früh auf und schlich die lange Turmtreppe hinab …*

Sie dachte an die lange Turmtreppe in Guildford Castle, die breit und sauber war. Sie wusste noch, wie Thomas an einem frühen Morgen dort auf dem Treppenabsatz gestanden und durch den Schlitz in der Mauer nach Osten geschaut hatte. Draußen war Winter, und er sagte, er möge es, das Gewicht der Kälte in der Luft zu spüren, es erinnere ihn daran, dass er ein Mensch aus Haut und Knochen sei. Die Italiener könnten sich über Mathematik und Himmelskugeln auslassen, wie sie wollten, er aber sei erdverbunden.

Sie spürte einen Luftzug – jetzt musste sie gleich oben sein.

Thomas stand an der niedrigen Brüstung auf dem Dach und sah auf die Straße hinab. Er strich einen Zündstein über seine Zunderbüchse und steckte sich die Pfeife an. Auf der

Newgate Street unten wimmelte es von Hausierern und Straßenhändlern, obwohl die Glocke noch nicht zur Prim geläutet hatte. Der Karren eines Pelzhändlers schwankte durch die Menge, beladen mit den Fellen von Füchsen, Eichhörnchen und Katzen, die ohne Zweifel zu einem Kragen am Mantel eines Adligen verarbeitet würden. Der Karren voller Fell sah einladend aus, der ideale Ort, um es an einem kühlen Morgen schön warm zu haben.

Als sie ihn so sah, dünn und gebeugt, aller Hoffnung beraubt, spürte Elayne ihre Wut nachlassen.

Langsam ging sie zu ihm hin und stellte sich neben ihn. Er schenkte ihr den Ansatz eines Lächelns, und einen Moment lang wurde sie schwach.

»Ich war mir nicht sicher, ob ich Euch wiedersehen würde«, sagte er.

»Nach dem, was Ihr geschrieben habt, wäre ich auch fast nicht mehr gekommen.«

»Hat es Euch nicht gefallen?«

Sie schaute ihn fest an. Ahnte er denn nicht, wie er sie gekränkt hatte?

»Nein, es hat mir nicht gefallen.«

Thomas wirkte derart verletzt, dass sie am liebsten laut gelacht hätte.

»In meinen Augen ist Elaine schwach und geistlos, wenn sie wegen Lancelot einen solchen Liebeskummer hat«, sagte sie.

»Und was ist mit Lancelot?«

»Lancelot war für mich immer ein Narr, weil er die Königin liebt. Aber Elaine abzuweisen, die ihn von ganzem Herzen geliebt hat, ist unverzeihlich.«

»Unverzeihlich?«

»Ja.«

Er nickte. »Und Ihr meint, Elaine hat Lancelot von ganzem Herzen geliebt?«

»Mit jeder Faser. Hat Lancelot die Königin von ganzem Herzen geliebt?«

Thomas schaute sie durchdringend an. Er wusste, was sie ihn fragte.

»Es ist doch nur eine Geschichte.«

»Wie könnt Ihr behaupten, es sei nur eine Geschichte! Geschichten sind unsere Fasern, so wie wir ihre Weber sind.«

»Sehr poetisch gesagt.«

»Liebt Ihr Elizabeth?«

Thomas erschrak über ihre direkte Frage. Er wandte den Blick ab, doch sie sah ihm an, dass er nach einer Wahrheit suchte. Sie wartete.

»Das habe ich einmal geglaubt. Aber Liebe gedeiht nicht, wenn sie nicht erwidert wird. Sie richtet sich gegen sich selbst und wird zu einem unerwiderten Verlangen, das man nicht als Liebe bezeichnen kann.«

»Dann liebt sie Euch nicht?«

Sein hartes Lachen verstand Elayne als ein Nein. »Wenn Lancelot wirklich galant wäre«, hob sie an, »würde er die Gemahlin seines Königs nicht begehren. Und er würde versuchen, Elaine zu verstehen, ihre Liebe zu ihm wäre ihm nicht so gleichgültig.«

»Lancelot ist nicht gleichgültig. Er fühlt sich in seiner eigenen menschlichen Schwäche gefangen.« Thomas schüttelte den Kopf. »Im Übrigen ist die Erzählung der Lilienmaid ursprünglich nicht von mir – sie stammt aus einem italienischen Ritterroman …«

»Ich weiß«, unterbrach sie ihn. »Ich habe *Donna di Scalotta* gelesen.«

Thomas war beeindruckt. »… und sie ist unvollendet«, ergänzte er.

»Donna di Scalotta stirbt an gebrochenem Herzen, weil Lancelot die Königin liebt und nicht sie. Verkauft mich nicht für dumm.«

»Das würde ich niemals tun.«

»Ihr sagtet, Eure Erzählung sei unvollendet.«

»Gewiss.«

»Wie endet sie denn?«, fragte Elayne. »So wie *Donna di Scalotta*?«

»Das weiß ich noch nicht. Habt Ihr eine Vorstellung?«

Sie durfte seiner Schmeichelei nicht nachgeben. Sie musste sich an ihrer Wut festhalten. Nur darum ging es jetzt.

»Ich habe Anthony Woodville getroffen«, sagte sie.

»Ah.« Thomas wandte den Blick ab.

»Warum hat er Euch besucht? Er ist der Ritter, dem Edward am meisten vertraut. Sollte er sich nicht wünschen, Ihr wärt tot?«

Thomas seufzte. »Ich kann es Euch ebenso gut sagen. Elizabeth hat mir Geld gegeben, nur so kann ich mir diese Freiheit erlauben.« Er machte eine ausholende Geste. »Nur so kann ich mir kaufen, was ich brauche, und muss nicht in Dreck und Unbequemlichkeit leben.«

Elaynes Magen krampfte sich zusammen, als hätte sie jemand geschlagen. »Sie ist Eure Gönnerin!«

»Ja. Und Anthony hat seine Schwester beschützt, obwohl er es besser wissen müsste. Er hat das Versprechen anerkannt, das sie mir gegeben hatte, und mir Geld sowie gelegentlich Bücher überbracht, die ich in der Klosterbibliothek nicht bekomme.«

»Elizabeths Bücher?«

Thomas nickte. »Und seine eigenen. Er würde es nicht zugeben, aber ich sehe ihm an, dass ihn das Werk interessiert. Dass es ihn belebt.«

»Ihr hättet Anthony nicht sagen sollen, wo er mich findet«, sagte sie.

»Er schätzt Euch und sorgt sich um Euch.«

»Dasselbe hat er von Euch behauptet.«

Thomas war überrumpelt. Sie wusste, dass er es weder

leugnen noch zugeben würde. Er würde seine wahren Gefühle nie preisgeben, sonst drohte er seine Freiheit zu verlieren.

»Würdet Ihr nach Hause gehen, wenn man Euch begnadigt?«, fragte sie.

»Ich kann Warwickshire kaum noch als mein Zuhause bezeichnen. Ich war so selten dort, dass meine Gemahlin zum Hackebeil greifen würde, wenn ich mich blicken ließe.«

Noch nie hatte er mit ihr über seine Frau oder sein Zuhause gesprochen.

»Worüber habt Ihr mit dem Herzog von Buckingham gestritten?«, erlaubte sie sich zu fragen. Die alte Geschichte hatte sie nicht losgelassen.

»Er hat etwas genommen, das mir gehörte.«

»Land? Eine Frau?«

»Weder noch.«

Elayne wartete.

Nach einer Weile begann Thomas, von eleganten öffentlichen Gebäuden zu sprechen, mit roten Dächern hinter dem wolkigen Grün der Seine, von den Buchhändlern, den kultivierten Unterhaltungen auf dem Marktplatz, den Seidenstoffen und den roten Lippen der Pariserinnen. Er habe sich nicht vorstellen können, dass eine Stadt so sein könne, so anders als London, das im Vergleich dazu jämmerlich eintönig aussehe.

»Ich war noch ein Jüngling – ich hatte keine Ahnung«, sagte er. »Ich hatte noch nie ein Buch gesehen, das nicht in lateinischer Schrift verfasst war. Ich dachte, wenn ich eins besäße, wäre ich gebildet. Erst Jahre später begriff ich die Bedeutung der Ritterromane.«

»Ihre Bedeutung?«

»Arthur ist mehr als der Befehlshaber, der die Sachsen bekriegt.« Thomas ereiferte sich. »Er ist der Held, gekommen, um sein Volk zu befreien. Er ist der hohe König all unserer kleinlichen Sorgen, er würde unsere Schlachten um Ländereien und Titel verachten. Seine einzige Wahrheit ist die Brüderlichkeit.«

»Schreibt Ihr deshalb die Erzählungen?«

»So ist es. Als junger Mann war ich bestrebt, der perfekte Ritter zu sein. Ich lebte nur, um meinem König zu dienen.«

»Und heute?«

Thomas dachte an seine Papierlagen. »Heute besteht mein Dienst im Schreiben.«

»Erzählt mir mehr von Paris«, bat Elayne.

»Als John Bedford Regent wurde, übernahm er das Hôtel Jean de la Haye. Es war ein durchschnittliches Herrenhaus, in dem unendliche Soireen stattfanden – wie die Pariser ihre Ausschweifungen zu nennen pflegen. Ich war jung und sprach fließend Französisch, und so manche geschminkte Schönheit kam in mein Zimmer …«

Thomas schaute sie reumütig an. Er hatte einen Moment lang vergessen, dass sie anwesend war.

Elayne zuckte mit den Schultern.

»John Bedford hat nicht nur die schöne junge Jacquetta von Luxemburg erworben«, fuhr Thomas fort, »sondern auch die königliche Bibliothek im Louvre. Als er starb, ging die Sammlung des Louvre, wie Ihr wisst, in Jacquettas Besitz über. Ich war Bedfords Übersetzer und hatte Zugang zur Bibliothek. Ich las, bis mir schwindelig wurde, und am liebsten wäre ich für immer in Paris geblieben, um zu lesen. Aber ich war Lehnsmann von Lord Warwick, der nach England zurückbeordert wurde, um die Betreuung des jungen Königs Henry zu übernehmen. Ich verließ Paris mit nichts als meiner geschätzten Kopie des *Lancelot*.«

Das war der Anfang, dachte Elayne. Er hatte die Erzählungen seit seiner Jugendzeit übersetzen wollen, und der *Lancelot* hatte ein Leben lang zu seinen wertvollsten Besitztümern gehört.

»Ich glaubte an ein neues Zeitalter, wie wir alle«, sagte

Thomas. »Aber bis heute herrschen Krieg und Krankheit. Frauen lieben ihre Kinder noch immer mehr als ihre Männer. Mein ganzes Leben habe ich an eine Laune verschwendet.«

»Wer hat das denn nicht?«

»Ihr seid noch jung.« Thomas wandte sich ab.

»Was hat Buckingham an sich genommen, das Euch gehörte, Thomas?«

»Ich bezeichne es als mein Eigentum, aber in Wirklichkeit gehörte es mir nicht.«

»Es war ein Buch, nicht wahr? War es Chrétiens *Perceval*?«

»Ja. Im Katalog des Louvre war ein Eintrag für ein Originalmanuskript, das 1185 erworben wurde und Eleonore von Aquitanien gehörte.«

»Und, habt Ihr das Buch gesehen?«

»Nein. Ich habe über den Herzog von Buckingham – Henry Staffords Großvater – darum gebeten, es mir ansehen zu dürfen. Im Vertrauen sagte ich ihm, das Manuskript habe in meinen Augen Seltenheitswert. Er versprach, die Genehmigung für mich einzuholen. Später sagte er mir, ein solches Manuskript existiere nicht.«

»Aber es stand im Katalog.«

»Ja.«

»Und warum, meint Ihr, hat der Herzog von Buckingham es an sich genommen?«

»Es roch nach einer Lüge. Ich hatte Freunde unter den Pariser Buchhändlern, darunter einen mit sehr guten Beziehungen. Er erzählte mir, Buckingham ziehe Erkundigungen ein, was ein Originalmanuskript von Chrétien de Troyes wert sei, habe das ihm angeblich vorliegende Manuskript aber nie einem der Buchhändler gezeigt. Er hatte keine Ahnung vom wahren Wert des *Perceval*.«

»Wenn Ihr es nicht gesehen habt, woher wisst Ihr dann, dass es ein vollständiges Manuskript des *Perceval* war?«

»Jacquetta hat es mir gesagt, als ich in Grafton war. Sie wusste allerdings nicht, was ich über Buckingham wusste.«

»Aber sie wusste von der Existenz des *Perceval*?«

»Natürlich. Nach dem Verlust war sie am Boden zerstört.«

»Weiß Elizabeth davon?«

Thomas zögerte; mehr brauchte Elayne nicht als Antwort.

»Sie weiß es«, drängte Elayne.

»Ja. Aber sie weiß nicht, in wessen Besitz es ist. Ich dachte, Edward hätte es beim Spiel von Stafford gewonnen, aber sie besteht darauf, dass Edward es nicht hat.«

»Und Ihr *glaubt* ihr! Wenn Edward es tatsächlich hätte, würde sie es Euch doch nicht sagen! Sie würde es für sich behalten, weil sie es für heidnisch hält und nicht will, dass Ihr Eure Meinung ändert und den *Perceval* zu Eurer Gralsgeschichte macht, anstelle der *Suche*. Sie hat schon gewonnen. Sie hat Euch dazu gebracht, die christliche Version niederzuschreiben.«

Thomas leugnete es nicht.

Elayne schauderte, und Thomas, der dachte, ihr sei kalt, zog seinen Mantel aus und legte ihn ihr über die Schultern.

Schweigend gingen sie die Treppe hinunter.

Als Ned sie sah, erhob er sich sehr langsam, gähnte, streckte sich und nahm dann ohne Eile einen Schlüssel von der Kette an seinem Gürtel.

Dann ließ er sie durch, Thomas bedankte sich höflich, und während Ned das Tor lärmend wieder verriegelte, raunte er Elayne zu, es habe keinen Sinn, einem Gefängniswärter einen Grund zu liefern, noch mehr Abneigung gegen einen Gefangenen zu entwickeln, als er ohnehin schon empfinde.

»In den Gemeinschaftszellen ist Fieber ausgebrochen«, sagte Ned beiläufig, als sie durch die gruftähnlichen Korridore gingen, und warf einen bösen Seitenblick auf Elayne. Der Wärter hatte allem Anschein nach ein großes Geschick für gedankenlose Worte.

»Ist bekannt, um welche Krankheit es sich handelt?«, fragte Thomas.

»Wenn Ihr meint, ob es das Schweißfieber ist, dann weiß ich es nicht.« Ned pfiff tonlos vor sich hin, dann sagte er geradeheraus: »Zwei aus der Brut meiner Schwester sind seit dem Fest der heiligen Brigitte am Schwitzen gestorben.«

Als er wieder zu pfeifen begann, sah Elayne, wie Thomas die Faust ballte. Einen Wärter zu schlagen würde zu nichts führen, selbst einen so hartgesottenen wie Ned. Äußerlichkeiten konnten täuschen.

»Ich könnte mich erkundigen, wenn Ihr wollt.«

Thomas schüttelte den Kopf. »Das braucht Ihr nicht. Der Tod kommt auch ungefragt.«

Elayne fragte sich, wie viele Soldaten Thomas auf Schlachtfeldern hatte sterben sehen.

»Ach, Ihr habt noch einen Besucher, Malory.« Ned lachte in sich hinein, als er die Zellentür aufschloss. »Ich habe ihn hereingelassen, weil er so erbärmlich sang, dass es nicht auszuhalten war. Ich wette, er hat Eure Vorräte inzwischen leer getrunken.«

Die Tür ging mit einem Schwung auf, und von drinnen ertönte ein Stöhnen.

Der Raum roch säuerlich, und die Überreste von Fleisch und Wein vom Abend zuvor standen auf dem Tisch. Darunter lag ein Mann.

»Ah, Meister Locke«, sagte Thomas.

Locke richtete sich mühsam auf. Er stieß sich den Kopf an der Unterseite des Tisches und fluchte.

Ned lachte.

Locke hatte die Flasche auf dem Tisch geleert, aber allem Anschein nach hatte Thomas noch reichlich Vorrat im Schrank. Er besaß die Güte oder den gesunden Menschenverstand, Ned ein Horn voll Wein anzubieten. Der Wärter trank es in einem Zug leer und ging.

Locke hatte sich inzwischen auf dem zerwühlten Bett breitgemacht, eine neue Flasche in Reichweite.

»Alles ist in die Wege geleitet, Malory«, sagte er und schaute sich im Raum um. »Ich vermisse unsere Backgammon-Spiele und würde gern wieder Euren Erzählungen von Arthurs Rittern lauschen, die auf der Suche nach dem Gral in den finsteren Wald reiten. Ich wünschte nur, meine Gemahlin wäre eine ebenso unterhaltsame Gefährtin, aber sie spricht nur darüber, wie teuer das Hammelfleisch ist und wie faul die Diener sind.«

»Herrgott, hört auf zu trinken – mir ist nicht nach blutenden Herzen zumute«, fuhr Thomas ihn an.

»Zum Henker mit Euch«, erwiderte Locke. »Wäre Euch lieber, ich würde Euch nicht erzählen, wo ich war und mit wem ich gesprochen habe, weil die Dame anwesend ist?« Locke grinste Elayne höhnisch an. »Ist sie eine Hure? Sieht mehr wie eine Nonne aus. Können wir ihr vertrauen?«

»Aus Eurem Munde kommen nur unflätige Worte.« Thomas seufzte.

Locke stemmte sich hoch und nahm einen kräftigen Schluck aus seiner Flasche. Dann trat er an den Eimer, der in der Ecke stand, wusch sich das Gesicht und strich sich die schwarzen Haare glatt.

»Bis vor kurzem war Meister Locke mein Nachbar«, sagte Thomas zu Elayne. »Er ist begnadigt worden, und jetzt kümmert er sich für mich … um eine Angelegenheit.«

Locke schaute prüfend auf die Papierlagen auf Thomas' Tisch.

»Da ist es ja«, sagte er. »*Die edle Erzählung vom Heiligen Gral.* Warum heißt es der *Heilige Gral*, wenn Ihr doch sagt, es sei eine Erzählung von einem Ritter auf der Suche nach Souveränität? Weil Ihr Eurer gottesfürchtigen Gönnerin gefallen wollt?«

Elayne schaute Thomas scharf an.

»Ich arbeite noch an der Erzählung«, erwiderte Thomas, »bislang ist es nur eine Interpretation …«

»Ach ja! Die Interpretation der Ungläubigen. Weil die Ungläubigen der Meinung sind, dass Land und König vereint sein müssen«, sagte Locke rülpsend, »und dass die Herrin des Landes das Ödland des Fischerkönigs aufgegeben hat.«

»Meines Wissens ziehen sie es vor, dass man sie Heiden nennt«, sagte Elayne.

»Die Lady spricht!« Locke schaute sie auf einmal mit Interesse an. »Dann sagt mir doch, Gescheite, warum der Fischerkönig so genannt wird.«

»Er wurde an den Schenkeln verwundet, und die einzige Art der Jagd, die ihm noch blieb, war das Fischen. Die Wunde des Königs wird erst heilen, wenn das Ödland wieder fruchtbar gemacht wird. Wenn die Göttin Souveränität zurückkehrt.«

»Also warten wir auf eine Frau!« Locke grinste.

»Eine Göttin«, korrigierte Elayne.

»Das ist eine hübsche Geschichte, Lady, aber sie bedeutet nichts.«

»Sie kann nur das bedeuten, was Ihr hineinlegt, ist es nicht so, Lady Elayne?« Thomas schenkte ihr ein wissendes Lächeln.

»Ihr habt auf alles eine Antwort, Malory«, sagte Locke. »Schade, dass Ihr in diesem Rattenloch eingesperrt seid, Ihr könntet in London durchaus von Nutzen sein und Höflinge unterhalten.«

»Die Zeit, in der ich Höflinge unterhalten habe, ist vorbei.«

»Zu schade. Meine hat noch nicht begonnen.«

»Meister Locke, verkauft wieder Tuch und vergesst diesmal nicht, Eure Steuern zu bezahlen. Liebt Eure Gemahlin und schenkt Euren Kindern ein wenig Beachtung.«

Locke lachte. »Ihr sprecht wie einer, der zum Tode verurteilt wurde. Dabei werdet Ihr ohne Zweifel bald begnadigt«, sagte er, »falls der große Lord Warwick auf Eurer Seite steht. Ich freue mich für Euch.«

»Ihr klingt nicht begeistert.«

»Das bin ich auch nicht. Es gibt keinen Handel mehr mit Burgund, seit Edward sich unter dem Schutz seiner Schwester in Brügge verkrochen hat. Gewisse Kaufleute waren sicherlich erfreut, Edward von York davonziehen zu sehen – die mit den hübschesten Gemahlinnen natürlich. Kein Mann lässt sich gern Hörner aufsetzen, nicht einmal vom König.«

Thomas hörte nicht zu, er war in Gedanken woanders. Elayne kannte diesen Blick in seinen Augen. Wenn er so vor sich hin sah, hatte sie sich einst einsam gefühlt.

»Ihr haltet den Gral also für den Kelch, in dem das Blut Christi gesammelt wurde, Malory?«, hakte Locke nach.

Elayne schaute Thomas an.

»Was ich glaube, ist nicht von Bedeutung. Ich möchte nur die beste Geschichte erzählen«, sagte er.

Er lügt, dachte Elayne.

Locke trank einen Schluck Wein aus der Flasche.

»Eure *Edle Erzählung vom Heiligen Gral* dürfte es wahrlich in sich haben«, sagte er. »Ich glaube kaum, dass sie so viel gelesen und so lange im Gedächtnis bleiben wird wie der *Perceval*, aber den Damen wird sie gefallen. Sie mögen Lancelot.«

»Lancelot hat den Gral nicht erlangt«, sagte Thomas wie zu sich selbst. »Er war weder ehrenwert noch unbescholten.«

»Ihr solltet einen Schreiber nehmen und es kopieren lassen – alles.« Locke deutete mit weit ausholender Handbewegung auf die gestapelten Papierlagen.

Thomas nickte geistesabwesend.

»Lancelot hätte den Gral erlangen sollen«, sagte Elayne und begegnete seinem Blick. »Er war eine Zeitlang der beste Ritter der Welt.«

Thomas hielt ihrem Blick stand.

»Vielleicht ist es nicht zu spät«, sagte er.

Kapitel 27

Im Mai, wo jedes fröhliche Herz knospet und blüht, denn wie die Jahreszeit froh zu schauen und erquicklich ist, so freuen sich Mann und Weib und sind des kommenden Sommers froh mit seinen frischen Blumen, denn der Winter mit seinem rauen Wehen und Stürmen bringt frohen Mann und Weib dazu, hinter dem Ofen zu hocken und festzusitzen.

Le Morte d'Arthur

Mai 1471

Der Morgen war noch jung, und der Widerschein des Feuers tanzte auf der gewölbten Decke der mittleren Kammer. Jacquetta saß am Tisch auf einem der Stühle mit hoher Lehne aus dem Haus des Abts und schaute in den Kamin. Ein Buch lag aufgeschlagen neben ihr. Elizabeth sah an ihrer Haltung, dass sie nachdachte. Sie betete morgens und abends nicht mit den anderen, obwohl sie sich den Anschein gab. Sie murmelte die Worte und senkte den Kopf, aber das war nur für den äußeren Schein. Jacquetta hatte ihren eigenen Heiligen, und der besaß in einem christlichen Königreich keinen Tempel.

Sie wandte sich um und wollte schon gehen.

»Bleib, Beth. Lass uns reden, bevor die Mädchen wach

werden.« Jacquetta hatte sich weder umgedreht noch den Kopf bewegt.

Elizabeth zögerte, setzte sich dann aber. Ihre Mutter ließ sich keine Schwäche anmerken, kein Gefühl von Niederlage. Sie überwachte den Unterricht und teilte die Dienerschaft ein. Sie war die Dame des Hauses, auch wenn das Haus eine Krypta war.

Elizabeth fragte sich, was für ein Buch es war, das dort lag. Es sah aus wie ein historisches Werk. In Abt Millyngs Bibliothek gab es keine Ritterromane, allerdings hatte Elizabeth zu ihrer Überraschung eine Abschrift der *Canterbury Tales* entdeckt, eine ihrer Lieblingslektüren seit der Kindheit. Ihr eigenes Exemplar hatte sie Elayne geliehen. Sie ging nicht davon aus, es je wiederzusehen.

Abt Millyng war großzügig wie ein Vater. In einer Zeit voller Heimtücke war es ein Segen, auf einen solchen Mann zu treffen. Er strahlte die Wärme und das Licht Christi aus, aber so etwas würde Elizabeth nie zu ihrer Mutter sagen. Und doch verdankte sie es allein der Güte des Abts, dass sie zuverlässige Diener hatten, Fleisch aus London und Zugang zu Büchern.

»Eigenartig zu denken, dass wir vielleicht bald frei sind«, bemerkte Jacquetta leichthin, aber dabei nahm sie Elizabeth genau in Augenschein, als wollte sie nicht nur über die Vorzüge der Freiheit sprechen.

»Ja«, stimmte Elizabeth vorsichtig zu.

»Edward wird lange nicht zu dir ins Bett kommen. Darauf musst du vorbereitet sein«, sagte Jacquetta.

Die Wut kam schnell wie ein Pfeil. »Woher wollt Ihr das wissen?« Elizabeth versuchte, mit ruhiger Stimme zu sprechen. Edward war seit dem vergangenen Sommer ohne sie gewesen. Er würde sich ebenso leidenschaftlich nach ihr sehnen, wie sie sich nach ihm sehnte.

»Er ist nicht der Liebhaber einer Frau«, sagte Jacquetta.

»Wenn du weiterhin die Hoffnung hegst, dass er nur dich auswählt, dann hoffst du vergeblich. Könntest du sein Verhalten hinnehmen, hättest du weniger Kummer.«

»Woher wollt Ihr wissen, was ich fühle?« Elizabeth spie es förmlich aus. Sie versuchte jetzt nicht mehr, ihre Wut zu zügeln. Jacquetta wich nicht zurück. Die Frage war dumm. Ihre Mutter wusste viel mehr als nur das. Sie hatte lange vor Elizabeth erkannt, dass ihre Erstgeborene die Chance hatte, Königin zu werden. Jacquetta hatte gesehen, wie sehr Edward sie begehrte, und gewusst, was daraus werden könnte. Jacquetta hätte Elizabeth damals gar nicht zu sagen brauchen, sie solle sich vom König umwerben lassen, aber nicht mit ihm ins Bett gehen. Elizabeth hätte es ohnehin nicht getan – einzig unter der Bedingung, dass er sie heiratete. Sie wollte ihn zu sehr, um es ihm leichtzumachen. Natürlich wusste sie, dass es Gerede gab – sie war keine Närrin. Es hieß, Mutter und Tochter hätten gemeinsame Sache gemacht, Edward sei verhext worden. Doch der einzige Zauber, unter dem Edward stand, war der eines verliebten Mannes. Elizabeth hatte unter demselben Zauber gestanden. Und das war nach sieben Jahren immer noch so.

Wenn Zielstrebigkeit ein Verbrechen war, dann waren Jacquetta und sie gleichermaßen schuldig. Darin waren sie einander ähnlich. Doch anders als sie selbst hatte Jacquetta nicht das Bedürfnis, verehrt und gepriesen zu werden. Elizabeth fand es schwierig genug, sich nichts darauf einzubilden, wenn Barden Oden an ihre Schönheit schrieben. Und sie wusste nicht, was geschehen würde, wenn die Rose verwelkte und vertrocknete. Dann würde sie erfahren, wie tief ihre Schönheit wirklich reichte. Würden ihre Bewunderer sich von ihr abwenden und Oden an eine andere singen? Diese Angst wurde Elizabeth nicht los.

»Ich kann nicht wissen, was du fühlst, Beth. Ich kann mich nur kümmern. Aber was ich sage, stimmt.«

»Ich weiß«, sagte Elizabeth und wandte den Blick ab. Die Vorfreude auf die Rückkehr ihres Gemahls war getrübt.

»Er wird dich noch mehr lieben, wenn du ihn in Ruhe lässt.«

»Mir bleibt nichts anderes übrig.«

»Du kannst dich entscheiden, freundlich und nicht habgierig zu sein – ihm deinen Körper zu geben, und wenn er noch so viele andere will.«

Jacquetta nahm ihre Handarbeit auf und beugte sich darüber.

»Liebt er mich denn dann mehr?«

Jacquetta stach ihre Nadel durch den Stoff, der über den Stickrahmen gespannt war. Sie bestickte den Ärmel eines Gewandes für den kleinen Edward.

»Er wird Achtung vor dir haben, ohne die Liebe nicht bestehen kann.«

Elizabeth seufzte. »Ihr seid weise.«

»Ich bin alt.«

»So alt nun auch nicht, Mama!« Jetzt lachten sie, und Elizabeth fühlte sich leichter. Ihr fiel eine Frage ein, die sie schon lange hatte stellen wollen.

»Ihr habt mir nie erzählt, wo Ihr unsere Bücher gelagert habt.«

»Sie sind im Gewahrsam der Herzogin von York.«

Edwards Mutter bewohnte Baynard's Castle, das Haus der Yorks in London. Auch sie war eine kluge Frau.

»Du hast dir noch immer kein Hochzeitsgeschenk ausgesucht«, fügte Jacquetta hinzu.

»Ihr sollt es für mich auswählen«, sagte Elizabeth. »Vielleicht ein Gebetbuch.«

»Mag sein, dass ich weiß, welches Buch dir gefallen würde«, sagte Jacquetta und beugte sich wieder über die Stickarbeit. »Hol dir doch deinen Stickrahmen und setz dich zu mir, Beth. Wir haben so wenig Zeit miteinander ohne die Kinder.«

Elizabeth setzte sich und nahm den rechteckigen Gobelin zur Hand, der ein Gebetskissen werden sollte. Beim Gedanken an ihre Bücher fiel ihr Thomas ein. Er musste glauben, sie habe ihn im Stich gelassen. Sie hatte ihr Versprechen an ihn nicht gehalten – selbst wenn sie drei Jahre lang nicht gewusst hatte, dass er noch in Newgate war, sondern ihn in Freiheit gewähnt hatte. Sie war noch immer zutiefst gekränkt, dass Anthony sie belogen hatte; immerhin war er ihr einziger Kontakt zu Thomas gewesen. Sie fragte sich, ob Thomas sich an seinen Teil ihrer Vereinbarung gehalten hatte. Sie durfte die Hoffnung nicht aufgeben, dass er die *Suche* übersetzt hatte! Er war schließlich Christ, und wenn er, wie er sagte, den Menschen die Erzählungen von Arthur verfügbar machen wollte, dann musste er darauf hören, was die Menschen verlangten, und die beliebteste Gralsgeschichte niederschreiben, *Die Suche nach dem Heiligen Gral.*

Sie hatte Edward unrecht getan, als sie sich einverstanden erklärte, Thomas' Gönnerin zu sein.

Jacquetta legte ihre Hand auf die von Elizabeth, als wüsste sie, dass ihre Gedanken sie wieder zu Edward geführt hatten. »Was kommt, kommt, meine Schöne. Ich bin stolz auf dich. Du bist sehr stark gewesen.«

Elizabeth hatte sich bisher nicht für stark gehalten, aber jetzt spürte sie, dass sich Kraft in ihr regte. Sollten sie doch ruhig behaupten, sie habe Edward verhext. Sie hatte ihren Wert bewiesen – falls sie wieder Königin werden sollte. Sie hatte dem Hause York einen Erben geschenkt und würde ihn beschützen, auch wenn es sie das Leben kostete.

Kapitel 28

Salomo, König Davids Sohn, regierte und erbte das Land von seinem Vater. Dieser Salomo war weise und kannte alle Kräfte von Steinen und Bäumen und kannte den Lauf der Sterne und viele andere mannigfaltige Dinge.

Einmal sagte ihm eine Stimme: »Salomo, es soll ein Weib kommen, von dem den Menschen hundertmal größere Freude kommen wird, als deine Trübsal Leiden bringt, und dieses Weib soll aus deinem Geschlecht geboren werden. Und ein Mann soll kommen, der Letzte Eures Blutes, und er wird ein so guter Ritter sein wie Herzog Josua, dein Schwager.«

Das war Salomo froh, dass so einer aus seinem Geschlecht kommen sollte; aber immer wunderte er sich und sinnierte, wer das sein könnte und wie er heißen mochte.

Sein Weib bemerkte, dass er hin und her sann; und so wartete sie ihre Zeit ab und fragte ihn nach dem Grund seines Sinnens; und da erzählte er ihr alles miteinander, wie die Stimme es ihm gesagt hatte.

»Wohlan«, sagte sie, »ich will aus dem besten und dauerhaftesten Holz, das man finden kann, ein Schiff machen lassen.«

So sandte Salomo nach den besten Zimmerern des Landes.

Le Morte d'Arthur

Juni 1471

Die Schwester Oberin hatte das besondere Talent zu wissen, wo sich ein jeder, der unter ihrer Aufsicht stand, zu jeder Tageszeit befand. Als Elayne ihren Namen hörte, richtete sie sich auf und wandte sich um. Die Schwester Oberin stand am Gartentor, umrahmt von Hundsrose und Geißblatt, die über die Mauer wucherten. Hinter ihr tauchte ein Mann auf. Er war mager und gebeugt und hatte langes weißes Haar. Wäre Thomas Malory nicht so groß gewesen, hätte er hinter den ausladenden Rundungen der Oberin verschwinden können. Wenn das Gewicht der Schlüssel an ihrem Gürtel noch nicht als Beweis für ihre Autorität reichten, dann auf jeden Fall das ihres Busens. Einige Schwestern in ihren weiten grauen Sommerkutten pflegten den Kräutergarten, und jetzt hielten alle, einschließlich Angela, inne, um Thomas zu beobachten, der quer durch den Garten auf Elayne zuging. Sie kniete am Rand eines Kräuterbeets, das Gartenmesser noch in der Hand. Elayne fing Angelas Blick auf und vernahm Angelas Gedanken, als hätte sie sie laut ausgesprochen: *Der zweite Mann in diesem Jahr.*

Sie spürte, wie sie innerlich verkrampfte, so wie an jenem ersten Tag in Guildford. Damals hatte er wahrscheinlich geglaubt, sie hätten beide bekommen, was sie sich vom anderen wünschten, aber er hatte sich geirrt. Er hatte keine Ahnung gehabt, was Elayne sich von ihm ersehnte.

Das Messer war ihr aus der Hand geglitten.

Die Oberin entfernte sich watschelnd, und die anderen Schwestern nahmen ihre Arbeiten wieder auf.

»Was ist das für eine Pflanze?«, fragte Thomas, der jetzt direkt vor ihr stand, um das Schweigen zu brechen. Die Beeren hatten die Form von Hagebutten, waren aber schwarz wie Oliven.

»Ich dachte, Ihr würdet verschwinden, sobald Warwick Euch freilässt. Er hat lange genug gebraucht, Eure Sache zu verfechten.«

»Da war wohl der Wunsch Vater des Gedankens, Mylady.«

»Das mag sein«, sagte sie knapp.

»Im Übrigen hat Warwick mich nur freigelassen, weil Margaret von Anjou mich als Spion für ihre Seite einsetzen will.«

»Und tut Ihr ihr den Gefallen?«

»Ich bin anderweitig beschäftigt.«

»Wo wohnt Ihr?«

Er zögerte. »Ich habe ein Zimmer über dem Wirtshaus in der Milk Street.«

Wollte er nicht, dass sie ihn dort besuchte? Würde sie es wagen?

»Was führt Euch her?«, fragte sie.

»Ich bin hier, um Bruder Robert zu treffen.«

Also war er nicht ihretwegen gekommen. Sie nahm das Messer wieder zur Hand und arbeitete weiter.

»Was ist das?« Er zeigte auf die lange diagonale Narbe auf ihrem Unterarm.

»Das ist meine Mahnung.«

»Woran?«

»An mein Glück.«

Sie schnitt ein paar Beeren ab und legte sie mit zitternden Händen in ihren Korb.

»Das sind hübsche Beeren«, stellte Thomas fest.

»Belladonna«, erwiderte sie.

»Belladonna? Die sind doch giftig.«

»Seid Ihr hier, um müßig zu schwätzen, oder gibt es einen anderen Grund?« Elayne hockte sich auf die Fersen und schaute ihn direkt an.

»Ich musste Euch sehen«, gab er zu.

»Warum?«

»Weil ich …« Thomas schüttelte den Kopf. »Ich schäme mich«, sagte er.

»Warum?«

»Was in Guildford passiert ist …«

»Ihr wart ohne Fehl.«

»Ich habe einen schweren Fehler begangen. Ich habe mich nicht ehrenhaft verhalten.«

»Tut nicht so, als wärt Ihr der tapfere Ritter, Thomas, das steht Euch nicht.«

Er lächelte. »Ihr habt Euch nicht verändert.«

»O doch. Und Ihr ebenso.«

»Also verzeiht Ihr mir nicht?«, fragte er.

»Nein.«

Er wirkte so elend, dass sie am liebsten laut gelacht hätte.

»Womöglich gibt es auch nichts zu verzeihen«, sagte sie. »Ihr habt geglaubt, eine andere zu lieben. Ich hätte in Eurer Situation nicht anders gehandelt. Sie ist es wert, geliebt zu werden, doch ist es bedauerlich, wenn sie es nicht erwidert.«

Thomas schaute sich um. Keine Schwester war in der Nähe, trotzdem senkte er die Stimme. »Aber sie war nie meine Geliebte. *Ihr* wart meine Geliebte. *Euch* habe ich begehrt.«

»Ich wollte mehr.«

»Bin ich nicht hier?«

Elayne schaute ihn durchdringend an. »Seid Ihr hier? Ich bin mir nicht so sicher.«

»Ihr seid noch immer ein seltener Vogel, Lady Elayne. Wie kann ich mich vor Euch beweisen?«

Sie überlegte so lange, dass Thomas schon nervös wurde.

»Existiert der *Perceval* aus dem Louvre überhaupt?«

»Ja«, antwortete er.

»Dann sucht ihn für mich«, sagte Elayne.

»Das habe ich versucht. Ich glaubte, er sei im Besitz des Königs.«

»Habt Ihr Elizabeth gefragt?«

»Gewiss, aber das ist lange her.«

»Vielleicht hat sie ihn gefunden und behalten.«

»Ich bin mir nicht mehr sicher, ob Edward ihn hat, aber ich werde … Ich werde es herausbekommen.«

»Wenn Ihr Elizabeth sehen wollt, solltet Ihr Euch beeilen. Schwester Angela zufolge, die das Geschehen außerhalb dieser Mauern verfolgt, marschiert Edward von York auf London zu.« Elayne gab sich den Anschein, als scherte sie sich nicht darum, was er machte. »Das ist meine Bedingung. Bringt mir den *Perceval*, dann könnt Ihr auf meine Versöhnlichkeit hoffen.«

Thomas lachte freudlos. »Eine Dame schickt mich auf eine Suche. Ich könnte wenigstens so tun, als wäre ich der tapfere Ritter.«

Elayne schnitt weiter. »Belladonna ist nur giftig, wenn man nicht damit umzugehen weiß. Die Schwestern im Spital verabreichen gerade genug, damit ein Patient einschläft, aber nie so viel, dass er nicht wieder aufwacht.«

»Habt Ihr gelernt, Arzneien herzustellen?«

»Das ist nützlicher, als Tuch zu weben.«

Allem Anschein nach gab es nichts mehr zu sagen. Er verneigte sich vor ihr und wandte sich ab.

»Thomas!«, rief sie, bevor er gehen konnte.

»Ja?«

»Wartet hier.«

Sie lief zum Kloster, hielt ihre Röcke hoch und lachte über die leise Schelte einer Schwester.

In ihrer Zelle fand sie, wonach sie suchte, und wickelte es in einen Schal.

»Gebt das Elizabeth«, sagte sie, als sie es ihm reichte. Dann kniete sie sich wieder zu ihren Pflanzen.

»Habt Ihr denn keine Nachricht für sie?«

»Nein.«

Er drehte sich wieder um.

»Thomas.«

»Ja.« Abermals blieb er stehen.

Elayne zupfte ein Unkraut aus und schob wahllos mit ihrer Kelle Erde herum. »Warum habt Ihr so viel Zeit Eures Lebens mit den Erzählungen verbracht?«

»Sie haben ihr eigenes Reich, ich bin nur der, der sie überliefert und erhält. Es sind Geschichten, die nicht länger ohne Leser bleiben sollten. Ich sehe gewisse Muster in ihnen, die in unserer Zeit wiederkehren, in meinem eigenen Herzen. Darin liegt ihr größter Wert. Der Wert einer jeden Erzählung lässt sich an ihrer Nähe zum Herzen messen. Ich hoffe nur, dass mir meine Entscheidungen verziehen werden – die Freiheiten, die ich mir genommen habe.«

»Meint Ihr die Freiheit, die Ihr Euch genommen habt, als Ihr Euch für die *Suche* und nicht für den *Perceval* entschieden habt?«

»Nein.« Damit wandte Thomas sich endgültig ab.

Hatte er sich nun doch nicht für die *Suche* entschieden?

Kapitel 29

»Der Nebel war so dicht, dass wir unsere Feinde nicht sehen konnten, und auch sie konnten uns nicht sehen«, trug Edward vor.

»Aber wie habt Ihr sie dann getötet?«, fragte Richard, auch wenn er es bereits wusste.

Die Söhne von John Grey betrachteten Edward nicht als ihren Stiefvater, nicht einmal als ihren König, sondern als Kriegsherrn. Seit ihrer Kindheit träumten sie davon, so wie Elizabeths Brüder seinerzeit auch, einmal Ritter eines großen Königs zu werden. Mochten ihre Schwertspiele doch nur bald Ernst werden … Wenn es in diesem Königreich Drachen gäbe, dann hätten die nichts zu lachen.

Elizabeth schaute auf ihren Gemahl und spürte, wie die Fesseln der Liebe ihr die Brust einschnürten. Sein dunkles Haar, frisch gewaschen, fiel ihm bis auf die Schultern. Seine Stirn war hoch, seine Nase gerade. Er war kräftig, selbstbeherrscht und siegreich. Welcher Junge wollte nicht sein Ritter sein?

Richard war inzwischen ein junger Mann und glich immer mehr John Grey. Er hatte dasselbe nachdenkliche, freundliche Wesen an sich. Einen Moment lang dachte Elizabeth an ihren ersten Gemahl, dessen Liebe die Leidenschaft gefehlt hatte, die aber, wie ihr jetzt klar wurde, unerschütterlich gewesen war.

»Dann haben die Bogenschützen des Grafen von Oxford ihre eigenen Abzeichen mit denen von York verwechselt und ihre eigenen Leute getötet!« Edward brüllte vor Lachen, und die Jungen jubelten. Obwohl er die Geschichte über den Sieg bei Barnet jeden Tag aufs Neue erzählte, wurde niemand müde, sie zu hören.

»Und dann?«, flüsterte die kleine Elizabeth.

»Und dann«, sagte Edward, »versuchte dieser feige Vetter Warwick zu türmen. Er ritt durch den Wald wie eine Frau, aber er wurde aufgegriffen und getötet.« Edward stellte diesen Teil seiner Schilderung immer bildlich dar und packte einen imaginären Bogen, der in seinem Hals steckte, mit beiden Händen, wobei er Laute des Erstickens von sich gab, die den Jungen besonders gut gefielen.

Elizabeth veränderte ihre Sitzhaltung. Wie alle Möbel im Haus von Edwards Mutter war der Stuhl, auf dem sie saß, elegant, kostspielig und unbequem. Sie sehnte sich danach fortzukommen, obwohl der Komfort von Baynard's Castle, der Blick auf die Themse und das Licht, das durch die rautenförmig verglasten Fenster hereinflutete, nach den Monaten in der kalten Krypta ein Segen waren. Die Herzogin von York war ihr gegenüber fast weich geworden, jetzt, da Elizabeth ihr einen Enkel geliefert hatte, und sie hatten ihre eigenen Wohnräume bekommen; trotzdem wollte Elizabeth unbedingt wieder irgendwo richtig zu Hause sein.

Jacquetta saß mit ihrer Handarbeit am Fenster, schaute gelegentlich auf, um die Szene zu betrachten, die Edward für seine Kinder aufführte. Wie üblich achtete sie darauf, eine nichtssagende Miene aufzusetzen. Sobald die Straßen sicher waren, würde sie nach Grafton zurückkehren, und obwohl Jacquettas ruhige Art Elizabeth fehlen würde, war sie begierig darauf, ihre eigene Herrin zu sein. Edward hatte versprochen, dass sie in wenigen Tagen in den Tower zurückkehren würden, sprach aber bereits von einer Reise durch die wohlhabendsten Länder des Königreichs. Mit seinem Gefolge und dem Hofstaat im Schlepptau würde es ein Schauspiel werden, mit dem er seine Rückkehr an die Macht demonstrieren wollte.

An diesem Morgen hatte Elizabeth darum gebeten, sich

wieder mit ihrem Hab und Gut vertraut machen zu können, das die Herzogin eingelagert hatte. Ihr kostbares Stundenbuch fehlte ihr – ein Gebetbuch, das einst Jacquettas Mutter gehört hatte. In ihrer Kindheit hatten Elayne und sie gemeinsam daraus gelesen, bis Elayne erklärte, ein Gott, der die Frauen mit Monatsblutung, Niederkunft und Gemahl verflucht habe, könne sie nicht lieben.

Sieben Jahre waren vergangen, seit sie Elayne zuletzt gesehen hatte, und Elizabeth wollte noch immer nicht glauben, dass das Band ihrer Freundschaft zerrissen war. Es musste doch fest genug sein, ihre Meinungsverschiedenheit über den Gral auszuhalten! Doch sie wusste, dass ihrem Streit mehr zugrunde lag. Natürlich ging es um Thomas. Elayne hatte seine Liebe gewollt, Elizabeth seine Bewunderung. Sie wusste, welches von beiden edler war. Sie hatte ihre Macht missbraucht. Hatte sie ihre Macht auch dann missbraucht, als sie Thomas zwang, den christlichen Gral in seine Geschichte von Artus aufzunehmen? Sie war sich nicht sicher. Im Übrigen hatte sie ihr Versprechen nicht gehalten – auch wenn das nicht nur ihre Schuld war –, hatte ihn weder besucht noch ihm regelmäßig Geld geschickt.

Der Haushofmeister der Herzogin, ein hagerer und stets besorgter Mann, war leise ins Zimmer getreten. Er blieb stehen und fummelte an seiner Schriftrolle herum, auf der die täglichen Aufgaben verzeichnet waren. Er wartete, bis Edward den Kindern zu Ende erzählt hatte, wie seine Männer nach der Schlacht eine Horde wilder Eber erlegt und mit Fleisch, Ale und Musik gefeiert hatten. Der Haushofmeister war der einzige Diener im Haus, dem Edward vertraute, daher eilte der arme Mann ständig zwischen ihren Wohnräumen und denen der Königinmutter hin und her und trug Pläne für einen Triumphzug entlang der Themse und Anweisungen für die Belustigungen bei Hofe herum.

Edward war der Meinung, sie sollten die Gastfreundschaft

seiner Mutter in Baynard's Castle nutzen. Das bedeutete, dass er zunächst hier in der imposanten Flussfestung des Hauses York Hof halten würde. Die Leute sollten sehen, dass er Geld ausgab, dass Gefolge und Edelmänner ihm nur so zuliefen, damit außer Frage stand, dass das Haus York den Thron wieder innehatte.

Hier, in diesem Haus, war er gekrönt worden, und hier wollte er in seiner Rolle als Herrscher auch zuerst wieder gesehen werden, die Königin an seiner Seite. Nun, von dort konnte Elizabeth wenigstens beobachten, welche Frau ihm ins Auge fiel. Am Abend zuvor in der reichgeschmückten Halle der Herzogin, als musiziert wurde und ein paar Damen tanzten, war es Jane Shore gewesen. Edward hatte Jane schon auf der Jagd im vergangenen Sommer beobachtet. Wer würde sie nicht bemerken – sie stand in dem Ruf, einen scharfen Verstand zu haben, und war so liebreizend wie alle seine letzten Eroberungen, mit dichtem kastanienbraunem Haar und makelloser Haut. Schlimmer noch, sie war freundlich. Jane wandte keine Listen an, das hatte sie nicht nötig. Sie hatte die Aufmerksamkeit des Königs (und, wie es hieß, auch die von Lord Hastings) auf sich gezogen, anscheinend ohne es zu bemerken oder sich darum zu scheren.

Edward hatte seine Erzählung beendet und beobachtete Elizabeth quer durch den Raum. Er war ganz der strahlende Krieger aus seiner Geschichte, und sie spürte, wie sich ihr Verlangen regte. Sie legte sich die Hand auf die Haut oberhalb ihrer Brust, und sein Blick folgte ihr.

Er war ihrer noch nicht überdrüssig.

Der Haushofmeister räusperte sich. »Eure Hoheit«, sagte er, an Elizabeth gewandt, »die Herzogin bat mich, Euch und Lady Jacquetta zu Euren eingelagerten Gütern zu bringen.«

»Das ist sehr freundlich von ihr«, erwiderte Elizabeth. Sie schaute zu Jacquetta, die ihre Handarbeit einpackte und aufstand.

»Wollt Ihr mitkommen, Mylord?«, fragte Elizabeth ihren Gemahl. Sie ließ ihn nur ungern zurück. Der Krieg gegen Lancaster war gewonnen, seine Schlachten aber waren nicht alle geschlagen. Margaret von Anjou war zu ehrgeizig, um Edward kampflos die Krone zu überlassen. Schon bald wäre er sicherlich wieder fort.

»Ich habe keine Verwendung für alte Bücher«, sagte er unbekümmert. »Meister Caxton rät, ich solle Pergament aus Italien oder Flandern kaufen und meine Bücher in Brügge herstellen lassen. Ich werde neue Kopien der Historien anfertigen lassen, und dann die Heilige Schrift. Die Herstellung eines jeden Exemplars dauert ein halbes Jahr und kostet dreitausend flämische Groschen.« Edward sprach gern über Kosten, um seine Autorität über das Schatzamt zu verdeutlichen.

»Aber gerade die alten Bücher sind die wertvollsten«, sagte Jacquetta milde. Sie redete den König meist nicht in aller Form an, doch Edward hatte sich nur ein Mal bei Elizabeth darüber beschwert. Sie hatte erwidert, er solle ihre Mutter direkt darauf ansprechen, was er nicht gemacht hatte. So furchtlos er auch in einer Schlacht sein mochte, gegenüber Jacquetta von Luxemburg war er es nicht.

»Das sagt meine Schwester Margaret auch, aber ich habe keine Zeit für die Vergangenheit«, erwiderte Edward wegwerfend.

Elizabeth sah eine Gelegenheit. »Was würdet Ihr mit einem alten Buch machen, wenn man es Euch schenkte?«

Edward zeigte kein Interesse am Fortgang der Unterhaltung. Wenn Thomas nun gelogen hatte, was den *Perceval* betraf? Vielleicht besaß er ihn doch selbst?

»Ich würde es wahrscheinlich jemandem schenken, der daran Interesse hätte.«

»Ich wäre daran interessiert«, sagte Elizabeth, um einen leichten Tonfall bemüht.

»Ja, das weiß ich, Mylady. Ich würde es Euch natürlich

schenken.« Wobei deutlich wurde, dass er bislang noch nie auf den Gedanken gekommen war, ihr so etwas zu schenken.

Damit war alles gesagt, doch Elizabeth rätselte weiter über den *Perceval*, während der Haushofmeister sie zwei breite Steintreppen hinaufführte, vorbei an Wappenfahnen, die in seidene Gobelins eingearbeitet waren, und grausam aussehenden Rüstungen aus vergangenen Jahrhunderten. Anthony ging ihr aus dem Weg, so wusste sie immer noch nicht, warum er sie wegen Thomas belogen hatte. Sie nahm an, dass er weiterhin in Newgate war und noch immer an seinem Werk schrieb, doch sie würde es nie erfahren, wenn sie nicht mit Anthony sprechen konnte.

Sie kamen zu einer größeren unmöblierten Kammer, in der sich etwa ein Dutzend Eichentruhen stapelten. Diese enthielten die kostbarsten Stücke aus Elizabeths und Edwards Besitz, darunter auch ihre Bücher.

Der Haushofmeister verließ sie mit den Worten, er werde einen Diener schicken, der die Kerzen anzünden solle, falls es spät werde.

Jacquetta hatte seit ihrem Wortwechsel mit Edward nichts gesagt, und obwohl sie dieses Schweigen von ihrer Mutter kannte, spürte Elizabeth, dass Jacquetta nicht recht anwesend war – es war anders als sonst.

»Bereitet Euch etwas Sorgen, Mama?«, fragte sie.

»Nein, Beth.«

Elizabeth überlegte, die Angelegenheit auf sich beruhen zu lassen, aber es gab so vieles, was sie wissen wollte und Jacquetta bisher nicht zu fragen gewagt hatte. Sie wollte nicht, dass ihre Mutter den Eindruck bekam, sie stöbere in ihren Privatangelegenheiten.

»Stimmt es eigentlich, dass sich in der Sammlung aus dem Louvre auch eine alte Abschrift des *Perceval* befand?«, fragte sie.

»Ja, das stimmt«, gab Jacquetta zurück. Sie nahm einen

Schlüssel von ihrer goldenen Halskette. Sie sagte nichts weiter, schloss nur eine der Truhen auf.

Elizabeth seufzte. Antworten aus Jacquetta herauszubekommen gestaltete sich immer furchtbar schwierig.

»Was ist damit passiert, Mama?«

Jacquetta hob den Deckel der Truhe an. »Sie wurde gestohlen.« Sie holte mehrere Bücher aus der Truhe und schlug eines nach dem anderen auf, als suchte sie etwas.

Elizabeth nickte. So viel wusste sie. »Ist Thomas Malory deshalb vor dem Turnier nach Grafton gekommen? Um Euch zu sagen, dass sie gestohlen wurde?«

»Das wusste ich längst. Thomas Malory kam, um mir mitzuteilen, *wer* das Buch gestohlen hat. Thomas war als junger Mann in Paris. Er sprach perfekt Französisch, und seine Aufgabe war es, für meinen Gemahl zu übersetzen, als dieser Regent war. Der Regent erlaubte ihm die freie Nutzung der Bibliothek im Louvre.«

»Dann war der *Perceval* im Louvre anders als alle anderen?«

»Königin Eleonore glaubte, wenn die Erzählung kopiert werde, verliere sie ihren Wert. Ich vermute, sie meinte ihren symbolischen, nicht ihren geldlichen Wert«, fügte Jacquetta mit schiefem Lächeln hinzu. »Eleonore war eine große Bewunderin von Dichtern und Büchern, aber der *Perceval* sollte ihr allein gehören.«

Elizabeth versuchte, das Gehörte zu begreifen. »Dann ist der unvollendete *Perceval*, der, den wir kennen, der so oft kopiert und gelesen wurde …«

»Er ist, wie du sagst, unvollendet – und wahrscheinlich ein Duplikat, das Chrétien selbst insgeheim angefertigt hat. Welcher Dichter wäre wohl damit einverstanden, wenn das einzige Manuskript seines größten Werkes im Boudoir einer Königin eingeschlossen bleibt?«

Elizabeth runzelte die Stirn. »Dann blieb die *Abschrift*, die er selbst anfertigte, durch seinen Tod unvollendet, und nicht das Original?«

Jacquetta nickte. »Und das Originalmanuskript verblieb im Besitz von Königin Eleonore und gelangte schließlich in die Bibliothek des Louvre.«

Jacquetta hatte weitere Bücher durchgesehen, während sie sprach, und wieder einmal war Elizabeth verblüfft, dass ihre Mutter so beiläufig von so bedeutsamen Dingen sprechen konnte. »Deshalb scheint der Gral in der uns bekannten Version des *Perceval* rätselhaft und unerreichbar zu sein«, sagte sie ruhig. »Aber das hat sein Autor nicht beabsichtigt.«

»Es wurde durch die Hand Gottes so gefügt, der den Autor sterben ließ«, erlaubte sich Elizabeth festzustellen.

»Durch die Hand Gottes oder durch die Hand von Königin Eleonore.«

»Meint Ihr, Eleonore hat Chrétien umbringen lassen, damit er keine Abschrift anfertigen konnte?«

Jacquetta zuckte mit den Schultern. »Sie war bekannt für ihre Unbarmherzigkeit.«

Elizabeth war schockiert. »Aber woher wisst Ihr das alles, Mama?«

Jacquetta holte noch ein Buch aus der Truhe, das Elizabeth gut kannte. Ihr Stundenbuch.

»Der Familienstammbaum meiner Mutter, einer de Baux, lässt sich bis in die Zeit von Eleonore von Aquitanien und Chrétien de Troyes zurückverfolgen.«

Elizabeth dachte nach. Wieso war ihr denn nicht in den Sinn gekommen, dass ihre Mutter etwas über den *Perceval* aus dem Louvre wissen könnte? »Wie ich hörte«, begann sie vorsichtig, »wurde das Manuskript aus dem Louvre einst Edward gegeben, um eine Spielschuld zu begleichen.«

»Du brauchst mir nicht zu sagen, von wem du das gehört hast«, sagte Jacquetta lächelnd. »Es stimmt. Aber das Buch blieb nicht lange in Edwards Besitz. Wie du weißt, hält dein

Mann alte Bücher nicht für wertvoll. Er hat es zurückgegeben, sobald der Rausch nachließ, und drängte den Schuldner, stattdessen in Gold zu bezahlen.«

Elizabeth brauchte nicht zu fragen, woher Jacquetta das wusste. Sie hatte ihre Spione. Wie könnte sie sonst überleben?

»Wer hat Edward das Buch gegeben?«

»Henry Stafford. Sein Großvater, der erste Herzog von Buckingham, hat den *Perceval* aus dem Louvre gestohlen. Darüber hat Thomas sich mit Henry entzweit.«

Elizabeth überlegte. »Dann hat Henry Stafford das Buch noch?«

Jacquetta schüttelte den Kopf, doch Elizabeth wusste nicht, ob das bedeuten sollte, dass sie es nicht wusste oder dass Stafford den *Perceval* nicht mehr hatte.

Sie reichte Elizabeth das Stundenbuch. »Hast du das vermisst, Beth?« Jacquetta berührte ihr Haar. »Meine Schöne«, sagte sie leise.

Wie kam es, fragte sich Elizabeth, dass sie viel Leid in ihrem Leben ohne Tränen hatte ertragen können, nicht aber die Liebe ihrer Mutter?

Sie saß auf einer der Truhen und fuhr mit den Händen über ihr Gebetbuch. Das vertraute, abgenutzte Muster verblasster goldener Fleurs-de-Lys, auf rotes Leder geprägt, besänftigte sie. Auch wenn sie die Seiten nicht aufschlug, spürte sie die Präsenz des Geschriebenen, so als würden die Psalmen sie rufen, sie drängen, stark zu sein, Mitgefühl zu haben und zu glauben.

Jacquetta beobachtete sie.

»Meiner Mutter hat es genauso am Herzen gelegen«, sagte sie und deutete auf das Gebetbuch. »Ihre Lieblingsverse waren im Hohelied Salomos.«

»Im Hohelied? König Salomos Gedicht an seine Geliebte?«

Jacquetta nickte.

»Aber das ist eine Unterhaltung zwischen Liebenden!« Elizabeth lachte.

»Meinst du, deshalb ist es weniger heilig als ein Gebet?«

»Ein Gebet dient der Anbetung.«

»So wie die Vermählung von Liebenden.«

Ihre Mutter scherzte nicht, noch war sie verschlagen. Aber Elizabeth sah ihren Kummer aufflackern, der sonst so gut verborgen blieb. Jacquetta hatte Richard Woodville aus Liebe geheiratet, gegen den Wunsch ihrer Familie und König Henrys. Für Jacquetta von Luxemburg mit ihren ausgedehnten Ländereien und den beeindruckenden Vorfahren hatte man andere Verbindungen geplant, die für König und Vaterland viel profitabler gewesen wären.

»Das Hohelied ist ein Lobgesang auf die Liebe«, sagte Jacquetta. »Die Liebe zu Gott, die Liebe zwischen Freunden oder zwischen Mann und Frau. Aber wenn Gott Liebe ist, was unterscheidet ihn dann von diesen? Liebende sehen im anderen die gesamte Schönheit der Schöpfung gespiegelt.« Jacquetta streckte die Hand nach dem Gebetbuch aus, und Elizabeth gab es ihr.

Rasch fand sie die Seite, die sie suchte, und Elizabeth fragte sich, ob ihre Mutter das Buch wohl besser kannte, als sie geglaubt hatte.

»Soll ich vorlesen?«, fragte Jacquetta.

Elizabeth nickte.

»Eine Hennablüte ist mein Geliebter mir aus den Weinbergen von En-Gedi«, trug Jacquetta vor. »En-Gedi ist eine Oase in der Wüste, und Hennablüten sind duftende Blumen, mit denen die Frauen der Sarazenen sich das Haar färbten. Die Liebe ist eine Oase der Schönheit in einer Wüste, die unfruchtbar und verdorrt ist. Wie könnte eine solche Liebe nicht heilig sein?«

Jacquetta blätterte eine Seite um. Sie lächelte.

»Bei dieser Verszeile muss ich immer an dich und Elayne

denken: *Ich bin eine Blume auf den Wiesen des Scharon, eine Lilie der Täler*. Scharon ist eine fruchtbare Gegend im Heiligen Land«, fügte Jacquetta hinzu, klappte das Buch zu und gab es Elizabeth.

»Warum erinnert es Euch an uns?«, fragte Elizabeth.

»Weil ihr mit Blumen zu vergleichen seid – weil man dich die Rose von York nennt und Elayne die Lilienmaid.«

Elizabeth fiel ein, dass Elayne einmal gesagt hatte, sie sei eine blutleere Lancastrianerin.

»Glaubt Ihr denn, dass diese Verszeile noch eine andere Bedeutung hat?«, hakte Elizabeth nach.

»Bedeutung ist etwas Persönliches, Beth. Traditionell sind Lilie und Rose die Blumen von Maria Magdalena – die Rose steht für die Liebe Gottes, die Lilie für die Reinheit des Geistes.«

»Aber Maria Magdalena war eine Prostituierte!«, stellte Elizabeth entrüstet fest.

»Ach, Beth. Du musst nicht alles glauben, was geschrieben steht. Willensstarke, entschlossene Frauen werden oft diffamiert – denk an deine Feinde, die dich bezichtigen, Edward verhext zu haben. Nicht alles ist so, wie es scheint.«

»Aber Maria Magdalena …«

»Auch sie hat einen mächtigen Mann geliebt. Auch sie hatte Feinde.«

Jacquetta schloss die nächste Truhe auf und zog ein reichverziertes Gewand heraus, purpurrote Seide, das Mieder mit winzigen Amethysten und Perlen besetzt. »Das solltest du heute Abend tragen. Du musst wie eine Königin aussehen.« Sie sah Elizabeth fest an, und ihre Augen waren von Liebe erfüllt.

»Wisst Ihr, wo Elayne ist, Mama?«

Jacquetta legte das Gewand behutsam über die Truhe und glättete ein paar Falten.

»Ich weiß nicht, wo sie ist, aber ich glaube, sie ist in Sicherheit«, sagte sie.

Kapitel 30

Und als sie das Schiff verfertigt hatten, sagte die Dame zu Salomo: »Herr«, sagte sie, »da es so ist, dass dieser Ritter alle Ritter, die vor ihm gewesen sind und nach ihm kommen sollen, an Ritterlichkeit übertreffen soll, will ich Euch überdies sagen, Ihr sollt in den Tempel Unseres Herrn gehen, wo König Davids, Eures Vaters, Schwert ist, welches das wunderbarste und schärfste ist, das je in eines Ritters Hand gegeben war. Darum nehmt das und nehmt den Knauf ab und macht daran einen Knauf aus kostbaren Steinen, der so künstlich gemacht sei, dass niemand merkt, dass sie nicht alle eins sind; und hernach macht einen Griff, der so über die Maßen wunderbar sein soll, wie niemand es noch gesehen hat; und danach macht eine wunderbare Scheide.«

Le Morte d'Arthur

Juli 1471

Die Pastetenverkäuferin schob ihren Karren jeden Tag vor die Tore des Tower von London in der Hoffnung, einen flüchtigen Blick auf die königliche Kutsche mit ihren goldenen Rädern und den verzierten Türen zu erhaschen. Dann könnte sie vielleicht glauben – und sei es nur für einen Augenblick –, dass ihr freudloses Dasein mit Glück vergoldet würde. Für den Preis eines Stücks Pastete hatte Elayne erfahren, dass König Edward und Königin Elizabeth in den Tower zurückgekehrt waren, aber seit über einer Woche nicht gesehen wurden, und dass Anthony Lord Rivers früh ausgeritten war. Außerdem waren ihr ungefragt die Namen des gesamten königlichen Nachwuchses genannt worden.

Auch Elayne wollte Elizabeth in ihrer erhabenen Rolle sehen, mit einem Diadem im Haar und aufgesetztem Lächeln. Allerdings nicht, weil sie glaubte, es würde ihr Glück bringen, sondern damit sie loslassen könnte, was einst gewesen war. Königin Elizabeth war nicht dieselbe Beth, mit der Elayne einst in einem Bett geschlafen hatte, mit der sie Bücher gelesen und deren Geheimnisse sie geteilt hatte. Sollte Elayne sie als Königin von York sehen, dann könnte sie diese Beth vielleicht vergessen, und mit ihr die Vergangenheit.

Elayne war inzwischen drei Mal hierhergekommen, doch sie hatte Elizabeth noch nicht zu Gesicht bekommen. An diesem Tag brannte die Sonne, und Elayne war es in ihrem schweren Mantel mit Kapuze viel zu warm. Sie verließ das Klostergelände jetzt häufiger, bewegte sich mutiger, seit sie ihren Entschluss gefasst hatte. Sie würde sich London ansehen, solange sie konnte. Auf Drängen von Bruder Robert war sie in St. Paul's gewesen, wo die Buchhändler alle möglichen Bücher verkauften und ein Schreiber die Gedichte des Italieners Boccaccio kopierte, in einem Laden, der nicht größer war als ein Schrank. Sie sah Buchmaler, die Psalter und Gesangbücher illustrierten oder sich darauf spezialisiert hatten, Manuskripte mit den Wappen ihrer Gönner zu verzieren. In den Werkstätten beugten sich zwei Reihen Kopisten über lange Tische, wie Beamte, und schrieben Gebetbücher für die Frommen und Historien für die Gelehrten ab. Vermutlich hatte auch Thomas sein Werk hier kopieren lassen.

Milk Street, erfuhr sie von einem Novizen, der einst ein

versierter Straßendieb gewesen war, liege unten am Fluss. Sie solle nur dem Geruch nach Kühen folgen, dann würde sie die Straße finden. Elayne fand sie. Am Tag zuvor hatte sie so lange vor dem Wirtshaus in der Milk Street herumgestanden und sich gefragt, ob sie es wagen sollte, bei Thomas vorzusprechen, dass er sie beinahe ertappt hätte. Als sie seine dünnen Beine auf der seitlichen Treppe erkannte, wich sie rasch zurück in eine schattige Gasse.

Sie war keine geübte Verfolgerin, und Thomas war ein erfahrener Flüchtling. Sie rechnete jeden Moment damit, dass er sich umdrehen und ihr sagen würde, er habe sie längst bemerkt. Stattdessen beobachtete Elayne, wie er mit gesenktem Kopf die überfüllten Straßen entlangging und in welchem Laden er seine billigen Papierlagen kaufte. Als er einen Kahnschiffer im Schlick anheuerte, versuchte sie nicht, ihm weiter zu folgen. Ohne Zweifel fuhr er nach Southwark in ein Bordell.

Auf der Themse drängten sich Boote, die Männer in Wams und Samthut nach Westminster brachten, und Lastkähne voller Getreide, die vom Hafen zur Mühle segelten. Die Stadt blühte, doch die Bettler und Armen, die Elayne zwischen Milk Street und dem Kloster gesehen hatte, ließen vermuten, dass der König weniger Geld für die Ernährung seines Volkes ausgab als für die blutigen Kriege gegen seine Verwandtschaft. Schwert und Lanze regierten dieses Königreich. Wie konnte Elizabeth einen solchen Herrscher lieben?

Auch Thomas hatte sein Leben lang eine Lanze geschwungen, aber sie sah ihm an, dass er den Sinn eines solchen Daseins in Frage stellte. Ihrer Meinung nach beklagte auch Chrétien de Troyes in seinem *Perceval* die Gewaltkultur des Rittertums. Ein Ritter war zu mehr als nur zum Abschlachten verpflichtet, er sollte wahrhaft edel sein, sollte Mitgefühl und Mut gleichermaßen haben. Sie fragte sich, ob nicht der Gral, sondern die Geschichte selbst ein Gefäß war, das mit Heiligkeit und Reichtümern gefüllt wurde.

Elayne zögerte. Sie könnte behaupten, sie suche ihn auf, um zu fragen, ob er einen Weg gefunden habe, Elizabeth zukommen zu lassen, was er ihr zukommen lassen sollte. Er musste nicht wissen, wie sehr sie sich nach einem Wiedersehen sehnte. Sie rechnete nicht damit, dass er den *Perceval* finden, erst recht nicht, dass er ihn ihr bringen würde. Sie wusste nicht einmal, ob der *Perceval* überhaupt existierte. Henry Stafford, dem die Größe seines Hosenlatzes immer wichtiger gewesen war als die Schulung seines Verstandes, war kaum ein geeigneter Wächter für einen solchen Schatz. Falls er den *Perceval* tatsächlich von seinem Großvater geerbt hatte, als er Herzog von Buckingham wurde, und falls er tatsächlich versucht hatte, Spielschulden damit zu begleichen, dann dürfte das Werk wohl kaum noch in seinem Besitz sein. Darüber hinaus hatte Elayne gehört (von der Pastetenverkäuferin), dass Henry Stafford inzwischen mit Katherine Woodville vermählt worden war und häufig auf Ausritten mit Edward gesehen wurde. Wenn das stimmte, dann hatte Elizabeth den *Perceval* wahrscheinlich bereits sichergestellt.

Elayne traf eine Entscheidung. Sie würde Thomas nicht besuchen, in der vagen Hoffnung, er könnte plötzlich seine Liebe für sie entdecken. Das wäre erbärmlich.

Sie wandte sich ab.

Das Franziskanerkloster erhob sich aus dem Staub Londons wie eine Zitadelle. Inmitten der hohen Mauern fühlte Elayne sich erleichtert – hier war sie in Sicherheit. Die Luft selbst fühlte sich geweiht an, als würden die Steine jedes Gebet einfangen und festhalten. Beth würde es hier unter den andächtigen Zölibatären gefallen. Elayne fand es noch immer seltsam, dass Thomas eine so fromme Frau zu seiner Erato erwählt haben sollte, seinem Nordstern. Seltsam auch, dass er sich derart von Schönheit bezaubern ließ. Aber vielleicht hatte die

Erinnerung an Elizabeths Schönheit dafür gesorgt, dass er in Newgate nicht den Verstand verlor.

Eigenartig, sie spürte die Wut und Verletzung, die ihre Gedanken an Thomas und Elizabeth für gewöhnlich begleiteten, nicht mehr. Was er ihr im Kräutergarten gesagt hatte, war richtig: *Sie* war seine Geliebte gewesen. Elizabeth hatte nur getan, was sie am besten konnte – sich bewundern lassen. Inzwischen, da ihr ein ganzes Königreich zu Füßen lag, könnte sie ihre Bewunderer bestimmt nicht mehr zählen. Wobei Schwester Angela sagte, die Königin sei nicht überall beliebt, nicht nur Lord Warwicks Töchter und George und Richard, die Brüder ihres Gemahls, hätten ihre Vorbehalte.

Bruder Robert saß im Kreuzgang in der Sonne. Seit Thomas' Besuch hatte Elayne die Bibliothek nicht mehr aufgesucht. Der Schatz, den sie zu finden suchte, war nicht dort.

Als sie näher kam, schaute Bruder Robert auf und schenkte ihr ein warmherziges Lächeln.

»Ich vermisse Euch morgens, Schwester Elayne.«

Elayne nahm neben ihm Platz. Sie sollte im Kloster nicht neben einem Bruder sitzen, aber die Einhaltung von Regeln fiel ihr schwer.

»Ein paar Ritterromane in der Klosterbibliothek habt Ihr noch nicht gesehen, Schwester Elayne. Möchtet Ihr?«

Vermutlich hatte Thomas die Bücher zurückgegeben, die den Franziskanern gehörten.

»Danke, Bruder, aber ich habe meine Suche eingestellt.«

»Man sollte nie aufhören zu suchen!«

Elayne lächelte und zuckte mit den Schultern. »Darf ich trotzdem kommen?«, wagte sie zu fragen.

Bruder Robert strahlte. »Ja, bitte. Ich habe noch etwas, das Euch interessieren könnte«, sagte er geheimnisvoll. »Eine Aufgabe. Wollt Ihr hören, was es ist?«

»Gewiss. Man soll nie aufhören zu suchen, Bruder.«

Kapitel 31

Die Waffenkammer befand sich in den tiefsten Gewölben des Tower. Nur die Keller waren noch weiter von der großen Halle entfernt. Als Elizabeth in den höhlenartigen Raum trat, wusste sie, warum Anthony sich hier mit ihr treffen wollte. Niemand kam hierher, es sei denn, eine Schlacht oder ein Turnier stand bevor. Die Waffenkammer lag so tief unten, dass man hier unmöglich belauscht werden konnte.

Der Raum war ausstaffiert mit allen nur denkbaren Waffen und Rüstungen. Beinschienen, Handschuhe und Brustharnische hingen an Eisenhaken, Reihen von Schwertern glitzerten boshaft. Piken, Lanzen, Bogen und große Truhen mit Pfeilspitzen standen an den Wänden. Eine ganze Armee in Warteposition, und es konnte nicht lange dauern, bis die leeren Hüllen wieder gefüllt würden.

Anthony stand mit dem Rücken zur Tür und befingerte einen Kettenpanzer.

»Noch immer so angetan von Kampfkleidung und Waffen?«, fragte Elizabeth. »Das hat dir schon als Kind gefallen.«

»Beth!« Anthony ging auf sie zu und küsste sie auf beide Wangen. Sie hatte ihren Bruder nach der Schlacht von Tewkesbury noch nicht wiedergesehen, aber gebetet, er möge unversehrt zurückkehren. Ihre Gebete waren erhört worden. Margaret von Anjou war gefangen genommen worden, ihr Sohn und ihre große Hoffnung für den englischen Thron, Edward Prince von Wales, war tot.

Elizabeth ging davon aus, dass Anthony eine vernünftige

Erklärung dafür haben würde, was er ihr über Thomas erzählt hatte. Vielleicht hatte er ja selbst geglaubt, Thomas sei begnadigt worden.

Sie schaute sich angewidert in dem Raum um. Sie mochte Rüstungen nicht einmal ansehen. Ihr war, als könnten selbst ruhende Waffen Schaden anrichten.

Anthony blickte sie reumütig an. »Da du mich allein treffen wolltest, schien mir das der einzig geeignete Ort zu sein. Ich habe Neuigkeiten. Elayne ist in Sicherheit.«

Elizabeth war nicht klar gewesen, wie sehr sie diese Worte herbeigesehnt hatte. Sie ergriff Anthonys Hände und drückte fest zu. Freudentränen traten ihr in die Augen. »Bist du sicher? Hast du sie gesehen?«

»Ja.«

»Wo ist sie?«

»Das kann ich dir nicht sagen. Ich habe es versprochen.«

»Wie hast du sie gefunden?«

»Ich habe Thomas Malory gefragt.«

Elizabeth nickte. »Der vermutlich noch in Newgate ist, obwohl du mir gesagt hast, er sei vor drei Jahren begnadigt worden.«

»Verzeih mir, Beth. Nur so konnte ich dich davon abhalten, in Kontakt mit ihm zu bleiben. Es war zu gefährlich.«

»Aber ich bin seine Gönnerin – das hatten wir vereinbart.«

»Ich habe ihm Geld geschickt, solange er in Newgate war, und ich habe ihm aus Brügge geschrieben.«

»Dann ist er nicht mehr in Newgate?«

»Nein. Inzwischen wurde er tatsächlich begnadigt. Von Lord Warwick.«

»Weißt du, wo er ist?«

»Beth, wenn Edward …«

»Edward bekommt es nur heraus, wenn du es ihm sagst. Thomas ist verstohlen wie ein Verbrecher.«

»Er *ist* ein Verbrecher.« Anthony schaute sie forschend an.

»Sei auf der Hut, Beth, wenn dein Gemahl herausfindet, dass wir mit einem Verräter befreundet waren, erst recht mit Malory …«

»Warum ›erst recht mit Malory‹?«

»Der König mag ihn nicht.«

»Das ist offenkundig. Aber das liegt doch daran, dass er ihn für einen Verräter hält.«

Anthony seufzte. »Es schadet nicht, wenn du es jetzt erfährst. Edward wollte, dass Thomas Margaret von Anjou ausspioniert. Er hat ihm eine hübsche Belohnung angeboten.«

»Und Thomas hat abgelehnt?«

Anthony nickte.

»Das ist alles?«

Anthony verzog das Gesicht. »Außerdem hat Thomas' Gemahlin Edwards Annäherungsversuche abgewehrt.«

Es überraschte sie nicht, das zu hören, und doch taten solche Bemerkungen noch immer weh. »Ich verstehe. Aber Thomas' Gemahlin ist doch bestimmt um einiges älter als mein Gemahl.«

»Sie ist erheblich jünger als Thomas und eine legendäre Schönheit.«

»Das hätte ich mir denken können.«

Anthony wirkte hilflos. »Es tut mir leid, Beth …«

»Bemitleide mich nicht. Das macht alles nur noch schlimmer. Aber warum sollte mein Gemahl Thomas die Schuld dafür geben, dass seine Gemahlin sich ihm verweigert hat?«

»Wie gut kennst du deinen Gemahl?«

Anthony hatte recht. Edward würde glauben, Thomas habe seiner Gemahlin verboten, mit dem König zu zechen. Er könnte sich nicht vorstellen, dass eine Frau ihn aus anderen Gründen ablehnte. Es dürfte ihn gefährlich gekränkt haben. »Worüber hast du noch mit Thomas gesprochen?«

»Über Elayne.«

Elizabeth lachte so barsch, dass sie sich sogleich schämte.

»Ich bin eifersüchtig. Hoffentlich liebt Thomas sie so sehr wie du. Es tut mir leid um Liza, dass du immer eine andere geliebt hast.«

»In unserer Ehe täuschen wir einander keine Liebe vor, Beth.«

»Ich weiß. Verzeih.«

Anthony schaute sie stirnrunzelnd an. »Du weißt doch, dass Thomas immer nur dich geliebt hat, Beth.«

Elizabeth war schockiert. Thomas bewunderte sie. Der Liebe hatte sie ihn nicht für fähig gehalten. Doch jetzt auf einmal konnte sie nicht glauben, dass sie es nicht erkannt hatte.

»Deshalb verachtet Elayne mich also?«

»Das dürftest du besser wissen als ich. Du hast alles, Mann, Kinder, Stellung – sie hat nichts.«

»Aber das ist nicht meine Schuld!«

»Hast du Thomas ermutigt?«

Anthonys Tonfall traf sie hart. Elizabeth versuchte sich zu erinnern. »Nicht so, wie du denkst … ich war interessiert … an seinem Werk.«

Anthony sah nicht so aus, als glaubte er ihr. »Möchtest du mit Elayne Frieden schließen?«

»Wie denn, wenn weder du noch Thomas ihr Vertrauen brechen wollt?«

»Es ist das mindeste, was wir tun können, Beth.«

»Sage meinem persönlichen Diener, Michael dem Bogenschützen, wo Thomas wohnt«, sagte sie.

»Ich weiß es nicht genau«, erwiderte Anthony. »Irgendwo in der Milk Street. Wir sollten wieder hinaufgehen, bevor Edward dich vermisst.«

Die Halle war geschmückt mit Bannern und bereits von Musik und Gelächter erfüllt. Sie feierten Mariä Himmelfahrt, aber es hätte auch jedes andere Sommerfest sein können. Edward zeigte sich einmal mehr als großzügiger Gastgeber. Als

Elizabeth ihren Platz neben ihrem Gemahl einnahm, schaute er sie anerkennend an, nahm ihr Gewand wahr und wie ihr Haar mit Goldbändern und Perlen geflochten war.

»Ihr seht aus wie ein Engel«, flüsterte er ihr ins Ohr.

Wenn das doch alles wäre … Dann müsste sie nicht unter Einsamkeit und Verrat leiden.

Sie ließ ihren Blick durch die große Halle schweifen, in der, wie stets an Feiertagen, lange Tische um eine Tanzfläche in der Mitte aufgestellt waren. Die Tänzer standen in zwei Reihen und warteten auf die Aufforderung des Königs.

An einem der Tische unterhielt Edwards Seneschall einige Ratsherren aus London sowie ein paar der einflussreicheren Kaufleute, mit denen Edward in guten Beziehungen stand. Obwohl er gern Geld ausgab, war der König auch stolz darauf, schlau damit umzugehen, und rühmte sich, dass sein Hof nur die Hälfte von dem Henry Lancasters kostete. Nichtsdestoweniger war es klug, mit den wohlhabendsten Kaufleuten auf gutem Fuße zu stehen, waren sie im Falle unvorhergesehener Ausgaben doch die beste Quelle für Anleihen. Kriege waren teuer. Elizabeth erkannte Ezrah Reuben. Der Jude fing ihren Blick auf und verneigte sich. Elizabeth lächelte zurück, und er hielt ihrem Blick stand. Die meisten Männer hätten die Augen niedergeschlagen.

Edward war abgelenkt. Jane Shore war aufgetaucht, strahlend in hellem Grün, ihr dichtes kastanienbraunes Haar kunstvoll verwoben und mit einer juwelenbesetzten Spange gehalten. Sie sah so jung und frisch aus, dass Elizabeth sich alt vorkam. Sie hatte um den Mut gebetet, ihre Jugend würdevoll abzutreten, doch sie befürchtete noch immer, wenn ihre Schönheit verschwunden wäre, könnte Edward sie nicht mehr lieben. Sie huschte zum Kaufmannstisch und reichte dem Juden die Hand.

»Ich habe Euch seit Jahren nicht gesehen, Meister Reuben.«

»Ich bin nicht oft in London. In erster Linie unternehmen

meine Söhne die Reisen, was uns allen gut zupass kommt. Meine Knochen sind zu brüchig, um noch Tage auf einem Pferderücken zu verbringen.«

»Seid Ihr gelegentlich in Guildford Castle?«

»Seitdem Lady Elayne fortgegangen ist, bin ich dort nicht willkommen. Ihre Brüder glauben, als Christen müssten sie die Existenz eines anderen Glaubens leugnen.«

»Aber soweit ich weiß, verwaltet Ihr Elaynes jährliche Pension.«

Der Jude schaute sie durchdringend an, und sie schämte sich. Das ging sie nichts an.

»Und wie ich hörte, habt Ihr Euch mit Lady Elayne überworfen, Eure Hoheit.«

Elizabeth senkte den Kopf. »Ich habe einen großen Fehler gemacht«, sagte sie.

»Ihr habt keinen Fehler gemacht. Ihr habt sie freigelassen.« Er tätschelte ihr die Hand, als wäre sie ein Kind, doch seine Vertrautheit tröstete sie eher, als dass sie sie kränkte.

»Das wahre Heilige Land ist das Herz«, sagte Ezrah. »Das habe ich Elayne gesagt, und dasselbe sage ich auch Euch.«

Als Elizabeth an ihren Platz zurückging, kam sie an Jane Shore vorbei, die am Ende des Königstisches saß, umgeben von Edwards Brüdern und Rittern, darunter auch Lord Hastings. Sie wäre wortlos vorbeigegangen, doch Jane hielt sie am Handgelenk fest.

»Ihr seht wunderschön aus heute Abend, Mylady, Euer Gemahl hat Euch genau im Blick. Ich persönlich bewundere Euren Mut ebenso wie Eure Schönheit.«

Elizabeth lächelte möglichst warmherzig und drückte Jane die Hand, bevor sie sich abwandte. Das war eine unerwartete Freundlichkeit, und ihr wurde leichter ums Herz.

Kapitel 32

Mit ihrer zarten Gestalt, der staubigen Haut und der zerrissenen Tracht erinnerte Schwester Teresita Elayne an eine dunkle Waldfee. Sie hatte nicht damit gerechnet, die Einsiedlerin wiederzusehen, am wenigsten hier. Jetzt fiel ihr auch die Ähnlichkeit der beiden Schwestern ins Auge.

In dem langen, geräumigen Refektorium wirkte die Einsiedlerin unter den bleichen, sauberen Schwestern mit ihren weißen Risen und gewaschenen grauen Kutten fehl am Platz. Hastig und schweigend aß sie Haferbrei aus einer Schüssel, ohne auch nur einmal aufzuschauen.

Elayne erinnerte sich, dass Teresita im Wald immer früh am Morgen hinausgegangen war, um Pilze und Enteneier zu sammeln, die sie in einer flachen Pfanne auf dem Herd briet. Hinter der Einsiedelei hielt sie eine Ziege namens Franziskus, deren Milch sie zu Butter verarbeitete, und sie baute Lauch, Kohl und Kräuter in einem kleinen Garten an, den sie mit Flechtwerk eingezäunt hatte, um Franziskus draußen zu halten.

»Franziskus?«, hatte Elayne gefragt, als sie den Namen der Ziege hörte. »War das nicht der Mönch, der Eurem Orden den Namen gegeben hat?«

»Richtig«, sagte Teresita, die einmal Lehrerin gewesen war und noch immer so sprach.

»Aber warum habt Ihr Eure Ziege nach ihm benannt?«

»Bruder Franziskus sah keinen Unterschied zwischen Gottes Geschöpfen, deshalb hat eine Ziege seinen Namen ebenso verdient wie ein Mann.«

Im Stillen dachte Elayne, dass durchaus ein großer Unterschied zwischen einem frommen Mönch, der einen Mönchsorden gegründet hatte, und einer ungepflegten Ziege bestand, die nach der Kleidung schnappte, wenn man nicht aufpasste.

Nach der Mahlzeit ging Elayne zu Schwester Teresita, stellte sich neben ihre Bank und wartete darauf, dass sie sie zur Kenntnis nahm.

Tatsächlich lächelte die Einsiedlerin, erfreut, Elayne zu sehen.

»Ihr seht besser aus als bei unserer letzten Begegnung«, stellte sie nüchtern fest.

»Mir geht es besser.«

»Dann habt Ihr Euch der Gemeinschaft angeschlossen.«

»Der Gemeinschaft, nicht dem Orden.«

»Damit hatte ich auch nicht gerechnet.« Sie kicherte. »Es passt nicht zu Euch.«

»Bleibt Ihr in London, Schwester?«

Schwester Teresita hob die Schultern. »Wenn ich es ertrage.«

Sie hielt inne und betrachtete Elayne. »Euer Bruder sucht nach Euch.«

Elayne spürte, wie sich ihr Körper versteifte.

»Wer hat Euch das gesagt?«

»Das musste mir niemand sagen, Schwester. Seine Männer haben die Wälder vor einigen Jahren mit ihren Jagdhunden durchkämmt, aber er selbst hat mich erst vor ein paar Tagen aufgesucht.«

»Was wollte er?«

»Er sagte, Ihr stündet unter seiner Obhut, und er mache sich Sorgen, dass Euch etwas zugestoßen sein könnte.«

Elayne zog die Augenbrauen hoch bei der Vorstellung, Tor könnte besorgt sein. »Habt Ihr ihm gesagt …?«

Schwester Teresita war entrüstet. »Ich habe ihm nichts gesagt. Aber er ist kein Mann, der aufgibt.«

In der Spitalküche sah Elayne später, wie Schwester Teresita Rosmarinzweige einweichte, um Stärkungsmittel herzustellen.

»Ist das für das Herz?«, fragte Elayne.

»Ja, für die mit einem schwachen Herzen«, erwiderte Schwester Teresita. »Ihr solltet Eurem Bruder etwas davon schicken.«

Elayne sah ihr eine Weile zu und wollte sich schon abwenden, als ihr etwas einfiel.

»Schwester …« Sie war nicht sicher, ob sie es wagen würde, ihren Satz überhaupt zu beenden.

Schwester Teresita schaute sie geduldig an.

»Sollte ich Eure Hilfe je wieder brauchen …«

»Ich habe keine Angst vor Menschen mit einem schwachen Herzen«, sagte Teresita. »Wenn Ihr meiner Hilfe bedürft, kommt zu mir.«

Elayne überließ sie ihrem Gebräu und ging in ihre Zelle. Wenn sie die Aufgabe zu Ende bringen wollte, die Bruder Robert ihr übertragen hatte, bevor Tor herausfand, wo sie war, hatte sie jetzt viel zu tun.

Sie setzte sich und nahm ihre Schreibfeder zur Hand.

Also war die Suche vollzogen, und alle Ritter, die noch lebten, waren wieder nach Hause an die Tafelrunde gekommen. Wie das Buch über den Gral erwähnt, herrschte große Freude bei Hofe, und besonders König Arthur und Königin Guinevere erfreuten sich an den Restlichen, die nach Hause gekommen waren …

Kapitel 33

In jener Nacht lag Salomo mit geringer Gefolgschaft vor dem Schiff. Und als er eingeschlafen war, war ihm, als käme vom Himmel eine große Schar Engel und stiege in das Schiff hernieder und nähme Wasser aus einer silbernen Schale, die von einem Engel herbeigetragen wurde, und besprengte damit das Schiff. Und hernach ging ein Engel an das Schwert und zeichnete Buchstaben auf den Griff. Und dann ging er auf das Verdeck des Schiffes und schrieb da andere Buchstaben, welche besagten: »Der Mann, der du in mich eintreten willst, achte wohl darauf, dass du im Glauben stark bist, denn ich bin nichts als Treu und Glauben.«

Le Morte d'Arthur

August 1471

Die Nacht lag über dem Fluss wie ein schweres Tuch. Elizabeth saß unruhig am Fenster. Edward war seit Wochen nicht bei ihr gewesen, doch ausgerechnet an diesem Abend wollte er, dass sie bereit für ihn war.

Sie hatte sich vorbereitet, in Rosenwasser gebadet und ein Unterkleid mit einem Mieder aus Litze angezogen. Das Haar trug sie offen, und sie hatte es so lange gebürstet, bis es glänzte.

Sie vermochte gar nicht mehr zu unterscheiden zwischen ihrem Verlangen und ihrem Pflichtgefühl.

Durch das Fenster betrachtet, war der Fluss ein tintenschwarzer Pfad, auf dem hin und wieder Schiffslaternen aufleuchteten. Vor knapp einem Jahr war sie mit ihrer Mutter und ihren Töchtern von hier geflohen, in einer Nacht wie dieser, und dem Lauf der Themse nach Westminster gefolgt. Auch damals war sie unsicher gewesen, was sie erwartete.

Sie hatte ihren Wert unter Beweis gestellt, hatte an ermüdenden Staatsakten in derart reich mit Juwelen besetzten Gewändern teilgenommen, dass ihr Körper unter dem Gewicht ächzte. Sie hatte der Gesellschaft der Überseekaufleute finanziell ausgeholfen und sich als Mäzenin und Wohltäterin betätigt. Sie hatte geschickt ihre Konten verwaltet und nicht mehr ausgegeben, als ihr die eigenen Ländereien einbrachten. Selbst der Zobel vom Pelzhändler und die Waren vom Goldschmied waren sorgsam bemessen. Der Kämmerer war beeindruckt. Sie hatte alles richtig gemacht.

Fast.

Denn trotz all ihrer Tugenden war sie nicht von der Schuld freizusprechen, mit dem Feind ihres Gemahls verkehrt zu haben.

Sie hörte die Scharniere der Tür zum Vorzimmer quietschen, dann Edwards Stimme, leise und tief, wie er mit der Wache sprach. Sie verharrte, gespannt vor Erwartung, bis sie annehmen konnte, dass er fast hinter ihr stand. Dann drehte sie sich um.

Sein Atem roch nach dem Würzwein, den er gern nach dem Abendessen trank.

»Edward …«

»Schhh.« Er legte ihr einen Finger auf die Lippen, löste die Bänder ihres Unterhemds und fuhr mit der Hand über ihre Haut. Als er sie küsste, war alles vergessen. Nur noch sein Verlangen nach ihr zählte.

»Wie ich diese Lippen vermisst habe, Beth.«

Sie würde nichts sagen. Nicht, dass er sie immer haben konnte, wenn er wollte. Nicht, dass er doch Jane Shores Lippen küsste, warum sollte er ihre also vermissen?

»Ins Bett«, sagte er, führte sie und drückte sie auf die Federmatratze. »Meint Ihr, ich hätte Euch vergessen?« Er strich ihr mit den Lippen über die Brust, sein Atem warm auf ihrer Haut.

»Nein«, log sie.

»Mein Verlangen ist noch so stark wie beim ersten Mal, als ich Euch sah.«

Elizabeth schwieg. Sie versuchte, an nichts zu denken, nur diesen Moment zu leben, in dem er ihr gehörte. Seine Befriedigung kam immer schnell, aber es entzückte sie, dass sie ihn noch erregen konnte. Sie lag mit dem Rücken an seiner Brust, genoss die Hitze seines Körpers. Er fuhr mit der Hand über die Rundung ihres Rückens und küsste ihren Nacken.

»Edward …«

»Hmm?«

»Katherine macht sich Sorgen, dass ihr Gemahl beim Würfeln Geld verliert.«

Edward gähnte. »Sagt Eurer Schwester, dass ich mich darum kümmern werde. Henry Stafford ist ein zu schlechter Spieler, um derart unbekümmert zu würfeln.«

»Hat er nicht auch oft gegen Euch verloren?«

»Das hat er. Und er ist einer der Spieler, die sich nur ungern von Geld trennen und versuchen, ihre Schulden in anderen Währungen zu begleichen.«

Elizabeth war wachsam. Hatte Henry Stafford jemals versucht, eine Spielschuld bei Edward mit einem Buch zu begleichen?

»Was für Währungen?«, fragte sie leichthin. Vielleicht war es noch nicht zu spät, Thomas zu geben, worum er sie gebeten hatte.

»Einmal hat er versucht, mir einen dieser alten französischen Ritterromane seines Großvaters zu geben, der, wie er behauptete, so viel wert sei wie eine Flotte Galionen.« Edward schnaubte verächtlich.

»Wie hat es ausgesehen?«

»Wie ein altes Buch.«

»Was habt Ihr damit gemacht?«

»Ich habe es ihm zurückgegeben und Gold gefordert.«

»So ein Buch hätte ich gern …«

»Dann fragt doch Eure Schwester, was ihr Gemahl damit gemacht hat.«

Katherine kannte sie zu gut, und Elizabeth wollte sie nicht mit der Nase darauf stoßen, dass sie das Buch interessierte. Doch wenn sie es fände, hätte sie Teil an etwas, das größer war als die dauernden Eitelkeiten und Eifersüchteleien am Hof. Der vollendete *Perceval* musste auf jeden Fall eine christliche Botschaft enthalten. Eine solche musste Chrétien doch mehr am Herzen gelegen haben als der dümmliche junge Ritter, der seine Fehler zu überwinden, Mitgefühl zu lernen und die Hand seiner Dame zu gewinnen hat. Sonst läge die Bedeutung in den Händen des Menschen und nicht in denen Gottes.

Auf einmal fiel ihr etwas ein. Warum war sie bisher noch nicht darauf gekommen?

Sie wollte, dass Edward in ihrem Bett blieb und sie die ganze Nacht liebte, doch sie musste ihn fortschicken. Nur so könnte sie sich anziehen und aus dem Zimmer schleichen, ohne gesehen zu werden.

Michael wartete im privaten Hof der Königin, ein Kurzschwert in einer handgefertigten Scheide an seinem Gürtel. Von diesem Hof aus gab es einen überwucherten Pfad zwischen den inneren und den äußeren Mauern der Burg. Der Legende zufolge war dies der Zugangsweg der Bauern gewesen, die versuchten, während der Herrschaft des letzten Königs Edward die Stadt einzunehmen.

»Ich habe ein Boot«, flüsterte er, als sie beinahe am Fluss waren. »Wir nehmen den Wasserweg, das ist sicherer.«

»Habt Ihr einen Bootsmann?«

»Der bin ich«, sagte Michael, und seine Zähne blitzten im Dunkeln auf, als er lächelte.

Das Wasser war glatt wie Glas. Sie glitten hindurch, die Ruder warfen bei jedem Eintauchen kreisförmige Wellen auf, als befänden sie sich im Herzen eines Musters in der Natur, das sich auf alles auswirkte, was es berührte. Elizabeth suchte das Ufer ab und meinte schemenhafte Gestalten zu sehen, die sie beobachteten, in Boote stiegen und ihnen folgten.

Sie behielt die Kapuze auf, obwohl der Abend warm war und sie sich von ihrem Gewicht erdrückt fühlte.

Sie kamen an eine kleine Bucht, wo Michael das Boot ans Ufer steuerte und die Ruder fast lautlos ins Wasser tauchte. Elizabeth hatte jede Orientierung verloren und hätte nicht sagen können, in welchem Teil der Stadt sie jetzt waren.

Michael trat ins Wasser und zog das Boot auf den Sand. Er reichte Elizabeth die Hand. »Folgt mir«, flüsterte er.

Elizabeth richtete ihre Kapuze gerade und schaute über die Schulter zurück zum Fluss. Ihre Augen täuschten sie. Sie spürte ein anderes Boot, ohne es zu sehen – ein schwarzer Schatten auf dem dunklen Wasser und vor der nächtlichen Dunkelheit.

Ein ängstlicher Verstand spielt sich selbst Streiche.

Sie eilte hinter Michael her, der einen Durchgang zwischen zwei großen Schiffsrümpfen in einer Werft gefunden hatte. Hinter den Booten befanden sich ein paar Häuser, an denen einige Seeleute eigenartig geformte Pfeifen rauchten und auf einem Fass Karten spielten. Sie schauten kaum auf, als Michael und Elizabeth vorbeigingen. Es stank nach saurem Ale und Feuchtigkeit.

»Milk Street ist hier gleich«, sagte Michael. »Haltet den Kopf gesenkt.«

Elizabeth folgte seiner Anweisung, wurde aber das Gefühl nicht los, dass hinter ihnen jemand war, mit ihnen Schritt hielt und doch im Schatten blieb. Wenn sie sich umdrehte, war jedoch niemand zu sehen. Sie schalt sich für ihre Feigheit. Wer könnte ihnen schon folgen?

Sie spürte Thomas' Brief in der Tasche. Sie hätte ihn nicht mitnehmen müssen – sie kannte ihn auswendig.

Es ist vollbracht. Kommt nachts. Ich gehe davon aus, Euer Bogenschütze weiß, wo ich wohne.

Thomas wusste also, dass Michael seine Unterkunft ausfindig gemacht hatte. Das erinnerte Elizabeth daran, dass er ein Ritter war. Er hatte die Niederlagen bei der Einnahme von Orléans und bei der Schlacht von Towton überlebt, und er war ein erfahrener Tjoster. Er fühlte es, wenn ihn jemand beobachtete. Edward hatte ihr erzählt, dass ein guter Soldat die Gefahr im Nacken spürte.

Michael hätte auch allein gehen können, wie er betont hatte, doch Michael würde Thomas nicht so beeinflussen können, wie sie es konnte. Im Übrigen wollte sie noch etwas außer dem Werk.

Sie kamen an eine Gasse, in der kaum zwei Pferde aneinander vorbeigepasst hätten. Die Häuser zu beiden Seiten lehnten sich aneinander, als müssten sie sich gegenseitig abstützen. Das Stroh auf den Dächern war alt und verschimmelt. Stellenweise sah es kaum dick genug aus, um den Regen abzuhalten. Ein Mann fläzte sich in einem Eingang und schnitzte an einem Stück Holz. Er beobachtete sie mit unverhohlenem Argwohn.

»Es ist am Ende der Reihe, wo das Wirtshausschild hängt«, flüsterte Michael.

Elizabeth nickte. Sie traute ihrer Stimme nicht. Diesen Teil

Londons, in dem ein überwältigender Gestank aus den offenen Kloaken quoll, hatte sie noch nie betreten.

Aus dem Wirtshaus drangen Musik und Gelächter, als Michael und Elizabeth an der geöffneten Tür vorbei eine wacklige Treppe an der Seite des Gebäudes hinaufschlichen. Oben waren ein dunkler Flur und eine Reihe Türen. Michael klopfte an eine.

»Wer da?«, kam Thomas' Stimme von innen.

»Der Bogenschütze«, sagte Michael leise.

Die Tür ging auf.

Thomas war gebückt und hielt die Tür fest, als müsste er sich abstützen.

Elizabeth lächelte bemüht. Sie wünschte, sie wäre nicht hergekommen, hätte nicht diese Armut und Einsamkeit gesehen. Im Vergleich dazu waren ihre Missstände belanglos.

Thomas trat zurück und winkte sie herein.

Im Raum standen ein Tisch, ein Stuhl und ein schmales Bett, das hart wie eine Bank aussah.

»Ich warte draußen«, sagte Michael und sah Elizabeth vielsagend an. Er schloss die Tür.

Elizabeth wusste nicht, was sie sagen sollte. Sie schaute sich um. Der Raum war kahl. Sie sah kein Manuskript.

»Geht es Euch gut, Thomas?« Er sah nicht gut aus.

»Ich lebe«, sagte er ironisch.

»Ich wollte … ich wusste nicht …«

»Ja, Eure Hoheit?«

»Verzeiht, dass ich Euch nicht besucht habe. Ich dachte, Ihr wärt vor Jahren entlassen worden.«

»Warum habt Ihr dann weiterhin Geld geschickt?«

»Das war Anthony.«

»Aha.«

»Aber Ihr habt es fertiggestellt?«

»Ja.« Anscheinend war ihm unwohl zumute.

»Wo ist es?«

»Es wird kopiert.«

»Ihr habt gesagt …«

»Ich habe gesagt, es ist vollbracht. Ich habe nicht gesagt, dass ich es habe.«

Elizabeth hätte ihn ohrfeigen können. »Warum habt Ihr mich dann hierherkommen lassen?«

»Ihr habt Euer Versprechen nicht gehalten, Eure Hoheit«, sagte Thomas ruhig.

»Aber ich wusste doch nicht, wo Ihr wart!«

»Das hättet Ihr leicht herausfinden können. Wir hatten vereinbart, wenn Ihr nichts von mir hört, würdet Ihr Euch bemühen festzustellen, wo ich mich aufhalte.«

Das stimmte. Sie war nicht mutig genug gewesen, ihn ausfindig zu machen.

»Ich habe auf Euch gewartet«, sagte er. »Wisst Ihr, wie einsam eine Gefängniszelle ist?«

Elizabeth senkte den Kopf. »Jetzt bin ich hier.«

Thomas zuckte mit den Schultern. »Ich habe etwas für Euch.« Er reichte ihr ein flaches, in ein Tuch gewickeltes Päckchen.

Elizabeth setzte sich auf das Bett. Es war so hart, wie es aussah. Sie wickelte das Tuch ab. Es waren ihre *Canterbury Tales*. Sie hatte nicht damit gerechnet, sie wiederzusehen. Sie hatte sie Elayne an dem Tag gegeben, als ihre Freundschaft zu Bruch ging.

»Ich soll Euch ausrichten, Elayne war enttäuscht, dass Chaucer es für angebracht hielt, die *Erzählung des Ritters*, die *Erzählung des Mönchs*, die *Erzählung des Kaufmanns*, die *Erzählung der Priorin* und die *Erzählung der Frau aus Bath* zu schreiben, jedoch keine Erzählung über eine unverheiratete Frau. Übrigens auch keine über eine Königin.«

»Mehr hat sie nicht gesagt?«

»Ihr gefällt die *Erzählung der Priorin* nicht, weil sie Juden verunglimpft, aber sie sagt, die Brosche der Priorin gefalle ihr.«

Elizabeth lachte, obwohl ihr zum Weinen zumute war.

»Was ist?«, fragte Thomas.

»Die Priorin hat eine gravierte Brosche getragen … Ich wollte, dass Elayne das erfährt.«

Sie schlug das Buch auf. Ein loses Blatt Pergament schwebte zu Boden. Sie hob es auf. Es war in Elaynes Schrift beschrieben:

Durch die Zeiten
Segelte Salomos Schiff,
ein Geschenk seiner Geliebten.
In das Schiff
Legte sie vier Beweise ihrer Zuneigung;
Den goldenen Kelch für Liebe,
das Schwert für Vernunft,
die flache Schale für irdische Güter,
und die Lanze für die Ganzheit des Geistes.
Diese vier, im Bauch des Schiffes.

Thomas wartete darauf, dass sie etwas sagte.

»Es ist ein Vers«, sagte sie.

»Darf ich?« Er streckte die Hand aus.

Nachdenklich las er die Zeilen. »Aber Salomos Frau hat keine Lanze ins Schiff gelegt«, sagte er. »Auch keine flache Schale. Sie hat nur Kelch und Schwert hineingelegt.«

»Warum sollte Elayne es dann schreiben? Was hat das zu bedeuten?«

»Das weiß ich nicht. Bei der Gralsprozession im *Perceval* werden Lanze und Schale durch die Burg des Fischerkönigs getragen, zusammen mit Schwert und Kelch …«

»Ich lege keinen Wert darauf, an solche heidnischen Bräuche erinnert zu werden«, sagte sie. »Aber hat Salomos Schiff nicht Lancelot und Galahad zu der Kapelle gebracht, in welcher der Gral war?«

»So behaupten manche«, stimmte Thomas ihr zu.

»Und sagt Ihr es auch?«

»Lady, ich habe die Erzählung niedergeschrieben, die meinem Gewissen am nächsten war.«

»Eurem Gewissen? Solltet Ihr nicht die Erzählung niederschreiben, die Eurem Herzen am nächsten liegt?«

»Nein«, erwiderte Thomas. »Denn was ich auch mache, ich breche die Herzen anderer.«

Mit den Jahren war er weicher geworden, dachte sie. Dann kam ihr ein anderer, weniger erfreulicher Gedanke. »Aber was sollen wir mit dem Werk anfangen, wenn es fertig ist? Ich kann es nicht behalten. Edward würde uns beide umbringen, wenn er wüsste, dass ich Euch geholfen habe. Hebt Ihr es für mich auf?«

»Und was soll daraus werden, wenn ich sterbe, Mylady?«

Elizabeth erschrak. Das hatte sie nicht bedacht.

»Habt Ihr keinen Freund, der es sicher aufbewahren könnte?«

»Nein«, erwiderte er. »Und Ihr habt mir nicht gesagt, ob Ihr den *Perceval* gefunden habt.«

Elizabeth senkte den Kopf. Sie wollte nicht, dass er erriet, was sie dachte, seitdem Edward ihr von Henry Stafford erzählt hatte. Vielleicht würde sie den *Perceval* ja doch noch finden.

Sie schaute auf. Er betrachtete sie.

»Ich brauche mehr Zeit«, sagte sie. »Wir sehen uns wieder.«

»Lasst nicht zu viel Zeit verstreichen. Meine Feinde beobachten mich. Sie sind ungeduldig.«

Misstraute er ihr? Das konnte nicht sein. Sie hatte ihm einst das Buch versprochen, doch brauchte er es bestimmt nicht mehr. Sie hatte ihm Geld gegeben. Sie hatte ihn besucht. Und er hatte sein Werk abgeschlossen.

»Seid auf der Hut«, sagte sie und hielt den Blick gesenkt.

Thomas seufzte. »Ich bin es leid aufzupassen.«

Elizabeth wusste nicht, was sie darauf erwidern sollte, daher legte sie die Geldbörse, die sie mitgebracht hatte, auf den Tisch. »Habt Ihr Tinte und Pergament?«

Er lachte. »Das ist alles, was ich habe, Mylady.«

»Würdet Ihr Elayne eine Nachricht von mir überbringen?«

Er zuckte mit den Schultern.

Elizabeth nahm die Schreibfeder von Thomas entgegen, setzte sich an seinen Tisch und starrte auf das leere Pergament. Sie wusste nicht, was sie schreiben sollte. Elayne würde nicht einwilligen, sie zu treffen, ganz gleich, wie ihre Bitte lauten mochte.

Schließlich tauchte sie die Schreibfeder ein.

Sie musste nicht mit ihrem Namen unterzeichnen. Elayne würde sie an ihrer Handschrift und ihren Worten erkennen.

Elizabeth faltete das Pergament zusammen. Sie nahm die Wachskerze, die Thomas ihr anbot, und ließ Wachs auf die Falte tropfen.

»Danke, Thomas.«

»Wofür, Mylady?«

»Dass Ihr meinen Brief überbringt.«

»Noch habe ich es nicht getan.«

»Aber Ihr werdet es tun?«

»Ich tue, wie Ihr wünscht.«

»Und gebt Ihr mir Bescheid, wenn das Werk fertig ist?«

»Gewiss.«

»Auf Wiedersehen.«

Er verneigte sich. Als er sie wieder anschaute, war es, als würde er sie taxieren, aber sie sah keine Spur der Verehrung, die sie von ihm gewohnt war. Sie schämte sich, dass sie danach suchte.

Draußen stand Michael mit der Hand am Schwertgriff Wache.

Als sie im Boot saßen und weit genug vom Ufer entfernt waren, wo sie niemand außer den Fischen und Wasservögeln hören konnte, sagte Elizabeth: »Folgt ihm morgen. Ich möchte wissen, wohin er geht.«

Kapitel 34

Nun sprechen wir von der schönen Maid von Astolat, die Tag und Nacht solches Leid hatte, dass sie nie schlief, aß oder trank, und immer klagte sie über Sir Lancelot. Als sie es so zehn Tage ausgehalten hatte, da wurde sie so schwach, dass kein Rat mehr war, sie musste aus dieser Welt scheiden, da beichtete sie und empfing ihren Heiland.
Und immer noch klagte sie über Sir Lancelot. Da hieß sie ihr geistlicher Vater solche Gedanken lassen. Da sagte sie: »Wie sollte ich solche Gedanken lassen? Bin ich nicht ein irdisches Weib? Und solange der Atem in meinem Leib ist, mag ich wohl klagen, denn ich glaube, ich begehe keine Sünde, wenn ich einen irdischen Mann liebe. Und ich habe noch nie einen geliebt noch werde ich einen lieben außer Sir Lancelot vom See.«

Le Morte d'Arthur

September 1471

»Schwester Elayne!« Schwester Angela eilte durch den Kreuzgang auf sie zu. Elayne schaute von ihrem Buch auf.

»Ich habe Euren Mann auf dem Markt draußen vor den Toren gesehen. Den Dichter, nicht den Edelmann«, fügte sie mit schiefem Lächeln hinzu.

»Glaubt Ihr, er wollte zu mir?«

»Er war beim Wundarzt.«

»Ist er verletzt?«

»Nein, Schwester, der Wundarzt ist auch der Barbier. Und Zahnzieher. Er wurde rasiert. Vielleicht will er ja galant für Euch aussehen.«

Elayne lachte. »Für mich nicht.«

»Dessen wäre ich mir nicht so sicher«, sagte Schwester Angela. »Wollt Ihr ihn nicht willkommen heißen?« Sie schaute Elayne an.

Elayne zuckte mit den Schultern.

»Tut nicht so, als wäre es Euch gleichgültig, Schwester. Zeigt Euer wahres Ich.«

»Wenn ich mein wahres Ich zeige, muss ich noch tiefer fallen.«

Angela schüttelte den Kopf und schnalzte mit der Zunge. »Albern. Glaubt nur nicht, weil ich den Schleier trage, kenne ich das Spiel der Liebe nicht. Ihr könnt nicht tiefer fallen, als nicht zu lieben, bloß weil Ihr Angst habt.«

Elayne klappte ihr Buch zu. Ihr fiel Schwester Angelas Darstellung der Isolde beim Weihnachtsfestspiel ein. Sie hatte die Rolle gespielt, als wäre sie Mitglied der Schauspielergilde. Sie konnte Herzen lesen.

Vor ihr öffnete ein gelangweilt aussehender Novize, ein Junge von neun oder zehn Jahren, die kleine Tür im Kutschentor.

Thomas trat ein, die Schultern gebeugt, den Kopf gesenkt.

Instinktiv drückte Elayne sich an die Hauswand hinter eine große alte Eiche, die den Pfad überschattete – ohne zu begreifen, warum sie sich versteckte. Ihr erschien es nur natürlich, sich außerhalb seiner Sichtweite zu halten, nachdem sie ihm inzwischen mehrfach von der Milk Street in verschiedene Stadtteile Londons gefolgt war. Von ihrer Position aus konnte sie weder Thomas noch den Novizen sehen, hörte aber, was sie sprachen.

»Möchtet Ihr zum Barmherzigen Bruder?«, fragte der Junge höflich.

»Nein, ich habe Besseres zu tun, als meine letzten Tage zwischen Zölibatären zu verbringen.«

»Dann ins Spital?« Der Junge klang besorgt.

Thomas lachte. »Ich sterbe nicht, Bruder.«

»Das ist gut«, sagte der Novize und seufzte erleichtert.

Elayne starrte auf ihre Füße und fragte sich, wie sie aus dieser Lage herauskommen sollte. Sie bemerkte ein Insekt mit grünen Flügeln, das sich auf ihrer Sandale niederließ. Hätte sie Flügel, würde sie keine Zeit damit verschwenden, über die Erde zu kriechen.

Thomas kam auf sie zu. Sie hörte seine Stiefel auf dem Pfad. Ihr fiel keine passende Ausrede ein, und so trat sie einfach hinter dem Baum hervor.

»Lady Elayne! Haltet Ihr mit den Feen Zwiesprache?«

Sie wusste noch immer keine Erklärung. »Ja.«

»Wartet Ihr auf mich?«, fügte Thomas hinzu.

»Seid Ihr gekommen, weil Ihr habt, worum ich Euch bat?«

»Nein«, gestand Thomas, »aber ich glaube, ich kann Euch hinführen.«

Elayne schaute ihn argwöhnisch an. »Wohin?«

»Das kann ich nicht sagen. Ihr müsst mir vertrauen.«

Sie schnaubte.

»Ihr entscheidet«, sagte er.

Wenn er sie doch nur küssen würde. Und sei es bloß, um sie daran zu erinnern, was sie verloren hatte.

»Wie weit ist es?«

»Ein Tagesritt.«

»Wann?«

»Morgen. Wir treffen uns bei Tagesanbruch an den Klostertoren.«

Der Tag war klar und still, und London war noch nicht auf den Beinen. Nur ein Straßenhändler und sein Hund, die beide unter dem Karren geschlafen hatten, beobachteten Elayne und Thomas, als sie die Zelter bestiegen, die er gemietet hatte. Er sagte, er habe dem Sattler in der Newgate Street zwanzig Shilling dafür gezahlt.

Er hatte auch daran gedacht, Satteltaschen zu mieten. Elayne bündelte ihr grünes Samtkleid, in das sie ihren wertvollsten Besitz gewickelt hatte. Sie glaubte zu wissen, wohin Thomas sie brachte.

Sie ritten durch die Mercery in Cheapside, wo Elaynes Blick zu den Fenstern der Tuchhändler und Goldschmiede schweifte. Meist fehlte ihr der Putz ihres früheren Lebens nicht, aber den grünen Samt hatte sie in dem Gefühl gekauft, ihn gebrauchen zu können. Sie wandte den Blick von den Waren der Seidenhändler ab und schaute geradeaus, bis sie an der Benediktinerpriorei vorbeikamen und am Fleet entlang durch Smoothfields ritten. Thomas bahnte ihnen einen Weg auf überwucherten Pfaden und durch Gestrüpp, um die London Road wo es ging zu vermeiden.

»Anscheinend kennt Ihr diese Strecke sehr gut«, bemerkte Elayne.

»Ich bin oft über die London Road nach Newbold Revel geritten.« Er müsste Buckinghamshire durchqueren, um zu seinen Ländereien in Warwickshire zu gelangen. Der Pastetenverkäuferin am Tor des Tower zufolge, die Elayne am Tag zuvor noch rasch konsultiert hatte, hielten sich Henry Stafford, Herzog von Buckingham, und seine Frau Katherine Woodville derzeit in London auf, während Königin Elizabeth ihre Mutter in Grafton besuchte.

Als sie die Stadt hinter sich ließen, hatte Elayne das Gefühl, Thomas atme erleichtert auf. Ihr war nicht bewusst, wie angespannt sie selbst war, bis ein Schwarm Silberreiher unter lautem Flügelschlag vom Wasser aufstieg. Sie schrie auf und trieb ihr Pferd instinktiv an. Sie galoppierten eine Meile, bis Thomas ihre Zügel packte.

»Wir wollen die Tiere nicht ermüden. Wir haben einen langen Ritt vor uns.«

»Sagt Ihr mir noch immer nicht, wohin wir reiten?«

»Ihr werdet es bald erfahren.«

»Oder ich denke es mir.«

Er hielt ihre Zügel fest und betrachtete sie intensiv.

»Mit Euren geröteten Wangen und dem aufgelösten Haar seht Ihr aus wie eine Halbwilde. Ihr seid fraulicher, als ich es im Gedächtnis habe.« Ihr Kleid hatte sich im Steigbügel verfangen, und sein Blick glitt über ihre Wade und Ferse.

»Es steht Euch nicht zu, das zu sagen!«, fuhr Elayne ihn an. Sie riss ihm ihre Zügel aus der Hand und galoppierte noch eine Meile, bevor er sie einholte.

So mit ihr umzugehen war herzlos von ihm. Sie nahm sich vor, für den Rest des Vormittags nicht mit ihm zu sprechen.

Als die Sonne hoch stand, hielten sie an einem Wirtshaus, aßen Hammelsuppe und Rüben und tranken Gerstenbier.

Elayne ertappte ihn dabei, wie er sie anschaute, sie spürte sein Verlangen, doch Verlangen allein war unehrlich. Sie wollte nicht betört werden.

»Warum hieltet Ihr mich für tot?«, fragte er.

»Tor hat es gesagt.«

»Und Ihr habt ihm geglaubt.«

»Warum sollte ich nicht? Ich habe in jener Nacht im Wald gehört, wie die königliche Wache Euch verfolgte.«

Thomas nickte. »Ich habe ihnen ein gutes Rennen geliefert, aber sie brauchten nicht lange, um mich einzuholen. Ich habe nicht einmal mein Schwert gezückt – es hatte keinen Sinn. Man hat mich nicht schlecht behandelt, und ich kannte den Hauptmann der Wache, wir haben zusammen bei Northampton gekämpft. Das war Jahre her, Zeit genug für einen Mann, um seine Lehenstreue zu wechseln. Ich werfe es ihm nicht vor. Wir hatten Familien zu ernähren.«

Elayne beobachtete ihn. Sie fragte sich, ob sie ihm sagen sollte, welche Aufgabe Bruder Robert ihr gestellt hatte.

»Wie Ihr seht, hat Tor sich geirrt«, sagte er.

»Wie übersteht man so viele Jahre im Gefängnis?«

»Ich dachte, das wüsstet Ihr, Lady Elayne.«

Sie musste lächeln. »Mein Gefängnis hatte eine Bibliothek«, rief sie ihm ins Gedächtnis.

»Und in meinem Gefängnis habe ich ein paar Erzählungen niedergeschrieben«, sagte er und trank einen Schluck Ale.

»Wir reiten nach Grafton, nicht wahr?«, fragte sie plötzlich.

»Ja.«

»Weil Beth dort ist.«

»Ja.«

Thomas holte einen gefalteten, versiegelten Brief aus seiner Wamstasche.

»Ich habe den Augenblick abgepasst, um ihn Euch zu geben …«

Sie nahm ihn entgegen, brach das Siegel aber nicht auf.

»Und ich werde den Moment abpassen, ihn zu lesen.«

Er nickte. »Wir sollten aufbrechen.«

Im Dorf von Grafton Regis war Markttag, und obwohl die Sonne schon unterging, jubelte die Menge auf dem Platz noch einem schmutzigen Jungen zu, der in einem umzäunten Pferch ein dreckverschmiertes Schwein jagte.

Sie hielten an, gerade als der Junge in den Schlamm fiel und das Schwein empört quiekte.

»Das arme Wesen«, sagte Elayne.

»Mir tut eher das Schwein leid«, erwiderte Thomas.

Das Anwesen der Woodvilles lag am Ortsrand, noch hinter der Kirche St. Mary. Elayne hielt den Atem an, als sie sich den Toren näherten. Sie zügelte ihren Zelter und betrachtete das prächtige Herrenhaus aus sandfarbenem Stein mit seinen Türmchen und hübschen Fenstern. Dem ganzen Gelände war Jacquettas Pariser Geschmack anzusehen. Und natürlich erinnerte es Elayne an ihre Kindheit.

Sie holte tief Luft und nahm das gefaltete Pergament aus ihrer Satteltasche. Sie brach das Siegel.

Sie brauchte nicht lange, um zu lesen:

omnia vincit amor.

Die Inschrift der Brosche, welche die Priorin in den *Canterbury Tales* trug. *Liebe besiegt alles.* Beth hatte sie damals gebeten, besonders darauf zu achten, was auf der Brosche der Priorin geschrieben stand.

Sie ritten durch die Tore.

Ein Stallbursche kümmerte sich um ihre Pferde und führte sie über einen Pfad zum Rosengarten. Jacquetta, die einen breitrandigen Sonnenhut trug, saß auf einer Bank an einem Springbrunnen, in dem die steinerne Melusine sich ins Wasser lehnte. Zarte Schuppen waren auf ihre Schwanzflosse gemeißelt, lange Locken bedeckten ihre nackten Brüste. Das Wasser, das hinter ihr herabfiel, glänzte in den letzten Sonnenstrahlen wie pures Gold.

Jacquetta war über einen Stickrahmen gelehnt. Sie sah dünner aus, dachte Elayne, und stärker gebeugt, als sie hätte sein müssen, um die Nadel zu handhaben.

»Die Herrin der Quelle«, sagte Elayne leise. Sie schaute Thomas an.

»Jacquetta oder die Statue der Melusine?« Er hatte die Augenbrauen hochgezogen.

Sie sahen Elizabeth nicht sofort, die zwischen den Rosen stand.

Als Elayne sie erblickte, schauten sie sich an, ohne sich zu regen. Jacquetta aber hatte sie gesehen und nahm sie in Empfang, ging langsam mit ausgestreckten Armen auf Elayne zu.

»Meine Liebe, sei willkommen«, sagte sie, umarmte Elayne und küsste sie auf beide Wangen.

»Ja, sei willkommen, Liebste«, kam das Echo von Elizabeth, die nun auf sie zukam. »Und Thomas. Wie entzückend, euch beide zu sehen.«

Sie klang alles andere als entzückt.

»Seid ihr den ganzen Weg von London hierher an einem Tag geritten?«, fragte Jacquetta.

»Ja«, sagte Elayne. »Wir sind früh aufgebrochen.«

»Dann müsst ihr erschöpft sein. Ich lasse Bäder richten, und dann essen wir. Kommt.«

Sie folgten ihr ins Haus. Elizabeth blieb zurück, schlenderte hinter Thomas her, während Jacquetta sich bei Elayne unterhakte. Elayne hörte, wie Elizabeth leise mit Thomas redete, ihn womöglich fragte, warum er ihre Feindin nach Grafton gebracht hatte. Tatsächlich hatte er sie mit einem Versprechen hierhergelockt, das er nicht halten konnte. Er hatte etwas ausgeheckt, damit sie sich trafen.

Man führte sie in Jacquettas Salon, dessen Wände und Decke mit Tuch aus Arras behängt waren. Der Raum mit seinen eleganten und bequemen Möbeln löste eine Flut von Erinnerungen aus, an Zeiten, in denen die Frauen der Woodvilles an Winterabenden mit ihren Büchern und Handarbeiten hier gesessen hatten. Für gewöhnlich hatte jemand etwas vorgelesen oder leise auf einer Laute gespielt.

Nachdem ein Diener Thomas und sie zu den Gästezimmern gebracht hatte, blieb Elayne in der Mitte des Raums auf bloßen Füßen stehen, nahm den weichen Seidenteppich zur Kenntnis, die Eleganz der geschnitzten Möbel und die schwere Bettwäsche aus Brokat. In dieser Umgebung kam sie sich vor wie eine Vagabundin in einem Palast, und Thomas würde es ohne Zweifel ebenso ergehen, auch wenn er einst regelmäßig in Adelshäusern verkehrt hatte. Sie hoffte nur, dass er daran gedacht hatte, ein sauberes Hemd und Kniehosen mitzubringen, und nicht in seinen vom Straßendreck verschmutzten Kleidern dinieren müsste. Sie war froh, dass sie ihr grünes Samtkleid dabeihatte.

Sie ließ ihren schmerzenden Körper in die Kupferwanne gleiten, die ein Diener eingelassen hatte und die nach Kräutern und Blüten duftete. Das wirkte nach dem langen Tagesritt beruhigend auf ihre verspannten Muskeln.

Als sie sauber und angekleidet war, ging sie wieder nach unten. Sie kannte das Haus, als wäre sein Plan in ihr Herz gezeichnet.

Jacquetta setzte sich zwischen Elizabeth und Elayne an den Tisch, und sie sprachen über die Vorzüge der Ärmel an Elizabeths Gewand, darüber, dass es den Kindern, die bereits im Kinderzimmer waren, in Grafton gefiel. Thomas gestand bereitwillig ein, dass er sich in solchen Frauenthemen nicht zurechtfand, aber vermutlich spürte selbst er die Kälte in der Luft und trank den Wein deshalb wie Wasser. Er saß so nah bei Elayne, dass sie seinen Moschus roch. Er fing ihren Blick auf und zog eine Augenbraue hoch. Sie tat es ihm gleich. Er leerte seinen Kelch und füllte ihn aus dem Krug nach.

Jacquetta sah unpässlich aus. Sie war immer eine eindrucksvolle Frau gewesen und war es noch, doch ihrer Stimme und ihren Bewegungen fehlte es an Vitalität, ihre Haut wirkte blutleer.

Als wieder einmal Schweigen eintrat, verkündete Elayne laut: »Wir sind gekommen, weil wir wissen, dass ihr das Buch habt.«

Elizabeth schaute abrupt auf. »Welches Buch, Liebes?«

»Spiel nicht die Unschuldige, Beth. Hast du mich nicht lange genug getäuscht?« Elayne schaute zu Thomas, der seinen Kelch in einem Zug leerte.

Er räusperte sich und sah Jacquetta an. Sie war ernst, aber Elayne glaubte den Hauch eines Lächelns zu sehen.

»Was wir suchen …« Er verstummte.

»Ja?«, fragte Jacquetta milde.

»Im Katalog des Louvre war eine Kopie des *Perceval* verzeichnet.«

»Und Ihr glaubt, sie ist hier.«

Thomas nickte.

Er hatte seine Hände so fest verschränkt, dass seine Knöchel weiß wie gekochte Knochen hervortraten.

Auch Elizabeth war bleich.

»Und du, Beth«, sagte Jacquetta, an ihre Tochter gewandt, »glaubst du auch, dass das Buch hier ist?«

Elizabeth schlug die Augen nieder.

»Ich verstehe«, sagte Jacquetta. »Nun, wir wollen zu Ende essen, und dann führe ich euch in die Bibliothek. Dort können wir gemeinsam danach suchen.«

Kapitel 35

Ein Jahr schien vergangen zu sein, seitdem sie gegessen hatten, ein weiteres verging auf dem Weg vom Salon in die Bibliothek. Nichts Wesentliches wurde gesagt. Niemand stellte eine Frage. Die Anspannung war enorm.

Elizabeth hatte bislang selbst nicht gewagt, Jacquetta auf das Thema *Perceval* anzusprechen, obwohl auch sie genau deshalb nach Grafton gekommen war. Sie besaß nicht Elaynes Kühnheit, und es wäre ihr ungehobelt vorgekommen, danach zu fragen, so als stöberte sie bereits im reichen Erbe ihrer Mutter. Ob Jacquetta tatsächlich im Besitz des Buches war, konnte sie nicht sagen. Ihre Mutter war ausweichend wie immer, und Elizabeth ärgerte das.

Sollte Jacquetta es haben, dann hatte sie es jahrelang geheim gehalten und auch nichts davon gesagt, als sie Elizabeth in Baynard's Castle das Stundenbuch zurückgegeben hatte. Elizabeth versuchte, sich Einzelheiten ihrer Unterhaltung ins Gedächtnis zu rufen, die genauen Worte ihrer Mutter. Soweit sie sich erinnern konnte, hatte Jacquetta weder bestätigt noch geleugnet, dass sie wusste, wo der *Perceval* war.

Der Raum, den sie seit ihrer Kindheit »Jacquettas Bibliothek« nannte, war klein und fensterlos. In den Sommermonaten war es hier stickig und zu warm. An einer Wand standen kleine Schränke aufgereiht, die sie und Elayne sich früher als winzige Räume mit geschnitzten Türen und Klinken vorgestellt hatten, in denen Bücher wohnten. An der gegenüberliegenden Wand hing ein Regal über der Bank eines Schreibers, wie man sie in verschlossenen klösterlichen Bibliotheken fand. Diese Fächer enthielten, wie an den Buchrücken zu sehen war, weniger kostbare Bücher, und jeder konnte sich hinsetzen und darin lesen. Die selteneren Manuskripte befanden sich in einem kleinen Nebenraum in verschlossenen Büchertruhen.

Die Bibliothek war ansonsten mit einem Tisch und schlichten Stühlen aus dunklem Holz möbliert, an den Wänden hingen Porträts von Jacquettas ausländischen Vorfahren. Als Kind hatte Elizabeth sich immer ein wenig vor ihren starren Blicken gefürchtet und sich ihr Missfallen vorgestellt, wenn sie und Elayne hierherkamen und nach den Büchern aus dem Louvre suchten. Die meisten davon steckten natürlich in den Büchertruhen.

Jacquetta verschwand in dem Nebenraum. Elizabeth, Elayne und Thomas setzten sich an den Tisch und warteten. Das Schweigen war ungemütlich, und Elizabeth wünschte sich, ihr würde etwas einfallen, um eine seichte Unterhaltung in Gang zu setzen. Oder überhaupt ein Gespräch. Wenigstens sollte sie Thomas warnen, dass Edward nach Grafton kommen könnte, wenn seine Jagd ihn nach Rockingham Forest führte.

Thomas und Elayne schienen vereint, obwohl sie etwas anderes vorgaben. Elizabeth spürte die Bedrohung ihrer Verbindung, es war, als hätten sie sich gegen sie verschworen. Hatte Elayne sich vor all den Jahren so gefühlt? Elizabeth war zu sehr mit ihren eigenen Dünkeln beschäftigt gewesen und hatte es nicht bemerkt. Doch offensichtlich konnte Elayne ihr nicht verzeihen.

»Ihr müsst morgen früh aufbrechen«, sagte sie zu Thomas. »Der König könnte vorbeikommen.« Sie versuchte, sich ihre Angst nicht anmerken zu lassen. Edward durfte Thomas Malory unter keinen Umständen hier antreffen.

Thomas schien unbesorgt. »Wir machen uns bei Tagesanbruch auf den Weg«, sagte er nur.

Elayne tat so, als interessierten sie die Bücher auf den unteren Regalbrettern. Sie zog eins heraus und beugte sich darüber. Elizabeth sah, dass es ein Band Euklid war. Elayne gab nichts auf Zahlen.

Das Schweigen war jetzt mit Händen zu greifen.

Jacquetta tauchte wieder auf, gefolgt von zwei Dienern, die eine Holztruhe an den seitlich angebrachten Eisengriffen hereinschleppten.

»Wenn das Buch hier ist, dann in dieser Kiste«, sagte sie.

»Aber Ihr wisst doch bestimmt, ob es hier ist«, sagte Elayne, vorlaut wie eh und je.

Jacquetta lächelte und strich Elayne über das Haar, als wäre sie ihr Lieblingshaustier. »Es ist immer eine solche Freude, dich zu sehen, mein Liebes.«

Sie nahm eine Kette vom Hals, an der eine Reihe angelaufener Silberschlüssel hing, steckte einen Schlüssel in das Schloss der Truhe, drehte ihn und hob den Deckel an.

Elizabeth war davon ausgegangen, dass die Truhe mit Büchern angefüllt wäre, doch stattdessen war sie mit Tuch ausgekleidet und enthielt nur ein Kästchen mit Einlegearbeiten. Jacquetta gab mit Handzeichen zu verstehen, dass es herauszunehmen und auf den Tisch zu stellen sei. Sie nahm noch einen Schlüssel von der Kette.

Alle beugten sich darüber.

Jacquetta öffnete das Kästchen, in dem sich ein kleines, schlicht gebundenes Buch aus dunklem, verwittertem Leder befand, ein Buch, wie es ein Schreiber verwenden könnte, um seine Feder auszuprobieren, oder als Haushaltsbuch.

Niemand sprach ein Wort.

Elayne hatte Thomas' Hand ergriffen und sich die Finger ihrer anderen Hand an die Lippen gelegt. Jacquetta rührte sich nicht, um das Buch herauszuholen. Es wirkte plötzlich so, als wäre sie dazu nicht in der Lage.

Schließlich hielt Elizabeth das angespannte Schweigen

nicht mehr aus. »Warum wart Ihr Euch nicht sicher, dass es hier ist, Mama?«

»Weil darin das Wesen des Grals liegt«, erwiderte Jacquetta schlicht.

»Aber wer sollte es nehmen?«

»Wer sollte das nicht?«

»War es immer hier?«, flüsterte sie.

»Nein«, sagte Jacquetta. »Ich habe es erworben, als Henry Stafford mit Katherine vermählt wurde.«

»Dann hatte Buckingham es die ganze Zeit«, murmelte Thomas leise. Zweifellos hätte er gern mehr gesagt. Seine Miene war finster.

»Habt Ihr es gelesen?«, fragte er Jacquetta.

Sie nickte. »In Paris, vor vielen Jahren.«

»Und …?«, drängte Elizabeth.

Jacquetta nahm das Buch so behutsam aus dem Kasten wie einen jungen Vogel.

Sie schlug die letzte Seite auf und legte es offen auf den Tisch.

Das Pergament war spröde, die Schrift strahlte Sorgfalt und Anmut aus. Das abrupte, rätselhafte Ende der *Perceval*-Erzählung war ihnen allen vertraut. Darin hieß es, dass eine Dame, die vom Tode Gawains erfuhr und von Rührung überwältigt wurde, zur Königin ging.

Als diese sie so erblickte, fragte sie nach der Ursache ihrer Erregung.

Damit brach der Roman ab, unvollendet, wie es hieß, infolge des Todes von Chrétien de Troyes. Aber hier in diesem Buch stand noch ein weiterer Satz:

Es gibt nichts zu trauern, sagte die Königin, denn obwohl unsere Körper alle zerbrochen werden, ist das wahre Gefäß unseres Wesens unvergänglich.

»Ist das alles?« Elaynes Stimme klang heiser.

»Das ist alles«, erwiderte Jacquetta.

Elayne riss die Arme hoch und stand abrupt auf. »Aber welches ›Wesen‹ denn? Ist es unsere Seele, unser Herz, unser Verstand?«

»Wenn es aus dem Altfranzösischen ist, dann heißt es *substant*«, sagte Thomas, »bestehen.«

»Und wenn es nun aus dem Lateinischen kommt«, wandte Elayne ein, »dann würde es *substantia* bedeuten, unser Sein – unser Wesenskern.«

Elizabeth hörte nur mit halbem Ohr zu. Sie hatte die Antwort auf Percevals Frage zu finden gehofft: Wozu dient der Gral? Im Grunde ihres Herzens hatte sie sich die Antwort gewünscht, der Gral diene Gott, und wer im Dienste Gottes lebe, der lebe ewig. Vielleicht war dies ein Bezug auf das Buch Genesis, in dem Gott Adam aus Lehm erschuf, oder auf Paulus' Brief an die Korinther, in dem er Körper mit irdischen Gefäßen gleichsetzte, die den Schatz der Seele enthielten.

Thomas und Elayne debattierten noch über Bedeutungen, doch Jacquetta sah nur Elizabeth an.

»Es gehört dir, Beth«, sagte sie ruhig, »wenn du es haben willst. Du hast dir noch immer kein Hochzeitsgeschenk ausgesucht.«

»Ich will dieses Buch nicht.«

»Dann schenke es jemandem, der es haben möchte. Es ist dein Erbe, ob du es jetzt nimmst oder nach meinem Tod. Mir wäre lieber, du nähmest es jetzt an dich.«

Elizabeth schaute ihre Mutter genau an und sah die purpurnen Schatten unter ihren Augen, die Zerbrechlichkeit, die so gar nicht zu ihr zu passen schien. Sie bekam Angst.

»Es ist spät«, verkündete Jacquetta, legte das Buch zurück in den Kasten und schloss ihn ab. »Gute Nacht euch allen.« Sie gab den Dienern zu verstehen, dass sie die Truhe wieder ins Vorzimmer bringen sollten, und verließ den Raum, ohne Elizabeth noch einmal anzusehen.

Elizabeth verneigte sich vor Thomas und Elayne. »Ich bringe euch zu euren Zimmern«, sagte sie.

»Nicht nötig«, erwiderte Elayne leichthin. »Ich kenne meinen Weg.«

»Dann zeigt Ihr mir, wohin ich gehen muss, Lady Elayne?«, fragte Thomas. Er glaubte wohl, seine Absicht zu verbergen, doch er war leicht zu durchschauen.

Elayne ging nicht darauf ein, verließ die Bibliothek, und er folgte ihr wie ein treuer Hund. Elizabeths Zimmer war ganz in der Nähe, daher stiegen sie zu dritt schweigend die Treppen hinauf und schritten durch dunkle Flure.

An der Tür zu Thomas' Zimmer reichte Elizabeth ihm die Hand, und als er sie ergriff, drückte sie eine Geldbörse hinein. Dann zog sie sich ein Stück zurück und erlaubte ihm ein paar leise Worte an Elayne. Sie konnte sich denken, was er vorschlug.

Thomas wünschte den beiden Damen eine gute Nacht und schloss die Tür.

Elizabeth nickte Elayne höflich zu und wandte sich ab, doch Elayne hielt sie am Ärmel fest.

»Kommst du mit, Beth? Ich habe etwas für dich.«

»Für mich?«

In ihrem Zimmer nahm Elayne einen alten Samtbeutel in die Hand und holte etwas heraus, das in Tuch eingewickelt und verschnürt war. Sie reichte es Elizabeth.

Elayne setzte sich auf das Bett und klopfte auf den Platz neben sich. »Wir wollen so tun, als wären wir wieder Freundinnen, nur heute Abend«, sagte sie.

Elizabeth setzte sich neben sie, hielt aber einen gewissen Abstand ein, und band das Seil auf. Das Tuch fiel herab, und sie hielt einen hübschen goldenen Kelch in Händen.

»Lass Edward daraus trinken«, flüsterte Elayne, »und dann

musst du den Kelch als Nächste an die Lippen führen. Wenn du willst, dass er dich vor allen anderen liebt.«

Elizabeth schaute sie durchdringend an. Was war das für eine Hexerei?

Elayne seufzte. »Hast du das nicht von ihm erwartet, als ihr vermählt wurdet?«

»Ich habe es gehofft.«

»Und ist er untreu?«

»Er würde es nicht so betrachten …« Warum sollte sie ihn verteidigen? »Ja, er ist untreu.«

Zuweilen wollte Elizabeth nichts weiter, als reingewaschen zu werden, alle Tränen loszulassen, die sie nicht zu vergießen wagte, aber sie war zu sehr darin geübt, sie zurückzuhalten. Das Ritual, das Elayne verordnete, war bizarr, doch lag ihm vielleicht ja ein Freundschaftsangebot zugrunde.

»Ich habe die Liebe Gottes …«, hob sie an.

Elayne schnaubte verächtlich. »Die Liebe Gottes! Aber Gott wird dich nicht in den Armen halten, wenn dir das Herz bricht. Wo war Gott, als man deinen Vater und deinen Bruder tötete und als du um dein Leben fürchten musstest? Das war dein Mut, Beth, nicht der Gottes!«

»Suchst du denn keine Liebe, Elayne?«

»Ich habe nie etwas anderes gesucht. Von dir. Von meinem Vater. Selbst von meinen Brüdern und von einem Geist.« Sie wandte sich ab und zupfte an dem mit Rosen bestickten Bettüberwurf. »Sogar von Thomas.«

»Warum behältst du den Kelch dann nicht?«

»Da, wo ich hingehe, brauche ich ihn nicht.«

»Was soll das heißen, Liebes?« Das Kosewort schlüpfte ihr heraus. Sie bemerkten es beide. Elayne wandte den Blick ab.

»Ich gehe ins Heilige Land.«

Elizabeth glaubte nicht, dass Elayne jemals nach Jerusalem fahren würde, und lächelte nachsichtig. Dann fiel ihr ein, was

Ezrah Reuben gesagt hatte: Eigentlich sei das Herz das Heilige Land.

Vielleicht wollte Elayne also gar nicht nach Jerusalem reisen?

»Du bist Königin«, sagte Elayne und schaute zum Fenster hinaus, hinter dem alles schwarz war. »Du brauchst Kraft, und Liebe verleiht Kraft. Vielleicht bedeutet Chrétiens letzte Zeile, dass das Gefäß uns verlockt, dabei ist es viel wichtiger, was sich darin befindet. Der Inhalt des Buches spielt eine Rolle, nicht sein Einband, der Wein, nicht der Kelch, die Absicht des Ritters, nicht sein glitzerndes Kettenhemd oder sein blutiges Schwert.«

Elizabeth hatte Elayne noch nie derart überzeugt reden hören. Sie hatte sich verändert.

Wer hatte das nicht?

»Glaubst du«, sagte Elayne leise und schaute zu Elizabeth auf, »wenn wir unser Leben lang nach etwas suchen und es nicht finden, dass dann noch immer unsere Absicht zählt?«

»Dessen bin ich mir sicher«, erwiderte Elizabeth.

Elayne schaute sie mit schmalen Augen an. »Ich sehe dir an, dass das nicht stimmt.«

Elizabeth lachte. »Du kennst mich zu gut.«

»Nein, Beth, ich kenne dich nicht gut genug.«

»Gehst du heute Nacht zu Thomas?«

Elayne lächelte nur.

Kapitel 36

Hier endet die Geschichte vom Heiligen Gral, die in Kürze von Sir Thomas Malory, Ritter, aus dem Französischen ins Englische übertragen wurde und welche eine der wahrsten und heiligsten Chroniken ist, die es in der Welt gibt.
Jesus Christus helfe ihm in seiner großen Macht.

Le Morte d'Arthur

Oktober 1471

Es war vollbracht. Alles war fertig. Äußerst zufrieden fuhr Elayne mit der Hand über die Seite. Sie hatte sich einen ihrer größten Wünsche erfüllt, sie hatte die Arbeit eines Kopisten ausgeführt. Sie fühlte sich vollkommen.

Und nun musste sie beichten, was sie getan hatte.

Seit dem Besuch in Grafton hatte sie weder Thomas noch Beth wiedergesehen. Als das Jagdhorn und die Hunde des Königs sie am Morgen aufgeschreckt hatten, war Thomas längst verschwunden gewesen. Für einen Abschied blieb keine Zeit.

Elayne frühstückte mit Beth, Edward aber sah sie nicht. Sie sprachen unverfänglich über die Bücher, die sie in den letzten Jahren gelesen hatten, nicht aber über das Buch, das zwischen sie getreten war.

Elayne nahm Beths Einladung nicht an, länger zu bleiben. Man stellte ihr eine Eskorte nach London zur Verfügung, doch sie ließ nicht zu, dass Elizabeths Leibwächter sie bis zum Franziskanerkloster brachten. Sie bestand darauf, sich in der Mercery von ihnen zu trennen. Sie konnte nicht riskieren, dass jemand anders wusste, wo sie unterschlüpfte, nicht, wenn sie der Freiheit so nahe war.

Sie fand den *Perceval* in ihrem Samtbeutel, als sie auspackte.

In der Nacht in Grafton hatte Elayne wach gelegen, nicht nur wegen der ungewohnten Federmatratzen und glatten Laken. Ihr Verlangen nach Thomas war so heftig gewesen, dass sie die Augen nicht schließen konnte. Er hatte sie gebeten, zu ihm zu kommen, ihr ins Ohr geflüstert, er begehre sie, doch sie wollte nicht. Sie hätte nie geglaubt, dass ihre Willenskraft stärker sein könnte als ihr Verlangen, und mit der Keuschheit der Zölibatärinnen, unter denen sie lebte, hatte ihre Entscheidung bestimmt nichts zu tun. Sie hatte widerstanden, um ihr Herz zu schützen; das wäre ihr zuvor niemals in den Sinn gekommen.

Sie war beinahe frei.

Elayne legte sich den Mantel um und verließ ihre Zelle mit einem letzten zufriedenen Blick auf den Stapel Pergament auf ihrem Tisch.

Sie fühlte sich jedoch nicht so frei, dass sie ohne hochgezogene Kapuze durch London gehen oder bestimmten Straßen folgen würde, in denen es von Menschen und Vieh wimmelte. So töricht war sie nicht. Wer konnte schon wissen, wann ein angeheuerter Spion aus Guildford aus dem Schatten treten und sie am Ellbogen packen würde. Dann gäbe es die Freiheit nur noch als Erinnerung an etwas, das einst in Reichweite gewesen war.

Sie kannte den Weg durch die stinkenden Gassen am Fluss entlang, zwischen Werften und Lagerhäusern, vorbei an Tavernen, in denen es nach Gefahr roch und nach Ale.

Seit sie Thomas ausspioniert hatte, war sie nicht mehr in der Milk Street gewesen.

Auf ihr Klopfen hin öffnete er die Tür, nahm sogleich die Hand von seinem Schwert und trat beiseite, um sie einzulassen.

Elayne schaute sich um. Der Raum war so karg, wie sie ihn sich vorgestellt hatte. Nur ein Krug mit Ale stand auf dem Tisch, neben ein paar Lagen Hadernpapier und einem Bündel ungespitzter Schreibfedern.

»Ich bin gekommen, um mich zu verabschieden«, sagte sie.

»Wollt Ihr wirklich gehen?«

»Ich habe ein Boot gefunden.«

»Ein Boot?«

»Ja, versteht Ihr, ein Gefährt aus Eiche und Mahagoni, auf dem man weit fortsegeln kann. Anfangs war ich mir sicher, dass Ihr Euch entschieden hattet, die Gralsgeschichte nach der *Suche* niederzuschreiben, wo der Gral und die Ritter in Salomos Schiff nach Sarras segeln. Aber Ihr habt Euch für den *Perceval* entschieden. Glaubt Ihr denn, dass ein wahrer Ritter nicht den Gral, sondern seinen Zweck sucht?«

»Ihr habt also das vollendete Werk gesehen«, sagte er. »Ich habe das schon geahnt, da Ihr ja mit Bruder Robert befreundet seid.«

»Ich bin Euer Schreiber, Thomas. Euer Werk ist von meiner Hand kopiert worden.«

»Ihr!« Er setzte sich auf das Bett.

Sie lächelte und kostete die Situation aus. »Bruder Robert dachte, ich wäre der beste Kopist für Eure Übersetzung.«

»Dann ist sie vollendet?«

»Ja. Das Ende Eurer Geschichte von Elaine von Astolat hat mir jedoch nicht gefallen. Es wirkte unfertig. Ich habe es verändert.«

»Ihr habt *was*?«

»Und ich bin zu dem Schluss gekommen, auch Elizabeth

wäre nicht damit einverstanden, dass Ihr den *Perceval* übersetzt habt und nicht die *Suche*. Schließlich war sie Eure Gönnerin. Hattet Ihr keine Vereinbarung?«

»Sie hat ihren Teil der Absprache nicht eingehalten«, murmelte Thomas. Er sah aus, als versuchte er, zu viel auf einmal zu begreifen. Er schüttelte den Kopf. »Aber Ihr könnt nicht … Ihr habt die Erzählung wirklich verändert?« Er vermochte kaum zu sprechen, und sie sah ihm an, dass er nicht fassen konnte, was sie getan hatte – dass sie den Mut aufgebracht hatte.

»Bedenkt, Ihr habt die Übersetzung der *Suche* in Guildford gelassen. Die habe ich verwendet. Allerdings habe ich mich gefragt, warum Ihr … Habt Ihr zwei Abschriften davon angefertigt?«

»Ich wollte Euch in dem Glauben lassen, ich hätte mich für den *Perceval* entschieden«, sagte er und sprach so leise, dass sie die Worte kaum hörte.

»Aber warum?«

»Ich wollte Euch nicht noch mehr verletzen.«

»Aber am Ende habt Ihr ja auch den *Perceval* genommen.«

»Ich habe beide Erzählungen übersetzt und konnte mich jahrelang nicht entscheiden. Welche ich auch auswählte, es wäre ein Verrat. Ich hatte Elizabeth geschworen, die *Suche* zu nehmen.«

»Warum habt Ihr Euch dann anders entschieden?«

»Zuerst dachte ich, sie hätte ihr Versprechen gebrochen, und war wütend. Aber sie hatte ihre Gründe.«

»Und dann?«

»Dann kamt Ihr mich besuchen, und mir fiel ein, dass ich ein Ritter in Gefangenschaft war, nicht nur ein Gefangener. Meine Ehre war gespalten zwischen Liebe und Loyalität.«

Elayne brachte es nicht über sich zu fragen, ob ihr seine Liebe oder seine Loyalität galt – dieses Mal glaubte sie es selbst zu wissen.

»Aber warum«, hakte Thomas nach, »solltet Ihr nun die *Suche nach dem Heiligen Gral* anstelle des *Perceval* setzen? Ich weiß doch, welche Erzählung Ihr für die wahre Gralsgeschichte haltet!«

»Es ist mein Abschiedsgeschenk an Eure Gönnerin«, sagte Elayne.

Sie hatte damit gerechnet, dass er in Wut ausbrechen würde, aber er schaute sie nur lange an. Er strich ihr eine Haarsträhne aus dem Auge und löste dann die Spange an ihrem Mantel. Er nahm sie bei der Hand und führte sie an sein Bett. Es war hart, aber auch nicht schlimmer als das Feldbett in ihrer Zelle. Er zog Wams und Hemd aus, und anscheinend kümmerte es ihn nicht, dass sie jetzt sah, wie sehr seine Muskeln an Oberkörper und Armen verkümmert waren.

Sie legte sich neben ihn und ließ sich von ihm entkleiden, bis sie nur noch ihr seidenes Unterkleid trug, das er aufband. Sie drückte sich an ihn, und seine Haut an ihrer zu spüren war Balsam für all die Jahre ohne ihn. Ihr Liebesakt war anders als damals in Guildford, er war erfüllt von Reue und Ergriffenheit auf beiden Seiten.

Danach streichelte er sie vom Gesicht bis zu den Innenseiten ihrer Schenkel.

»Wenn wir uns nicht wiedersehen«, sagte Elayne, »verzeihe ich Euch, einen so gravierenden Fehler begangen zu haben.«

»Welchen Fehler genau?«

»Ihr habt geglaubt, Elizabeth sei die, die Ihr liebtet, obwohl die ganze Zeit ich es war.«

Thomas lachte leise.

»Leugnet Ihr es?«, fragte sie.

»Nein, ich leugne es nicht. Aber wir werden uns wiedersehen.« Er beugte sich über sie und küsste sie.

Sie konnte ihn nicht anschauen. »Das ist ungewiss, ich gehe bald fort. Zu viele Menschen wissen, wo ich mich befinde. Mein Bruder lässt sich nicht gern von mir an der Nase herumführen.«

»Wollt Ihr wirklich ins Heilige Land?«

»Ja.«

»Ausgerechnet Ihr, die nicht nach der Heiligen Schrift lebt, lebt in einem Kloster und geht auf Pilgerfahrt.«

»Eine Pilgerfahrt muss keine Suche nach Gott sein. Mein Heiliges Land ist womöglich nicht dasselbe wie das Eure.«

»Ihr sprecht in Rätseln.«

»Ich verabschiede mich nur, Thomas.«

»Aber was hofft Ihr zu finden? Sollte es Chrétiens Quelle sein, die Ihr noch immer sucht …«

»Ich suche nicht nach Chrétiens Quelle, ich *kenne* sie«, sagte sie.

»Ihr kennt Chrétiens Quelle?« Er schaute sie ungläubig an.

»Gewiss. Es war nur eine Frage ohne Antwort, kein altes Buch. Chrétien konnte den *Perceval* nur absichtlich unvollendet gelassen haben. Die letzte Zeile in Jacquettas Buch beweist es doch: Percevals Frage ›Wozu dient der Gral?‹ bleibt unbeantwortet.«

»Wozu *dient* denn nun der Gral?«

»Das ist für jeden von uns etwas anderes. Es ist das, was jeder von uns am leidenschaftlichsten sucht. Euer Gral, sofern Euer Werk Euch wirklich am Herzen liegt, ist es, der gute Ritter zu sein, im Kampf ebenso wertvoll wie in der Liebe.«

»Ein Ritter ohne Lanze.«

»Eure Lanze ist die Schreibfeder, Thomas.«

»Und für Euch?«, fragte er.

»Mein Gral ist es, Herrin über mein Leben zu sein.«

»Dann wünsche ich Euch diese Souveränität, Lady Elayne.«

Kapitel 37

»Nun, hohe Frau«, sagte Sir Lancelot, »da der Tag gekommen ist, wo wir von unserer Liebe scheiden müssen, so will ich mein Leben so teuer verkaufen, wie ich kann. Und tausendmal mehr ist mir um Euretwillen bange als um meinetwillen. Und nun wäre es mir lieber, eine feste Rüstung anzuhaben, als Herr über die ganze Christenheit zu sein, auf dass die Menschen von meinen Taten reden sollten, ehe ich erschlagen werde.«

»Wahrlich«, sagte die Königin, »ich wollte, Gott füge, dass sie mich ergriffen und erschlügen und Euch entschlüpfen ließen.«

»Das wird nimmer geschehen«, sagte Sir Lancelot. »Gott bewahre mich vor solcher Schande. Doch Jesus Christus, sei du mein Schild und mein Panzer!«

Le Morte d'Arthur

November 1471

Anthony sah aus, als hätte er tagelang nicht geschlafen. Er trat in Elizabeths Ankleideraum und bemerkte nicht einmal, dass sie nur halb bekleidet war. Ihre Zofen waren natürlich entzückt, Lord Rivers zu unterhalten, auch wenn sie sich nach außen hin schockiert zeigten und Elizabeths nackte Haut mit einem Schal bedeckten.

Sein Gesichtsausdruck machte deutlich, dass etwas nicht in Ordnung war. Elizabeth fürchtete sich zu fragen, was ihn so früh am Morgen zu ihr führte, denn Anthony war anscheinend nicht in der Lage zu sprechen.

»Was, Anthony? Was ist los?«

»Elayne …«, hob Anthony an, und Elizabeth wurde plötzlich kalt, als hätte sich der Herbst in Sekundenschnelle in Winter verwandelt.

»Ich war in Guildford Castle.«

»Ist sie nach Hause zurückgekehrt?«

»Nein. Noch nicht.«

Elizabeth atmete erleichtert auf. Sie hatte sich einen Moment lang etwas vorgestellt, das sie kaum in Worte fassen konnte. Ihre Freundin zu verlieren, nachdem sie sich gerade wieder versöhnt hatten, wäre zu grausam.

»*Noch nicht*? Dann verlässt sie das Kloster und geht wieder nach Guildford?«

Anthony erschrak. »Weißt du, wo sie ist?«

»Bei den Franziskanern. Ich habe Michael einmal veranlasst, Thomas zu folgen.«

»Dann bist du ihr treuer ergeben als ich, da du ihr Geheimnis gewahrt hast.«

Etwas in seiner Stimme jagte ihr einen kalten Schauer über den Rücken. »Was hast du getan, Anthony?«

»Vor einiger Zeit fragte mich Tor, ob ich etwas von ihr gehört hätte …«

»Und dann hast du Thomas gefragt, ob er weiß, wo sie ist?«

»Ja.«

»Und du hast es Tor gesagt?«

Er nickte unglücklich. »Sie wird bald fortgehen …«

Elizabeth wurde schwer ums Herz. »Wie konntest du so etwas tun? Ich dachte, du liebst sie.«

»Gerade weil ich sie liebe …«

Elizabeth nickte bedächtig und sah alles klar und deutlich vor sich. »Tor wird ihr einen Gemahl suchen – jemanden mit Titel und Wohlstand, der ihn noch mächtiger macht.«

»Das hat er schon«, sagte Anthony ruhig. »Einen Edelmann mit Ländereien in East Kent.«

Also sollte Elayne einen Adligen heiraten, mit dem der Baron von Guildford sich verbünden wollte, und weit von ihrem Zuhause entfernt leben.

»Und du heißt das gut?«, fragte sie mit aufkeimender Wut.

Anthony sah sie nicht an.

»Wie kannst du sagen, du liebst sie, und dann so etwas machen? Das Wichtigste für Elayne ist Freiheit. Und du nimmst sie ihr. Sie wird in der Gesellschaft eines geldgierigen Gemahls dahinwelken und sterben.«

»Es ist zu ihrem Schutz – zu ihrem Besten …«

»Zu *deinem* Besten, Anthony, denn du hast sie immer haben wollen. Wenn sie in einer Burg eingesperrt ist, kannst du so tun, als hättest du sie beschützt und aus reiner Nächstenliebe gehandelt. Was unterscheidet dich überhaupt von ihrem Bruder? Ihr wollt sie doch beide nur beherrschen.«

Anthony setzte sich auf den Stuhl, als hätte er keine Kraft mehr zu stehen.

»Meinst du, ich habe Unrecht getan?«

»Das hast du, ganz sicher«, erwiderte Elizabeth ruhig. »Und erzählst du Thomas von deinem Verrat? Wie ich hörte, ist ein Kopfgeld auf ihn ausgesetzt. Ich gehe davon aus, dass du, falscher Freund, der du bist, ihn festnimmst, sobald er auftaucht, um ihn Edward auszuliefern.«

Elizabeth bereute ihre Worte sofort. Anthony hatte ihr geholfen, als Thomas in Newgate war. Er hatte seine Prinzipien und seine Loyalität zum König verletzt, Thomas aufgesucht und ihm gebracht, was immer er benötigte. Selbst nachdem er sie belogen und ihr gesagt hatte, Thomas sei begnadigt worden, hatte Anthony ihm weiterhin Geld geschickt. Auch jetzt handelte er nur nach seinem Gewissen. Seine Rechtschaffenheit war arrogant und verwegen zugleich.

»Wann holt Tor sie ab?«, fragte sie.

»Er kommt morgen nach London.«

»Geh, Anthony. Ich muss mich um etwas kümmern.«

Er erhob sich mit hängendem Kopf. Sie konnte ihm seine Reue nicht abnehmen. Davon hatte sie selbst schließlich genug.

Als er fort war, nahm Elizabeth Pergament und Schreibfeder zur Hand. Sie wusste, was sie zu tun hatte.

Kapitel 38

Elayne stand im Türrahmen und beobachtete Bruder Robert bei der Arbeit in seiner Zelle. Seine Finger waren vom Schreiben steif, und an der Art, wie er immer wieder die Haltung veränderte, sah sie, dass ihn der Nacken schmerzte.

»Vielleicht solltet Ihr eine Pause machen, Bruder.«

Robert nahm die Brille ab und legte sie sorgfältig auf den Tisch, so als wollte er auf keinen Fall vergessen, wo er sie hingetan hatte.

»Schwester Elayne!« Ihm war anzusehen, wie sehr er sich freute, sie zu sehen.

»Als ich jünger war«, sagte er, »konnte ich stundenlang an diesem Tisch sitzen, aber das geht jetzt nicht mehr. Und was die hier betrifft«, er deutete auf die Brille, »die liegt mir wie Blei auf der Nase.«

Er winkte Elayne herein.

Sie trat näher und warf einen prüfenden Blick in das aufgeschlagene Buch.

»Das ist eine Heilsbotschaft von der Insel Lindisfarne«, sagte er.

Jede Seite war reich mit Farben und Mustern geschmückt, mit Windungen und Knoten aus Gold, Dunkelgrün, Blau und den leuchtendsten Rottönen, die man sich vorstellen konnte. Eine so erfreuliche Arbeit zu restaurieren musste ihm eine große Freude bereiten. Der italienische Bruder Alfredo, der die Bibliothek führte, nannte die farbigen Manuskripte *illuminati*: Sie warfen ihr Licht ins Dunkel und verbreiteten

Wissen unter Unwissenden. Aber alle Bücher, ob erleuchtet oder nicht, könnten so beschrieben werden. Die Seiten waren natürlich aus Hautpergament. Um ein solches Buch herzustellen, brauchte man eine ganze Kälberherde, für beinahe jede Seite hatte ein Tier sein Leben gelassen. Elayne wusste, dass das in Roberts Augen die Heilsbotschaft um vieles heiliger machte: Das Wort Gottes war auf die Haut seiner Geschöpfe geschrieben. Darin lag eine gewisse Poesie, aber der Preis war hoch.

Sie hoffte, dass er etwas zu ihrer Kopierarbeit sagen, ihr Anerkennung zollen würde, aber es schien ihm nicht in den Sinn zu kommen. Er vertiefte sich derart in seine Arbeit, dass er alles andere vergaß. Einmal hatte sie gesehen, wie er morgens im Nachthemd durch den Klosterhof lief.

»Der Tag ist schon lang«, sagte Elayne. »Ihr solltet nicht mehr vergolden und malen. Ich weiß, dass diese Arbeit für Euch wie ein Gebet ist, aber Ihr müsst doch ermüden.«

Robert stand auf und streckte sich. Er schaute durch das Fenster auf den Kräutergarten. Elayne folgte seinem Blick. Die Schwestern hatten ihr Tagewerk beendet. Der Garten war schon annähernd winterfest. Sie saßen auf einer Bank, tranken aus ihren Flaschen und tuschelten miteinander. Bei dem Anblick musste Elayne lächeln.

Bruder Robert ließ noch immer nicht erkennen, ob er sich erinnerte, dass sie ihm in der Woche zuvor Thomas' Werk zusammen mit ihrer Kopie abgeliefert hatte.

»Wart Ihr mit meiner Arbeit zufrieden?«

Im ersten Moment wirkte der Bruder verwirrt. »Habe ich das noch nicht gesagt? Verzeiht. Wie gedankenlos. Ich war in der Tat hocherfreut, Schwester Elayne. So gleichmäßig und exakt wie die Handschrift der begabtesten Kopisten.«

Sie fühlte sich ganz schwach vor Erleichterung.

»Danke, Bruder. Danke für alles.«

»Wofür bedankt Ihr Euch?«

»Für Eure Freundschaft. Dafür, dass Ihr mir die Gelegenheit gabt …«

»Besser, Euer Verstand ist beschäftigt, Schwester Elayne, als dass er sich gegen Euch wendet. Euer Gewand ist hübsch. Geht Ihr irgendwohin?«

»Mag sein, dass ich Euch nicht mehr sehe, Bruder … zumindest für einige Zeit.«

»Oh.« Er wirkte traurig. »Ich bedauere das. Ihr würdet eine sehr gute Kopistin abgeben.«

Elayne verließ rasch die Zelle, und erst auf dem Weg über das Klostergelände zum Spital ließ sie ihren Gefühlen freien Lauf. Sie wischte sich verstohlen über die Augen, als der Novize, der das Tor bewachte, auf sie zueilte und ihr einen Brief reichte. Sie erkannte Elizabeths Handschrift, sobald sie das Siegel brach.

Ihr blieb weniger Zeit, als sie erwartet hatte. Es musste an diesem Abend sein.

»Der Bote steht am Tor und wartet auf Antwort, Schwester«, sagte der Novize.

»Bleib hier«, wies sie ihn an. Sie eilte in ihre Zelle und kritzelte eine Antwort an Elizabeth, gab Zeitpunkt und Ort eines Treffens an und bat die Freundin, dafür zu sorgen, dass Anthony auch zugegen war.

Die Glocke läutete zur Vesper und gemahnte Elayne an die Vorkehrungen. Sie sollte sich fürchten, empfand aber nur Erleichterung.

Der Novize wartete im Klosterhof. Sie bat ihn, sich zu beeilen.

Sie wurde im Spital erwartet.

Schwester Teresita und Schwester Angela waren dort in der Küche. Die anderen waren zur Vesper gegangen.

»Alles ist bereit«, sagte Schwester Teresita und reichte Elayne einen Beutel. »Schwester Angela weiß, wo das Boot ist. Macht es so wie besprochen, dann wird alles gut.«

Elayne nickte. Sie wagte nicht zu sprechen. Sie hatte sich nie für furchtlos gehalten. Von Gesetzes wegen war sie das leibliche Eigentum ihres Bruders. Durch Vermählung würde das Eigentum an ihrem Körper, ihrem Besitz und ihrem Einkommen an ihren Gemahl übertragen.

Schwester Angela ergriff ihre Hand. »Wir brechen kurz vor Einbruch der Dunkelheit auf«, sagte sie.

Kapitel 39

Die Sonne stand schon tief, und die Themse sah gemasert aus wie feiner Brokat. Elizabeth wartete am westlichen Anlegeplatz des White Tower wie geheißen. Sie hatte Anthony Bescheid gegeben, auch wenn sie nicht begriff, warum Elayne ihn sehen wollte; sie musste doch wissen, was er getan hatte.

Eine Jolle kam näher, nur eine Silhouette vor dem schwindenden Licht, und sie erkannte die Form von Anthonys Hut und Wams, noch bevor sie sein Gesicht sah. Er sprang im Schatten des Ufers an Land und kam zum Anleger.

Ihr fiel auf, dass er sein Schwert bei sich hatte, und das Gefühl der Kälte stellte sich wieder ein. Sie glaubte zu wissen, dass er Thomas Malory getroffen hatte.

»Ist das Werk wirklich vollendet?«, fragte sie ihn.

»Ja.«

»Wo ist es?«

»Thomas hat von einem Schreiber der Franziskaner eine Kopie anfertigen lassen und bittet mich darum, diese für dich, seine Gönnerin, vertraulich aufzubewahren.«

»Er hat mich seine Gönnerin genannt?«

»Aber gewiss. Er sagte, ohne dich hätte er weder die Kraft noch die Mittel gehabt, es zu Ende zu bringen.«

Elizabeth hätte am liebsten geweint.

»Er wird keine Widmung schreiben, da deine Gönnerschaft ein Geheimnis bleiben muss, aber er bat mich, dir zu sagen, er habe am Ende der Gralserzählung ein Explicit geschrieben, das eine Widmung an dich sein soll.«

»Hast du ihn in Haft genommen?«

»Ich habe ihn gewarnt, dass Edwards Männer gegen Abend kommen werden, um ihn abzuholen.«

»Und was hat er gesagt?«

»Dass er des Fortlaufens überdrüssig und seine Arbeit vollbracht ist.«

Elizabeth schaute flussabwärts. Ein weiteres Boot näherte sich dem Anleger, ein prächtig bemalter, zeremonieller Kahn. An den Pfosten des Verdecks hing jeweils eine Laterne, gesteuert wurde er von einer Nonne.

Allem Anschein nach war sonst niemand an Bord.

Der Kahn kam näher, und Elizabeth erkannte, dass schwarzer, mit Gold durchwirkter Seidenstoff unter dem Verdeck drapiert war. Bei diesem Anblick fröstelte sie.

»Wo ist sie?«, murmelte Anthony.

Die Nonne warf ein Seil auf die Mole, das Michael auffing und um einen Poller wickelte. Die Nonne stieg aus und neigte grüßend den Kopf.

»Eure Hoheit«, sagte sie zu Elizabeth, »ich bin Schwester Angela.«

»Der Herr sei mit Euch«, sagte Elizabeth. »Aber wir sind gekommen, um Lady Elayne zu treffen. Habt Ihr Nachrichten?«

»Ja«, sagte sie mit düsterem Blick, ihr schmales Gesicht vermochte die starken Gefühle kaum zu verbergen.

Anthony hatte sich neben Elizabeth gestellt.

»Das kann nicht sein«, sagte er leise. »Sie würde doch nicht … sie kann nicht …«

Irgendetwas stimmte nicht. Schwester Angela sah aus, als würde sie jeden Moment in Tränen ausbrechen.

»So sagt mir doch, was Eure Neuigkeiten sind«, beharrte Elizabeth mit ängstlich erhobener Stimme.

Als Antwort darauf stieg die Nonne wieder in den Kahn und nahm eine Laterne vom Haken. Sie winkte Elizabeth und Anthony zu sich.

Anthony griff nach Elizabeths Hand, um ihr auf das Boot zu helfen, und sie ließ ihn nicht mehr los.

Michael blieb auf der Mole. Er hatte den Bogen von der Schulter genommen und beobachtete die Schatten am Ufer, als könnte dort eine größere Gefahr lauern als in diesem Kahn.

Schwester Angela bewegte sich langsam. Sie hob die Laterne und trat unter das Verdeck. Sacht schlug sie den golddurchwirkten Seidenstoff zurück. Dort lag Elayne, die Haut bleicher, als sie zu ihren Lebzeiten je gewesen war, die Hände über einem Buch auf ihrem Herzen verschränkt, das Gewand aus grünem Samt ein Festgewand.

»Sie hat mich gebeten, sie am Boot zu treffen«, sagte Angela mit unsicherer Stimme, »und ich musste ihr versprechen, dass ich sie zu dieser Mole bringe, was auch geschehen möge.«

Elizabeth wäre ohnmächtig geworden, hätte Anthony nicht ihre Hand gehalten.

»Aber wie …«, flüsterte Elizabeth.

»Gift«, antwortete die Nonne.

»Was ist das für ein Buch?«, fragte Anthony, seine Stimme wie das Echo in einer Höhle.

»Das ist der *Perceval*«, sagte Elizabeth. »Ich habe ihn ihr geschenkt.«

Wie erstarrt standen sie am Fuße von Elaynes Totenbahre, Minuten oder Stunden, Elizabeth hätte es später nicht mehr sagen können.

Schließlich sank Anthony auf die Knie, den Kopf in den Händen. Er hatte ihr das Leben genommen, er und all die anderen.

Er weinte für sie alle.

Kapitel 40

»Aber dass ich diesen edlen Ritter Sir Lancelot über die Maßen und über mich selbst liebte, der brennenden Liebe konnte ich nicht widerstehen, und dafür soll ich nun sterben.
Und lasst mich in ein prächtiges Bett bringen, mit den reichsten Kleidern, die ich habe, und so lasst mein Bett und all meine reichsten Kleider mit mir in einem Wagen zum nächsten Ort an der Themse fahren, und dort lasst mich in eine Barke legen; und meine Barke soll über und über mit schwarzer Seide bedeckt sein.«

Le Morte d'Arthur

Dezember 1471

Die Mädchen jagten um den kahlen Granatapfelbaum, leichtfüßig wie die Feen, nach denen sie suchen wollten.

Die Sonne hatte den Steinsitz gewärmt, auf dem Elizabeth mit ihrem Buch saß. Sie sah zu, wie der kleine Edward trockenes Laub in der Hand zerdrückte und es schon beinahe an den Mund geführt hatte, bevor die Amme seine pummeligen Finger öffnete und die Krümel von seinen Händen strich. Sein Hemd war schmutzig. Wie konnte es sein, dass ihr Junge schon ein Jahr alt war und eine Jahresfrist so viel Freude und Leid mit sich brachte?

Elizabeth senkte den Kopf, um zu lesen, doch welches Buch sie auch zur Hand nahm, alles rief nur Erinnerungen in ihr wach, genauso die Art, wie das Sonnenlicht auf dem schwarzen Haar der kleinen Elizabeth spielte. Sie dachte an die kleine Elayne, die in Grafton über die Wiese lief, an Elayne, die an jenem Abend wie eine Herrin der Wälder auf sie zugeritten war, so übermütig, allein zu sein, ohne den Baron oder ihre Brüder, die sie beobachteten und ihr jegliche Freiheit verwehrten. Die Erinnerung aber, die sie am meisten plagte, war die letzte, die Stille, Elaynes bleiche Haut auf dem schwarzen Seidenstoff – als wäre sie aus weißem Holz geschnitzt.

»Was ist los, Mama?« Die kleine Elizabeth stand neben ihr, den Kopf zur Seite geneigt, die Wangen so rosa wie Apfelblüten. Hinter ihr zupften Mary und Cecily an dürren Blumenstielen, die ihre Blüten längst verloren hatten.

»Gar nichts, Turteltäubchen.«

»Aber Ihr weint.«

»Nur ein bisschen.«

»Weil Eure Freundin tot ist?«

Die nüchterne Frage, die nackte Wahrheit, die dahinterstand, waren beinahe zu viel. Einen Moment lang konnte Elizabeth nicht antworten, sie ergriff die Hand ihrer Tochter.

»Aua! Mama, Ihr tut mir weh …«

»Verzeih, Liebes. Ja, es ist wegen meiner Freundin.«

»Aber sie ist doch mit den Engeln in den Himmel gegangen.«

War das so? Elayne hatte nicht an den Himmel geglaubt. Sie hatte sich entschieden, lieber in Salomos Schiff nach Sarras zu segeln, als sich der Gefangenschaft zu stellen.

Schwester Angela hatte vorgeschlagen, Elayne im Franziskanerkloster zu bestatten, nah bei den Frauen, mit denen sie die letzten Jahre ihres Lebens verbracht hatte. Elizabeth wollte schon protestieren, sie sei Königin und sie werde entscheiden, wo ihre Freundin beerdigt werde. Doch im Grunde ihres Herzens hatte sie gewusst, dass es richtig war.

Thomas Malory wurde in den feuchten Kellern des Tower von London inhaftiert, einem Kerker, der schlimmer sein musste als alle, die er bisher gekannt hatte, und wartete auf den Prozess wegen Hochverrats.

Elizabeth hatte noch nicht den Mut aufgebracht, ihn zu besuchen. Weder mochte sie ihrem Gemahl die Stirn bieten noch einem Mann gegenübertreten, der im Grunde bereits verurteilt war. Der Prozess am morgigen Tag würde zu einer Farce werden, im Beisein von Höflingen und Richtern, die von Edward bezahlt wurden. Thomas würde angeklagt, für Margaret von Anjou spioniert zu haben, und er bekam keine Verteidigung gestellt.

Elizabeth hatte Anthony seit Thomas' Verhaftung nicht mehr gesehen. Sie wusste, dass er sich wie Judas Ischariot vorkam. Anthony folgte allein zwei Kräften: Gott und König. Es war verzeihlich, derart fehlgeleitet zu werden. Aber meinte er, dass er auch sie an seinen König verraten müsste?

Diese Ängste jagten einander, bis Elizabeth ihr Buch ablegte und sich von ihren Töchtern hochziehen ließ, die sie mit einem selbstgeflochtenen Kranz aus Efeu und den letzten verwelkten Rosen krönten.

»Wir haben die Dornen abgemacht, aber Mary hat sich in den Finger gestochen und blutet«, sagte die kleine Elizabeth.

»Ich habe nicht geweint«, versicherte Mary ihr und zeigte stolz einen winzigen Blutstropfen an ihrem Zeigefinger.

Elizabeth untersuchte die Wunde und versicherte ihr, wie tapfer sie sei. Als sie aufschaute, sah sie ihren Haushofmeister Philip auf sich zukommen. Mit seiner starren Haltung, dem kantigen Gesicht und der langen, krummen Nase sah er aus wie eine der Holzpuppen im Kinderzimmer. Sie lächelte leicht.

»Ja, Philip, worum geht es?«

»Da ist ein Bote vom Franziskanerkloster, Mylady. Er sagt,

er müsse Euch persönlich sprechen. Natürlich möchte ich Euch vorher konsultieren …«

»In Ordnung, Philip. Führt ihn her.«

Der Haushofmeister verneigte sich und entfernte sich rasch.

Der Bote war ein Novize und so nervös, dass er ihr die Schriftrolle, die er bei sich trug, nur mit zitternder Hand überreichen konnte. Er hielt den Kopf gesenkt und sagte nichts, auch als Cecily ihm ein rotes Band aus ihrem Haar um den Riemen seiner Sandale band.

Der Brief war von einem Bruder Robert, der sich als Freund von Thomas Malory vorstellte. Er bat sie um ihr gnädiges Einverständnis, Thomas aufsuchen zu dürfen, um ihm die Beichte abzunehmen.

»Richtet Bruder Robert aus, dass ich seiner Bitte stattgebe«, teilte sie dem Novizen mit, »aber es muss heute Abend sein. Ich werde nach ihm schicken.«

Morgen wäre es zu spät.

Der Junge nickte und ging, so schnell er konnte, das Band hinter sich herschleifend.

Später schaute Elizabeth von ihrem Fenster auf den Fluss, als könnte sie vor dem schwarzen Himmel und auf dem dunklen Wasser erkennen, wann Michael mit Bruder Robert am Tor zum Fluss einträfe. Edward würde an diesem Abend nicht zu ihr kommen, denn Jane Shore war bei Hofe und wurde wie gewöhnlich von Bewunderern umzingelt. Der König hatte Anspruch auf Jane erhoben, die begehrteste aller Kurtisanen, und ließ nicht zu, dass sich irgendein herausgeputzter Gockel auch nur einbildete, er könnte Geliebter der Mätresse des Königs werden.

Sie schloss einen dunklen Umhang am Hals mit einer Brosche. Sie wünschte, die Brosche würde ihr die Kühnheit der Priorin aus den *Canterbury Tales* verleihen. Sie betete, die Liebe möge alles besiegen, besonders die Angst.

In den mit Kerzen geschmückten Korridoren könnte ebenso gut ein Festzug stattfinden, alles erschien ihr wie im Traum, als sie die Treppen hinunterging, die sich in die Innereien der weißen Türme hinabwanden.

Michael wartete mit dem Franziskaner am Eisentor zu den Verliesen. Bruder Robert verneigte sich schweigend. Auch sie sagte nichts. Ihr Herz schlug zu laut. Sie konnte nicht sprechen.

Zu beiden Seiten der Eisentüren standen Wachen in Kettenpanzern, mit Schwertern und Lanzen.

Elizabeth atmete einmal durch.

Als die Wachen sie erkannten, gaben sie ihre lässige Haltung auf und standen stramm.

Sie holte tief Luft.

Die Wachen schlossen die Tore auf. Sie rief sich ins Gedächtnis, dass sie die Königin von England war und lediglich einen Priester geholt hatte, der einem Verurteilten die Absolution erteilen wollte.

Im Gegensatz zu Elayne glaubte Elizabeth nicht an die Geister der Toten, sie konnte sich einfach nicht vorstellen, dass eine erbärmliche Seele, die gefoltert und in diesen dunklen Kammern zum Sterben zurückgelassen worden war, deren Schreie und Flehen in den kalten Steingewölben widergehallt hatten, sich noch an einem Ort zwischen Leben und Tod aufhalten mochte. Aber an diesem Abend hier entlangzugehen schreckte sie trotz der brennenden Fackeln und bewaffneten Männer mehr als die Gegenwart des Todes. Wenn die Hexen, die hier gefangen gehalten worden waren, nun eines Zaubers fähig wären, der noch anhielt, auch nachdem die Streckbänke nicht mehr knirschten? An diesem Abend konnte sie es glauben: Was außer Hexenkunst vermochte Knochen in Wasser zu verwandeln?

Die Zelle kam einer Höhle gleich, aus dem Stein geschlagen, glitzernd vor Feuchtigkeit. Thomas saß auf einem Fass an einem Felsvorsprung und schrieb im Schein einer einzigen

Kerze etwas nieder. Er drehte sich um, als einer der Wächter die Eisenriegel aufschloss und die Tür quietschend aufging.

Er war blass und zerlumpt, aber verblüffend heiter. Sie hatte gehört, dass die Gewissheit des sicheren Todes so ähnlich war, als würde man von einem Liegeplatz losgelöst, dass das vergangene Leben von einem abfiel und nur noch der einzelne Atemzug und der einzelne Herzschlag zählten.

Elizabeth atmete noch einmal tief durch, dann sprach sie mit den Wachen. Sie waren Diener – sie durften ihre Angst nicht wahrnehmen.

»Geht. Ich rufe euch, wenn wir fertig sind.«

Die Männer entfernten sich.

Elizabeth blieb neben der Tür stehen, möglichst nah bei Michael, ohne ihn zu berühren. Sie versuchte zu beten, als der Mönch neben Thomas niederkniete und seine Absolution anstimmte. Er nahm einen kleinen Flakon aus seiner Robe und legte ihn auf den Felsvorsprung. Darin dürfte das Weihwasser für Thomas sein, mit dem er sich segnen konnte, bevor sie ihn zum Schafott brachten.

Bruder Robert bekreuzigte sich, stand auf, legte Thomas eine Hand auf die Schulter und raunte ihm etwas ins Ohr. Thomas ergriff die Hand des Mönchs.

Bruder Robert winkte Elizabeth herbei.

»Er möchte mit Euch allein sprechen«, sagte er.

Elizabeth wollte nicht mit Thomas reden. Sie wusste nicht, was sie sagen sollte. Sie ging zu ihm, als watete sie gegen eine Unterströmung an; jeder Schritt erforderte größere Kraft als der vorige.

»Euch trifft keine Schuld«, sagte er.

Elizabeth hatte bis zu diesem Augenblick nicht gewusst, dass genau diese Frage an ihren Gliedmaßen zerrte.

»Wenn jemand für ihren Tod verantwortlich ist, dann bin ich es«, fügte Thomas hinzu. Sie war zutiefst erleichtert, dass er es wusste. Anthony musste es ihm erzählt haben.

Elizabeth fragte sich inzwischen nicht mehr, wer die Verantwortung zu tragen hatte. Es war zu spät. Sie scherte sich auch nicht darum, welche anderen Verbrechen er begangen hatte und warum er hier war.

»Ich bin kein Spion«, sagte er, als hätte er ihre Gedanken erraten, »wäre es aber gern gewesen, hätte ich die Gelegenheit gehabt. Gestattet, dass ich bei den Franziskanern beigesetzt werde, ich habe es mit Bruder Robert vereinbart.«

»Möchtet Ihr neben Elayne beerdigt werden?«

»Das wird ihr nicht gefallen, aber ich habe mich von ihren Wünschen noch nie aufhalten lassen.«

Elizabeth versuchte zu lächeln.

»Wenn Ihr mich jetzt entschuldigen wollt«, sagte er, »ich muss noch den Brief an meine Gemahlin zu Ende schreiben. Darf ich auch höflichst darum ersuchen, dass dieser Brief sicher durchkommt und ihr persönlich überreicht wird und dass Ihr jede weitere Zahlung, die Euch angemessen erscheint, ihr zukommen lasst?«

»Ich werde dafür sorgen«, flüsterte sie. Sie war entlassen. Dann fiel es ihr ein.

»Aber …«

Thomas nickte verständnisvoll. »Das Werk? Es ist in sicheren Händen. Anthony wird es holen, wenn die Zeit gekommen ist. Das hat er mir zumindest versprochen. Ich halte es für das Beste, diesen unseren besonderen Verrat vor dem König geheim zu halten. Zumindest vorerst. Aber Ihr solltet wissen, dass Elayne es auf ihre Weise zu Ende geschrieben hat. Eines Tages, wenn Ihr das Werk lest, werdet Ihr sehen, was ich meine.«

Elizabeth wandte sich ab, zu überreizt, um auch nur begreifen zu wollen, was Thomas damit meinte.

Sie ging direkt zu Bett, schlief aber nur wenig. Die letzten Stunden der Nacht überbrückte sie mit ihrem Stundenbuch.

Es war nach dem Frühstück. Philip fingerte und zupfte nervös an seinem Waffenrock herum. Für gewöhnlich war er so inniglich mit den täglichen Abrechnungen beschäftigt, dass ihn nichts abzulenken vermochte. Die Aufgaben an diesem Morgen jedoch – die Rechnung eines Kaufmanns und der aufgeschlüsselte Bericht eines Arztes über die Kosten, die mit der Behandlung der Prinzessinnen angefallen waren – nahmen ihn nicht wie sonst in Anspruch. Er war aufgeregt.

»Was ist los, Philip?«

»Nichts«, versicherte er ihr. »Es ist nur … Der König ist … er ist ungehalten.«

»Worüber?«

»Einer seiner Gefangenen ist heute Nacht gestorben.«

»Ach. Warum sollte ihn das beunruhigen?«

»Weil es jemand war, der heute wegen Hochverrats vor Gericht gestellt werden sollte.«

Elizabeth legte die Schreibfeder ab und schenkte dem Haushofmeister ihre volle Aufmerksamkeit.

»Wie lautet der Name des Gefangenen?«

»Malory, glaube ich.«

»Wie ist er gestorben?«, flüsterte sie.

»Gift.«

»Wie ist das möglich …« Doch dann wusste sie es. Also hatte Bruder Robert ihm kein Weihwasser gegeben.

Elizabeth erhob sich abrupt. »Sagt dem Gefängnisleiter, dass ich mich persönlich um die Beerdigung kümmern werde.«

Philip war schockiert. »Aber, Mylady …«

»Tut, was ich Euch gesagt habe!«

Edward würde herausbekommen – falls er es nicht schon wusste –, dass sie Thomas besucht hatte, es war nicht zu verhindern. Sie konnte die Wachen nicht bestechen, für sie zu lügen, das wäre viel zu gefährlich. Sie würde sich, wenn nötig, mit ihm streiten, aber sie konnte wahrheitsgemäß sagen, nicht gewusst zu haben, dass in dem Flakon des Priesters Gift gewesen war. Vorerst jedoch musste sie sich um Thomas' letzten Wunsch kümmern.

Als Edward sie am Abend in ihrer Kammer aufsuchte, war Thomas bereits auf dem Weg zu Elayne und ein Reiter unterwegs nach Newbold Revel.

Edward kochte vor Wut.

»Was veranlasst Euch zu *glauben*, Lady, Ihr hättet das *Recht*, Euch in meine Angelegenheiten einzumischen? Angelegenheiten, die *nichts* mit Euch zu tun haben?«

Elizabeth ließ sich durch seinen Zorn nicht aus der Ruhe bringen. Sie hatte zu viel verloren, als dass sie noch auf seine Eitelkeiten eingehen konnte.

»Ich habe kein Unrecht getan, sondern nur dafür gesorgt, dass dem Mann, den meine beste Freundin liebte, die Absolution erteilt wurde und dass er ein anständiges Begräbnis erhält.«

Edward schien ein wenig verwirrt zu sein. Ihre Haltung war unerwartet – sie wollte sich nicht unterwürfig vor ihm verneigen. Wie ein schmollendes Kind ließ er sich auf ihre Bettkante fallen. Kurz darauf berührte sie ihn mit der Hand an der Wange. Er legte seine Hand darüber, und sie beugte sich vor, um ihn zu küssen.

»Seid nicht böse«, flüsterte sie. »Kommt, ich beglücke Euch.«

»Ihr beglückt mich immer, Beth.«

Nur selten nannte er sie beim Vornamen. Er zog sie zu sich, und sie sanken auf das Bett.

»Ihr beglückt mich mehr, als Ihr ahnt.«

»Wie beglücke ich Euch?«

»So, wie Ihr Euch bewegt, wie Ihr lächelt, wie Ihr mit den Kindern umgeht. Wie Ihr anmutig über meine Zügellosigkeit hinweggeht.«

»Und das ist alles?«

Er zog eine Augenbraue hoch. »Reicht das nicht?«

»Ich bin nicht so leicht zufriedenzustellen, mein Geliebter.«

Er lachte. »Na schön, Mylady. Aus all diesen Gründen, aber auch, weil ich an jenem Tag in Rockingham Forest etwas in Euch sah, das ich noch immer sehe.«

»Was habt Ihr gesehen?«

»Ich sah eine Frau, die nicht nur die Schönheit, sondern auch den Mut mitbrachte, den eine Königin braucht. Wer an uns zweifelte, kannte uns nicht. Niemand vermag den Teil in sich selbst zu sehen, den andere lieben, aber Ihr müsst mir vertrauen, dass ich Euch sehe, Beth.«

Als Edward schlief, trat Elizabeth ans Fenster und schaute auf den dunklen Fluss, der Elaynes Leichenkahn getragen hatte. Dass das Kind, das mit ihr in einem Bett geschlafen hatte, die Freundin, die sie geliebt hatte, für immer fortgegangen war, schien unmöglich zu sein.

Sie wusste nicht, wann sie Thomas' Werk lesen würde. Vorläufig würde es sie nur schmerzhaft an all das erinnern, was es gekostet hatte. Vielleicht in einem Jahr, oder in zwei Jahren oder drei; sie würde Anthony bitten, es nach Grafton zu bringen, doch vorerst war es in Sicherheit. Sie wusste, dass es reich an Liebe, reich an Abenteuern und den Gefahren des Lebens war und den Menschen geben würde, was Thomas ihnen geben wollte.

Als sie sich vom Fenster abwandte, sah sie auf dem Tisch den goldenen Kelch, den Elayne ihr in Grafton geschenkt hatte, den Kelch, der Liebe bringen sollte.

Und als Sir Mordred spürte, dass er seine Todeswunde hatte, richtete er sich mit der ganzen Gewalt, die er hatte, bis zum Griff von König Arthurs Lanze auf. Und so hieb er seinem Vater Arthur mit seinem Schwert seitlich über den Kopf.
Da ging Sir Bedevere und begab sich zu dem Schwert und nahm es rasch auf und ging zum Strand; und da band er den Gurt um den Griff, und dann warf er das Schwert, so weit er konnte, ins Wasser. Und da kam eine Hand aus dem Wasser heraus und griff danach, und dann verschwand die Hand mit dem Schwert in dem Wasser.
Da nahm Sir Bedevere den König auf seinen Rücken und ging so mit ihm dorthin zum Strand. Und als sie am Strand waren, da wartete am Ufer eine kleine Barke mit vielen schönen Frauen darin, und sie alle trugen schwarze Kapuzen.
Und der einen in den Schoß legte König Arthur sein Haupt.
Und so ruderten sie denn vom Ufer fort, und Sir Bedevere schrie und sagte: »Ach, hoher Herr Arthur, was soll aus mir werden, nun Ihr von mir geht und mich hier allein unter meinen Feinden lasst?«
»Tröste dich«, sagte der König, »und tu, was du vermagst, denn auf mich ist kein Verlass, darauf zu bauen; denn ich will in das Tal von Avilion, um Heilung für meine schwere Wunde zu finden. Und wenn du nichts mehr von mir hörst, bete für meine Seele.«

Aber einige sagen in vielen Teilen Englands, König Arthur wäre nicht tot, sondern lebte durch den Willen unseres Herrn Jesu an einem anderen Ort; und die Leute sagen, er würde wiederkommen und würde das heilige Kreuz erobern. Ich will nicht sagen, dass es so ist, sondern will eher sagen, in dieser Welt hat er sein Leben aufgegeben. Aber viele Leute sagen, es wäre auf seinem Grabmal dieser Vers geschrieben:
Hier liegt Arthur, der einstige und zukünftige König.

Le Morte d'Arthur

31. Juli 1485

»Dann hat der Kelch also Liebe gebracht?«, fragte William, auf einmal begeistert von der Vorstellung, dass so etwas möglich sein könnte.

»Edward hat nicht aus dem Kelch getrunken. Ich vertraue nicht auf Hexenkunst, Meister Caxton. Nur der Teufel kennt sich mit so etwas aus«, sagte Elizabeth.

»Selbstverständlich«, stimmte William hastig zu. Er wollte auf keinen Fall einen falschen Eindruck bei ihr hinterlassen. Er war ein gottesfürchtiger Mann, trotz Petri Kettenfeier. »Wobei manche glauben, dass Merlin ein Sterblicher war …«, fügte er vorsichtig hinzu.

»Merlin war eine Ausgeburt des Teufels«, sagte Elizabeth mit Nachdruck.

»Und was ist mit dem *Perceval*?«, fragte William.

»Ich vermute, er wurde mit Elayne begraben. Ich habe ihn ihr nicht abgenommen. Ich konnte es nicht.«

Sie vertiefte sich in das Manuskript, das William schon immer für eine Abschrift gehalten hatte, weil es nicht aus Lagen Hadernpapier bestand – wie man erwarten würde, da Malory es im Gefängnis verfasst hatte –, sondern aus Pergament.

»Wenn ich es richtig verstanden habe, brachte Anthony Euch das Manuskript, als Richard meine Jungen in den Tower holte. Er dürfte gewusst haben, was passieren würde.«

William rief sich den Abend ins Gedächtnis, an den er seitdem so oft hatte denken müssen. Auch er ging davon aus, dass Anthony gewusst hatte, was ihn erwartete. Richard ließ ihn kurz darauf hinrichten, zusammen mit Richard Grey, Elizabeths Sohn von John Grey.

Elizabeth suchte offensichtlich etwas.

»Ich kenne die Handschrift derjenigen, die das kopiert hat«, sagte sie und schlug eine weitere Seite um. Sie würde es ihm erst sagen, wenn sie fertig war. William schwieg.

»Ihr sagtet, Euer Partner sei zu den Franziskanern gegangen?«, murmelte sie und blätterte weiter.

»Ja, ich weiß allerdings nicht, ob er heute Abend noch herkommt.«

»Dann halte ich Euch auf, Meister Caxton.«

»Nein, Mylady.«

»Aber Eure Frau wartet.«

»Daran ist sie gewöhnt.«

»Und meint Ihr, deshalb sei es verzeihlich?«

William war überrascht.

»Eigentlich nicht …« Er verstummte. »Aber sie versteht …«

»Dass Ihr ein vielbeschäftigter Mann seid? Dass Eure Arbeit wichtig ist?«

William nickte, erleichtert, dass die Königinwitwe Verständnis für diese Umstände hatte.

»Keine Frau, Meister Caxton, versteht wirklich, dass die Arbeit eines Mannes wichtiger sein könnte als sie selbst. Sie wird Euch Verständnis vorgaukeln, um Euch zu gefallen und weil sie ihr eigenes Ego nicht kennt. Wir mögen zwar aus demselben Ton geformt sein, aber Frauen sind die Gefäße und Männer die Griffe, die nötig sind, um uns zu füllen oder zu leeren.«

»Wollt Ihr damit sagen …« Tatsächlich wusste er nicht, was sie sagen wollte.

»Ich will damit sagen, dass wir sind, wozu Ihr uns bestimmt, Gemahlin, Mutter, Dirne, Göttin.«

William hatte sie noch nie so reden hören. Er hätte nicht

erwartet, dass die Frau, die Königin gewesen war, die diese Werkstatt aufgesucht hatte, um die Druckpresse zu bewundern und Bücher in Auftrag zu geben, mit ihrer Rolle gehadert hatte. Er wäre gar nicht darauf gekommen, dass sie ein Missfallen unterdrückt haben könnte. Doch nun sprach sie, als bekenne sie etwas, das alle Frauen betraf, wovon aber nur wenige Männer je erführen.

»Seid Ihr überrascht?«

William schüttelte heftig den Kopf. »Nein.«

»Ich sehe es Euch doch an. Denkt nur zwei Jahre zurück. Als mein Gemahl starb, bat ich darum, dass eine Eskorte von zweitausend Männern meinen kostbaren Sohn, Prinz Edward, nach London begleiten sollte. Ich hatte den Verdacht, dass Richard versuchen würde, meinem Sohn etwas anzutun, obwohl er ihm die Treue schwor und obwohl Anthony sowohl ihm als auch Henry Stafford vertraute.« Angewidert schüttelte sie den Kopf. »Ich hätte diesem Mann niemals die Hand meiner Schwester geben sollen.«

William hörte aufmerksam zu. Jedermann wusste natürlich, dass Henry Stafford, der Herzog von Buckingham, und Richard, damals Herzog von Gloucester, Anthony Woodville verleitet hatten, seinen Schutz von Prinz Edward zu vernachlässigen, und dass König Edwards Vermählung mit Elizabeth damals annulliert worden war, weil sie angeblich jeder rechtlichen Grundlage entbehrte, und ihre Kinder enterbt wurden. Dass sie am Ende mit leeren Händen dastand.

Inzwischen sprach kaum noch jemand von ihren Söhnen, den Prinzen Edward und Thomas von York, weil man die Namen von Toten nicht laut aussprechen sollte.

»Ihr wart nicht in London«, fuhr sie fort, »als ich zusammen mit Jane Shore der Hexerei beschuldigt wurde und als Richard Lord Hastings hinrichten ließ, weil er Jane verteidigte.«

William unterdrückte ein Schaudern. Die Enthauptung von

Lord Hastings musste ein besonders grausames Ereignis gewesen sein; Gerüchte darüber verbreiteten sich wie die Angst vor der Pest bis auf den Kontinent. Jane Shores Schönheit war legendär, ebenso wie ihre Stellung als Lieblingsmätresse von König Edward, doch sie wurde als Dirne bezeichnet, ihr Hab und Gut konfisziert – die Richter von London hatten in jenem Jahr wirklich viel zu tun. Am Ende zwang man Jane Shore, barfuß vor der Kreuzigungsprozession herzulaufen.

»Ihr seht also«, sagte Elizabeth, »warum ich mich verändert habe und warum ich die Autorität von Männern heute in Frage stelle.« Sie schaute William derart erbittert an, dass er das Gefühl hatte, sie wolle ihn persönlich für die Taten seines Geschlechts verantwortlich machen. »Und deshalb«, fügte sie hinzu und deutete auf das Manuskript, »ist mir dieses Buch so wichtig. Es erzählt die Geschichte von einem entzweiten Königreich, aber es erzählt auch von einzelnen Taten, die aus Heldenhaftigkeit oder aus Liebe geschahen. Es verspricht, dass es einen anderen König geben wird, der stark und gerecht ist, obwohl das Land mit Blut getränkt wurde.«

Seine eigenen Gefühle für den *Morte d'Arthur* hätte William nicht besser beschreiben können. Mit wenigen Worten hatte sie seine Ängste allesamt vertrieben. Gewiss, *Le Morte d'Arthur* mochte nur eine Sammlung von Rittergeschichten sein, eine Heldenerzählung, und höfische Romane waren nicht unbedingt die Werke größter Weisheit, aber in Wirklichkeit machte genau das sie so wertvoll. Sie erreichten den Verstand und das Herz von mehr Menschen als jedes antike oder gelehrte Werk. Und hatte er nicht deshalb die Druckpresse nach London gebracht – um Bücher für die *Menschen* herzustellen? Für diejenigen, die Latein und Aramäisch und Altfranzösisch lesen konnten, gab es schon genügend Lektüre; Sinn und Zweck des Ritterromans aber war, Geschichten in der und für die Alltagssprache zu erzählen und die Seelen der vielen, nicht der wenigen zu besänftigen.

»Ich habe mich gefragt, warum meine Mutter mir den *Perceval* vermacht hat«, sagte Elizabeth, »obwohl ihr doch bekannt war, dass seine Botschaft meinem christlichen Glauben zuwiderläuft. Aber Elayne hat erkannt, dass diese Geschichte noch viel mehr erzählt: von der Gewalt des Krieges und der Suche nach geistiger Ganzheit. In Chrétiens Erzählung ist der Gral das Mittel, mit dem der König geheilt werden könnte, und in den alten Erzählungen kann allein Souveränität den König heilen. Hätte ich Souveränität angestrebt, als mein Gemahl noch lebte, wäre es vielleicht anders gekommen. Aber ich glaubte ihm zu dienen, indem ich ihn nicht herausforderte. Ich war folgsam und ließ seine Frauengeschichten zu, wandte nichts ein gegen seine Gelüste, die ihn schließlich umbrachten. Damit habe ich weder ihm noch mir gedient.«

William hörte genau zu. Wenn er bei Maude etwas wiedergutmachen wollte, erkannte er, musste er sich wirklich zu Herzen nehmen, was er da vernahm.

»Insofern ist der *Perceval* die Geschichte von uns allen und von diesem verwüsteten Land«, sagte Elizabeth.

»Wie meint Ihr das?«

»Perceval erfährt, dass nicht die goldene Ritterrüstung ihn glänzen lässt, sondern die Prüfungen, durch die er Mitgefühl und Liebe erfährt. Die Frage ist, warum Thomas sich entschieden hat, diese Gralserzählung niederzuschreiben – die Geschichte der *Suche* –, obwohl er mir gesagt hat, er habe sich für den *Perceval* entschieden. Ich gebe zu, dass der *Perceval* die bessere Erzählung ist, obwohl sie ein heidnisches Motiv hat.«

»Ja, das ist die Frage«, sagte William nur.

»Wenngleich«, überlegte Elizabeth laut, »im *Perceval*, anders als in der *Suche*, weder ein Schwert in einem Stein noch das Schiff Salomos vorkommen …« Sie verstummte, und William sah ihr an, dass ein anderer Gedanke sie gestört hatte.

»Mylady?«

Elizabeth rieb sich die Arme, als zöge es trotz der warmen Sommerluft kalt durch den Raum.

»Es ist nichts«, sagte sie. »Meine Freundin Elayne, die immer Verse schreiben wollte, hat nur ein Gedicht verfasst – über Salomos Schiff.«

»Ach ja?«, drängte William.

»Das Gedicht war ein Rätsel. Es zählte bestimmte Gegenstände auf, die mit Salomos Schiff durch die Zeiten kamen …«

William nickte, damit sie weitersprach.

»Elaynes Gegenstände waren ein goldener Kelch für die Liebe, ein Schwert für die Vernunft, eine flache Schale für irdische Güter und eine Lanze für die Ganzheit des Geistes. Wenn sie nun in Salomos Schiff einen Zauber durch die Zeiten geschickt hat – und wenn er nun hier angekommen ist, ohne dass wir davon wissen!«

Anscheinend hatte Elizabeth doch ein größeres Interesse an Magie, als sie zugeben wollte.

»König Salomo wurde für einen Weisen, ebenso aber für einen Zauberer gehalten«, sagte William, dem keine andere Antwort einfiel.

»Salomo war Heide – er hat einen Tempel für Astarte gebaut, die Göttin der Liebe!«

William versuchte, einen kühlen Kopf zu bewahren. Allem Anschein nach war Elizabeth zu einer Erkenntnis oder Schlussfolgerung gekommen, die ihr gefiel. Er fragte sich, ob es bei dem Rätsel, das sie zu lösen hatte, gar nicht um das Schiff Salomos ging, sondern vielmehr um ihre Freundin.

»Kehren wir doch zu der Frage zurück, warum Malory sich entschied, diese Erzählung niederzuschreiben«, schlug er vor.

»Gut«, nickte sie.

»Im *Perceval* suchen die Ritter nicht den Gral selbst, sondern wollen erfahren, welchem Zweck er dient«, setzte er an.

»Glaubt Ihr, Thomas sei es eher um die Suche selbst als um den Gral gegangen?«, fragte Elizabeth.

Für solche spielerischen Vergleiche hatte William etwas übrig. »Ja, in der Tat! Aber warum eigentlich? Ihr kanntet ihn – was für ein Mann war er?«

»Er war ein Poet und ein Ritter«, sagte Elizabeth.

»Und wenn er einer der Gralsritter wäre, welcher wäre er dann?«, fragte William.

»Lancelot«, antwortete Elizabeth, ohne zu zögern.

»Warum Lancelot?«

»Weil er loyal und zugleich ein Schwindler war. Er umwarb die Gefahr, die ihn umbrachte, er lebte von seiner Lanze. Er war nicht freundlich, bereute das aber – wenn das nicht an sich schon eine Freundlichkeit ist. Er hat nicht von ganzem Herzen geliebt, aber er kannte sich in der Liebe aus.«

»Klingt so, als hättet Ihr ihn gut gekannt.«

»Ich habe ihn kaum gekannt, aber ich kannte jemanden, der ihn geliebt hat.«

»Hat er selbst sich als Lancelot gesehen?«

Sie schüttelte den Kopf. »Ich glaube, er hätte sich als einen Ritter wie Gawain gesehen, auf der Suche nach der blutigen Lanze, die laut Prophezeiung das Königreich zerstören sollte.«

»Aber Gawain hat sein Ziel nicht erreicht, also hat die Lanze das Königreich zerstört.«

»Ja«, sagte Elizabeth, »so war es.«

Sie trat ans Fenster. Das Abendlicht hatte die Kanten der Welt abgerundet, und William sah ihre Gesichtszüge nur noch schemenhaft. Er setzte sich auf seinen Stuhl und zündete sich die Pfeife an, rauchte, bis das letzte Licht am Himmel die Bäume mit Gold überzog.

Elizabeth hatte sich nicht ein einziges Mal vom Fenster zu ihm umgedreht.

»Was für ein Gift war es?«, fragte William, wenngleich er nur wenig von solchen Dingen verstand.

»Der Arzt sagte, es sei Belladonna gewesen.«

»Tatsächlich?« Das sagte ihm nichts. »Und Euer Gemahl hat Euch Eure Einmischung verziehen?«

»Das kann man so sagen«, erwiderte sie. Jetzt wandte sie sich vom Fenster ab und schenkte ihm ein schmales Lächeln. »Da habe ich zum ersten und einzigen Mal gewagt, mich ihm zu widersetzen. Edward hätte keine Frau zur Gemahlin gewollt, die ihm immer nur widerspricht, und ich hatte doch allen Grund, ihn zufriedenzustellen.«

»Obwohl es Euch nach Souveränität verlangte?«

»Damals hatte ich noch keine Souveränität im Sinn, das kam erst viel später. Ich hatte Zeit nachzudenken, Meister Caxton.«

»Es heißt, Eure Tochter Elizabeth von York sei Henry Tudor versprochen«, erkundigte William sich kühn.

»Wenn es Gott gefällt«, stimmte sie zu. »Aber Henry und Richard werden sich auf dem Schlachtfeld begegnen. Einen anderen Weg gibt es nicht.«

»Und wenn Henry gewinnt, kommt Lancaster wieder an die Macht, und Ihr werdet begnadigt!«

»Vergesst nicht, dass ich einst einen König aus dem Hause York geheiratet habe«, sagte sie milde.

»Aber Eure Tochter könnte Königin werden …«

»Meine Zeit, mich in Staatsgeschäfte einzumischen, ist vorbei. Ich mag nicht mehr. Wenn ich erleben darf, dass meine Töchter gut vermählt sind, bin ich zufrieden. Ich habe nicht den Wunsch, bei Hofe zu sein.«

»Wohin werdet Ihr gehen?«

Sie zuckte mit den Schultern. »Dorthin, wo ich Freunde habe.«

William fragte sich, wer noch den Mut hatte, als Freund der Königinwitwe zu gelten. Er vermutete, dass sie in ein Kloster gehen würde, um mit anderen Menschen zu leben, die Gottes Gesellschaft vorzogen.

»Meister Caxton, es wird spät, und Ihr müsst nach Hause

zu Eurer Gemahlin. Ich sollte auch nicht mehr draußen unterwegs sein. Selbst bei Tageslicht ist es nicht klug.«

»Ich begleite Euch«, sagte er.

»Nein, so ist es für uns beide sicherer.«

Sie war unerschrocken, das hatte er schon immer gedacht.

»Dann lasst mich Euch wenigstens zur Tür bringen.«

William schaute sich im Raum um. Musste er noch an etwas denken? Er würde ein Exemplar des *Morte d'Arthur* für Maude mitnehmen, und er sollte die Manuskriptvorlage wieder verstauen, damit sie in Sicherheit war. Gerade wollte er seine Sachen packen, als unten die Glocke bimmelte.

»Wynken?«, rief er hinunter.

»Meister Caxton?«

Endlich.

»Ich bin sofort unten. Ich habe Besuch …«

»Ich auch«, rief Wynken.

Interessant.

Elizabeth legte William eine Hand auf den Arm. »Besser, man sieht mich nicht …«, flüsterte sie.

»Ja, gewiss. Aber ich versichere Euch, dass Ihr Wynken de Worde vertrauen könnt.«

»Es ist jemand bei ihm.«

William sah in ihren Augen Angst aufblitzen.

»Bleibt hier«, sagte er. »So hört Ihr alles, was wir sprechen, und wisst, wann sie fort sind.«

Wynken war an seinem Tisch, und sein Besucher, ein schlanker Mann in Mönchsrobe, stand abseits im Schatten. Vielleicht ein Novize.

William nickte dem Besucher höflich zu, der gleichfalls nickte, den Kopf aber gesenkt hielt.

»Wie ist deine Suche verlaufen?«, erkundigte er sich.

»Sehr gut eigentlich«, erwiderte Wynken mit breitem Lächeln.

»Hast du etwas entdeckt?«

»Ja.«

»Und?« William war ungeduldig. Wynken sprach gern in Rätseln.

»Zuerst habe ich herausgefunden, wessen der Schreiber war.«

»*Wer* der Schreiber war.«

»Sage ich ja.«

»Und?«, drängte William.

Wynken deutete auf den Novizen.

William war überrascht. Er schaute den Bruder genauer an, den er für zu jung gehalten hatte, als dass er vor über vierzehn Jahren ein Manuskript kopiert haben könnte. Tatsächlich war die Person überhaupt kein junger Mann. Zum zweiten Mal an diesem Tag hatte er sich von einer Frau in Mönchskleidung täuschen lassen.

Als sie näher trat, sah er schwarzes Haar und bleiche Haut unter der Kapuze. Sie war mittleren Alters. Ungewöhnliche Augen. Konnte sie …?, fragte er sich.

Sie sagte nichts.

»Das ist Schwester Elayne«, hob Wynken an, doch alles, was er noch sagen wollte, ging in einem spitzen Schrei aus dem Dachzimmer unter.

Im Nu war Elizabeth die Treppe hinunter in die Werkstatt gekommen. Die Frauen schauten sich an, sie konnten beide kein Wort sagen.

Elizabeth war dermaßen erschüttert, dass William schon glaubte, sie würde in Ohnmacht fallen.

»Aber ich habe dich gesehen … du warst …« Sie kam nicht weiter.

»Ich habe nur geschlafen«, erwiderte Elayne mit leiser, zaghafter Stimme.

Elizabeth klammerte sich an die Tischkante. »Geschlafen? Du hast gelebt, und dir ist nicht eingefallen, mir Bescheid zu geben?«

»Sei nicht böse, Beth, ich konnte nicht. Das Risiko war zu groß. Nur die Schwestern wussten es. Im ersten Jahr glaubte sogar Bruder Robert, ich sei tot. Tor hätte mich aufgespürt – und lieber wäre ich gestorben …«

Elizabeth schlang die Arme um ihre Freundin und weinte, als wäre sie tot wieder aufgetaucht, nicht lebendig.

William sah staunend zu. Nun gut, es waren vierzehn Jahre vergangen, seit die beiden sich gesehen hatten – aber unerwartete Gefühlsausbrüche des anderen Geschlechts verwirrten ihn jedes Mal.

Kurz darauf lösten sich die Frauen gerade so weit aus ihrer engen Umarmung, dass unterscheidbar war, wer sprach und was gesagt wurde.

»Aber Schwester Angela …«, begann Elizabeth, offenbar bemüht, die einzelnen Teile zusammenzufügen.

»Schwester Angela hätte sich zweifellos einer Schauspieltruppe angeschlossen, wenn sie nicht ins Kloster gegangen wäre. Sie hat Talent. Als ich ihr meinen Plan darlegte, war sie begeistert.«

»Und wie hast du es gemacht?«, flüsterte Elizabeth.

»Belladonna. Wird die richtige Menge verabreicht, verlangsamt sich der Herzschlag, und der Körper wirkt wie tot, ein wenig mehr ist schon tödlich.«

»So wie bei Thomas.«

»Ja.«

William hörte fasziniert zu. Soweit er es verstand, hatte die berühmte Elayne ihren eigenen Tod inszeniert.

»Darf ich fragen …«, erlaubte er sich zu unterbrechen.

Elayne wandte sich an ihn.

»Wusste Anthony Woodville davon?«

»Nein.« Elayne schüttelte den Kopf. »Er wusste nichts. Er hat meinen Bruder über meinen Tod in Kenntnis gesetzt.«

»Ungewöhnlich.«

Elayne nickte nur.

»Und der *Perceval?*«, flüsterte Elizabeth heiser.

»Mit Thomas bei den Franziskanern begraben.«

»Aber was ist mit dem Originalmanuskript von Thomas Malory?«, fragte Wynken.

»Das steht in der Bibliothek der Franziskaner, unter Bruder Roberts Obhut.«

Wynken lachte, und alle schauten ihn an.

»Also gibt es jeweils zwei Versionen des *Perceval* und des *Morte d'Arthur*«, sagte er. »Der Gral ist in der Tat ein Wunder. Niemand weiß, wozu er dient oder welcher Gral der echte ist.«

Eine Zeitlang schwiegen sie. William fragte sich, ob Maude ihn bei seiner Rückkehr wohl so reserviert begrüßen würde wie sonst, wenn er zu lange bei der Arbeit gewesen war. Selbst wenn es so war, tat er selten den ersten Schritt und sagte etwas. Sie waren wie die Schäfte eines Webstuhls, die Zeit war der Faden, der sie verband.

Er dachte an Anthony Woodville, dem die Vorstellung von Schicksalsgöttinnen gefallen hatte, obwohl er eine christliche Seele besaß.

Er dachte an die Gegenstände, die in das Schiff von Salomo gelegt worden waren, an das Schwert der Vernunft, dessen Klinge die verworrenen Fäden der Vergangenheit durchtrennen und so den Weg für das Schiff frei machen konnte, in die Zukunft zu segeln. Wie Wörter auf einer Seite, denen Bedeutung innewohnte, wie Bücher, die Erzählungen enthielten, wie Körper, die Gefäße für Seelen waren.

Elayne stützte Elizabeth mit einem Arm um die Schulter. Sie flüsterten miteinander.

»Ich gehe mit ihr«, sagte sie zu William und Wynken.

Elizabeth protestierte nicht. Sie zogen sich die Kapuzen tief ins Gesicht, zwei Mönche, die in ihre Abtei zurückkehrten.

Als sie fort waren, schlug Wynken sich auf den Oberschenkel. »Ich habe es gewusst«, sagte er und lächelte dümmlich.

»Ich wusste, dass Malory sich nicht für die *Suche* entschieden hätte. Dafür war er zu klug.«

William konnte nur sprachlos den Kopf schütteln. Was für ein Tag.

»Vergiss nicht das Geschenk für deine Frau«, sagte Wynken, als William aufbrechen wollte. »Und sag ihr nicht, dass du von einer Dame aufgehalten wurdest.«

William nahm ein Fährboot.

Er blieb vor der verwitterten Eichentür stehen, in der er für gewöhnlich nichts anderes sah als eben die Tür, durch die er sein Haus verließ und betrat. An diesem Abend jedoch stand sie zwischen Vergangenheit und Zukunft. Er durfte dieses Haus nicht als der Mann betreten, der am Morgen gegangen war, der zugelassen hatte, dass seine Frau glaubte, sie sei nicht sein Ein und Alles.

Er drehte den Türknauf.

Maude saß mit ihrer Spindel am Tisch. Sie trug keine Rise, und ihr Haar war nicht geflochten, als wollte sie gleich zu Bett gehen. Es fiel über ihren Rücken, im Kerzenschein dunkler als am helllichten Tag – so hatte sie ausgesehen, als er sie kennengelernt hatte.

Maude schaute nicht auf. Im ersten Augenblick dachte er, sie habe ihn nicht gehört.

Doch die Tür hatte geknarrt. Sie musste es gehört haben.

Er hüstelte ein wenig nervös. Sie blickte nicht auf.

»Liebes …«

»Ja, Will.« Sie ließ ihre Finger nicht aus den Augen, zwirbelte das Garn zwischen Rocken und Spindel.

»Ich habe dir etwas Zitronat mitgebracht.«

»Und glaubst du, das sei ein guter Ersatz für deine Gesellschaft?«

»Nein, ich …«

»Das ist es nicht.«

»Es tut mir wirklich leid.«

»Was nützt es, wenn es dir leidtut? Morgen gehst du aus dem Haus zur Arbeit, und ich esse alleine und tratsche mit der Nachbarin. Ich verabscheue Klatsch und kann die Nachbarin nicht ausstehen, aber das ist immer noch besser als dieses leere Haus, in dem nur unglückliche Gedanken widerhallen.«

»Ich weiß.«

»Du weißt?« Sie schaute auf. »Dass du es weißt, macht die Sache nur noch schlimmer. Wenn du es weißt, warum tust du dann nichts, Will?«

»Ich war ein Narr.«

»Du bist ein Narr.«

»Wie kannst du mir verzeihen?«

Maude schaute ihn misstrauisch an.

»Was schlägst du vor?«, fragte sie und legte Spindel und Rocken ab.

»Ich schlage vor, dass wir zu Bett gehen und ich den Morgen wiedergutmache. Ich schlage vor, dass wir morgen erst aufstehen, wenn mein armseliger Körper deinen Hunger nicht mehr stillt, und dann gehen wir in die Taverne und essen uns satt, und dann gehen wir wieder nach Hause ins Bett. Was hältst du davon, Liebste?«

Maude streckte die Hand nach ihm aus.

»Einverstanden.«

September 1486

Elizabeth Woodville ist für die Taufe nach London gekommen und hat Schwester Elayne, ihre Freundin aus der Kindheit, besucht, eine erfahrene Kopistin, der ich jene Bücher anvertraue, die ich nicht ins Skriptorium geben möchte.

Von Schwester Elayne weiß ich, dass Henry Tudor so ehrenhaft gewesen ist, der Königinwitwe die Ländereien aus ihrer Mitgift zurückzugeben, und dass er angeordnet hat, alle Kopien des Dekrets zu vernichten, in dem stand, ihre Ehe mit Edward von York sei eine Täuschung gewesen und sie habe mit ihrer Mutter Hexerei praktiziert.

Wenngleich Elizabeth in jedem Prachthaus im Königreich wohnen könnte, hat sie eine bescheidene Residenz in Westminster Close gepachtet, ganz in der Nähe des Palasts von Westminster, wo sie ihrer Familie und Gott nahe sein kann. Ich nehme an, dass sie auch dem Red Pale nahe sein möchte.

Ich wünschte, Thomas Malory hätte noch miterlebt, dass das Haus Lancaster wieder an die Macht kam und ein Prinz auf den Namen Arthur getauft wurde, nach den walisischen Vorfahren seines Vaters. Elayne sagt, Thomas' Buch stoße seit der Taufe auf noch mehr Interesse und Meister Caxton drucke eifrig nach.

Die junge Elizabeth von York hat unsere Herzen erobert, und ich gebe zu, dass ich mich zu meinen Brüdern am Klostertor gesellte, als ihre Prozession vorbeikam. In Kleid und Umhang aus rotem Samt, mit dem glänzenden Diadem im Haar, ist sie eine so majestätische und schöne Königin wie ihre Mutter.

Wie ich hörte, hat die Königinwitwe ihrem jüngsten Enkel einen goldenen Kelch geschenkt, den sie einmal von ihrer liebsten Freundin bekommen hat.

Es heißt, der König sei zurückgekehrt.

Dank

Wie die Ritter, die sich auf die Suche nach dem Gral begaben, ritt ich in die Wälder zu einer Stelle, an der es keinen Pfad gab, um den richtigen Weg zu suchen. Ich war nicht allein auf dieser Suche – viele Menschen führten mich, für deren Zutun ich mich bedanken möchte.

Tracy Brain, meine Kollegin an der Bath Spa University, glaubte an mich und sprach mir von Anfang an Mut zu, diesen Roman zu schreiben, und die redaktionelle Leistung von Laura Palmer war einfach von unschätzbarem Wert. Monika Boese von den Ullstein Buchverlagen war einige Jahre lang das Rückgrat für meine Schriftstellerkarriere, und ich kann von Glück sagen, sie als Lektorin zu haben. Marion Balkenhol bin ich dankbar für ihre achtsame Übertragung dieses Romans ins Deutsche und Meike Herrmann für die sorgfältige Redaktion. Meine Agentin, Kate Hordern, ist meine größte Heldin, denn ohne sie hätte die Suche gar nicht erst begonnen.